# 사 부

야마모토 슈고로 지음
박현석 옮김

玄 人

# 사 부
さ ぶ

야마모토 슈고로

* 작품 속 단위의 환산
1치 — 3.03㎝
1자 — 30.3㎝
1간 — 1.818m
1정 — 109m
1단보 - 약 300평

1관 — 3.75㎏

1첩 — 다다미를 세는 단위로 1첩은 약 0.5평(1.65㎡)

1각 - 30분

## 1-1

부슬비가 안개처럼 뿌옇게 내리는 저물녘, 료고쿠바시[1]를 서쪽에서 동쪽으로 사부가 울며 건너고 있었다.

줄무늬 기모노에 두꺼운 무명으로 만든 가늘고 폭이 좁은 허리띠, 빛이 바랜 검정 앞치마를 두르고 있었는데, 머리에서부터 젖어 있었다. 비와 눈물로 흠뻑 젖은 얼굴을 손등으로 한꺼번에 문질렀기에 눈 주위와 뺨이 검게 얼룩져 있었다. 땅딸한 몸에 얼굴도 둥글고 머리가 뾰족했다. ―그가 다리를 다 건넜을 때, 뒤에서부터 에이지(栄二)가 따라왔다. 이쪽은 마르고 날래 보이는 몸에 갸름한 얼굴의 짙은 눈썹과 작고 야무진 입술이 참으로 영리해 보이는, 그리고 고집이 센 강한 성격을 드러내고 있는 듯 보였다.

에이지는 따라잡자마자 사부의 앞을 가로막고 섰다. 사부는 고개를 숙인 채 에이지를 피해 지나치려 했으나 에이지가 사부의 어깨를 잡았다.

"그만 하라니까, 사부."라고 에이지가 말했다. "그만 됐으니 돌아가자."

사부는 손등으로 눈을 닦으며 훌쩍였다.

"돌아가자."라고 에이지가 말했다. "내 말 안 들려."

---

1) 両国橋. 도쿄 스미다가와(隅田川)에 걸려 있는 다리.

"싫어, 난 가사이(葛西)로 갈 거야."라고 사부가 말했다. "사모님한테 나가라는 말을 들었어. 벌써 세 번째야."

"걸어."라고 말하며 에이지가 왼쪽을 턱으로 가리켰다. "사람들이 보잖아."

두 소년은 다리 끝에서 왼쪽으로 꺾어졌다. 비는 똑같은 상태로 거의 소리도 없이 흩뿌리고 있었다.

"나는 정말 모르는 일이야."라고 사부가 말했다. "어젯밤에 밀가루포대를 찬장에 넣고 있을 때, 부엌에서 쓸 테니 하나 꺼내놓으라고 사모님이 말씀하셨어. 그래서 하나를 남겨놓았어. 그런데 그 포대가 꺼내놓은 채로 놓여 있고, 사모님은 쓰고 난 다음에 잘 넣어두라며 그 포대를 내게 돌려줬는데 내가 넣기를 잊었다는 거야."

"버릇이야, 버릇이잖아."

"밀가루가 습기를 먹었다, 멍청한 짓만 하는 녀석이라고." 사부는 멈춰 서서 손등으로 눈 주위를 문지르며 울었다. "─난 돌려받은 적 없어. 그런 기억은 정말로 없어. 정말 모르는 일이야."

"버릇이라니까. 사모님은 특별히 생각하고 있지도 않을 거야."

"틀렸어. 난, 틀려먹었어. 정말 모자라고 굼벵이 같고, ─나도 알고 있어. 도저히 일을 계속할 수 없을 거야. 이젠 지긋지긋해." 사부는 목이 메었다. "난 생각하는데, 차라리 가사이로 돌아가서 농사를 짓는 편이 나을 거 같아."

강가의 널따란 도로로 오른쪽은 무사의 저택, 왼쪽은 커다란 강이었으며, 조금 더 가면 요코아미[2]였다. 무사의 집에서 부리는 하인인지 막일꾼인지 모를 중년의, 풍채가 그리 좋지 못한 사내 둘이

---

2) 橫網. 도쿄 스미다(墨田) 구에 있는 지명.

구멍 뚫린 우산을 쓰고 뭔가 수다스럽게 이야기하며 스쳐 지나갔다. 그 사내들의 한텐[3] 아래로 드러난 정강이가 에이지에게는 굉장히 춥게 보였다. 사부는 걷기 시작하며 고부나초(小舟町)의 '호코도(芳古堂)'에서 고용살이를 시작한 이래 지난 3년 동안 쉴 틈도 없이 쏟아졌던 잔소리와 조소, 그리고 뺨을 맞아야 했던 일에 대해서 이야기했다. 그것은 호소하듯 강한 것이 아니라, 어린아이의 그치지 않는 울음처럼 나약하고 단조로운 울림을 가진 것이었다. 커다란 강의 물이 가끔 생각난 것처럼 둑의 돌에 부딪쳐 낮게 속삭이는 듯한 소리를 냈다.

"고용살이가 힘든 건 어디서나 마찬가지야. 사모님의 입이 좋지 않은 건 버릇이고."라며 에이지가 띄엄띄엄 말했다. "그리고 말이야, 여자란 원래, —수레다."

에이지가 사부의 팔을 잡았고 두 사람은 멈춰 서서 강 쪽으로 피했다. 빈 짐수레를 끄는 사내가 뒤에서부터 와서 두 사람을 앞질러 갔다.

"기술을 익힌다는 건 힘든 일이야."라고 에이지가 말을 이었다. "생각해봐. 가사이로 돌아간들 아침부터 밤까지 웃으며 지낼 수 있는 건 아니잖아. 아니면 농부는 편한 줄 아는 거야?"

"가사이의 우리 집에서라면,"하고 사부가 말했다. "나가라는 말을 듣는 일만은 없을 거야."

"정말 그럴까?"

사부는 대답하지 않았다. 에이지도 대답을 바라지는 않았다. 사

---

3) 袢纏. 위에 입는 짧은 겉옷. 주로 방한용이나 작업복으로 입는다. 등이나 깃 따위에 가호(家號)나 옥호(屋號) 등을 새긴 것을 시루시반텐(印半纏)이라고 한다.

부는 가사이에 있는 집을 떠올려보았다. 천식에 시달리는 허리 굽은 할아버지, 마음 약한 아버지와, 남자 뺨치는 성격으로 폭력적인 어머니, 아침부터 어머니와의 싸움이 끊이지 않고 잔소리가 심한 형수, 동생 셋과, 주정뱅이인 형과, 다섯이나 되는 조카들. 어두컴컴하고 검댕이투성이에 낡고 좁고, 전체가 한쪽으로 기운 집과, 5단보가 될까 말까한 척박한 전답 등. 사부는 어찌해야 좋을지 몰라 훌쩍이며 다시 걷기 시작했다.

"너한테는 고향이 있지." 함께 걸으며 에이지가 말했다. "어떤 집이든 돌아갈 데가 있다는 건 좋은 거야. 하지만 나는 부모형제도 친척도 없는 외톨이야. 올 봄에 나는 가게에서 쫓겨날 만한 짓을 저질렀었어. 쫓겨나든지, 내 발로 걸어 나가든지 해야 할 터무니없는 짓을 저지르고 말았어."

사부는 가만히 몸을 돌려 에이지의 얼굴을 보았다. 호기심 때문이 아니라, 당혹스럽다는 듯한 눈빛이었다. 에이지는 불쾌하다는 듯한, 화나기라도 한 듯한 투로 자신은 작년부터 몇 번인가 계산대의 돈을 훔쳤고 그것을 사모님인 오요시(お由)에게 들켰다고 고백했다.

"와코쿠바시(わこく橋) 옆의 연못에 장어구이를 파는 노점상이 있어."라고 에이지는 말을 이었다. "나는 장어구이 냄새를 맡으면 참을 수가 없어져."

길을 가다가 그 냄새를 맡으면 먹을 때까지는 뱃속이 진정되지 않았다. 마음도 차분해지지 않았으며 하는 일도 손에 잡히지 않았다. 마치 병에 걸린 사람처럼 되어버리고 때로는 손발이 떨리는 적까지 있었다. 계산대의 돈통에서 돈을 빼내기 시작한 것은 그런 때였는데 작년 가을부터 열두어 번 훔쳤을까, 먹고 싶다는 일념에 나쁜 짓을 했다고도 생각지 않았다. 그러다 지난 2월에 안주인인 오요시에게 그 방으로 불려갔다.

"사모님은 잔소리는 하지 않았어."라고 에이지가 진흙이라도 씹 듯 얼굴을 찌푸리며 말했다. "─작년 8월 5일과 어제, 네가 계산대 에서 한 일을 나도 봤다, 앞으로 그런 짓은 하지 마, 필요하면 내가 줄 테니 나한테 달라고 해, 라고. ─그 말뿐이었어."

오요시는 2번밖에 못 본 것일까, 아니면 전부 알고 있으면서도 일부러 모르는 척했던 것일까? 어쨌든 에이지는 죽고 싶을 만큼 부끄러워서 더는 이 가게에 있을 수 없다고 생각했다. 자신을 도둑 이라고는 생각지 않았지만 돈통에서 돈을 빼낸 자신의 모습이 혐오 스럽고 수치스러워서 그대로 가게에 있을 마음이 들지 않았던 것이 다.

"하지만 가게에서 뛰쳐나가면 어디로 가지?"라고 에이지가 말을 이었다. "나는 여덟 살 여름에 오가초(大鋸町)에서 화재를 당해 부모님과 여동생을 잃었어. 나 혼자만 시라우오(白魚) 강가로 낚시 를 갔었기에 목숨을 건졌는데 다른 친척은 한 사람도 없었어. 아버 지는 이세(伊勢)에서 오셨다고 했지만 이세의 어디인지 나는 기억 하지 못했고, 기억했다 해도 몸을 의지하러 갈 형편도 아니었어. 나는 그때만큼 우리 집이 없다는 사실이 슬펐던 적이 없었어."

"몰랐어. 나는 전혀 몰랐어."라고 사부가 중얼거렸다. "─에이 짱4)은 그래서 참았던 거로군."

"돈도 두 번 다시 훔치지 않았어."

두 사람은 요코아미의 강가까지 와 있었는데 사부가 멈춰 서서

---

4) ちゃん. 이름이나 별명 뒤에 붙여 친근감을 나타내는 호칭.

지면을 바라보며, 젖어 묵직해진 짚신 끝으로 지면을 좌우로 문질렀다.

"난 생각하는데,"하고 그가 마음을 정하지 못했다는 듯한 투로 말했다. "—어렸을 때 어머니한테 맞은 적이 있었어. 남동생 녀석이 장난을 쳤는데 그걸 내가 한 짓인 줄 잘못 알고 때린 거야. 나는 울면서 내가 한 일이 아니라고 말했고, 그 다음 동생이 한 짓이라는 사실을 알았을 때 어머니가 태연한 얼굴로 말했어. 그럼 너는 지금까지 맞을 만한 짓을 한 번도 하지 않았다는 말이냐, 라고."

"여자란 다 그런 거야."라고 에이지가 말했다. "쓰다듬던 손으로 꼬집기도 하고 꼬집은 손으로 쓰다듬는 짓을 하기도 해. 그리고 전부를 금방 잊어버려. —조금은 마음이 가라앉았어? 사부, 이젠 이쯤에서 돌아가도 되겠지?"

사부는 마음을 정하지 못한 채 으응, 하고 말했다.

"고마워."라고 사부가 잘 알아들을 수 없는 목소리로 말했다. "미안해, 에이 짱."

"다음부터는 말없이 뛰쳐나오지 마."라고 에이지가 말했다. "앞으로는 무슨 일이든 내게 말해줘. 힘이 되어 줄 테니."

사부는 천천히 고개를 끄덕였다.

둘은 발걸음을 돌렸다. 그리고 료고쿠바시까지 왔을 때, 뒤에서 열두어 살쯤 된 소녀가 따라와서는 숨을 할딱이며 말을 걸었다.

"이 우산을 써."라며 소녀가 빈 우산을 두 사람 쪽으로 내밀었다. "언니한테 가져다주는 거라 방향이 다르면 어쩔 수 없지만, 자, 써."

에이지가 소녀를 보았다. 자신이 쓰고 있는 우산은 구멍이 뚫려 있었다. 입고 있는 옷은 기운 흔적이 있는 오우메지마5)의 낡은 겹옷이었고 허리띠는 꼬깃꼬깃했으며 신고 있는 나막신도 무지러진 어른용이었는데 그나마도 끈이 완전히 늘어나서 진흙이 튄 발가락 끝을 잔뜩 힘주어 세우고 있었다.

"필요 없어."라고 에이지가 말했다. "우린 고부나초로 가는 길이야. 가던 길이나 얼른 가."

"어머, 마침 잘됐네."라며 소녀가 기쁘다는 듯이 웃었다. "나는 호리에초(堀江町)야. 호리에초의 스미요시(すみよし)라는 가게에서 언니가 일하거든. 그러니까 난 너희들 집까지 데려다줘도 상관없어."

"시끄러워."라고 에이지가 말했다. "우산 같은 거 필요 없다고 했잖아."

"하지만 두 사람 모두 폭삭 젖었잖아. 그러니까 이걸 쓰고 가."

"사부."라고 에이지가 말했다. "뛰어가자."

두 사람은 부슬비 속을 달리기 시작했다.

"바보 같기는."하고 소녀가 외쳤다. "알았으니까 둘 모두 젖으면서 가, 겁쟁이들."

에이지와 사부는 당시 똑같이 열다섯 살이었다. 소녀와의 일은 두 사람 모두 금방 잊어버리고 말았다.


## 1-2

두 사람이 스무 살이 되던 해의 2월 15일. 태어나서 처음, 둘이서 밖으로 술을 마시러 갔다. 술이 처음은 아니었다. 지금까지도 축일

---

5) 青梅縞. 오우메 지방에서 나는 줄무늬 천.

등에 가게에서 술을 내주면 술잔으로 두어 잔은 마신 적이 있었다. 하지만 밖으로 나가서 자기 돈을 내고 마신 적은 없었다. 얼마간은 무섭기도 했지만, 주인인 요시베에(芳兵衛)가 금지하고 있었기 때문이었다. 몸이 다 자라기 전에 술을 마시면 뼈가 물러진다, 스무 살이 되기 전까지는 마시지 말라는 것이 입버릇이었다.

호코도는 표구와 장지문을 바르는 일에서 격조 높고 견실하기로 알려져 있었다. 선대(先代) 때부터 거래해온 일정한 단골과 당대의 유명한 대여섯 명의 서예가와 화공. 오랜 역사가 있는 골동품상이나 무사의 집안, 커다란 상점 등에만 일을 해주었으며, 손쉬운 일은 전부 거절했다. 그렇기에 8명인 직공들에 대해서도 엄격하게 예의범절을 가르쳤는데, 모두 어렸을 때부터 데리고 있으면서 읽고 쓰기는 물론 꽃꽂이, 다도까지 일정 수준으로 가르쳤고 서화의 좋고 나쁨을 가리는 눈도 어렸을 때부터 실물을 보이며 가르쳤다. ─지금 가게에 있는 것은 8명, 직공들의 우두머리는 와스케(和助)라는 사람으로 스물아홉 살, 다음이 다이치(多市)로 스물일곱 살, 그리고 주시치(重七)와 고로(五郎), 에이지와 사부가 스무 살이었고, 아래로 열일곱 살인 덴로쿠(伝六)와 열다섯 살인 한지(半次)가 있었다. 그 외에 가게에서 나가 출퇴근을 하기도 하고 독립해서 가게를 꾸린 사람이 13명 있었는데, 호코도의 일이 많거나 특별한 주문이 있을 때면 그 13명 가운데서 적당한 사람을 불러 일을 돕게 했다.

가게의 전통이 그랬기에 직공들의 일상도 규칙적이어서 매월 15일과 1일 외에는 밤에 놀러 나가는 것도 금지되어 있었고, 스무 살부터는 야식에 술 1병을 내주기는 했지만 그 이상은 한 방울도 마시지 못하게 했다. 굳이 말할 필요도 없겠지만 이런 생활을 철저하게 지키는 사람만 있는 것은 아니었다. 작업은 저녁 5시까지, 아무리 일이 밀려 있어도 5시가 되면 중단해버리고 뒷정리를 한 뒤 목욕탕에 갔다가 저녁을 먹고 나서 9시에 자는 것이 규칙이었다. 잠자리에 들기 전까지의 시간에는 책을 읽기도 하고 서예 연습을 하기도 하고 바둑이나 장기를 두기도 하는 등 각자가 좋아하는 일을 해도 상관없었는데, 개중에는 가게를 빠져나가 술을 마시기도 하고 색을 즐기기도 하는 사람이 없지는 않았다. ―그런 사실도 주인인 요시베에는 알고 있었고, 대부분의 경우에는 아무런 말도 하지 않았지만, 가게를 빠져나가 노는 것이 거듭되면 자연히 일에도 지장을 주기 때문에 그제야 비로소 잔소리를 했으며, 그래도 행실을 고치지 않으면 쫓아내버렸다. 5년에 2명쯤은 그런 사람들이 있었는데 그들에게는 호코도에 있었다고 말하는 것조차 용납되지 않았다.

에이지와 사부는 마음이 설레었다.

"스무 살이 되었다니, 이상한 기분이야."라고 사부가 답답할 만큼 느린 투로 말했다. "난 생각하는데, 16살이 되어 성인의 머리로 잘랐을 때보다 더 이상한 기분이야."

"맞아."라고 에이지가 말했다.

두 사람은 가는 세로 줄무늬의 손으로 짠 무명 겹옷에, 쌍올실로 짠 줄무늬 하오리[6], 두꺼운 무명으로 지은 딱딱하고 폭이 좁은 허리띠를 매고, 삼실로 엮은 끈을 안에 댄 짚신을 신고 있었다. 마침 저물녘이어서 사람들의 왕래가 많은 고부나초의 거리를 동쪽으로, 특별히 목적도 없이 걷고 있었다. 어쨌든 료고쿠 히로코지(広

---

6) 羽織. 일본 옷의 겉에 입는 상의. 요즘은 정장을 할 때 입는다.

小路)에라도 가볼까 하는 생각이었던 듯했다.

"너는 좋겠다, 에이 짱."하고 사부가 말했다. "너는 벌써 병풍을 만질 수 있잖아. 맹장지의 초배는 혼자서도 할 수 있고. 그런데 나는 아직도 풀을 쑤고 있어."

"그것도 일이야."

"난 생각하는데, 물속에서 자루를 비비다보면 문득문득 내 자신을 견딜 수가 없어. 스무 살이나 돼서도 이 모양인가, 하고."

"그것도 일이야, 사부."하고 에이지가 말했다. "표구나 맹장지를 바르는 일은 풀의 좋고 나쁨에 따라서 일의 완성도가 결정돼. 너도 알잖아."

"그야 그렇지만."

"알면 불평하지 마."라고 에이지는 말했다. "일본에서 풀을 가장 잘 쑤는 사람이 되면, 그건 그거대로 훌륭한 장인이야. 넌 일본에서 풀을 제일 잘 쑤는 사람이 되도록 해."

"그야 그렇지만."

하지만 호코도의 장색이니 표구나 병풍, 맹장지 바르는 법도 배우고 싶어. 사부는 이렇게 말하고 싶었으나 입 밖으로는 내지 못했다.

"잠깐."이라고 에이지가 말하고 멈춰 섰다.

호리에초와 신자이모쿠초(新材木町) 사이에는 수로가 있었다. 그 수로 옆에 대여섯 채, 작은 요리점이 드문드문 있는데 그 끝의 한 채에 '스미요시'라고 감색 천에 하얗게 히라가나로 염색한 짧은 포렴을 가게 앞에 내걸고 있는 여자가 있었다. 아담한 몸도 말랐으며 어깨끈을 둘러 그대로 드러난 두 팔도, 자락을 허리에 지른 노란 줄무늬 비단 옷 아래로 내다보이는 하얀 정강이도 갸름하고 유연하게 보였다.

"왜 그래, 에이 짱."

"스미요시."라고 에이지는 입 속에서 중얼거렸다. "들어본 적이 있는 거 같은데."

"야나기바시(柳橋)의 요리점이야. 스미요시, 단골이잖아."

"그게 아니야, 야나기바시가 아니야. 어딘가 다른 데서 들은 적이 있어."

포렴 걷기를 마친 여자는 발밑의 소금7)을 치운 뒤 집 안으로 들어갔다. 에이지는 기억을 되살리려는 듯 눈을 가느다랗게 뜨고 잠시 생각해보았으나 아무래도 떠오르지 않는 모양으로, 가볍게 혀를 차고 아무렴 어때, 일단 들어가보자, 하며 사부를 재촉해서 그쪽으로 걸어갔다.

가게로 들어서니 마흔 줄의 사내가 불을 넣은 커다란 사방등을 천장에 매달고 있는 중이었다. 3간에 5간 정도 되는 흙바닥에 식탁이 양쪽으로 있으며, 각각 좌우에 식탁과 하나로 붙은 의자가 마련되어 있고, 부들로 짠 둥근 방석이 2자 정도의 간격을 두고 놓여 있었다. 손님이 많아도 촘촘하게 앉히지 않고, 간격을 두고 마실 수 있도록 해놓은 모양이었다. 오른쪽에 대나무로 격자를 짠 주방, 안쪽 끝에 다시 포렴이 걸려 있었는데 거기에는 연노랑색에 감색으로 '스미요시'라고 적혀 있었다.

"너무 이른가?" 가게에 들어선 에이지가 사방등을 매달고 있는 남자에게 물었다. "아직 시작하지 않았나?"

"어서옵쇼."라고 사내가 씩씩하게 대답했다. "들어오세요."

---

7) 재수를 빌기 위해 문가에 놓는 소금.

그리고 안쪽을 향해서 손님 오셨다, 라고 커다란 목소리로 외쳤다. 에이지는 사부의 어깨를 떠밀어 식탁 가운데 하나를 선택한 뒤 그 안쪽 끝에 앉았다. 바로 여자가 둘, 자신의 머리를 매만지며 나와서 상냥하게 인사를 하고 주문을 받았다. 조금 전에 포렴을 걸던 여자가 아니라 한 사람은 열여덟아홉, 한 사람은 스물두엇쯤으로 두 사람 모두 통통했으며 분 냄새와 향유 냄새를 진하게 풍기고 있었다. 에이지는 초절임과 우마니[8]에 술 2병이라고 말했는데, 말하며 얼굴이 붉어졌다.

"나, 당신, 알고 있어요."라고 나이 많은 여자가 사부에게 말했다. "당신, 고부나초의 호코도에 있는 사람이죠?"

사부는 당황한 듯 에이지를 보았다. 여자 하나는 주문을 넣기 위해 갔고, 나이 많은 그 여자가 자리에 앉았다.

"아니야."라고 사부는 말했다가, 허겁지겁 다시 말했다. "아니, 사실은 맞지만 오늘은 어르신과 사모님께 허락을 받고 온 거야. 얘는 에이 짱, 나는 사부라고 하는데 두 사람 모두 올해로 딱,"

"그만해."라고 에이지가 말했다. "쓸데없는 말 하지 마."

"어머, 상관없잖아."라고 여자가 말했다. "사부 짱하고 에이 짱이란 말이지. 나는 오카메(おかめ)— 별명이 아니라 본명이야. 잘 부탁해."

사부가 웃기 시작하자 에이지가 노려봤다.

"우린 둘이서 마시고 싶어."라고 에이지가 여자에게 말했다. "술은 따르지 않아도 되니 둘만 있게 해줘."

"그럼 안으로 들어가."라고 여자가 마음 상한 듯한 기색도 없이

---

8) うま煮. 고기와 채소를 설탕, 술, 간장, 미림 등으로 삶은 요리. 재료에 따라서 다양한 우마니가 있다.

말했다. "여기는 곧 사람들로 가득해서 차분하게 얘기할 수 없을 거야. 좁기는 하지만 저기는 조용하니, 그렇게 하는 게 어때?"

"응."하고 말하며 에이지는 품속에 손을 넣었다. "우린 돈이 별로 없어."

여자가 웃으며 그런 걱정은 할 필요 없다고 말하고 두 사람을 일으켜 세워 안쪽으로 안내했다. 포렴 안쪽으로 들어선 곳에 네 첩 반 정도의 작은 방이 3개 정도 늘어서 있었다. 오른쪽은 옆집의 담으로, 담을 가리기 위해서 대나무를 심어놓았으나 드문드문 난 잎은 전부 갈색으로 쪼글쪼글했으며, 장식을 위해서이리라, 곳곳에 놓여 있는 이끼 낀 돌의 이끼도 역시 꺼칠하게 말라 있었다.

"여기가 좋을 거야." 여자가 두 사람을 끝에 있는 네 첩 반짜리 방으로 들이고 말했다. "금방 등을 가져다줄게."

작은 방이지만 반 칸 정도의 장식공간에 족자도 있고 옆방과의 문을 가리기 위해 2폭짜리 조그만 병풍도 세워놓았으며 네모난 오동나무 화로에는 불이 피워져 있었다. 자기 입으로 본명이라고 했으니 틀림없으리라, 잠시 후 오카메가 불이 든 등을 가져왔고, 뒤이어 다른 한 명이 나비 모양의 다리가 달린 상을 2개 가지고 왔다.

"이래도 괜찮을까?" 사부가 불안하다는 듯 속삭였다. "혹시 돈이 모자라면 어떻게 하지?"

"시끄러워." 에이지가 가슴의 두근거림을 감추며 말했다. "저쪽은 우리 가게의 이름을 알고 있잖아. 그렇지 않다 해도 설마 목을 따려 들지는 않을 거야. 그렇게 안절부절못할 거 없어."

잠시 후 오카메가 주문한 술과 안주를 가지고 와서 두 사람의 상에 나누어 놓고, 그럼 시킬 게 있으면 손뼉을 치라고 말한 뒤

밖으로 나갔다.

"각자 마시기로 하자."라고 에이지가 말했다. "귀찮으니 잔을 돌릴 것도 없고, 술도 자작하기로 하자, 알았지?"

"알긴 알았는데,"라고 사부가 상을 빤히 바라보며 말했다. "어딘가 조금 무서운 느낌이야."

"뭐가 무서운데?"라고 말하며 세 번째 여자가 장지문을 열고 얼굴만 내민 채 싱긋 웃었다. "이를 어쩌지. 강가의 어르신인 줄 알았네. 미안해."

밖에 포렴을 걸던 여자였다. 야무지게 생긴 길고 갸름한 얼굴이었는데 웃을 때 입술 사이로 덧니가 보였다. 에이지는 냉담하게 얼굴을 휙 돌렸다.

### 1-3

"청승맞게."라고 그 여자가 말했다. "아무도 없어?"

"됐어."라고 에이지가 고개를 돌린 채 말했다. "술은 따르지 않아도 돼."

"장례식장 같네."하고 여자가 말했다. "아니면 다른 사람이 들어서는 안 되는 나쁜 짓이라도 꾸미고 있는 거 아니야?"

에이지가 고개를 돌려 "시끄러워."라고 말했다. 여자는 살짝 웃음을 지었다가 에이지의 눈을 보고 얼굴이 굳더니 미안해, 라고 작은 목소리로 말하고 문을 닫았다. 여자가 웃었을 때 이번에도 덧니가 보였는데 그것이 에이지의 눈에 남았다.

3월 1일에 에이지는 쉬지 못했다. 니혼바시(日本橋)의 혼초(本町)에 있는 와타분(綿文)이라는 커다란 환전상(換錢商)에서 객실

의 장지를 새로 바르기로 했기에 종이를 결정하고 사전 협의를 하기 위해 사형인 다이치와 함께 외출을 했기 때문이었다. 호코도 입장에서 보자면 와타분도 오랜 단골로 1년에 한 번은 맹장지의 종이를 갈았다. 에이지는 열세 살 때부터 다이치와 주시치 들의 심부름꾼으로 갔었기에 가족과 하인들과도 친한 사이가 되어 있었다. —주인인 도쿠베에(德兵衛)는 뚱뚱하고 몸집이 컸는데 언제나 술 냄새 나는 숨결을 내뱉으며 가게에는 거의 나가지 않고 골동품을 만지작거리거나 시가에 푹 빠져 있었다. 아내는 오미요(おみよ)라고 하는데, 몸도 말랐고 체구도 작고 얼굴도 조그매서 커다란 상점의 안주인이라기보다는 어딘가 뒷골목의 아낙 같다는 느낌이 들었다. 아들은 없었으며 오키미(おみみ), 오소노(おその)라는 딸이 둘, 나이는 두 살 차이로 둘 모두 예쁘다는 소리를 듣고 있었지만 언니는 아버지를 닮아 풍성한 몸매에 성격도 누긋했다. 동생은 마른 몸에 얼굴도 갸름하고 깜찍한 말을 썼으며 하는 행동도 날랬다.

와타분은 길모퉁이에 있는 가게인데 창고가 2채. 2층으로 지어진 가게와는 따로 안뜰을 사이에 두고 1층짜리 주거가 있었다. 주거에는 옆에 문이 있고, 정면이 현관. 오른쪽으로 화재를 막기 위해 두툼한 토담이 있었는데 그 토담을 따라 돌아들면 맞은편에 지붕을 얹은 우물이 있고 그 앞쪽 왼편으로 쪽문이 있었다. 부엌으로 들어가는 문이 아니라 가족이나 손님, 여러 상인, 장색 등이 출입하는 곳으로 손님이 많은 집이었기에 신발 정리를 겸한 어린 심부름꾼이 하나, 안으로 들어서자마자 있는 6첩 방에서 금 알갱이나 금화를 담은 자루를 판자 위에 두드리고 있었다. 자루를 들었다가 판자 위에 떨어뜨리는, 단조롭고 한심해 보이는 동작이었으나 그렇게 하면 미량의 금이 자루에 붙기 때문에 일정한 기간을 두고 자루를 태우면 모인 금 부스러기를 얻을 수 있다는 것이었다. 관인에게 들키면 좋지 않기에 가게에서는 하지 않는 것일 테고 어느 환전상에서나 그렇게 한다고 하는데, 에이지는 그 말을 들었을 때 이렇게 커다란 가게에서 별 좀스러운 짓도 다 한다고 매우 경멸했었다.

종이 견본 꾸러미를 가지고 다이치와 둘이서 방으로 들어가자 열대여섯 살쯤으로 보이는 하녀 오스에(おすえ)가 차와 과자를 가지고 왔다. ―에이지는 재작년과 작년에는 이 집에 오지 않았지만, 3년 전까지는 매해 왔었기에 두 딸들과도 친했고 오스에와도 잘 알고 지냈다.

"오랜만이네요, 에이 씨."라며 오스에가 다이치에게 인사를 한 뒤 에이지를 보았다. "많이 컸네요. 저 처음에는 다른 사람인 줄 알았어요."

"그만둬."라고 말하며 다이치가 웃었다. "이래봬도 스무 살이 됐는데, 가엾잖아."

"죄송해요." 오스에가 얼굴을 붉혔다. "전, 그냥 듬직해졌다고 말할 생각이었는데, 저도 모르게 그만 말이 잘못 나와서."

에이지도 얼굴이 빨개졌으나 오스에 쪽으로는 눈길도 주지 않았다.

"오스에는 몇 살이 됐지?"

"열여섯이요."라고 오스에가 다이치에게 대답했다. "몸이 작아서 열두엇으로밖에 보이지 않는다고 모두로부터 곧잘 놀림을 받곤 해요. 부끄럽게."

마루에서 사람이 서서 이쪽을 들여다보고 있었다. 이 집의 큰딸이었는데, 그때 또 한 사람, 동생이 지나가려다 언니 뒤쪽에서 얼굴만 내밀어 들여다보고, 어머 에이 짱, 하고 말했다. 언니는 그 자리에서 움직이지 않았으나 동생인 오소노는 방으로 뛰어들어와 에이지 앞에 털썩 앉더니 커다란 눈으로 그를 뚫어져라 바라보았다. 오스에가 인사를 하고 밖으로 나가자 에이지는 눈 끝으로 그 뒷모습을 슬쩍 바라보았다.

"어머, 놀래라. 이거 에이 짱이잖아."라고 오소노가 얼굴을 반짝이며 말했다. "많이 컸네. 깜짝 놀랐어."

다이치가 입술만으로 웃었다. "지금 막 그 말을 들은 참입니다."

"에이 짱."하고 오소노가 다이치에게는 신경 쓰지 않고 에이지의 눈을 바라보며 말했다. "나 누군지 알아보겠어?"

"오소노 아씨시잖아요."라고 에이지가 대답했다. "몇 년이나 못 본 것도 아니고, 겨우 2년 여기에 안 왔을 뿐 아닙니까."

"나도 많이 컸지?"

"안녕하세요."라고 에이지가 마루에 있는 오키미에게 말을 걸었다. "오랜만에 뵙겠습니다."

오키미는 가만히 고개를 끄덕이고 어서와, 라고 천천히 말했다.


## 1-4

그때 주인인 도쿠베에가 들어왔고 다이치가 종이 견본을 펼쳤다. 도쿠베에는 여전히 술 냄새 나는 숨을 내쉬고 있었다.

"잠깐 와봐, 에이 짱."하고 오소노가 말했다. "너에게 보여주고 싶은 게 있어."

"소노 짱."하고 마루에서 오키미가 말했다.

"괜찮죠? 아버지."라고 오소노가 아버지에게 콧소리로 말했다. "에이 짱에게 잠깐 보여주고 싶은 게 있어요. 잠깐 나가도 괜찮죠?"

언니가 다시 "소노 짱도 참."하고 나무랐으나 도쿠베에는 귀찮다는 듯 손을 흔들고 "시끄럽다, 마음대로 해라."라고 말했다. 에이지가 도와달라는 듯 다이치를 보았으나, 다이치는 웃지도 않고 턱을 치켜올리며 가라고 말하는 듯한 표정을 지었다.

"자, 에이 짱."하고 오소노가 그의 손을 잡았다. "가자, 얼른."

옛날 그대로라고 에이지는 생각했다. 사형들과 이 집으로 일을 오면 늘 이 자매에게 붙들려 놀이 상대가 되어야 했다. 장지를 새로 바르는 것은 매해 12월이었기에 딱지놀이나 오이바네9)나 공기놀이, 구슬치기 등 따분한 놀이들뿐이었으며, 여자아이의 놀이 상대가 되어야 한다니 굴욕이라고까지 생각하곤 했었다. 하지만 중요한 단골손님이기도 하고, 사형들이 그렇게 하라고 말했기에 거절할 수도 없어서 마지못해 놀아주는 동안 어느 놀이나 가장 잘하게 되었고, 지기 싫어하는 오소노는 분해서 곧잘 울곤 했었다.

데려간 곳은 자매들의 방으로 장롱이 각각 2개씩에, 인형 등을 놓아둔 장식 선반, 가야금 · 샤미센10) · 다기를 넣은 찻장, 주홍색 칠을 한 횃대 등, 여자아이의 방답게 하나같이 화사한 색과 향료 냄새로 넘쳐나고 있었다.

"나, 열여섯 살이 됐잖아."라고 오소노가 자기 장롱 앞에 무릎을 대고 앉으며 말했다. "―그래서 말이지, 화려한 무늬의 긴소매 옷을 만들어주셨어. 아주 예뻐."

그리고 서랍 가운데 하나를 열어 안에서 그 물건을 꺼내 아주 소중하다는 듯 두 손으로 받쳐들고 에이지에게 건네주었다.

"펼쳐봐."라고 오소노가 말했다. "사계절의 화초라는 무늬야. 교

---

9) 追い羽根. 배드민턴과 비슷한 놀이로 깃털로 만든 공을 나무판으로 치는 것.
10) 三味線. 일본 전통의 3줄 현악기.

토(京都)의 다마루야(田丸屋)라는 곳에 염색을 부탁한 거야."

"내 건 스소모요11)야."라고 언니인 오키미가 두 사람 옆에서 말했다. "내 것도 보여줄게."

"나중에."라고 오소노가 단호하게 말했다. "언니는 맨날, 내 흉내만 낸다니까. 방해하지 마."

에이지는 옷을 펼쳐보고 예쁘다고 말했다. 이 정도로 커다란 자산가의 딸이라면 교토에서 염색한 유젠12)쯤이야 특별하달 것도 없을 텐데, 일부러 사람을 불러서 보여준다는 데에 이 자매의 젠체하지 않는, 서민의 딸들 같은 개방적인 성격이 잘 나타나 있었다.

동생에게 단호한 말을 들은 언니 오키미는 마음 상한 듯한 모습도 보이지 않고 천천히 자신의 장롱을 열었다. 그 스소모요라는 것을 꺼낼 생각이었던 것이리라. 그러나 오소노가 그보다 빨리, 이번에는 허리띠를 보여줄게, 라고 말하며 아래쪽 서랍을 열었다가 순간 비명을 지르며 펄쩍 뛰어올라 두 손으로 에이지의 가슴을 끌어안았다.

"무서워."라고 오소노가 에이지를 힘껏 끌어안으며 외쳤다. "쥐야, 쥐가 있어."

오키미도 깜짝 놀라서 뒤로 물러났으며 에이지는 오소노의 팔을 떼어놓으려 했다. 그러나 찰싹 달라붙은 오소노의 힘은 놀랄 정도로 강한 것이어서 바로는 떼어낼 수가 없었다.

"이걸 좀 놔주세요."라고 에이지가 말했다. "이러면 쥐를 쫓을 수가 없잖아요."

---

11) 裾模様. 소매를 중심으로 무늬를 넣은 기모노.
12) 友禪. 비단 등에 인물, 꽃, 새, 산수 등의 무늬를 화려한 색채로 선명하게 염색한 것.

"싫어, 무서워."라며 오소노는 팔에 더욱 힘을 주었다. "나 숨이 막힐 것 같아."

"쥐를 쫓을 테니." 에이지가 간신히 몸을 자유롭게 한 뒤 오소노를 밀쳐냈다. "자, 오키미 아씨도 비켜나세요."

그리고 그 서랍 안을 들여다보았으나 쥐가 있는 듯한 기색은 없었다. 손을 넣어 겹쳐져 있는 허리띠의 한쪽을 차례차례 들어올려 바닥까지 찾아보았으나 쥐는커녕 벌레 한 마리조차 보이지 않았다. 에이지는 서랍 안을 원래대로 해놓고 일어나 오소노의 얼굴을 노려보았다. 오키미는 두 손으로 가슴을 안은 채 겁먹은 듯한 표정으로 에이지를 올려다보고 있었다.

"정말이야, 거짓말 아니야."라고 오소가 마치 눈이 부신 사람처럼 에이지의 눈을 피하며 말했다. "허리띠를 꺼내려 했는데 바로 앞에 웅크리고 앉아서 날 물어뜯으려 했단 말이야."

에이지가 무슨 말인가 하려 한 순간 마루에서 이름을 부르는 소리가 있어 돌아보니 오스에가 서 있었다.

"다이치 씨가 불러요."라고 오스에가 이쪽은 보지 않고 말했다. "치수를 재야 하니 오라던데요."

그 말에 고개를 끄덕인 에이지는 오소노를 향해서 허리띠가 빼곡하게 들어차 있는 서랍 안을 가리켜 보였다. 거기에는 아무리 작은 쥐라도 웅크리고 있을 만한 여유가 없다는 사실을 내보인 것이리라. 오소노가 어깨를 살짝 옴츠리고 말했다.

"하지만 있었는걸. 정말, 이렇게 움츠리고 앉아서, 나를 물어뜯으려고 이렇게 이빨을 드러내고 있었다니까."

오소노가 그런 자세를 취해 보였으나 에이지는 아무런 말도 하지 않고 방을 나섰다.

## 1-5

　일을 마쳤기에 에이지는 먼저 쪽문을 통해서 밖으로 나왔다. 종이 견본과 치수를 적은 장부를 넣은 꾸러미를 가지고 문을 나서자 오스에의 모습이 보였다. 우물가에 섰다가 기다렸다는 듯이 이쪽으로 달려와서는 에이지의 눈을 바라보며 미소 지었다. 바라보는 눈에는 애절한 듯한, 일념으로 가득한 듯한 빛이 있었으며 그 미소는 마치 울상을 짓고 있기라도 한 것처럼 일그러져 있었다.

　"많이 컸다고 한 말," 하며 오스에가 눈을 돌리지 않고 말했다. "저, 정말 듬직해졌다고 말하고 싶었던 거예요."

　"괜찮아, 그런 건." 에이지가 꾸러미를 바꿔 잡으며 말했다. "화 같은 거 나지 않았어."

　"정말이죠?"라고 속삭이며 오스에는 눈물을 흘렸다. "다행이에요."

　"뭐야, 그런 일 갖고 바보같이."

　"제가 에이 씨를 처음 만난 건 열세 살 때였는데, 에이 씨는 화를 잘 내는 무서운 사람이라고 생각했던 기억이 있어요."

　에이지는 무슨 말인가 하려다 얼굴이 붉어졌고, 그러다 화난 듯한 목소리로 말했다. "—나도 너를 생각하고 있었어."

　오스에는 "고마워요."라고 속삭이는 듯한 목소리로 말하고 휙 몸을 돌려서 종종걸음으로 달려갔다. 에이지는 그쪽을 쳐다보지 않았다. 얼굴은 여전히 빨간 채였으며, 커다란 숨결 때문에 가슴이 눈에 띌 정도로 물결치고 있었다.

　"에이지."라고 부르는 소리가 들렸다. "잠깐 와봐."

문 안쪽에서 다이치가 내다보고 있었다. 에이지는 나쁜 짓이라도 하다 들킨 사람처럼 두근두근 그쪽으로 다가갔다.

"너 먼저 가야겠다."라고 다이치가 말했다. "나리의 술 상대를 해줘야 돼. 지긋지긋하지만 어쩔 수 없지. 어르신께도 그렇게 전해 줘."

끝 쪽에 있는 6첩 방에서는 심부름하는 아이가 아직도 자루를 무겁다는 듯 판자에 내리치고 있었다. 에이지는 다이치에게 고개를 끄덕이고 거기서 나왔다.

"많이 자랐네요, 라." 길을 걸으며 에이지는 가만히 중얼거리고 미소 지었다. "자기도 많이 자랐으면서. ―몸매도 얼굴도 그때랑 조금도 변하지 않았어. 열셋이었을 때도 지금이랑 똑같았어."

여자는 열세 살이 되면 벌써 얼굴도 몸도 처녀가 되는 걸까? 신기한 일이야, 라고 생각하며 에이지는 다시 미소 지었다.

고부나초로 돌아오자 쉬는 날로 가게는 닫혀 있었기에 에이지는 옆의 쪽문을 통해 안으로 들어갔다. 그러자 뒤편의 좁은 빈터에서 사부가 풀을 쑤고 있었다. 옷자락을 걷어붙이고 어깨끈을 매고 5되 들이쯤 되는 통을 향해서 작은 의자에 앉아, 통 속에 두 손을 넣고 문질러대고 있었다. 밀가루를 물로 잘 반죽해서 자루에 넣고 문지르면 하얀 물이 나온다. 그것을 침전시킨 뒤 단지에 담고, 그늘진 흙에 단지를 절반쯤 묻어 저장한다. 표구나 병풍의 배접용으로는 그렇게 해서 만든 풀밖에 쓰지 않았으며, 단지 속에서 익히는 기간 도 2년에서 3년은 걸렸다.

"사부, 무슨 일이야?" 에이지가 다가가며 물었다. "쉬는 날이잖 아. 뭐 하는 거야? 더구나 이런 뒷마당에 나와서."

사부는 대답도 하지 않았고 돌아보지도 않았다. 에이지는 그의 옆얼굴이 젖어 있다는 사실을 깨달았다.

"왜 그래?" 에이지가 목소리를 낮췄다. "무슨 일 있었어?"

"아무것도 아니야." 사부는 머리를 흔들었다. "아무 일도 없었어."

"울고 있잖아."

"우는 게 아니야."라고 말하며 사부는 팔로 눈 주위를 비볐다. "반죽을 할 때 가루가 눈에 들어갔어."

에이지는 여전히 사부의 옆얼굴을 바라보고 있었으나 사부는 돌아보려 하지도 않았다.

"둘이서 어디라도 가볼까 싶어서 서둘러 왔는데,"라고 에이지가 말했다. "일을 시작해버렸으니 안 되겠네."

문지르기를 시작하면 항아리에 담기까지 손을 뗄 수 없다. 에이지는 사부와 술이라도 마시러 가서 오스에에 대해 이야기하고 싶었다. 무슨 얘기가 하고 싶은 건지는 자신도 잘 몰랐지만, 어쨌든 얘기를 하지 않으면 마음이 가라앉지 않을 듯한 기분이었다.

"상관없잖아. 갔다와." 사부가 허옇게 변한 손으로 자루를 문지르며 말했다. "나는 신경 쓰지 않아도 돼."

"무슨 말도 안 되는 소리야. 혼자서 갈 수 있을 거 같아? 네가 일을 시작했으니 나도 일이나 해야겠다."라고 에이지는 말했다. "와타분에서 맹장지의 치수를 재왔으니 이제는 종이를 준비해놔도 돼. 너도 이런 데서 하지 말고 작업장에 가서 하는 게 어때?"

"난 여기가 좋아." 사부가 목이 메인 듯한 목소리로 말했다. "그냥 내버려둬."

그리고 갑자기 두 손을 통 속에 찔러 넣은 채 몸을 앞으로 웅크려 소리죽여가며 울기 시작했다.

"대체 무슨 일이야, 사부."라고 에이지가 몸을 쪼그려 들여다보며 말했다. "나한테도 말할 수 없는 일이야?"

"혼자 내버려둬."라고 흐느끼며 사부는 얼굴을 돌렸다. "정말 아무 일도 아니야. 제발 부탁이니 날 그냥 내버려둬."

"진짜 그렇게 했으면 좋겠어?"

사부는 커다랗게 고개를 끄덕였다. 통통한 몸을 앞으로 웅크린 모습이나, 동그스름한 머리를 까닥 끄덕인 모습이 참으로 우직하고 어린아이처럼 보였기에 에이지는 마음속으로 가엾은 아이라고 생각했다.

## 2-1

둘이 호리에초의 '스미요시'에 간 것은 2개월 뒤인 4월 15일이었다.

저녁을 먹고 나서 갔기에 가게에는 벌써 등불이 켜져 있었으며 손님도 대여섯 명 있었다. 전에 얼굴을 마주했던 오카메라는 여자가 에이지와 사부를 보았으나 기억하지 못하는 것이리라, 어서 오세요, 라고 말한 채 손님을 상대하며 움직이려 하지 않았다. 에이지는 잠시 망설였다. 손님은 모두 중년이었고 이 가게의 단골인 듯했기에, 처지가 다른 자신들은 어디에 앉아야 좋을지 얼핏 알 수 없었기 때문이었다. 그때 가게 안쪽 끝에 있는 포렴을 헤치고, 역시 전에 방을 들여다보았던 어린 여자가 나와서 에이지와 사부를 보더니 눈을 커다랗게 뜨고 두 손을 찰싹 맞부딪치며 달려왔다.

"어서 오세요."라고 그 여자는 말했다. "나, 당신들 알고 있었어요. 지난 번 방이 좋겠죠? 이리 오세요."

이렇게 말하고 몸을 돌려 다시 포렴 안쪽으로 갔다. 에이지는 사부에게 눈짓을 하고 여자의 뒤를 따라갔다. 여자는 예의 방으로 올라가 방석을 깔기도 하고, 재떨이를 내놓기도 하고, 작은 병풍을 치기도 했다.

"너무 부산떨지 마."라고 에이지가 방으로 올라서며 말했다. "정신 사나워서 견딜 수가 없잖아."

"모두들 그렇게 말해요."라고 여자는 어깨를 들썩여 보였다. "술하고 안주, 안주는 뭐로 할까요?"

"밥을 먹고 왔어. 배부르지 않는 것을 두어 개 가져다줘."

"그때랑 똑같네." 여자가 에이지를 보고, 그런 다음 사부를 보았다. "한 사람씩 봤으면 못 알아봤을지도 모르겠지만, 둘이 같이 있었기에 바로 알아볼 수 있었어. 아, 바로 알아본 건 아니었지. 지난번에 당신들이 돌아가고 난 뒤에 생각났어. 아, 그 사람들이구나, 하고."

"시끄러워."라며 에이지가 눈썹을 찌푸렸다. "얼른 주문을 넣고 와."

"그, 시끄러워, 라고 하는 거."라며 여자가 에이지 앞으로 자신의 얼굴을 내밀었다. "―나, 기억 안 나?"

"비슷한 사람은 알고 있어."

"비슷한 사람이라니, 내가 아니라?"

에이지는 오소노를 닮았다는 생각이 들었고, 쥐가 물어뜯는 줄 알았어, 라는 말이 떠올랐기에 웃음이 나올 것 같았다. 여자는 아이고, 매정한 사람도 다 있네, 라고 말하며 주문을 넣으러 갔다.

"안주는 곧 나올 거야."라며 술만 가지고 돌아온 여자가 상을 하나 두 사람 사이에 놓고 데운 술병을 쥐어 사부에게 술을 따른 뒤, 에이지를 보았다. "―아직도 나 모르겠어?"

에이지가 잔을 들며 시끄러워, 하고 말하자 여자는 이번에도 두 손을 찰싹 맞부딪쳤다.

"그거야, 그 시끄러워야."라고 여자가 흥분해서 말했다. "료고쿠바시에서 네가 나한테 그랬잖아. 시끄러워, 라고."

"아아."하고 사부가 느슨한 목소리로 술잔을 든 채 끄덕였다.

"우산."하고 여자가 말했다.

"5년 전이었지."라고 사부가 말했다. "그래, 비가 내리고 있었는데 너는 구멍이 뚫린 우산을 쓰고 있었어."

"맞아, 그랬었지."

"무슨 소리야?"라고 에이지가 물었다.

"그 왜, 5년 전에 내가,"라고 말했다가 사부는 머뭇거렸다. "그 왜, 히가시료고쿠에서 요코아미까지 둘이서 걸어간 적이 있었잖아. 비를 맞으며."

에이지는 지금 막 잠에서 깨어난 듯한 눈으로 거기에 있는 여자를 돌아보았다.

"아아, 그랬었지."하고 그가 말했다. "그때 우산을 쓰고 가라고 시끄럽게 말한 아이가 있었지. ─그게 너였어?"

"이름은 오노부(おのぶ)." 여자가 덧니를 보이며 싱긋 웃은 뒤, 인사했다. "잘 부탁드리겠습니다."

"나는 에이지, 얘는 사부라고 해. 그때는 꼬맹이라 생각이 안 났었는데, 많이 컸네." 에이지는 자신만의 화풀이를 하는 듯한 기분으로 실쭉 웃었다. "─그 덧니는 생각나는 거 같아."

"어머, 세상에. 짓궂기는." 오노부는 한쪽 손으로 입을 가리며 에이지를 노려보고, 다시 사부에게 술을 따랐다. "이 덧니는 빠질 거래. 나 지금 열여덟이잖아, 스무 살이 되면 빠질 거래."

"열여덟 살이었군. ─열여덟치고는 꼬맹이잖아."

"예뻐."라고 사부가 분위기를 수습하려는 듯한 투로 말했다. "정말, 예뻐."

"안주를 가져올게."

오노부가 나가자 사부가 에이지에게 술을 따르려 했다. 에이지는 그것을 거절하고 자작을 해서 한 모금 마셨다.

"아직도 마음에 걸려서 참을 수가 없는데,"라고 에이지가 곁을 보며 낮은 목소리로 말했다. "−지난 달 1일에, 대체 무슨 일이 있었던 거야?"

사부가 움찔하더니 눈이라도 부신 사람처럼 시선을 내리깔고 고개를 숙였다.

"이젠 말해도 되지 않아?"

"그때는 미안했어."라고 사부가 입 속에서 중얼거렸다. "에이짱한테 걱정을 끼쳐서 미안하게 생각하고 있어. −그래서 나는 생각하는데,"

"그건 그만둬." 에이지가 가로막았다. "네가 생각한다고 말하면 얘기가 늘 뒤로 되돌아갈 뿐이야. 중요한 부분을 얘기해줘."

"응."하며 끄덕이고 사부가 술을 마신 뒤 말했다. "그날, 오미쓰(おみつ) 짱이 왔었어."


## 2−2

오미쓰란 호코도의 딸인데 나이는 올해로 19세, 작년 봄에 니혼바시 히모노초(檜者町)에 있는 '사와무라(さわ村)'라는 빗 만드는 집으로 시집을 갔다. 요시베에 부부에게는 자식이 둘 있는데 동생인 호지로(芳次郎)는 지금 15세가 되었으나 몸이 약해서 다마가와(玉川)에 있는 농가에 맡겨두었다. 헤이자에몬(平左衛門)이라는 사람의 집인 그 농가는 상당한 전답을 가지고 있는데 안주인인 오요시와 친척이기에 1달에 1번 정도는 서로 왕래가 있었다. −오미쓰는 그렇게 예쁜 편은 아니었으며, 집에 있었을 때부터 좋

아하는 사람과 싫어하는 사람을 대하는 태도가 매우 달라서 직공들의 뒤를 캐기도 하고 있지도 않은 일을 아버지에게 고자질하기도 했다. 요시베에도 안주인도 그 성격을 알고 있었기에 오미쓰의 고자질은 대부분 흘려들었으나 그것이 오히려 오미쓰의 고집스러운 성격을 부채질하는 결과를 가져다준 것이리라. 시집을 가서도 불평이 많아서 종종 친정에 와서는 사람들에게 화풀이를 하곤 했다.

"집에 오자마자 나를 보더니 쉬는 날이라고 놀고만 있을 필요는 없잖아, 라고 말했어." 사부가 씁쓸하게 미소 지었다. "—남의 집 밥을 먹으면서 기술까지 배우고 있으니, 조금이라도 고맙게 생각한다면 설령 가게는 쉰다 할지라도 뭔가 일이 있을 거 아니야. 쌀 한 톨도 공짜는 아니야, 라고."

"그 다음은 말하지 않아도 돼."라고 에이지가 제지했다. "오미쓰 짱의 성격은 너도 알고 있잖아. 틀림없이 히모노초에서 또 싸움이라도 하고 와서 화풀이를 한 걸 거야. 마음에 둘 거 없어."

"너는 그래도 상관없을 테지만, 난 선천적으로 굼벵이잖아. 아직도 풀 쑤는 거밖에 할 줄 모르는 사람이라, 쌀 한 톨도 공짜는 아니라는 말을 들으면,"

"바보 같은 소리 하지 마. 우리는 공짜로 밥을 먹고 있는 게 아니야."라고 에이지가 화난 사람처럼 말했다. "기술을 배우고 있는 건 사실이지만, 그렇다고 놀고 있는 건 아니야. 어렸을 때부터 손발이 터지고 땀범벅이 되어 가면서 일을 해왔어. 우리 같은 직공들이 있기에 호코도도 먹고 사는 거야. 정신 좀 차리세요, 사부 형님."

안주를 가지고 온 오노부가 술을 따르게 해달라며 방으로 들어와서는, 어깨띠를 풀고 두 사람 사이에 앉았다.

33

"지금 생각났는데,"라며 에이지가 오노부를 보고 말했다. "—그 때 너, 여기에 언니가 있다고 하지 않았었나?"

"맞아, 언니한테 우산을 가져다주려던 참이었어."

"아직도 있어?"

"죽었어."라고 말하며 오노부는 고개를 저었다. "언니에 대해서는 묻지 말아줘. 정말 불쌍하게 죽어서 그 이야기를 하면 나 울어버리고 마니까. 자, 한 잔 받아."

"집은 혼조(本所)였지?"라고 사부가 물었다.

"응, 고이즈미초(小泉町)." 오노부가 에이지에게 술을 따르고, 사부에게 술을 따랐다. "집 얘기도 묻지 말아줘. 남들에게는 얘기할 수 없는, 그야말로 비참한 생활을 하고 있으니까. 차라리 집에서 나와 거지가 되어버릴까, 그렇게 생각하지 않는 날이 없을 정도야."

"그만둬, 그런 얘기."라고 에이지가 말했다. "자기 입으로 묻지 말라고 했잖아."

"그랬었지." 오노부가 조그만 어깨를 움츠렸다. "미안해. 자 받아."

"그 덧니, 귀여워." 사부가 술을 마시며 부시다는 듯한 눈빛으로 오노부의 입가를 바라보았다. "그 덧니는 빼지 않고 두는 편이 좋을 거 같은데."

"빼는 게 아니야. 저절로 빠지는 거야."

"어째서?"

"어머, 몰라?" 오노부가 눈을 동그랗게 떴다. "덧니라는 건 말이지, 정상적인 것 외에 생겨난 쓸데없는 이래. 그래서 자연스럽게 밀려나서 언젠가는 빠져버리는 거래."

에이지가 당황해서 말했다. "빠지지 않으면 입술에 구멍이 생겨버려. 마셔, 사부."

"내가 무슨 좋지 않은 말 했어?"라며 오노부가 에이지의 얼굴을 보았다.

"아니야, 그런 적 없어."라고 사부가 사람 좋은 미소를 지으며 말했다. "에이 짱은 내가 마음에 두지 않을까 걱정하고 있는 거뿐이야. 난 익숙해져 있어서 무슨 말을 들어도 마음에 두지 않아. —정말 입술에 구멍이 뚫린다면 덧니는 당연히 빠져버리는 게 훨씬 낫지."

"무슨 말인지 하나도 모르겠네. 마치 놀림을 당하고 있는 거 같아."

"미안, 다른 얘기를 하자."라고 말하며 에이지가 오노부에게 술잔을 내밀었다. "너도 한 잔 마실래?"

"나, 술 세."

"잘됐군. 잔을 하나 더 가져와."

"지금 가져올게." 에이지가 내밀었던 술잔을 되돌려주고 오노부는 자리에서 일어났다. "하지만 아직 이르니 너무 많이 마시게 하지는 마."

"우리 주머니가 버티지 못할 거야."라고 에이지가 오노부의 뒷모습에 대고 말했다. "뭔가 네가 먹을 것도 말해놓고 와."

오노부가 밖의 바닥으로 내려선 뒤 뒤돌아서 에이지의 얼굴을 가만히 바라보며, "고마워, 잘 먹을게."라고 말했다.


## 2-3

5월에 와스케가 호코도를 나가 아사쿠사(浅草)의 히가시나카마치(東仲町)에 '고와도(香和堂)'라는 자신의 가게를 차리고 열다섯이 된 어린 직공인 한지를 데리고 갔다. 그 전에 우키치(卯吉), 사다(定)라는 두 어린 직공이 들어왔고, 가을까지는 가게도 한가하기에 한지를 붙여준 것이었다.

에이지와 사부는 쉬는 날이면 '스미요시'로 갔다. 아무래도 사부는 오노부가 마음에 든 듯, 이런저런 구실을 만들어서 선물을 사가지고 갔으나 자신은 그럴 용기가 없었던 것이리라. 에이지에게 부탁해서 건네주는 것이 일상이 되어 있었다. ―조금씩 추워지기 시작한 10월 15일, 둘은 이번에도 저녁을 먹은 뒤 '스미요시'로 술을 마시러 갔다. 그날 밤에도 역시 오노부를 위해 수가 놓인 장식용 깃을 사서 에이지에게 맡기고 갔는데, 스미요시의 늘 마시던 방으로 들어서자 에이지가 꾸러미를 사부에게 돌려주었다.

"이젠 괜찮지 않아?"라고 에이지가 일부러 냉담하게 말했다. "열일고여덟 살 먹은 꼬맹이도 아니고, 지금부터는 네가 알아서 해."

"알고 있잖아." 사부가 애원하는 듯한 눈빛을 했다. "난 못 해."

"노부 공(오노부. ― 역주)도 다 알고 있어."라고 에이지가 말했다. "내가 말한 게 아니야. 노부 공 스스로가 눈치를 챈 거야. 너는 이런 거 줄 사람이 아니야, 라고 내 면전에 대고 말했어. 내 체면이 말이 아니었어."

"언제 그랬는데?"

"요전에 왔을 때. 네가 변소에 간 사이에."

사부는 꾸러미를 옆에 놓고 창피하다는 듯 고개를 푹 숙였다. 잠시 후 오노부가 들어와 주문을 받은 뒤 술만 먼저 가지고 돌아왔다. 그리고 언제나처럼 마시기 시작했으나 사부는 완전히 의기소침해서 평소와는 달리 술잔을 거듭해도 취하는 모습은 없었으며, 조금도 신이 나지 않았기에 둘은 얼마 지나지 않아서 스미요시에서 나왔다.

"왜 그걸 건네주지 않은 거지?" 어두운 수로 옆을 고부나초 쪽으로 걸어가며 에이지가 말했다. "노부 공도 그 꾸러미를 봤어."

사부는 수로의 모퉁이에서 갑자기 멈춰 섰다.

"나 취한 거 같아." 사부가 살짝 비틀거리는 것 같더니 거기에 쭈그려앉아 말았다. "―오늘 밤에는 에이 짱에게 하고 싶은 얘기가 있었어."

"이런 수로 옆에서 어쩌자는 거야? 감기 들면 어쩌려고."

"와스케 형님은 가게를 차렸어."라고 사부가 웅얼웅얼 말했다. "에이 짱도 곧 가게를 차리게 되겠지. 하지만 나는 글렀어."

"그 얘기는 가게에 가서 하자."

"난 생각하는 데," 사부의 목소리는 딱할 정도로 힘이 없었다. "어차피 전망이 없으니 차라리 지금 직업을 바꾸는 편이 낫지 않을까?"

"바보 같은 소리 하지 마. 너만큼 풀을 잘 쑤는 사람도 없어. 어르신께서 늘 그렇게 말씀하시는 건 너도 들어서 알고 있잖아."

사부가 잠시 입을 다물고 있다가 말했다. "―에이 짱은 언젠가 일본에서 풀을 제일 잘 쑤는 사람이 되면 그것으로 훌륭한 장인이라고 말해줬어. 맞는 말일 거야. 내 마음을 달래주기 위해서 그냥 한 말은 아닐 테지만, 풀만 쑤어서는 자기 가게를 가질 수 없어. 기껏해야 평생 호코도의 밥이나 빌어먹고 사는 거 아닐까?"

"할 얘기라는 게 그거였어?" 대답을 찾으려는 듯 에이지는 되물었으며, 그러나 대답을 찾지 못했던 것이리라. 혼자서 끄덕인 뒤 조용히 말했다. "―인간은 한 치 앞의 일도 사실은 어떻게 될지 알 수 없는 법이야. 하물며 5년 앞, 10년 앞의 일 따위는 신도 알지 못할 거야. 그래도 말이지, 네가 그렇게 말하니 내 생각도 말해보겠는데, 이대로 순조롭게 일이 풀려서 만약 내가 가게를 갖게 된다면 너와 같이 일을 하려 생각하고 있어."

사부는 천천히 에이지의 얼굴을 올려다보았고, 에이지는 사부와 나란히 쭈그려 앉았다.

"어떤 가게를 차리게 될지는 모르겠지만 둘이서 같이 살며 네가 쑨 풀로 내가 표구든 맹장지든, 보란 듯이 일을 해내겠어. 우리도 언젠가는 아내를 들이겠지. 그리고 아이도 생길 테지만, 그래도 둘은 떨어지지 않을 거야."라고 에이지가 낮은 목소리에 감정을 담아 말했다. "—늘 둘이 함께 하며 호코도에도 뒤지지 않는 에도13) 제일의 가게로 만드는 거야. 나는 이렇게 생각하는데, 네 생각은 어때? 나랑 같이 일하는 건 싫어?"

사부가 생각에 잠겼다가 머리를 흔들었다. "안 돼. 그렇게 생각해주는 건 고맙지만, 난 너의 짐이 될 뿐이야."


## 2-4

"또 그 소리야? 그게 너의 가장 좋지 않은 버릇이야, 사부."라고 에이지가 말했다. "둘이서 가게를 꾸려나가는데 어째서 네가 짐이 된다는 거야? 너는 누구에게도 뒤지지 않는 좋은 풀을 쑤고, 그 풀로 내가 일을 하는 거야. 우리 둘의 힘을 합쳐서 하는 건데 짐이고 자시고 할 게 뭐가 있어?"

사부는 말을 더듬거렸다. "난, 생각하는데,"

---

13) 江戸. 지금의 도쿄를 이르는 옛 명칭.

"그만두라니까."

"그래도 난 생각해."라고 사부가 끈질기게 말했다. "오노부의 일만해도 그렇지만, 내가 용기 없는 사람이라 에이 짱에게 커다란 피해를 주고 말았어."

"내가 피해라고 말한 적 있어?"

"너는 아무 말도 하지 않았어. 언제나 아무 말도 하지 않아. 하지만 그래서 더 용기 없는 나를 참을 수 없는 거야."라고 말하고 사부는 어둠 속에서 살피듯 에이지의 얼굴을 보았다. "—에이 짱도 기억하고 있지? 열다섯 살 때의 겨울이었던가, 내가 가게를 뛰쳐나왔을 때 너는 비를 맞으며 뒤쫓아 왔어. 요코아미 강가까지 뒤쫓아 와서 나를 데리고 돌아가준 적이 있었어."

"너도 비를 맞았잖아."

"난 그때의 일을 평생 잊을 수 없는데, 너를 따라 돌아가는 내내 한 가지 생각만 했어. 이대로라면 나는 틀림없이 에이 짱에게 귀찮은 존재가 되어버리고 말 거라고. 언제나 에이 짱에게 폐만 끼쳐서 곤란하게 만들 거라고."

"나도 솔직하게 말할게."라며 에이지가 깊이 숨을 들이마시고 크게 내쉰 다음 말했다. "—너는 말이지, 사부. 내게 귀찮은 존재는 커녕, 언제나 마음의 버팀목이 되어주는 소중한 친구야. 솔직히 말할 테니 화내지 마. 너는 사람들에게 굼벵이라는 말을 듣고 멍청하다는 등의 말을 들으면서도 참을성 있게 말없이, 돌에 낀 이끼처럼 착실하게 자신의 일에 임해왔어. 나는 그런 모습을 볼 때마다 내 마음속에 이렇게 말했어. —저게 정말 장인정신이라는 거야, 라고."

"이봐, 적당히 좀 해."라고 두 사람의 뒤에서 외치는 목소리가 들려왔다. "무슨 얘긴지는 모르겠지만 난 더는 기다릴 수가 없어. 둘 모두 그만 일어나는 게 어때?"

에이지와 사부는 돌아보았다. 뒤쪽에 3명, 어두워서 잘 보이지는 않으나 불량배 비슷한 사내들이 서 있었다. 사부가 당황해서 일 어서려 했으나 에이지가 그를 말렸다.

"기다려."라고 에이지가 웅크려앉은 채로 조용히 말했다. "지금 중요한 얘기를 하고 있는 중이야. 볼일이 있으면 나중에 하자고."

"그럴 순 없지."라고 다음 사내가 아주 평온한 목소리로 말했다. "우린 이미 기다리다 지쳐서 목이 빠져버릴 것 같다고. 일어나, 애송이."

"에이 짱."하고 사부가 말했다.

"신경 쓸 거 없어."라고 에이지가 말했다. "그보다 지금 내가 한 말을,"

사내 중 한 명이 다가와서 사부의 목깃을 움켜쥐었다. 그것을 기다리고 있었다는 듯 에이지가 일어나 몸을 돌리더니 뒤에 있는 사내 중 한 명에게 달려들었다. 그리고 오른쪽 무릎으로 상대방의 아랫배를 있는 힘껏 올려붙인 뒤, 그 사내가 억 하는 소리를 올리며 몸을 웅크리는 것은 쳐다보지도 않고 다른 사내에게 몸을 부딪쳐 땅바닥에 쓰러뜨리고 그 위에 올라타 왼손으로 목을 조르며 오른손 손가락 2개를 그 사내의 양쪽 눈꺼풀 위에 댔다.

"눈알을 터뜨려버리겠어."라고 에이지가 외쳤다. "거기에 있는 두 사람도 여길 잘 봐. 쓸데없이 버둥거리면 이 놈의 눈을 양쪽 모두 터뜨려버릴 테니."

에이지 밑에 깔린 사내는 몸을 움직일 수 없게 되었다. 아랫배를 차인 사내는 아직도 몸을 웅크린 채 신음하고 있었고, 사부에게 달려들었던 사내는 깜짝 놀라 몸이 굳은 채 서 있었다. 줄무늬 기모노에 폭이 좁은 허리띠를 매고 있었기에 어딘가의 상점에서 일하는 사람들이라 생각하여 쉽게 본 것이었으리라. 그런데 뜻밖에도 몸이 날래고, 또 싸움에 익은 듯한 동작이었기에 순간 당황한 모양이었다. 사부에게서 떨어져 멍하니 서 있던 사내가 커다랗게 입을 벌리고 의미도 없이 오른손을 흔들었다.

"이봐, 그만둬, 형씨. 장난이야."라고 그 사내가 말했다. "우린 그냥, 그러니까 얘기를 해보고 싶었던 거야."

"움직이지 마." 에이지가 눈꺼풀 위에 대고 있던 손가락에 조금씩 힘을 주며 말했다. "움직이면 이 손가락을 이대로 찔러 넣을 거야."

"말려줘, 가쓰(勝) 형님."이라고 에이지 밑에서 사내가 비명을 올렸다. "내 눈알이 터질 거 같아."

"너희들 무슨 볼일이지?"라고 에이지가 말했다. "똑바로 말해. 얘기를 해보겠다니, 무슨 소리야."

"오노부에 대한 얘기야."라고 멈춰 서 있던 사내가 다시 오른손을 흔들며 비위를 맞추려는 듯한 목소리로 대답했다. "스미요시에 있는 오노부 말이야. 이렇게 말하면 알아듣겠지?"

"오노부가 어쨌다는 거야?"라고 사부가 일어나며 되물었다.

"난 오노부의 오빠야."라고 그 사내는 말했다. "오노부에게는 작년부터 시집가기로 약속한 사람이 있어. 그런데 형씨들이 오기 시작한 뒤부터 갑자기 녀석이 싫다고 하기 시작했어."

그 사이에 에이지는 바로 저편에 몽둥이가 있다는 사실을 발견했다. 사내는 계속해서 말했고, 에이지는 날렵하게 깔고 앉아 있던 사내를 내버려둔 채 튕겨져 일어나 그 몽둥이를 땅바닥에서 집어

오른손에 쥐었다. 장작더미에서라도 떨어진 것이리라. 굵기는 2치가 넘는 듯했으며 길이는 3자 정도 되는 졸참나무 가지였다.

"어쩔 생각이지?" 이야기를 계속하고 있던 사내가 에이지의 모습을 보고 오른손을 앞으로 내밀며 더듬거렸다. "나는 더 이상 폭력은 쓰지 않겠어. 얘기를 들어달라는 것뿐이야. 이유를 설명하고 있잖아."

"계속해."라고 에이지가 말했다. "미리 말해두겠는데, 쓸데없는 짓 하면 한 놈은 두들겨 패죽일 거야. 나는 확실한 직업이 있는 직공이야. 건달들이 시비를 걸어온 싸움에서 한두 명쯤 죽인다 해도 죄가 되지는 않을 거야. 자, 세 사람 모두 저쪽으로 가서 나란히 서."

웅크리고 있던 사내와 밑에 깔려 있던 사내가 일어나 마지못해 오노부의 오빠라는 사내 곁으로 다가갔다.


## 2-5

가게로 돌아와 잠자리에 들어서도 사부는 아직 가슴이 두근거린다고 말했다. 그곳은 작업장 옆에 있는 10첩짜리 방으로 에이지와 사부 이하 17세가 된 덴로쿠, 3월에 들어온 우키치, 사다 등 어린 점원들을 포함한 5명의 침실로 쓰이고 있었다. 다이치, 주시치, 고로 세 사람에게는 각각 혼자만의 4첩 반짜리 방이 주어져 있었으나 이 다섯 명은 무엇이든 공용이어서, 옷이나 일용품, 이부자리와 소지품 등도 3칸짜리 장에 칸막이를 치고 그 안에 넣게 되어 있었다. 장의 맞은편은 벽, 한쪽은 작업장으로 통하는 판자문, 동쪽에 창이 있는 구조로 에이지와 사부는 그 창가에 잠자리를 나란히 하고 있었다.

세 명의 어린 점원들은 벌써 잠에 들어 있었는데, 덴로쿠의 병이라 일컬어지는 코고는 소리가 10첩 방 가득 요란스러운 소리로 울리고 있었다.

"그 세 사람은 누구일까?"라고 사부가 말했다. "오노부의 오빠라고 한 그 사람은 정말 오노부의 오빠일까?"

"거짓말이야. 말할 필요도 없어."

"하지만 작년부터 시집을 가기로 약속했다고,"

"거짓말이야."라고 에이지가 가로막으며 말했다. "우리는 한 달에 2번씩 가서 마시는데 너는 뭔가 선물을 들고 가고 있어. 거기다 처음부터 숨기는 것 없이 털어놓고 흉허물 없이 지내고 있잖아. 만약 그런 사정이 있었다면 노부 공이 먼저 이야기하지 않고 그냥 있었을 리가 없어."

사부가 잠시 생각해본 뒤 말했다. "―그렇다면 그놈들은 누구일까?"

"모르지."라며 에이지가 베개 위에서 머리를 좌우로 흔들었다. "노부 공을 감시하고 있는 건달들이나, 뭐 그런 걸 테지만, 노부 공에게 물어보지 않는 한 알 수 없어."

"가엾게도."라고 사부가 속삭이듯 말했다. "그런 녀석들이 따라다닌다면 오노부는 대체 어떻게 되는 거지?"

에이지는 대답하지 않았다. 덴로쿠의 코고는 소리가 한층 높아져 사부도 입을 다물었다.

"사람이란 한 치 앞도 알 수 없는 법이야."라고 잠시 후 에이지가 말했다. "우리에게는 돈도 힘도 없고, 직공으로서도 아직 반쪽짜리밖에 되지 않아. ―사부, 네 마음을 모르는 건 아니지만 지금 우리에게 중요한 건 우리 자신들의 일이야. 앞으로 2, 3년을 어떻게 보내느냐에 따라서 우리의 일생이 결정될 거야. 이렇게 말하면 가혹한 것 같지만, 노부 공에 대해서는 잊어. 네게만 억지를 부리는 게 아니야. 나도 여자에 대해서는 잊기로 할 테니."

사부가 숨을 들이마시고 몸을 돌려 에이지를 보았다.

"잊다니."라고 사부가 물었다. "에이 짱도 누군가가 있어?"

"말한 적 없었나?"

"들은 적 없는 거 같은데."

"아주 오래전부터야." 에이지는 이불 속에서 가슴을 문질렀다. "—혼초의 환전상 가운데 와타분이라는 단골집은 알고 있지?"

"아아, 나도 한 번 가본 적이 있어."

"그곳의 부엌일을 하는 하녀 가운데 오스에라는 애가 있어."라고 에이지가 속삭이는 목소리로 말했다. "까무잡잡하고 몸매가 조그만 앤데, 나한테 많이 컸네, 라고 말했어."

"얘기 중에 미안한데,"라고 사부가 말했다. "—와타분에서는 에이 짱에게 딸 중 한 명을 시집보내기로 한 거 아니었어?"

"무슨 소릴 하는 거야?" 에이지가 이렇게 말하며 사부 쪽으로 몸을 휙 돌렸다. "—뭐라고? 너 지금 뭐라고 했어?"

"다이치 형님이 하는 얘기를 들었어." 사부가 멋쩍다는 듯 웅얼거리며 말했다. "난 잘 모르겠지만 와타분에서는 딸 한 명을 에이 짱에게,"

"그만 둬." 에이지가 베개 위에서 머리를 흔들었다. "그런 말괄량이를 어쩌라고. 게다가 나는 반쪽짜리 직공이고 상대는 커다란 부잣집의 딸이야. 장난도 아니고, 그런 사람을 들였다가는 그야말로 평생의 짐이야."

"그럼,"하고 사부가 엉겨붙는 듯한 목소리로 살피듯 물었다. "그, ―오스에 짱이라는 아이도 벌써."

"아니, 아니. 그렇지 않아." 에이지가 사부의 말에서 몸을 피하듯 말했다. "그 아이는 아직 아무것도 몰라. 나 혼자만의 생각이야. 나는 옛날부터 그 아이가 좋아서 할 수만 있다면 언젠가는 하나가 되었으면 좋겠다고 생각하고 있었어. 지금도 그렇게 생각하고 있지만, 오늘밤부터 그런 일은 생각하지 않기로 하겠어."

사부가 잠깐 사이를 두었다가 중얼거렸다. "―참 여러 가지 일들이 있구나."

에이지는 아무 말도 하지 않았다. 덴로쿠의 코고는 소리가 작아지더니 어린 점원인 사다가 뭔가 잠꼬대를 했다. 모두가 잠든 것일까 여겨졌을 무렵, 에이지의 속삭이는 듯한 목소리가 들려왔다.

"살아 있으니 말이지." 그리고 그는 한숨을 쉬었다. "―살아 있는 동안은 말이지."

"나이 스물하고 셋이 되셔서,"라고 사부가 파지의 글자를 읽고 있었다. "―나이 스물셋이면 우리하고 같은 나이로군."

에이지는 어깨끈을 매만지고 풀을 펴는 접시에 풀을 펴며 왼쪽 손등으로 이마를 문질렀다.

"읽는 건 그만 둬."라고 그가 사부 쪽은 보지도 않고 말했다. "구겨지면 못 쓰게 돼."

"인두질을 잘 해놨어."

"그러니까 읽지 말라는 거야. 언제까지고 어린애 같은 녀석이로군." 에이지가 거의 건성으로 말했다. "신경 쓰이게 하지 마."

사부는 파지를 가만히 밑으로 내려놓았다.

두 사람은 지금 23살이 되어, 처음으로 둘이서만 와타분으로 맹장지의 종이를 갈러 와 있었다. 객실 2칸의 장지문 8개. 그날은 5일째로 초배지를 바르기 시작했다. 붉게 칠한 테두리에 요시노(吉野) 지방의 삼나무로 튼튼하게 살을 짠 장지문으로, 붓을 들고 마주하는 것만으로도 의욕이 솟아올라, 참으로 '일을 한다'는 기분 좋은 흥분이 전신에 느껴지는 듯했다.

안살림을 맡아 하는 하녀 오스에가 와서 가만히 들여다보고, 차를 내와도 되겠느냐고 물었다. 사부가 에이지의 얼굴을 보았고 에이지가 대답하려는 순간 와타분의 딸 중 오소노가 달려와서 오스에를 밀쳐내듯 하고 방으로 들어와 에이지 옆에 앉았다.

"나 지금 연습을 하고 있었어."라고 오소노가 에이지의 무릎에 손을 얹으며 말했다. "—들렸지? 에이 짱."

"네."라고 말한 뒤, 에이지가 오스에 쪽을 바라보며 말했다. "차를 좀 마실 수 있을까요."

오스에가 "네."라고 말했고, 오소노는 에이지의 무릎을 손으로 문지르며 자신의 노래가 들렸는지 대답을 재촉했다. 오스에는 눈을 돌리고 자리를 떴으며, 에이지는 오소노의 손을 가만히 밀쳐냈다.

"연습이라니, 지금 무엇을 하고 계십니까?"

"어머, 세상에. 나가우타14)잖아." 오소노가 에이지의 무릎을 손으로 때렸다. "지난번 총연습 때 왔었잖아. 그치, 사부 짱."

"네." 사부가 머리 뒤로 손을 가져갔다. "야노쿠라(矢の倉)의 이즈미로(和泉楼)였었죠."

"에이 짱은 안 왔어?"

"갔었습니다."라고 말하고 에이지는 왼쪽 손가락을 하나씩 수건으로 꼼꼼하게 닦았다. "—재작년과 마찬가지로 도조지15), 포기하지도 않고 잘도 한다 싶어 깜짝 놀랐었습니다."

"얄미워라. 누가 포기하지 않는다는 거야?"

"스승님이 말입니다."

때려줄 거야, 라며 오소노가 커다란 눈으로 노려보았고, 에이지는 자리에서 일어나 손을 씻고 오겠습니다, 라고 말한 뒤 마루로 나갔다.

---

14) 長唄. 에도 시대에 유행했던 긴 속요.
15) 道成寺. 여자의 질투로 절의 종이 불에 탔다는 전설. 속요 등의 소재가 되었다.

"지금 한 말은 그냥 해본 겁니다." 사부가 달래듯 더듬거리며 말했다. "네, 사실은 감탄했었습니다."

"거짓말, 누가 감탄을 하겠어. 나 스스로도 내가 지긋지긋한데." 라고 말한 뒤 오소노는 깜짝 놀란 듯 눈을 동그랗게 떴다. "정말이야. 에이 짱 말이 맞아."

그리고 웃기 시작하더니 정말 스승님은 포기하지도 않고 잘도 하신다니까, 라며 가슴을 누르고 몸을 웅크려 웃었다. 사부는 자신이 뭔가 잘못이라도 한 사람처럼 동그란 얼굴을 붉히며 풀 펴는 접시를 옆으로 옮겨놓기도 하고 파지를 포개어 다시 정리하기도 했다.

"아아."라고 오소노가 웃음을 그치고 말했다. "우스워라."

오스에가 차와 과자를 가지고 왔고, 바로 뒤를 따라서 에이지가 돌아왔다. 오스에는 차를 따르고 과자가 담긴 그릇의 뚜껑을 연 뒤, 누구의 얼굴도 보지 않도록 하며 급한 걸음으로 나갔다.

"저 사람 지금 혼담이 오가고 있어."라고 말하며 오소노가 과자를 하나 집더니 사부 쪽을 보고 한쪽 손을 흔들었다. "나도 차를 줘. 됐어, 그 찻잔에 있는 걸로."

사부는 지금 오스에가 따라놓고 간 차를 하나 쟁반에 얹어 내밀었으며, 에이지는 평소와 다름없는 표정으로 저 사람이란 누구냐고 되물었다.

"오스에 말이야. 뻔하잖아." 오소노가 과자를 먹고 차를 마셨다. "저 사람, 나랑 동갑인 19살이잖아. 벌써 시집을 갔어도 좋을 나이인데 좀처럼 알았다고 하질 않는대. 저러다 노처녀가 되면 어쩌려고."

"아씨는 어떠신가요? 동갑이라면 오소노 님도 벌써,"

"틀렸어, 틀렸어 우리는." 오소노가 에이지의 말을 가로막으며 말했다. "나도 언니도 혼인하고는 거리가 먼 팔자래. 언니는 벌써 스물하나나 됐는데 이렇다 할 혼담이 아직 하나도 없어. 과자 먹어."

사부가 허둥지둥 과자를 집었고, 에이지는 차를 마셨다.

"혼인하고는 거리가 먼 팔자라."하고 에이지가 말했다. "한가로운 사람들이군."

"하지만 그게 사실인걸." 오소노가 가느다란 어깨를 좌우로 흔들고 눈 끝으로 에이지를 바라보며 말했다. "─에이 짱, 나를 아내로 맞아주지 않을래?"


### 3-2

초배를 마친 이튿날은 15일로 쉬는 날이었으나 12월이었기에 일은 계속하기로 되어 있었다. 그런데 아침을 먹고 난 뒤 일을 나설 채비를 하고 있을 때, 주인인 요시베에가 와서 에이지를 불러 와타분에는 고로를 보낼 테니 너는 가지 않아도 된다고 말했다.

"왜 그러십니까?" 에이지가 당황한 듯 물었다. "제가 가서는 안 됩니까?"

"고로에 사부를 붙여서 보낼 테니, 너는 좀 쉬어."

"쉬라고요?"

"일에는 전부 계획이 세워져 있으니 당분간 네가 해야 할 일은 없을 것 같다."라고 요시베에가 차가운 투로 말했다. "─이제 날도 얼마 남지 않았으니 일은 내년부터 하기로 하고 연말까지 쉬도록 해라."

"뭔가 이유가 있습니까? 제가 무슨 실수라도 저질렀습니까?"

요시베에는 시선을 돌렸다. "내가 하지 않은 말은 묻지 마. 사부, 고로를 따라가거라."

사부는 말없이 고개를 끄덕였고, 요시베에는 자리를 떴다. 사부는 일에 가져갈 보따리를 다시 정리하며 에이지의 얼굴을 살피듯 바라보았다. 에이지의 얼굴은 하얗게 변했으며 굳게 다문 입술에도 핏기가 없었다.

"왜 그러는 걸까?"라고 사부가 소리를 죽여 속삭였다. "어제까지 아무 일도 없었는데."

에이지는 멍한 얼굴로 됐으니 가, 라고 말하고 들고 있던 자신의 도구자루를 장 안에 넣은 다음 작업복을 평상복으로 갈아입었다. ─호코도에서는 할당된 일이 정해져 있기 때문에 자신이 맡은 일에서 제외되면 할 일이 없어지고 만다. 물론 나이 어린 점원들은 손을 놀리고 있을 틈이 없지만, 에이지처럼 나이가 스물셋에 위로 사형이 셋이나 있는 어중간한 입장에 있는 사람은, 이럴 경우 어떻게 해야 할지 난처해지고 만다.

그는 어린 점원인 우키치에게 말해놓고 밖으로 나갔다. 요시베에는, 내가 하지 않은 말은 묻지 말라고 했다. 다시 말해서 이유는 말할 수 없다는 뜻일 테지만, 일 중간에 사람을 바꾸는 예는 아주 커다란 이유가 있지 않는 한 거의 없는 경우인데 그 이유를 말할 수 없다는 건 또 무슨 말인가 생각했으나 물론 짐작도 할 수 없었기에 목적도 없이 거리를 걷는 동안 그는 머리가 완전히 혼란스러워져서 차라리 술이라도 마셔버릴까, 화가 치밀어 오르기까지 했다.

"어째서 이러이러하게 된 거라고 말해주지 않는 거지?" 에이지가 오카와바타(大川端) 쪽으로 걸어가며 혼잣말을 했다. "어릴 때부터 들어와서 그럭저럭 10년이나 되어가는데 너무 냉담하잖아."

　아침이었기에 술을 마실 수 있는 가게 같은 건 찾아볼 수 없었다. 료고쿠 히로코지 부근의 뒷골목이나 강가의 다실 부근 등에는 강에서 막일을 하는 사람이나 하인들을 상대로 하는 조악한 술집이 있었으나 익숙하지 않은 자에게는 알기 어려워서 에이지도 그들 가게 앞을 지나면서도 깨닫지 못한 채 멍하니 다리를 건너려 하고 있었다. 그때 동쪽에서 이쪽으로 조그만 보따리를 끌어안은 여자가 다리를 건너오다 에이지를 보고는 눈을 동그랗게 뜨며 멈춰 섰다가 다시 종종걸음으로 다가왔다.

　"에이 씨잖아. 이 시간에 어쩐 일이야?"

　에이지가 불쑥 위협이라도 당한 사람처럼 옆으로 몸을 비키며 상대방을 보았다. 그리고 호리에초 '스미요시'의 오노부라는 사실을 깨닫고는 낯선 지방에서 오랜 친구라도 만난 것처럼 기쁨과 반가움으로 가슴이 따뜻해지는 것을 느꼈다.

　"너야말로,"라고 그가 평소와는 달리 상냥한 투로 말했다. "이런 아침댓바람부터 어쩐 일이야?"

　"가게에 가는 길이야. 사흘 전에 집에 갔다가 돌아오는 길이야. 에이지야말로 어디에?"

　"정처 없어." 에이지가 오노부와 함께 되돌아서 걸으며 말했다. "―어디서 술을 좀 마셨으면 좋겠는데."

　"괜찮으면 가게로 가자. 주인아저씨도 아줌마도 에이지라면 싫다고는 안 할 거야. 내가 어떻든 해줄게."

　"아는 집은 좀 거북한데."

　"뭐가 거북하다는 거야. 이런 일은 그렇게 드물지 않아."

　그 대신 안주 때문에 투정을 부려서는 안 돼, 라며 오노부는 혼자서 결론을 내리고 발걸음을 서둘렀다.

스미요시에 도착해 뒷문으로 들어간 에이지는 늘 마시던 방으로 안내되었다. 어젯밤 손님의 흔적이 대충 정리되어 있을 뿐, 구석에는 종잇조각과 젓가락 등이 어질러져 있기도 하고 방석 대여섯 개가 벽에 붙여져 있기도 하고, 공기는 강한 술 냄새로 흐려 있었다. 여자들은 아직 자고 있는 것이리라. 덧문을 닫은 집 안은 어둑하고 고요해서 주인 부부와 이야기를 나누는 오노부의 목소리가 산속 멀리 떨어진 곳에서 이야기소리를 듣는 것처럼 분명하지 않은 낮은 소리로 들려왔다.

"오지 말걸 그랬나." 추위에 몸을 부르르 떨며 에이지가 중얼거렸다. "─고와도의 형님을 찾아가 상의를 하거나, 아니면 와타분으로 직접 가서 이유를 물어보든가 하는 편이 좋을 뻔했어."

"맞아, 사실은 그렇게 했어야 했어."라고 그는 자신에게 다시 말했다. "대체 내가 무엇을 잘못했는지 그것을 분명하게 듣는 게 먼저야. 홧술을 먹어봐야 아무런 도움도 되지 않아."

그때 오노부가 남은 불씨와 숯을 부삽에 얹어 가지고 왔다.


3-3

상 위에는 조그만 안주 접시 서너 개와 데운 술병이 3개 나란히 놓여 있었다. 에이지의 얼굴은 이미 빨갰으며, 오노부도 눈가가 물들어 있었다.

"거짓말 하지 마. 뭔가 이유가 있어." 오노부가 술잔을 든 채 머리를 흔들었다. "─다리를 건너와 언뜻 보았을 때 에이 씨는 강에 몸이라도 던질 듯한 얼굴을 하고 있었어."

"바보 같은 소리 하지 마." 에이지가 부시다는 듯 눈을 깜빡였다. "그냥 술이 마시고 싶었을 뿐이야."

"그 얼굴이 말이지? 물론 그랬겠지."

오노부가 술을 마신 뒤 에이지에게 술을 따랐다.

"너야말로,"라고 그가 잔 속의 술을 바라보며 말했다. "—사흘이나 집에 갔었다니, 무슨 다른 일이라도 있었던 거야?"

"그 얘기는 하지 말자."라고 말하고 나서 오노부는 에이지의 눈짓을 깨달았다. "뭐가 들어갔어?"

에이지가 잔의 술을 하이센[16]에 비우고 바로 자작으로 술을 따르며 아무것도 아니야, 먼지야, 라고 말한 다음 다시 잔 속을 바라본 뒤 술을 마셨다.

"언젠가 여기서 집으로 돌아갈 때,"라고 에이지가 말했다. "건달 같은 놈 셋이 시비를 건 적이 있었어."

"3년 전이었지?"라고 오노부가 손가락을 꼽아본 뒤 말했다. "그 일은 미안해. 우리 오빠라고 한 건 뚜쟁이 로쿠(六)라는 몹쓸 놈으로 내 몸을 팔아서 돈을 벌려 했었어."

"그때는 그렇게 말하지 않았었는데."

세 건달들과 싸움을 하고 난 뒤, 에이지가 그 사실을 말하자 오노부는 이야기를 그럴 듯하게 꾸며서 은근슬쩍 넘어갔었다. 그 말하는 투로 봐서 사실을 이야기한 것은 아니라고 짐작하기는 했으나 에이지는 그대로 흘려들었었다.

"그렇게 말하지 않았어. 하지만 말하고 싶어도 말할 수 있는 일이 아닌걸."

---

16) 盃洗. 잔을 돌리기 전에 씻는 작은 그릇.

"지금은 얘기할 수 있어?"

"에이 씨, 오늘 왜 그러는 거야?"라며 오노부가 에이지의 얼굴을 살피듯 바라보았다. "—평소에는 내 일 같은 거에 관심도 없더니, 오늘은 꽤나 신경을 써주시잖아. 사람을 너무 기쁘게 만들지 마."

"그런 식으로 들렸다면 미안해. 그럴 마음으로 말한 게 아니야."

"아니, 사과 같은 거 하지 마. —그냥 거짓말이어도 상관없어. 에이지가 조금이라도 신경을 써준다면 난 무엇보다 기쁘니까."

그러더니 오노부는 갑자기 소매로 얼굴을 가렸다. 당장에라도 울음을 터뜨릴 것처럼 보였기에 에이지는 당황했다.

"술을 좀 가져와."라며 그가 거칠게 말했다. "여기 있는 건 다 비었어."

오노부는 말없이 자리에서 일어나 얼굴을 돌린 채 밖의 흙바닥으로 내려섰다. 잠시 후 데운 술병을 2개 가지고 돌아왔을 때, 오노부의 얼굴은 씻은 듯이 말쑥했으며 상냥한 미소를 짓고 있는 입가로 덧니를 내보이고 있었다.

"미안해." 오노부가 술병을 상 위에 놓은 뒤 빈 술병을 쟁반 위에 올리고 자리에 앉으며 말했다. "나 요즘에 조금 취하면 우는 버릇이 생긴 것 같아. 나이가 나이니만큼."

"나이라니, 몇 살이 됐는데?"

"벌써 할머니야. 스물하나."

"스물하나가 할머니라고? 착각도 심하군." 이렇게 말하며 자작으로 한 잔 마신 뒤 오노부에게도 술을 따라주고 에이지는 목소리를 조용하게 바꾸었다. "—한번은 말해야겠다고 생각했었는데, 사부가 너를 좋아한다는 건 알고 있지?"

"응, 알고 있어." 오노부가 진지하게 끄덕인 뒤, 감정이 실리지 않은 미소를 지었다. "누군가가 누구를 좋아하고, 이쪽의 누군가는 다른 누군가를 좋아하고. ―마치 가위바위보 같아."

"장난치지 말고 들어."

"장난이라도 치지 않으면 뿔이 나는걸. 에이 씨라 말하는 건데, 나 사부 짱은 아무래도 좋아지지가 않아. 손님으로는 기꺼이 상대도 할 수 있어. 하지만 좋네, 싫네 하는 얘기로 들어가면, 그게 안돼. 미안해, 사과할게."

"좋은 녀석인데. 진지하게, 진심으로 오노부를 좋아하고 있는데."

"그리고 에이 씨." 오노부가 시선을 떨구고 목소리를 낮추었다. "내게는 엄청난 가족들이 있어서 남의 아내가 될 수 없는 몸이야."

"언젠가 집에서 뛰쳐나오고 싶다고 한 적이 있었지?"

"부모가 변변치 못하고 형제들도 많은데 그나마 남자 형제들은 하나같이 게으름뱅이들, 언니하고 나하고, 아래로 지금 17살이 된 여동생이 있는데, 이 여자형제들 셋만 고생을 해왔고 앞으로도 평생 고생을 해야 해."

"언니는 어쩌다 죽은 거지?"

오노부가 잠시 입을 다물었다가 역시 시선을 떨어뜨린 채 말했다. "정사(情死)했어."

"정―, 뭐라고?"

"좋아하는 사람하고 정사했어. 좋아하는 사람이 있는데 몸이 팔려가게 될 것 같아서."라고 오노부가 머리를 흔들며 말했다. "―언니는 나처럼 마음이 강하지 않고, 그 사람도 얌전하기만 할 뿐 소심한 사람인 듯했어. 죽을 각오로 덤비면 어떻게든 됐을 텐데 고우메(小梅) 쇼몬지(祥門寺)의 무덤가에서 목을 매달아."

에이지가 "마셔."라며 오노부의 잔에 술을 따라주었고, 오노부는
홀짝이듯 술을 마셨다.


### 3-4

'스미요시'에서 나온 에이지는 아사쿠사에 있는 와스케의 가게
로 향했다. 와스케는 호코도 직공의 우두머리로 있다가 3년 전 5월
에 히가시나카마치에 고와도라는 가게를 내고 표구사로서 순조롭
게 운영을 해나가고 있었다.

"정말 못된 부모도 다 있군." 걸으며 그는 중얼거렸다. "얘기로
들은 적은 있지만, 그런 부모가 진짜로 있을 줄이야."

언니가 죽고 나자 이번에는 오노부에게 몸을 팔라고 다그쳤다고
한다. 가난하기는 더없이 가난했지만 딸을 팔 필요는 없었다. 모두
가 조금씩이라도 일할 마음이 있다면 하루하루 먹고사는 데에는
문제가 없을 터였다. 하지만 부모부터가 일할 마음이 없었고 편안
하게 지내며 맛난 음식을 먹고 싶다고 생각하고 있었기에 당장
손쉽게 목돈을 쥐고 싶어 했다. ─오노부는 한 치도 양보하지 않고
끝까지 거부했다. 어린 동생들이 아직 5명이나 있다, 손에 들어온
돈은 금방 사라져버릴 텐데 다섯 동생들을 누가 돌보겠는가, 나는
다섯 아이의 앞날을 지키기 위해서 죽어도 몸을 팔지는 않겠다고
버텼기에 결국은 부모들이 생각을 접었다. 그런데 여동생인 오시노
(おしの)가 열일곱 살이 되기를 학수고대하고 있었다는 듯이 이번
에는 오시노에게 눈독을 들여 같은 설득을 하기 시작했다. 사오일
전에 오시노가 울며 하소연을 하러 왔기에 밤새 담판을 지으러
가서 사흘 만에 부모들을 설득한 것이라고 했다.

—만약 시노 짱에게 이상한 짓을 하면 내가 아버지나 어머니를 죽일 거야, 라고 말했어.

자신들과 같은 처지에서는 타인들보다 부모들이 더 무서운 경우가 그리 드물지 않다, 그렇기에 몸을 지키기 위해서는 아주 강경한 태도를 보이지 않으면 안 된다고 오노부는 말했다. 그리고 그런 부모형제를 짊어지고 있기 때문에 사부 짱만이 아니라 누구에게도 시집을 갈 수는 없다, 나는 평생 동생들을 위해서 일할 생각이다, 라고 오노부는 덧붙였다.

"여자의 몸으로 그렇게까지 생각하지 않으면 안 되는 사람도 있어. 그런 경우가 이 세상에 실제로 있다고."라며 에이지가 자신을 꾸짖듯 중얼거렸다. "—너 같은 건 아직도 물러터졌어."

히가시나카마치에 도착하기까지 그는 같은 생각을 몇 번이고 되풀이했으며, 몇 번이나 눈썹을 찌푸렸다가는 혀를 찼다. 고와도는 정면이 3칸으로 이루어져 있었는데 그 가운데 2칸이 바닥에 마루를 깔아놓은 작업장. 안쪽으로 6첩 방이 3개 있었다. 고부나초에서 데리고 온 한지도 18살이 되었으며, 그 외에 2명의 어린 점원이 있었다. 와스케는 작년 봄에 결혼해서 올 여름에 여자 쌍둥이를 낳았기에 집이 좁아 불편함을 겪고 있었다.

"어서 오세요." 가게에 있던 한지가 에이지를 보고 밝게 웃었다. "조금 전에 고부나초에서 사람이 왔었어요."

"어르신 계시냐?"라고 물은 뒤 에이지는 시선을 돌렸다. "—고부나초에서 어쨌다고?"

"편지를 가지고 사다가 왔었어요. 어르신은 지금 아침을 들고 계세요. 어제 밤새도록 일을 했거든요." 이렇게 말하다 한지가 얼굴을 찌푸렸다. "—형님, 뭐예요. 냄새가 풀풀 나잖아요."

에이지는 입에 손을 댔다. 와스케는 자신이 한 방울도 마시지 못할 뿐만 아니라 술 자체를 병적으로 싫어했다. 지금은 섣달 15일, 벌써 정오에 가까운 시간이었으나 술 냄새를 맡으면 상의는커녕 야단을 맞을 것이 뻔하다고 생각했기에 에이지는 얼굴을 붉혔다.

"그랬었지, 깜빡했네."라고 말한 그는 가만히 손을 흔들었다. "잠깐 할 얘기가 있어서 왔는데 그렇게 냄새가 난다니."

"네."라고 한지가 어른스럽게 머리를 흔들었다. "안 돼요."

"다시 오기로 하지."라고 에이지가 말했다. "아무 말도 하지 마."

그리고 밖으로 나서려 한 순간, 맞은편 장지문이 열리더니 와스케가 이쑤시개로 이를 쑤시며 나와서는 에이지를 불러 세웠다. 에이지는 문턱 양쪽에 발을 놓은 자세로 몸을 돌려 인사하고, "나중에 다시 오겠습니다."라고 말했다.

"우선 들어와라."하고 와스케가 말했다. "좁은 집이라 어쩔 수가 없구나. 술에 대해서는 들었다."

에이지는 머리를 긁었다.

"오늘은 술에 대한 잔소리는 하지 않겠다."라고 와스케가 말을 이었다. "그보다 하고 싶은 얘기가 있다. 우선 들어와라."

에이지가 들어서자 와스케가 오른쪽의 6첩 방으로 안내했다. 그리고 옆방에 대고 차를 가져오라고 말한 뒤 둘이서 마주보고 앉았다. 그쪽 방이 거실인 듯, 아내가 대답하는 목소리와 아직 누군가가 밥을 먹고 있는 것이리라, 밥그릇과 젓가락 소리가 들려왔다.

"조금 전에 고부나초에서 사람이 와서 말이다," 와스케가 여전히 이쑤시개를 놀려가며 높은 소리로 이를 빨고 말했다. "너는 당분간 여기서 일을 도우며 있기로 했어. 짐도 나중에 가져다주기로 했으니,"

"잠깐만요."라고 에이지가 말을 가로막았다. "잠깐만 기다려주세요. 저는 무슨 말인지 모르겠는데, 이 가게의 일을 도우라니, 무슨 뜻이죠?"

"내가 고부나초에 부탁을 했었어."

에이지는 머리를 흔들었다. 그의 얼굴이 하얘지고 눈이 반짝반짝 빛났다. "—아니요, 그건 사실이 아니에요. 형님은 뭔가를 숨기고 있어요."

아내가 차를 가지고 와서 에이지에게 인사를 하고 권했다. 에이지는 무뚝뚝하게 인사를 하면서도 눈만은 와스케의 표정을 읽으려 그에게서 떼지 않았다. 아내가 나가자 와스케가 자신의 커다란 물잔을 집어 차를 홀짝이며 되물었다.

"내가 무엇을 숨긴다는 거지?"

"혼초의 와타분 말입니다."라고 에이지가 말했다. "고부나초에서 온 편지에 그 내용이 적혀 있었죠? 그렇죠?"

와스케는 조용히 차를 마셨다.


## 3-5

와스케가 얼굴을 돌린 채 말했다. "그걸 내게 묻지는 마."

"전 23살입니다. 그리고 이번의 와타분은 처음으로 제가 맡아서 하는 일입니다."라고 에이지가 말했다. "어렸을 때부터 형님들을 따라가서 일을 도왔기에 그 집 사람들 모두의 마음도 알고 있고, 그 사람들도 제 마음은 알고 있을 겁니다."

그는 더듬거렸다. 하고 싶은 말은 얼마든지 있었다. 그것들이 목구멍까지 넘어왔으나 그는 자신을 제지하고 열심히 감정을 억눌렀다.

"어제까지는 아무런 일도 없었습니다. 제 생각에는 일도 순조롭게 진행되고 있었습니다." 에이지가 낮은 목소리에 힘을 담아 말을 이었다. "—형님도 알고 계시는 그 객실 2칸의 장지문 종이 갈이이니, 그렇게 어려운 일도 아니고 특별한 기술이 필요한 일도 아닙니다. 그래도 처음으로 맡아서 하는 일이었기에 정성에 정성을 들여서 했습니다. 그런데 오늘 아침에 갑자기, 넌 이제 가지 않아도 된다며, 어르신께서 저를 일에서 빼셨습니다."

"어쨌든 차라도 좀 마셔라."라고 와스케가 말했다.

"저는 뺨을 맞은 기분이었습니다."라고 에이지가 와스케의 말에는 신경 쓰지 않고 계속했다. "그건 어떤 이유에서인지, 무슨 실수를 한 건지, 저는 어르신께 열심히 물었습니다. 어르신은 대답해주지 않으셨습니다. 됐으니 올해는 그만 쉬라며, 당신이 하지 않은 말은 묻지 말라고 하신 것이 전부였습니다."

"차라도 마시고 마음을 조금 가라앉혀라."라고 와스케가 조용히 말했다. "벌써 식어버렸지만, 그래도 한 모금 마셔라."

에이지는 차를 한 모금 마셨다. 그것으로 목이 뜨겁고 말라 있었다는 사실을 깨달았기에 나머지는 단숨에 들이켰다.

"넌, 혼초의 와타분에서 인기가 좋아."라고 와스케가 말했다. "특히 두 따님이 에이지를 좋아해서 어렸을 때는 딱지놀이, 공기놀이, 구슬치기, 오이바네 등 무슨 놀이든 상대를 해주어야 했고, 그집의 어르신과 마님도 그것을 기뻐하시는 듯했어. 그래서 너는 서로의 마음을 잘 알고 있다고 생각하는 거겠지."

"하지만 틀린 말은 아니지 않습니까?"

"사람의 마음이라는 건 언제나 똑같은 게 아니야. 맞고 나서도 웃을 수 있을 때도 있고, 가볍게 놀림을 당한 것만으로도 상대방을 죽이고 싶을 때도 있는 법이야."라고 와스케가 말했다. "혼초의 와타분 입장에서 보자면 너는 어차피 집에 드나드는 직공이야. 게다가 그쪽은 커다란 부자, 무슨 일이 생기면 아무리 좋아했던 사람이라도 사정을 봐주거나 하지는 않을 거야."

"무슨 일이 생기면, 이라니."라고 말하고 에이지는 입술을 핥았다. "―그럴 만한 일이 뭔가 있었습니까?"

"네 스스로 짚이는 게 없단 말이냐?"

"그럼 정말 무슨 일인가가 있었단 말이로군요."

와스케는 에이지의 눈을 바라보았다. 에이지가 더욱 캐물으려 했으나, 와스케가 그것을 가로막고 그렇다면 얘기해주지, 라고 말했다.

"너는 혼초 와타분의 집 안 구조를 잘 알고 있지?"

"잘 아는 건지 모르는 건지는 모르겠지만," 에이지는 생각해보았다. "오키미 아씨나 오소노 아씨와 놀아주었기에 헷갈리지는 않을 거라 생각합니다."

"어르신의 거실을 알고 있나?"

"객실에서 방 하나를 끼고 옆에 있지 않습니까."

"거기에 물건을 넣어두는 조그만 서랍장이 있다."라고 와스케는 말했다. "그 서랍 중 하나에 귀한 비단 조각이 들어 있어. 손님이 와서 그 비단을 보여주기 위해 어르신이 꺼내보니 하얀 천에 금박을 입힌 조각 하나가 보이지 않았어."

와스케는 여기서 에이지의 얼굴을 지켜보았다. 그러나 에이지의 표정에는 조금의 변화도 없었으며, 단지 그 눈에 의심스러워하는 듯한 빛이 보일 뿐이었다.

"매우 고가의 물건이기에 찾기 시작했어."라고 와스케가 말을 이었다. "—어르신과 마님 둘이서, 다른 사람은 눈치 채지 못하게 찾아보았어. 그런데 결론부터 말하자면, 객실에 있던 너와 사부의 도구자루를 혹시나 해서 살펴보았더니 그게 네 자루 속에서 나왔어."

에이지는 웃었다. "말도 안 돼. 장난치지 마세요, 형님."

"아니, 나왔어."라고 와스케는 말했다. "찾아낸 것은 어르신. 자루는 네 것이었다고 해. 지체 높으신 와타분의 어르신께서 설마 그런 거짓말을 할 리는 없겠지."

에이지는 입을 다물었다. 지금 막 웃었던 그 입을 굳게 닫고 와스케의 얼굴을 살펴보듯 바라보며 숨을 깊이 들이쉬었다가, 그 숨을 조금씩 천천히 내뱉었다.

"그렇다면 제가 그 조각을 훔쳐다 꾸러미 속에 넣었다는 말입니까?"

"고부나초의 어르신이 어젯밤에 불려가서 이런 얘기를 들으셨어. 그리고 다른 데서는 결코 말하지 않을 테지만 출입은 금하겠다는 말씀을 들으셨어."

에이지가 무슨 말인가 하려 했으나 와스케가 손을 들어 그것을 제지하고, 일단은 들어봐 하며 말을 이었다. "—고부나초에 돌아오신 어르신은 생각하다 사모님과 상의를 했어. 네가 그런 짓을 했다고는 여겨지지 않는다, 뭔가 오해가 있는 듯하다고 이야기하던 중, 7년 전인가 8년 전의 일이 나왔어."

"7년 전인가 8년 전의 일이라니?"

"생각해봐."라고 와스케가 목소리를 낮춰 말했다. "—나도 까맣게 잊고 있었는데 어르신의 편지를 읽으니 생각이 나더구나."

에이지는 잠시 알 수 없다는 표정을 지었으나, 곧 느닷없이 뺨이라도 맞은 사람처럼 눈을 커다랗게 뜨며 아, 하고 입을 벌렸다. 그가 오른손을 쥐어 무릎을 힘껏 눌렀는데, 그 주먹은 관절에서 피가 빠져나가 부들부들 떨고 있는 것처럼 보일 정도로 떨리고 있었다.

"계산대의," 하고 혀가 납이라도 되어버린 양, 어눌한 투로 에이지가 말했다. "─돈통 말인가요?"

와스케는 아무런 말도 하지 않고 에이지를 가만히 바라보았다. 속여도 소용없어, 라는 마음과, 대체 사실은 어떻게 된 거냐고 묻고 싶은 마음이 뒤섞인 눈빛이었다. 에이지의 뺨에 피가 올랐다가 그것이 한순간에 하얘지더니 뺨 부근이 굳어지고 입술이 떨렸다.

"그때의 그 일이," 라고 그는 더듬거리고, 입술을 핥은 뒤 말했다. "지금에 와서 다시 들춰지는 겁니까?"

와스케는 아무 말도 하지 않았다.

"틀림없이 저는 돈통에서 돈을 훔쳤습니다." 라고 에이지가 말을 이었다. "와코쿠바시 옆에 나오는 노점의 장어구이 냄새에 아무래도 이길 수 없었기 때문이었습니다. 하지만 사모님께 들켜서 야단을 맞은 뒤부터는 한 번도 그런 적이 없었고, ─사모님은 이 일을 누구에게도 말하지 않겠다고 분명하게 약속해주셨습니다."

"사모님이 알게 된 건 나중의 일이야." 라고 말하고 와스케는 다시 에이지를 바라보았다. "─너, 그 무렵 내가 계산대를 맡고 있었던 걸 기억하고 있나?"

에이지는 생각해보고 머리를 흔들었다.

"내가 계산대를 맡고 있었어. 네가 돈통에서 돈 훔치는 걸 처음 본 사람도 나야." 라고 와스케가 말했다. "내가 바로 혼을 냈으면 좋았을지도 모르겠다. 하지만 난 그럴 수가 없었어. 어르신께 가만히 상의를 드렸더니 내가 어르신께 야단을 맞았어."

에이지의 눈이 움직이지 않게 되었고, 와스케가 고백하는 듯한 투로 말을 이었다.

"보는 사람도 없고 손이 닿는 곳에 돈이 있으면 누구나 슬쩍 손을 내밀게 되는 법이다, 그게 인간이다, 훔치는 놈보다 훔칠 틈을 주는 놈이 더 나쁘다, 에이지보다 네가 더 부주의했던 거다, —라고 어르신은 말씀하셨어. 나는 한마디도 할 수 없었어. 어르신 말씀대로 그런 틈을 준 내 잘못이었어. 그렇게 생각했기에 네게는 아무런 말도 하지 않았고, 어르신과 마님 외에는 지금까지 누구 하나 아는 사람이 없었어."

"그럼, 아니." 에이지가 머리를 흔들고 움직이지 않는 눈으로 한 점을 응시한 채 되물었다. "다시 말해서, 그러니까, 이번의 비단도 돈통과 같은 일이다, 즉 그런 말인가요."

"너는 그 집의 구조도 잘 알고 있고, 방 하나를 사이에 둔 객실에서 일을 하고 있었어. —두 따님이나 가게 사람들 중에 혹시 네게 원한을 품은 사람이라도 있다면 모르겠지만, 그런 사람이 한 명이라도 있다고는 여겨지지 않아. 그것만은 보증할 수 있다고 호코도의 어르신도 말씀하셨다고 해. 아니면 네게는 짚이는 사람이라도 있느냐?"

에이지는 머리를 흔들고, 그런 다음 목이 꺾인 사람처럼 고개를 숙였다.

"난, 네가 한 일이라고는 생각지 않아."라고 와스케가 말했다. "하지만 조건이 너무나도 잘 갖춰져 있어서 지금 당장은 어떻게 해볼 수가 없을 듯해. 네가 아니라는 증거도 없으니까."

"거기에 돈통의 일도 있다는 말인가요?"

"비아냥거리지 마." 엄한 투로 말한 뒤, 와스케는 목소리를 부드럽게 했다. "인간은 살아가다보면 알게 모르게 세상에 빚을 지기도 하고 빚을 주기도 하는 법이야. 너도 지금 세상에 빚을 하나 주었다는 생각으로, 이번 일에 대해서는 아무 말도 하지 말고 당분간은 우리 집 일을 도와주며 있도록 해."

에이지가 멍하니 중얼거렸다. "─세상보다 어르신이 더 무섭네요."

와스케가 무슨 소리냐는 듯 에이지를 보았다.

"형님."하고 에이지가 눈을 들며 말했다. "제 짐을 여기로 가져다줄 거라고 말했었죠?"

"오늘 중으로는 오겠지."

"죄송하지만 돈을 좀 꿔주십시오. 고부나초에 스무 냥 남짓 되는 돈을 맡겨두었습니다. 아니," 에이지가 와스케에게 반대할 틈을 주지 않고 말했다. "아무 말도 하지 말고, 지금은 아무 말도 하지 말고 그냥 빌려주세요. 이렇게, 이렇게 부탁하겠습니다."

그리고 그는 두 손을 방바닥에 대고 머리를 숙였다.

## 4-1

당신 숫총각이죠, 라는 여자의 목소리가 귓속에서 울렸다. 따뜻하고 엉겨붙는 듯한 살갗의 감촉이 자신의 가슴과 허벅지 여기저기에 생생하게 남아 있었다. 그것은 마치 달팽이가 지난 흔적이 점액질의 줄이 되어 배어든 듯한 느낌으로, 아무리 문지르고 닦아도 결코 지워지지 않을 것 같은 느낌이었다. 에이지는 얼굴을 찌푸리며 두 번이고 세 번이고 침을 뱉었다.

남자라면 남자답게 굴어, 왜 그래, 당신, 혹시 병에 걸린 거야? 그래, 병에 걸렸으니 옆에 오지 마. 흥, 별스럽게 잘난 척하네, 이 사람, 뭐야, 설마 대갓집의 도련님도 아닐 테고, 이런 데 와서 잘난 척해봐야 옆집 개도 웃지 않아. 나는 잘난 척하고 있는 게 아니야, 시끄러.

당신 잘 생겼네요, 나 짝사랑하게 됐어요, 자, 나를 좀 봐요, 그만두라니까, 난 자고 싶어. 어머 세상에, 여기는 여관이 아니에요, 자, 그렇게 쌀쌀맞게 굴지 말고, 괜찮잖아요, 나 기술자예요. 시끄럽다니까, 난 도둑놈이야, 그냥 내버려둬. 불과 같은, 정말 불처럼 뜨거운 입술이 귀를 빨고, 뺨을 빨고, —아아, 라고 에이지는 신음소리를 올리며 머리를 좌우로 격렬하게 흔들었다.

칠흑 같은 어둠에 잠긴 길로 어딘지 짐작도 할 수 없었다. 오른쪽에 수로인지 강인지가 있는 것이리라. 때때로 기슭을 때리는 물결

소리가 들려왔으며, 그렇게 세지는 않았으나 바람이 불고 있었다.

"몬젠나카초(門前仲町)라고 했으니 여기는 기바(木場) 부근일지도 모르겠군."이라고 그는 중얼거렸다. "―어두워, 너무 어두워. 어디를 봐도 아무것도 보이지 않아. 사람 사는 세상이 아닌 거 같아."

하늘에는 구름이 있고, 구름 사이로 별이 반짝이고 있었다. 그 별의 있는지 없는지도 모를 빛으로 길 왼쪽 옆에 목재가 쌓여 있는 것을 발견하고 에이지는 그쪽으로 가서 조심스럽게 앉았다. 그 목재는 약간 불안정했으나 에이지는 다리로 균형을 잡으며 앉아 한숨을 내쉬었다.

"뭐가 어떻게 된 건지 하나도 모르겠어." 그는 팔꿈치를 무릎에 대고 손으로 턱을 받친 채 머리를 흔들었다. "대체 무슨 일이 일어난 거지? ―금박으로 물들인 비단, 나는 본 적도 없어. 그게 내 자루에 들어 있었어. 나의 도구자루에."

그리고 그는 갑자기 울기 시작했다. 턱을 받친 채 머리를 흔들흔들 흔들며, 그러자 눈물이 두 눈에서 넘쳐 떨어졌다. 오열이 목구멍으로 치밀어 올라, 그는 흐느껴 우는 자신의 소리를 들었다. 그것은 자신의 목에서 나는 소리가 아니라, 마치 비 피할 곳을 찾지 못한 집 없는 개가 비에 젖어 울며 끙끙거리고 있는 듯한 소리처럼 들렸다.

"사부는 아니야."라고 그가 오열하며 혼잣말을 했다. "사부랑은 형제와 다를 바 없이 지내왔고 그런 짓을 할 만한 이유도 없어. 녀석은 나를 의지하고 있었어. 내가 없어지면 어떻게 해야 좋을지를 모를 거야. ―아무리 생각해봐도 그 집 사람이 한 일이야."

뭘 훌쩍이고 있는 거야, 라는 여자의 목소리가 귀 안에서 들려왔다. 어차피 세상은 욕정과 돈, 마음껏 살아보자고, 마음껏. 잘난 척 나대봐야 죽을 때는 거지나 백정과 다를 게 없어. 뼛조각이 되어버리면 대감이나 개고양이나 다를 거 없다니까. 그러니 좀, 훌쩍훌쩍 울지 말고 마음껏 살아보자고. 나 진심으로 반해버렸어, 라는 다른 여자의 목소리가 들려왔다. 정말이라니까, 이런 기분은 처음이야. 그러니 나를 아내로 맞아주지 않을래?

"나를 아내로 맞아주지 않을래? 쳇." 에이지는 젖은 눈가와 뺨을 손으로 세게 닦으며 다시 침을 뱉었다. "─하나같이 똑같은 소리만 한다니까. 나를 아내로 맞아주지 않을래, 하고. 누군가도 그렇게 말했었지."

에이지의 몸이 갑자기 굳더니 그 눈이 어두운 땅바닥의 한 점을 바라본 채 움직이지 않게 되었다.

너무 거칠게는 하지 마, 라고 또 다른 여자의 목소리가 들려왔다. 나 아직 일을 시작한 지 얼마 안 됐어, 아무 것도 몰라, 부드럽게 해줘, 부드럽게 해주며 가르쳐줘, 안 돼, 라며 그 여자의 목소리가 계속됐다. 왜 그래, 그렇게 소중한 물건 다루듯 하면 기분이 나쁘단 말이야, 좀 더 마음껏 다뤄줘, 부모형제? 알게 뭐야, 누구를 위해서도 아니야, 모두 자기가 하고 싶어서 하는 거야, 좋아하지 않고서야 이런 일 직업으로 삼겠어? 부모형제를 위해서라고 모두들 잘도 말하지만 새빨간 거짓말이야, 이리 좀 와봐. 그리고 다시 그 살갗의 감촉, 막 찧은 떡이 늘러붙듯, 뜨겁고 끈적하게 달라붙어서 떨어지지 않는 살갗의 감촉. 에이지는 힘껏 머리를 흔들고 일어나 약간 비틀거리며 걷기 시작했다.

"나를 아내로 맞아줘."라고 그는 걸으며 중얼거렸다. "─누가 좀, 나를 아내로 데려가주지 않으려나."

에이지는 멈춰 서서 눈을 치켜뜨고 하늘의 어딘가를 바라보았다. 바람이 그의 옷자락을 펄럭이게 했으며, 헝클어진 머리가 뺨을 간질였다.

"오소노."라고 그는 중얼거렸다. "―상대는 혼초에서도 제일 커다란 상점의 딸이야. 헛소문이라 할지라도 그런 말이 돌면 가게의 이름에 누가 되겠지. 열서너 살 때부터 알고 지내던 사이, 그래, 혼인과는 거리가 먼 팔자라고 했어. 그리고 나를 아내로 맞아줘. ―부모 입장에서는 위험하다고 생각한 거겠지. 내가 드나들어서는 무슨 일이 벌어질지도 모르겠다고 생각한 거 아닐까?"

그렇게 된 거 아닐까, 그래서 출입을 금하기 위해 그런 일을 꾸며낸 것 아닐까. 그는 이렇게 생각했으며, 그것이 사실에 가장 가까울 것이라 생각했다.

"확인해봐야겠어." 그는 주먹을 힘껏 쥐었다. "그것 말고는 길이 없어. 도둑놈이 된 채 살아갈 수는 없어. 그렇게 살 수는 없지. 내 분명히 확인을 해보겠어."


### 4-2

"어르신을 만나게 해줘."라고 에이지가 와타분의 상점 앞에 앉아 말했다. "호코도의 에이지라는 사람이야. 여쭙고 싶은 말이 있어서 왔다고 말 좀 전해줘."

아직 아침이었기에 이제 막 문을 열어서 손님은 한 사람도 없었으며, 어린 점원 셋이 청소를 하고 있었다. 에이지는 닷새나 쉬지 않고 술을 마셨고 지금도 상당히 취해 있었기에 계산대의 격자 안에 있는 사람을 어린 점원이 아니라 우두머리 점원이나 지배인이라고 믿고 있는 듯했다.

"에이지 씨인 줄은 알고 있어요."라고 어린 점원 중 하나가 말했다. "몇 번을 말해야 되겠어요. 어르신은 아직 주무시고 계신다니까요."

"뭐야, 꼬맹이. 네가 나설 데가 아니야." 에이지는 트림을 했는데 그 트림의 술 냄새 때문에 자신이 얼굴을 찌푸렸다. "─너 같은 놈은 말이지, 돈이 든 자루를 멍청이처럼 하루 종일 판자에 두들기고 있으면 돼. 나는 어르신을 뵐 거니까. 와타분의 주인을 뵐 거야. 도쿠베에게 나와보라고 해."

그리고 그는 거기서 옆으로 쓰러져버렸다.

바보 같은 짓 하지 마, 완만하게 처리해, 소리를 지르거나 상대방을 윽박지르듯 말해서는 안 돼, 공손하게 대해야 돼, 부자는 아픈데 건드리는 걸 싫어하니까, 딴전을 부려서 상대방을 방심하게 만드는 거야, 거짓과 진실은 눈에 나타나, 입으로는 속일 수 있어도 눈은 속일 수 없어, 중요한 건 눈이야, 라고 에이지는 자신에게 말했다.

어머, 당신 또 왔어요? 라는 여자의 목소리가 들려왔다. 아이, 무서워라, 당신 너무 어두워요, 마치 지금 당장이라도 목을 매달 사람 같아요, 자, 밝게 즐겨요, 마음껏요, 알았죠? 취했잖아, 취해서 불평을 하러 오다니, 한심한 놈이로군, 어딘가로 데려가서 술을 깨게 해줘. 자, 당신 어쩔 거예요? 손님은 당신 혼자가 아니에요, 얼른 하세요, 정말 지긋지긋해, 이 사람. 아아, 하고 그는 탄식했다.

"어머니."하고 에이지가 말했다. "난 괴로워서 견딜 수가 없어, 어머니."

그는 훌쩍였다. 이번에도 역시 그에게는 집 없는 개가 배를 곯아

올고 있는 것처럼 들렸다.

"조심해, 웅덩이야."

"이걸 놔." 에이지는 왼팔을 자유롭게 하려 했다. "이 손을 놓으라고."

"거의 다 왔어. 그러다 쓰러진다니까, 에이 짱."

"사부잖아. 어쩐 일이야."

"호리에초로 가는 거야."라고 사부가 말했다. "그 외에 달리 방법이 없잖아. 아니면 아사쿠사의 가게로 갈까?"

"바보 같은 소리 하지 마. 난 와타분으로 얘기를 하러 갈 거야."

"그렇게 취해서 가면 어떻게. 술을 좀 깬 다음에 가자." 사부가 어깨에 걸치고 있던 에이지의 팔을 고쳐 쥐었다. "괜찮으니 조금 더 기대. 난 괜찮으니까."

"너, 내가 거기에 있는지 어떻게 알았어?"

"혼초의 가게에 일을 하러 갔더니 에이 짱이 취해서 쓰러져 있었어."라고 사부가 대답했다. "―그래서 하녀들의 방에 눕히려 했는데 네가 너무 크게 떠들어대서 밖으로 데리고 나올 수밖에 없었어."

"그래? 난 기억이 나질 않는데." 에이지는 머리를 세게 흔들었다. "꿈인지 생시인지 한데 뒤얽혀, 어디서 뭘 했는지도 모르겠어. 오늘이 며칠이지?"

"21일이야."라고 사부가 말했다. "너, 아사쿠사의 가게를 15일에 나간 뒤 소식이 없었다고 하던데."

"물 먹고 싶어."

"저 모퉁이를 돌면 스미요시야. 조금만 참아."

"안 되겠어. 더는 못 걷겠어."

에이지의 무릎이 꺾이더니 그 자리에 스르르 주저앉았다. 사부는 버티지 못하고 비틀거리다 하마터면 에이지 위로 쓰러질 뻔했다. 호리에초의 길모퉁이로, 꽤 많은 사람들이 오가고 있었기에 사부는 자신이 사람들의 시선을 끌고 있기라도 하다는 듯 당황해서 잠깐 기다리라고 말하고 '스미요시' 쪽으로 달려갔다.

나 이젠 포기했어, 라는 여자의 목소리가 들려왔다. 이게 타고난 운인걸, 평생 고생을 짊어지고 살아가야 해, 하다못해 다음 생에 태어날 때는 좀 더 괜찮은 집의 아이로 태어났으면 좋겠어, 그걸 바라는 수밖에 없다고 생각해, 사도[17]의 어딘가는 이 세상의 지옥이라고 하지만, 나는 태어나서 지금까지 계속 지옥에서 살았어. 그럼, 그렇고말고, 이 세상은 전부 지옥이야, 멋대로 하라고 해, 라고 에이지는 말했다.

"자, 물."이라고 여자가 말했다. "사레들리지 않게 조심해서 마셔."

에이지는 물잔의 물을 마시고, 바로 다시 한 잔을 더 마셨다.

"노부 공이잖아."라고 에이지가 머리를 흔들며 올려다보았다. "여기, 스미요시야?"

"조금 누워 있는 게 좋을 거야, 자." 오노부가 방석을 2개로 접어 그것을 베개 삼아 에이지를 눕혔다. "곧 뭔가 덮어줄 테니 졸리면 자."

"사부는 어디 갔어?"

"일을 하러 갔지. 일이 끝나는 대로 온다고 하고 혼초인가의 가게로 갔어."

"나도 혼초에 볼일이 있어."

---

17) 佐渡 유배지 가운데 하나로, 금광이 있기에 죄수들의 노동력을 동원해서 혹사시켰다.

에이지는 일어나려 했고, 오노부는 그를 말렸다.

"내 몸에 손대지 마."라고 에이지가 말했다. "내 몸은 전과 같지 않아. 진흙처럼 더러워졌어. 나는 이제 글러먹은 인간이야."


## 4-3

에이지가 더는 일어날 기미를 보이지 않는 것을 확인 한 뒤, 오노부는 방에서 나갔다가 솜을 넣은 잠옷을 가지고 와서 에이지의 몸에 가만히 덮어주었다.

"노부 공이야?" 에이지는 눈을 뜨고 있었다. "폐를 끼쳐서 미안해."

"에이 씨가 이렇게 되다니, 보기 싫어."

"그렇겠지. 나도 내가 싫어졌으니까. 좀 봐줘."

"대체 어떻게 된 거야? 15일에 취해서 또 오겠다고 말하며 나간 뒤 강바람에 날아가버린 낙엽처럼 아무런 소식도 없다가 결국에는 사부 짱의 등에 업혀서 오다니. 너무 한심하잖아. 정신 차려."

"더 야단을 쳐줘." 에이지가 눈을 감으며 말했다. "무슨 말을 해도 상관없어. 칭찬받으리라고는 생각지 않으니까."

"그만 자. 자고 일어나면 얘기를 들어줄게."

"잠이 오겠어? 이런, ―그만두라니까. 노부 공, 내 몸은 정말 진흙투성이야. 가까이 와서는 안 돼."

"어디가 진흙투성이라는 거야. 옷에 흙이 조금 묻었을 뿐이잖아. 전부 깨끗하게 털었어."

"그런 진흙이 아니야."

여자랑 잤어, 그것도 좋아하지도 않고 얼굴도 생각나지 않는 여자들이랑. 이렇게 말하려 했으나 혀가 움직이지 않았다.

"그런 건 잊어버려." 오노부가 마치 그의 고백을 듣기라도 했다는 듯 말했다. "─이런 얘기 하는 거 처음인데, 난 11살 때 동네의 로쿠라는 놈에게 입술을 빼앗긴 적이 있었어. 난 그때 내 몸이 완전히 더러워져서 평생 깨끗해질 수 없을 거라는 생각에 울었어. 차라리 죽어버릴까 생각하기까지 했어. 하지만 닷새 지나고 열흘 지나는 동안 마음이 점점 가라앉아서 내 몸은 더러워지지 않았어, 이 정도의 일로 더러워진다는 게 말이나 돼, 라고 생각하게 됐어."

"겨우 11살짜리 꼬맹이가?"

"로쿠라는 놈, 참, 요전에 얘기했었잖아. 열대여섯 살 때부터 비뚤어지기 시작하더니 결국에는 여자를 팔아먹는 신세로까지 타락해버리고 말았어."

나는 오노부의 오빠야, 라고 했던 언젠가의 건달을 에이지는 떠올렸다.

"그럼, 그때의 그 불량배야?"

"지금 행방불명이야. 무리들 사이에서 뭔가 비겁한 짓을 해서 에도에는 있을 수 없게 됐나봐. 섣불리 돌아왔다가는 그야말로 생매장 당할지도 몰라." 오노부가 이렇게 말하고 아이를 달래듯 미소 지었다. "어때? 조금은 마음이 가라앉았어?"

"자기로 해볼게."라고 에이지가 말했다.

물을 가져올게, 라며 오노부는 나갔고 에이지는 눈을 감았다. 잠들지 못할 것이라 생각했으나 그대로 잠들어버린 모양이었다. 오노부가 와서 머리맡에 물을 놓고 간 것을 희미하게 기억하고 있을 뿐, 사람의 이야기소리에 눈을 떠보니 방 안은 어두워져가고 있었다. 그는 잠옷을 걷어붙이고 잔 듯, 오른쪽 어깨에서부터 팔이 완전히 차가워져 있다는 사실을 깨달았다.

"조금 더 자게 내버려둬."라고 오노부가 말했다. "며칠 동안 잠도 제대로 자지 않은 것 같으니."

"그럼 나는 가게에 갔다올게."라는 사부의 목소리가 들려왔다. "형님들께 해줘야 할 말이 있어."

"전 여기서 기다리고 싶은데,"라고 여자의 가느다란 목소리가 말했다. "여기에 있어도 괜찮을까요?"

"그럼, 괜찮죠. 조금 있으면 손님들이 와서 난 짬을 낼 수 없을 테니 당신이 에이 씨를 돌봐준다면 마음이 놓일 거예요."라고 오노부가 말했다. "그런데 가게 일은 괜찮아요?"

"네, 괜찮아요. 그렇게 말을 해놓고 왔으니까요."

오스에다, 라고 에이지는 생각했다. 틀림없이 오스에의 목소리야, 무슨 일로 여기에 온 거지. 그는 이렇게 생각하며 상반신을 일으켜 머리맡에 놓여 있던 주전자의 물을 잔에 따르지 않고 주둥이에 직접 입을 대서 마셨다. 얼음처럼 차가운 물이 기분 좋게 목을 타고 넘어가더니 그것이 코까지 찡하게 만드는 듯해서, 재채기가 세 번이고 네 번이고 연달아 나왔다.

오노부가 장지문을 열고 들여다보더니, 일어났어? 라고 물었다. 에이지는 몸을 일으켜 앉아 잠옷을 어깨까지 끌어올리며 몸을 부르르 떨었다.

"감기에 걸린 거 아니야? 재채기 하는 거 보니."

"누군가 온 거 같던데."

"응."하고 말하며 오노부가 돌아보았다. "혼초에 있는 가게의 사람이래. 자, 이리로 와보세요."

오노부가 뒤로 물러나자 오스에가 얼굴을 보이더니 인사를 했다.

도자기로 만든 것처럼 희고 차갑고 무표정한 얼굴이었다. 지금 등불을 가져올게요, 라고 말하고 오노부는 자리를 떴다.

"돌아가."라고 에이지가 말했다. "여기는 너 같은 사람이 올 데가 아니야."

오스에는 울음을 터뜨렸다.


## 4-4

방 밖의 좁은 흙바닥에 선 채 소맷자락으로 얼굴을 가리고 소리 죽여서 오스에는 울었다.

"난 이제 글러먹은 인간이 돼버렸어."라고 에이지가 거친 투로 말했다. "오스에 짱에게 얼굴을 보이기도 부끄러워. 부탁이니 이대로 돌아가줘."

"전 돌아갈 수 없어요." 흐느낌 속에서 오스에가 말했다. "혼초의 가게를 그만두고 온 거예요."

에이지는 오스에가 무슨 말을 한 건지 바로는 이해할 수 없었다. "—그만뒀다고? 어째서?"

"에이 씨가 혼자서," 오스에가 더듬거리며 다시 말했다. "에이 씨를 혼자 둬서는 안 되겠다고 생각했기 때문이에요."

"오스에 짱은 아무것도 몰라."

"전 알고 있어요."

오노부가 불을 넣은 사방등을 가지고 왔다.

"이런 데 서 있지 말고 들어가세요. 지금 곧 숯불도 가져올 테니." 오노부가 이렇게 말하며 오스에를 재촉했다. "자, 어서 들어가라니까요. 추워요, 이런 데 서 있으면."

오스에는 에이지의 안색을 살피며 가만히 방으로 올라가 구석에 앉았다. 오노부가 불을 가지러 가려다 술을 마실 거냐고 물었으나 에이지는 말없이 머리를 옆으로 흔들었다.

"오스에 짱이 알고 있다고 한 건, 비단에 대해선가?"

오스에는 가만히 고개를 끄덕였다.

"내가 말한 건 그 일이 아니야."라고 에이지가 잠옷을 몸 쪽으로 잡아당기며 말했다. "비단 조각이 내 도구자루에 들어 있었던 건 뭔가 잘못이 있었던 거야. 잘못이 있었던 게 아니라면 누군가가 어떤 이유가 있어서 내게 죄를 뒤집어씌우려 했던 거야. 어느 쪽이 됐든 그건 언젠가 밝혀내지 않고는 그냥 있지 않을 거야."

오스에는 다시 고개를 끄덕였다.

"내가 글러먹은 인간이 됐다고 말한 건 그게 아니야. 그 일 때문이 아니야."

눈물을 닦은 뒤의 촉촉한 눈으로 오스에가 에이지를 가만히 바라보았다. 오노부가 부삽에 얹어 가지고 온 불을 화로로 옮겨 숯에 불을 붙이는 동안 에이지는 고개를 숙인 채 말이 없었다. 조금 전부터 가게에 손님이 오기 시작해서 토방을 드나드는 여점원들과 주방에서 들려오는 소리 등으로 가게 안은 떠들썩하게 활기가 넘쳤다.

"뭐 필요한 게 있으면 불러."라고 오노부가 말했다. "가능하면 이쪽으로는 손님을 넣지 않도록 할 테니 걱정 말고."

고마워, 라고 에이지가 대답했고, 오노부는 나갔다. 에이지는 다시 재채기를 하고 한쪽 손으로 품속을 더듬었다. 오스에가 바로 눈치를 채고 소맷자락에서 종이를 꺼내 에이지에게 건네주었다. 그는 2개로 접힌 종이 몇 장인가를 집어 눈을 닦은 다음 코를 풀었다.

"이거 완전 웃음거리군."하고 그가 자조하듯 말했다. "이럴 때 감기에 걸리다니."

"조금 쉬지 않으면 안 돼요. 저희 집으로 가요."라고 오스에가 말했다. "시타야(下谷)의 가나스기(金杉)에서 붓을 만들어 팔고 있어요. 좁기는 하지만 에이 씨가 잘 곳 정도는 있어요."

"그랬으면 좋겠지만, 난 이미 글렀어."

오스에가 강한 어조로 말했다. "누가 글렀다고 그래요. 에이 씨는 예전 그대로의 에이 씨에요. 다른 사람에게는 어떨지 몰라도 제게는 예전 그대로의 에이 씨에요."

"그게 그렇지가 않아."

에이지가 갑자기 얼굴을 돌렸다. 예전 그대로의 나는 더 이상 되찾을 수 없다, 예전의 나는 몸도 마음도 깨끗했었다, 그러나 비단 사건이 터진 이후부터는 사람을 있는 그대로 믿을 수 없게 되었으며, 알지도 못하는 여자들과 자서 몸을 더럽혀버리고 말았다. 인간이란 참으로 허약한 존재라고 에이지는 생각했다. 조그만 천 조각 하나 때문에 몸도 마음도 이렇게 변해버린다, 나는 이제 예전의 내가 아니다, 라고 에이지는 마음속으로 말했다.

"오스에 짱이 무슨 말로 위로를 하든, 일단 글러버린 나는 원래대로 되돌아갈 수 없어."라고 그가 얼굴을 돌린 채 말했다. "위로를 해주려는 마음은 고맙지만, 날 그냥 내버려둬."

"당신은 당신 스스로가 당신을 괴롭히고 있어요. 그럴 때가 가장 위험한데, 당신은 지금 그 위험한 곳에 서 있어요. 아니요, 들어보세요."라고 오스에가 더욱 강한 어조로 말했다. "건방지게 들릴지 몰라도 에이 씨가 와타분의 하녀들 방에 누워 있는 모습을 보고 전 바로 마음을 정했어요. 지금이 에이 씨에게는 가장 위험한 순간이다, 누군가가 옆에 있어주지 않으면 안 된다, 그렇게 하지 않으면 돌이킬 수 없는 일이 벌어지고 만다, 라고. 그래서 생각할 것도 없이 가게를 그만둔 거예요."

"안 돼." 에이지는 머리를 흔들었다. "나는 그럴 만한 가치가 없어. 사과를 하고 와타분으로 돌아가는 게 좋을 거야."

"전 에이 씨 곁을 떠나지 않을 거예요." 오스에가 무릎걸음으로 다가갔다. "여자 입으로 이런 말 하기는 부끄럽지만 전 훨씬 전부터 마음먹고 있었어요. 어떤 고생을 해도 좋으니 에이 씨의 아내가 되겠다고. 그런데 사부 씨로부터 당신이 저를 어떻게 생각하고 있는지 듣게 됐어요. 저, 기뻤어요."

오스에가 다시 소맷자락으로 얼굴을 가리고 흐느꼈다.

"사부 녀석이."라고 에이지는 중얼거렸다. "－사부 녀석이."

"네."라고 오스에가 띄엄띄엄 떨리는 목소리로 말했다. "저희 집으로 가요. 당신은 이미 훌륭한 장인이에요. 호코도의 이름이 없어도 스스로의 실력으로 훌륭하게 일을 해나갈 수 있어요. 제발 부탁이에요. 제 말을 들어주세요, 이렇게 부탁할게요."

오스에는 두 손을 모아 보였다. 에이지가 당황해서 그만둬, 라며 손을 흔들었을 때 밖에서 낮은 기침소리와 함께 미안한데, 라는 사부의 목소리가 들려왔다. 오스에는 눈을 훔치며 앉은 자세를 고쳤고, 에이지는 팔짱을 꼈다.

"들어가도 돼?"

"신경 쓸 거 없어."라고 에이지가 대답했다. "들어와."

사부가 문을 열고 두 사람을 보지 않도록 하며 들어왔다.

"몸은 좀 어때?" 사부가 화로 옆에 앉으며 말했다. "조금 더 일찍 오려 했는데, 늦어져서 미안해."

에이지는 사부의 얼굴을 바라보았다. "뭐 하러 왔어. 여기에 와서는 안 되는 거 아니야?"

"그렇지 않아." 사부가 눈부신 사람처럼 눈을 깜빡이며 더듬더듬 말했다. "─술을 마시고 싶은데 안 될까?"

"그 전에 묻겠는데," 사부의 얼굴에 나타난 표정에서 눈을 떼지 않고 에이지가 말했다. "너, 어르신으로부터 무슨 말인가를 듣고 온 거지?"

"어쨌든 한잔 하고 싶어." 이렇게 말한 다음, 사부는 서둘러 덧붙였다. "밖이 겁나게 추워서 말이지, 난 뼛속까지 얼어버렸어."

"취하지 않으면 말할 수 없는 얘기야?"

"부탁이야."라고 말하고 사부는 자리에서 일어났다. "나는 밥도 아직 먹지 못했어."

그리고 토방으로 내려가 자신이 주문을 하러 갔다가 돌아와서는 원래의 자리에 차분하지 못한 모습으로 앉았다. 오스에가 에이지를 보고 저 여기에 있어도 될까요, 라고 물었고, 에이지가 대답하기 전에 있어줬으면 좋겠다고 사부가 말했다.

"오스에 짱에게도 상의를 하고 싶은 일이 있어."라고 사부가 오스에에게 말했다. "역시 일이 조금 어려워져서 말이지."

에이지는 재채기를 하고 코를 풀었다. 사부가 묻는 듯한 얼굴로 얼른 오스에를 보았고, 오스에는 그 눈에 답하듯 가만히 고개를 끄덕였다. 에이지도 그것을 보았으나 아무 말도 하지 않고 얼굴을 돌렸다. 두 사람은 자신을 걱정해서 슬며시 무엇인가 미리 의견을 나눈 모양이었다. 그런 생각이 들자 에이지는 마음이 묵직하게 가라앉아, 자신이 한층 더 비참하게 느껴졌다. 또 다시 재채기가 나올 것 같았기에 그는 종이를 집어 코에 대고 두 손가락으로 코를 비볐다.

─하필이면 이럴 때, 라며 그는 마음속으로 혀를 찼다. 중요한 순간에 재채기라니, 그야말로 광대극이 따로 없군.

주안상을 가져온 것은 오노부가 아니라 오하쓰(お初)와 오타케(お竹)라는 어린 두 사람이었다. 가게 쪽은 손님으로 북적이기 시작해서 이야기를 나누기도 하고 웃기도 하고, 취기가 오른 것이리라, 벌써부터 주정을 하는 목소리 등이 물건들 부딪치는 소리와 함께 시끄럽게 들려왔다.

"난 큰 데다 마셔야겠다."라고 말하며 사부는 국그릇의 뚜껑을 열었다. "에이 짱도 한잔하지 않을래?"

에이지는 머리를 흔들었다. 조금 마시는 게 좋을 텐데, 라고 사부는 마음을 쓰듯 말하고 오스에가 따라주는 술을 받아 거푸 3잔을 마셨다.

"그만둬, 너는 세지 않잖아."라고 에이지가 말했다. "그렇게 마셔서는 엉망으로 취해버려."

"아무리 엉망으로 취해도 술이라면 언젠가는 깨지." 사부가 4잔째를 입으로 가져가며 말했다. "사람의 이름에 일단 흠집이 나면 웬만해서는 깨끗해지지 않는 법이야. 안 그래, 에이 짱."

에이지는 사부가 4번째 잔을 마셔버릴 때까지 말이 없다가, 그런 다음, "그건 날 두고 하는 말인가?"라고 물었다.

"난 생각하는데,"라고 사부가 손등으로 입을 닦으며 말했다. "─에이 짱은 벌써 솜씨 좋은 장인이야. 어르신이나 가게의 도움 없이도 혼자서 당당하게 일을 해나갈 수 있어. 누구의 눈치도 볼 필요 없이, 안 그래? 에이 짱."

"그러니까,"라고 에이지가 사부의 눈을 바라보며 되물었다. "─

난 가게에서 쫓겨났다는 말이로군."

"그렇지 않아. 그냥 내가 생각하기에,"

에이지는 사부의 말을 가로막았다. "너는 아무것도 생각하지 마. 난 내가 한 일을 알고 있어. 호코도가 선대부터 거래를 해온 단골집에 가서 행패를 부렸어. 혼초에서 어깨를 견줄 만한 집이 없는 노포 앞에서 술에 취해 행패를 부렸다고. 그 말을 들은 어르신이 그냥 눈을 감고 있을 수 있겠어? 와타분에 사과를 하기 위해서는 아무래도 나를 그냥 내버려둘 수는 없었을 거야. 사부, 분명하게 말해봐. 난 가게에서 쫓겨난 거지?"


## 4-5

사부는 듣기 좋게 에둘러서 말하기 위해 열심히 노력했다. 그러나 말을 듣기 좋게 꾸미거나 속뜻이 있는 표현을 하는 것은, 그에게는 전혀 불가능한 일이었다. 호코도의 주인인 요시베에는 당장 와타분으로 사과를 하러 가서 에이지를 가게에서 내쫓겠다고 약속했다. 그리고 아사쿠사의 와스케를 불러 히가시나카마치의 가게에도 두지 말라고 명령했다는 사실을 알게 되었다.

"그랬겠지. 그렇게 될 거라고 각오는 하고 있었어."

"아사쿠사의 와스케 형님은 여러 가지로 어르신의 마음을 돌려보려 했어."라고 사부가 자신의 실수라도 되는 양 우물쭈물 말했다. "―지금 그렇게까지 처벌하는 것은 너무 심하다, 조금은 당사자를 생각해줄 필요도 있다고."

"됐어, 그만해."라며 에이지는 머리를 흔들고 자신의 상 위에 있는 국그릇의 뚜껑을 열었다. "그렇게 분명하게 정해졌다면 더 이상 말할 필요 없어. 나도 한잔하자."

에이 짱, 하고 사부가 불렀고, 오스에가 기다리고 있었다는 듯 술을 따랐다.

"어르신은 대쪽 같은 사람이야." 에이지가 받아든 술을 바라보며 말했다. "당신도 남들에게 손가락질 당할 일은 하지 않는 대신, 어렸을 때부터 데리고 있던 사람이라도 도리에 어긋난 짓을 하면 결코 용서하시지 않아. 바로 그렇기 때문에 호코도의 이름에도 흔들림이 없는 거겠지. 좋아, 훌륭한 모습이야."

에이지는 그리고 술을 단숨에 들이켰다.

"이렇게 말했다고 해서 화가 난 거라고는 생각지 말아줘."라고 그는 계속했다. "호코도와의 연이 끊어진 이상 내가 무슨 짓을 하든 어르신께 폐가 될 일은 없어. 또 어르신 역시 가게 안의 누구를 통해서도 나에게 이래라저래라 말할 권리는 더 이상 없어졌어. 안 그래, 사부?"

"그야 물론 그럴 테지만," 사부가 불안하다는 듯 에이지의 얼굴을 보았다. "지금 여기서 그런 식으로 결정하지 않아도 아직 가게의 형님들이 말을 잘 해주는 방법도 있고."

"절대 사양이야." 에이지가 무엇인가를 썩둑 잘라내듯 말했다. "호코도가 얼마나 훌륭한 가게이고 그 가게의 이름이 얼마나 중요한지는 모르겠지만, 이번의 태도를 보고 나는 정나미가 떨어져버렸어. 그쪽에서 돌아와달라고 부탁을 해도 두 번 다시는 그 가게의 문턱을 넘지 않을 거야. 절대 사양이야."

오스에가 창백하게 굳어버린 듯한 얼굴로 말없이 에이지에게 술을 따르고, 뒤이어 사부에게도 술을 따랐다. 에이지는 그 두 번째 잔도 단숨에 들이켜고 세 번째 잔을 따르게 했으나, 사부는 술에는 입을 대지 않고 안절부절못하는 눈빛으로 에이지의 모습을 지켜보았다.

"사부, 네게 부탁이 있어."

"그래, 뭐든 말해봐."

"히가시나카마치에 가서 내 짐을 좀 가져다줘."라고 에이지가 말했다. "아마 고부나초에 맡겨두었던 돈도 거기에 있을 거라 생각하지만, 혹시 보내지 않았다면 고부나초에서 받아다 그것도 여기로 가져다줬으면 해."

"그거야 아주 간단한 일이지만,"이라고 말한 뒤 사부는 오스에를 보았다. "─여기로 가져오기보다, 머물 곳을 찾은 뒤,"

"저희 집이 좋을 거예요."라고 오스에가 서둘러 말했다. "에이씨에게는 지금부터 돈이 중요해요. 저희 집이라면 쓸데없는 돈을 쓰지 않아도 되고, 일을 시작하는 발판도 될 거예요."

에이지는 단호하게 머리를 흔들었다. "─그건 내 몸이 깨끗해지고 난 뒤야."

오스에가 무슨 말인가 하려 했으나, 에이지가 손을 들어 그것을 막았다.

"도둑놈이라는 오명을 지우는 것이 첫째, 또 하나는 몸의 더러움이야."라고 그는 말했다. "─사부도 알고 있는 것처럼 나는 23살이 될 때까지 도락은 즐기지 않았어. 술을 마시기는 했지만 여자들이 있는 거리에는 다가간 적도 없었어. ─그건 네가 있었기 때문이야, 오스에 짱. 언젠가는 너를 아내로 맞아들여야겠다고 생각했기에 그때까지는 깨끗한 몸으로 있고 싶었기 때문이야."

오스에는 고개를 푹 숙이고 왼손에 데운 술병을 쥔 채 오른손 손가락으로 두 눈가를 눌렀다.

"그걸 잊은 건 아니지만,"하고 에이지가 말을 이었다. "전혀 알지도 못하는 일로 누명을 쓰고 10년이나 일해왔던 가게에서 쫓겨났는데 변명 한마디 들어주지 않았기에 욱하는 마음에 태어나서 처음으로 세상도 사람들도 믿을 수 없게 되었고, 아무렴 어떠냐고 체념하는 기분이 들어 술을 마시며 돌아다니다 닥치는 대로 여자와 잠을 자버렸어."

어디서 몇 명의 여자와 잤는지도 잔 사람이 어떤 얼굴을 하고 있었는지도 기억이 없어, 전혀 기억하지도 못하는 상대와 잤다는 사실 때문에 내 자신이 한층 더 더럽게 느껴져, 이런 스스로를 더럽다고 느끼는 기분이 사라질 때까지는 오스에에게 다가가고 싶지 않아.

"정말 와타분을 그만두고 나온 거라면, 가나스기에 있다고 한 집에 가 있어줬으면 해."라고 에이지가 오스에에게 말했다. "이 정도면 그럭저럭 살아갈 수 있겠다는 생각이 들면 내가 다시 찾아가서 얘기를 꺼낼게. 미리 말해두겠는데 언제가 될지는, 물론 몰라. 반년 만에 그런 마음이 들지, 2년 뒤가 될지 지금의 나로서는 짐작도 할 수 없어. 그러니 꼭 기다려달라고는 말할 수 없어, 오스에짱."

오스에가 한껏 커다랗게 뜬 눈으로 에이지를 가만히 바라보며 고개를 끄덕였다.

"이걸로 얘기는 끝났어."라고 에이지가 술을 들이켠 뒤 말했다. "괜찮으면 사부는 지금 아사쿠사에 다녀와줬으면 해. 오스에 짱은 가나스기로 돌아가. 내 멋대로 구는 듯해서 미안하지만, 지금은 혼자 있게 해줘."

사부는 들고 있던 국그릇 뚜껑의 식어버린 술을 마셨고, 오스에는 데운 술병을 놓고 저희 집은 가나스기 3번가 뒤쪽에 있는 야로쿠 다나(弥六店), 아버지의 성함은 헤이조(平蔵)라고 말했다.

"다시 한 번 말하겠는데 나를 기다리지 않아도 돼, 오스에 짱."하고 에이지가 고개를 돌리며 말했다. "─이 세상을 살아가다보면 언제 무슨 일이 생길지 알 수 없는 법이니까."

## 5-1

현관까지 깔아놓은 바닥의 돌에 얼음이 얼어, 1각이나 전부터 내리던 가랑비에도 녹을 기미는 보이지 않았다. 에이지가 우산을 접어 덧문에 기대 세워두고 격자문을 열어 안으로 들어서자 끝 쪽의 6첩 방에서는 평소의 어린 점원이 마대를 들고 판자에 내리치고 있었다. 어린 점원의 손은 가벼운 동상에 걸려 자줏빛으로 부어 있었으며 손가락 곳곳에 피가 배어 있었다.

에이지가 말을 전해달라고 부탁하자 어린 점원은 일어나 안으로 들어갔고, 곧 쇼키치(庄吉)라는 우두머리 점원이 나왔다.

"일전에는 소란을 피워서 죄송합니다." 에이지가 인사를 한 뒤 이렇게 말했다. "오늘은 결코 난동을 부리지 않을 테니 어르신을 잠깐 만나게 해주십시오. 시간을 빼앗지는 않을 거라고 말씀 좀 전해주십시오."

에이지는 토방에 무릎을 꿇어도 상관없다고 생각했다. 우두머리 점원은 안으로 들어갔고, 어린 점원은 다시 마대를 내리치기 시작했다. 이렇게 불기도 없는 현관 쪽 끝 방에서, 천하에 통용되고 있는 돈으로부터 얼마간의 금가루를 갉아내기 위해 어린 점원 하나를 이런 식으로 부리다니, 이렇게 커다란 상점에서 부끄럽지도 않을까, 하고 에이지는 생각했다.

─장사를 배울 수 있다면 어떤 고생을 해도 상관없지만, 이건

말하자면 법도에 어긋나는 죄 아닌가. 장사치라는 건 비열한 사람이로군.

그는 마음속으로 침을 뱉었다. 우두머리 점원이 돌아와 올라오라고 말하고 옆방인 8첩 방으로 안내했다. 그리고 우두머리 점원이 나가자 지배인인 기헤에(儀兵衛)가 나타나 무슨 일이냐고 선 채로 물었다. 에이지는 어르신을 만나고 싶다고 말했다.

"나는 이 가게의 지배인이야."라고 기헤에가 이쑤시개로 이를 쑤시며 말했다. "가게의 일에 대해서는 전부 위임을 받아서 하고 있어. 할 말이 있으면 내가 듣기로 하지."

에이지는 두 손을 방바닥에 대고 머리를 숙였다. "이야기라는 건 일전의 비단 조각에 대한 것인데, 무슨 일이 있어도 어르신을 직접 뵙고 여쭙고 싶은 것이 있습니다."

"그건 이미 끝난 일 아닌가?"

"저는 아직 끝나지 않았습니다."

"그건 끝난 일이야."라고 말한 뒤, 기헤에는 요란한 소리를 내며 이를 빨았다. "너도 오래도록 여기에 드나들었고 또 앞날도 있는 몸이기에 어르신도 문제를 표면화하지는 않으셨어. 너도 표구사라면 대충 짐작은 하고 있을 테지만, 그건 100냥이라는 가치가 붙은 명물 조각이야. 만약 어르신께서 조용히 마무리 짓지 않으셨다면 어떻게 됐을 거라 생각하지?"

"지배인님까지 제가 한 일이라고 생각하고 계신 겁니까?"

"실제로 네 도구자루에 들어 있었고, 발견하신 건 어르신이야. 달리 어떻게 생각할 수 있단 말이지?"

"그렇기에 어르신을 뵙고 싶은 겁니다." 에이지가 참을성 있게 말했다. "그 조각이 제 도구자루에 왜 들어 있었던 건지, 전 전혀 알지 못하는 일입니다. 어린아이라도 알 거라 생각하는데, 만약 정말 제가 했다면 도구자루 속 같은 데 넣어두고 태연할 수 있을 리 없습니다. 좀 더 사람들의 눈에 띄지 않는 곳에 감췄을 겁니다. 그렇지 않습니까?"

"우리는 장사치지 포도청의 관원이 아니라 잘은 모르겠지만, 그럴 때 훔친 물건을 어떻게 감추는지는 사람에 따라서 다르지 않을까? 어쨌든 그 조각이 네 도구자루 속에 있었던 것만은 틀림없는 사실이니까."

"뭐가 어찌됐든 신께 걸고 맹세할 수 있는데, 제가 한 짓이 아닙니다. 여기에는 틀림없이 뭔가 이유가 있을 테니, 무슨 일이 있어도 어르신을 뵙고 여쭙지 않으면 안 되겠습니다. 도둑질을 했다는 말을 들어서는 앞으로의 인생, 세상을 향해 얼굴을 돌릴 수 없을 테니."

"그런가?" 기헤에가 여전히 선 채로 에이지를 내려다보며 오른손에 들고 있던 이쑤시개를 2개로 부러뜨렸다. "─내 선에서 얘기가 끝날 줄 알았는데 네가 그렇게 고집을 부린다면 하는 수 없지. 여기서 잠깐 기다려."

그리고 지배인은 밖으로 나갔다.

두 딸들과 지나칠 정도로 친해져 딸 가운데 누군가를 아내로 맞아들일 거라는 소문이 돌았다. 실제로 사부가 다이치라는 사형으로부터 들었다고 했다. 어디에서 나온 소문인지는 모르겠으나 와타분 사람들의 귀에도 들어갔으리라. 그랬기에 그를 멀리하기 위해서 누군가가 그런 방법을 생각해낸 것이리라. 주인인 도쿠베에나 안주인, 그도 아니라면 가게의 누군가가, ─에이지는 그렇게 추측했으며 지금도 그렇게 믿고 있었다. 그는 어렸을 때 부끄러운 잘못을 저질렀다. 호코도의 사모님께 들켰지만 용서를 받았고, 사모님 외에는 아는 사람이 없을 것이라 생각했는데 사실은 사형인 와스케와 어르신까지도 알고 있었다고 한다. 알고 있으면서 그때는 용서를 해주었던 사람들조차 이번 일에서는 아무도 이해를 해주려 하지 않았다. 오히려 전의 그 일이 있었기에 이번에도 역시 그가 한 짓이라고 당연히 생각하고 있는 모양이었다.

"이대로는 있을 수는 없어."라고 에이지가 혼잣말을 중얼거렸다. "무슨 일이 있어도 사실을 분명히 해두지 않을 수 없어."

잠시 후 사람의 발소리가 다가오더니 장지문을 열고 세 사내가 모습을 드러냈다. 지배인도 아니고 가게 사람도 아니었다. 세 사람 모두 '이구미(い組)'라고 새겨진 한텐에 하라가케[18], 즌도[19]에 감색 모모히키[20]를 입고 있었다. 둘은 스물대여섯, 하나는 마흔 줄로 한텐의 목깃에 '두(頭)'라는 글자가 새겨져 있었다. 마을 자치조직의 우두머리로군, 이라고 에이지는 생각했다.

"일어나, 애송이."라며 우두머리가 턱을 까닥였다. "여기서 논쟁을 벌일 것도 없어. 할 얘기가 있으면 밖에 나가서 듣기로 하지."

지배인이 이 사내들을 부른 것이었다. 주인의 지시인지는 모르겠으나 비겁한 방법을 쓴다는 생각이 들자 에이지는 분노 때문에 몸이 떨려왔다.

"싫어."라고 그가 화를 억누르며 말했다. "나는 어르신을 뵐 때까지 여기서 움직이지 않을 거야. 한 사람의 일생이 걸린 일이야. 당신은 모르겠지만."

---

18) 腹掛. 장색들이 한텐 안에 입는 작업복. 복부에 연장을 넣는 커다란 주머니가 있다.
19) ずんどう. 인력거꾼 등이 여름에 입던 하얀 겉옷.
20) 股引. 통이 좁은 바지. 농부나 인력거꾼 등이 작업복으로 입었다.

"일으켜 세워."라고 우두머리가 젊은이들에게 말했다. "가게에 폐가 되니 끌어내."

에이지는 책상다리를 하고 앉아 팔짱을 꼈다. 무슨 일이 있어도 움직이지 않겠다고 마음을 정했으나 젊은이 둘이 조용히 좌우로 다가와 얌전히 있어, 라고 말하며 에이지의 팔을 양쪽에서 잡아 일으켜 세웠다. 뿌리치려 했으나 두 사람의 힘에는 버티지 못하고 그대로 현관까지 끌려나왔다. 마대를 두드리고 있던 어린 점원이 깜짝 놀라 물러났고, 에이지는 버럭 화가 났다.

"이 집에서는 사람을 이런 식으로 다룬단 말인가?"라고 에이지가 외쳤다. "아무런 잘못도 없는 사람에게 도둑이라는 오명을 씌운 것도 모자라서 사기꾼 취급을 한단 말인가?"

"이 새끼."라고 말하며 젊은이 가운데 하나가 에이지의 뺨을 때렸다. "입 다물지 못해."

다른 한 사람도 때리며 에이지를 토방으로 끌어내리더니 다리를 걸어 넘어뜨리고, 자신들도 맨발인 채로 쌀자루라도 끌고 가듯 격자문에서 납작한 돌 판을 깔아놓은 곳, 그리고 대문 밖까지 끌어냈다. 가랑비가 어느 틈에 눈이 되어버린 것인지, 언 채 젖어 있던 길 위는 벌써 상당히 하얗게 변해 있었다. 그 길 위에 에이지를 내팽개치더니 두 젊은이가 번갈아 올라타 머리와 얼굴을 닥치는 대로 두들겨 팼다. 에이지는 처음 맞은 곳이 귀 부근, 그 이후부터 오른쪽 귀가 들리지 않게 되었으며, 터진 입술에서 피가 흘렀고 거기에 코피까지 섞여 얼굴이 빨간 진흙으로 범벅이 되어 있었다.

"제길, 제길." 에이지가 목청 가득 외쳤다. "너희들 죽여버릴 거야."

그는 죽어버리겠다고 생각했다. 자신도 죽는 대신 상대방도 하나는 죽여버리겠다고 생각하여 힘을 담아 두 손과 발을 마구 휘둘렀다. 그러나 조직의 젊은이들은 이런 일에 익숙한 듯 능란하게 에이지를 다루어 그를 엎어놓고 누른 채 그 얼굴을 길바닥 위에 비벼댔다.

"초소로 데려가."라고 우두머리가 말했다. "사람들이 몰려들어, 보기 좋지 않으니."

"새끼, 몸부림치지 마."라고 젊은이 가운데 하나가 말하고 에이지의 옆구리를 주먹으로 있는 힘껏 내질렀다. "얌전히 굴지 않으면 병신으로 만들어주겠어."

에이지는 옆구리를 맞아 숨이 막혔기에 몸을 둥글게 만 채 그들의 뜻대로 움직일 수밖에 없었다.

초소는 바깥 해자에 면한 혼초의 모퉁이에 있었다. 세 사람이 에이지를 데리고 갔을 때 메아카시21)와 그 부하들이 있었는데 우두머리는 그들과 아는 사이인 듯 뭔가 빠른 어조로 사정을 이야기한 뒤 에이지를 넘겨주고 자신들은 돌아갔다. 나중에 알게 된 일인데 그 메아카시는 니혼바시 유미초(弓町)의 오타야 스케지로(太田屋助二郎), 부하는 시마조(島造)라는 사람이었다.

에이지는 나무바닥 위에 쓰러진 채 온몸의 아픔, 특히 옆구리의 아픔 때문에 신음하고 있었다. 말할 필요도 없이 그런 육체적인 아픔보다, 그 무엇보다 참을 수 없는 것은 마음의 상처였다. 그는 와타분 사람들을 저주하고 우두머리 들 세 사람을 저주했다. 분노 이외에는 아무것도 생각할 수 없었으며, 분함 때문에 몇 번이고

---

21) 目明し. 에도 시절, 각 관리 아래에 배속되어 범죄수사와 범인체포를 위해 일하던 자. 범죄자를 석방하여 메아카시로 삼는 경우가 많았는데 경찰의 말단에 위치했던 그들의 불법행위 때문에 서민들은 커다란 고통에 시달렸다.

구역질이 났다.

"이봐, 젊은이."라며 초소의 파수꾼 노인이 에이지의 어깨를 흔들었다. "잠깐 일어나보게. 일어나서 얼굴을 닦는 게 좋을 거야, 자."

노인이 더운 물에 적셔 짠 수건을 에이지의 손에 쥐어주었다.

"머리와 옷도 전부 젖어서 진흙투성이야. 일어날 수 있으면 저쪽의 불 옆으로 가. 모닥불을 쬐면 금방 마를 테니."

"불을 질러버리겠어." 에이지가 건네받은 수건을 꾹 쥔 채, 일어서려 하지도 않고 중얼거렸다. "와타분의 건물을 재로 만들어버리고 그 소방대원22) 세 사람을 패죽이겠어."

"불온한 말 지껄이지 마." 불을 피워놓은 토방에서 일어나 메아카시가 그 쪽으로 걸어왔다. "이봐, 애송이. 너 쓸데없는 헛소리를 지껄이면 그냥 두지 않겠어."

"그냥 두지 않으면 어쩔 건데?" 에이지가 상체를 일으켰다. "이거라도 처먹을래?"

그는 상대방의 얼굴에 침을 뱉었다.


5-2

에이지는 손을 뒤로 묶인 채 초소의 토방 구석에 나둥그러져 있었다. 그는 상대가 누구인지 전혀 몰랐으나, 침을 맞은 메아카시는 화를 내며 짓테23)로 마구 두들겨 팬 뒤, 부하들을 시켜 에이지를

---

22) 에도 시대의 소방대원은 불을 끄는 일뿐만 아니라 분쟁을 중재하는 일 등도 맡았다.
23) 十手. 에도 시대에 포리가 방어 및 타격을 위해 휴대하던 도구.

묶어 걷어차기도 하고 들통의 물을 붓기도 하는 등 이리저리 뒹굴렸다.

에이지는 거의 정신을 잃은 상태였으나, 그것도 역시 육체적인 고통 때문이라기보다 정신적인 극도의 격분 때문인 듯했다. 얼굴 절반의 피와 진흙은 이미 말라붙기 시작했고, 그 때문에 석고처럼 핏기 가신 얼굴이 소름 돋을 정도로 섬뜩하게 보였다. 반쯤 뜬 눈은 공허하게 무엇을 보고 있는 것 같지도 않았으며, 얇고 짧은 숨을 쉴 때마다 상투 끈이 끊어져 헝클어진 머리카락의 몇 가닥이 희미하게 일정한 간격을 사이에 두고 흔들리고 있었다.

"유미초의 스케지로였지."라고 말한 사내의 목소리를 에이지는 희미하게 들었다. "너는 언제나 도가 좀 지나쳐. 어떻게 된 일이야?"

사무라이[24]로구나 하고 에이지는 어렴풋하게나마 생각했다. 무사의 말투였다. 요리키[25]나 도신[26]이로군. ─어떻게 된 일이냐고 묻자 상대방인 스케지로가 장황하게 무엇인가를 설명했다. 쉰 듯한 낮은 목소리로 빠르게 말했기에 에이지에는 잘 들리지 않았으며, 또 듣고 싶다는 생각도 들지 않았다. ─될 대로 되라지, 니들 멋대로 해. 이런 말들을 또렷하지 않은 의식 속에서 몇 번이고 거듭 중얼거렸다.

"어쨌든 오랏줄을 풀고 불을 쬐게 해."라고 무사의 목소리가 말했다. "저대로 놔두면 얼어죽을 거야."

에이지는 안아 일으켜 세워졌다. 오랏줄이 풀리고 두 사람에게

---

24) 侍. 이하 무사.
25) 与力. 에도 시대에 부교(奉行), 쇼시다이(所司代) 등의 휘하에서 부하인 도신(同心)을 지휘하던 사람.
26) 경찰 및 서무를 담당하던 하급관리.

94

안겨 불 옆으로 갔으나 불의 따뜻함이 느껴지기까지는 상당한 시간이 걸렸다. 이것도 나중에 안 사실인데 메아카시를 야단친 것은 마을을 순회하는 요리키인 아오키 이사노신(青木功之進)과 도신인 야스이 도모에몬(安井友右衛門), 그리고 시타야쿠[27]인 오카무라 지혜에(岡村次兵衛)라는 세 사람으로 각 마을을 순회하던 도중 여기에 들른 것이었다.

잡역인 오카무라가 수건을 더운 물에 적셔 에이지의 얼굴과 손발을 닦고 터진 입술과 상처가 생긴 곳에는 고약을 발라주었다. 상처를 만질 때만 에이지는 아프다는 듯 얼굴을 찡그렸을 뿐, 그 외에는 백치처럼 무표정했으며 누구의 얼굴도 보지 않았고 무엇을 물어도 대답하지 않았다. ―혼초 소방조직의 우두머리로부터 메아카시인 스케지로가 무슨 말을 들었고 그것을 아오키 이사노신에게 어떻게 고했는지 에이지는 전혀 알지 못했으나, 심문하는 아오키의 말투로 짐작해보건대, 에이지는 주소도 이름도 직업도 밝히지 않은 채, 혼초의 와타분에서 공갈 협박으로 돈을 뜯으려 한 자가 되어 있었던 듯했다.

"보기에 그런 사람이라고는 여겨지지 않는데."라고 아오키가 말했다. "나는 마을을 순회하는 요리키인 아오키 이사노신이라는 사람이야. 여기에는 무슨 사연이 있는 것 같은데, 뭔가 할 말은 없는가?"

에이지는 대답하지 않았다. 아오키는 기다렸다.

"그 가게에 불을 질러주겠어."라고 에이지가 목 안쪽에서 혼잣말

---

27) 下役. 에도 시대에 관리들의 잡무를 돕던 사람을 일컫는 말로 관직명이라기보다는, 마을의 감시, 야간 순찰, 사체 처리 등을 맡던 사람들을 가리키는 일반적인 호칭이었다. 이하 잡역.

로 중얼거렸다. "소방조직원 세 사람을 죽여버리겠어. 그리고 포졸 놈들 둘도."

부어오른 입술 사이에서 새어나온 중얼거림으로 분명하지는 않았으나 아오키의 귀에는 들렸던 것이리라. 그는 눈을 가느다랗게 뜨고 에이지를 보았다. 아오키 이사노신은 스물일곱이나 여덟 살쯤, 마른 몸에 키가 컸으며 까무잡잡하고 갸름한 얼굴은 이목구비가 눈에 띌 정도로 뚜렷했다. 강한 자제심과 의지를 나타내고 있는 듯한 얼굴이었다.

"일정한 주거가 있고 신병을 인수할 사람이 있다면 이대로 돌려보내주도록 하지."라고 아오키가 인내심을 가지고 말했다. "주거는 어디지?"

에이지는 대답하지 않았다.

"입을 다물고 있어서는 아무것도 알 수 없잖아. 정 대답하기 싫다면 부교쇼28)로 끌고가는 수밖에 없어."

그러나 에이지는 대답하지 않았다.

"메아카시가 폭력을 휘두른 모양이더군. 그래서 화가 난 거 같은데,"라고 아오키가 한층 더 온화한 목소리로 설득했다. "잘 들어봐. 임무를 맡아 수상한 자를 조사하려면 손님을 맞아들이는 것처럼은 할 수가 없어. 얼마간의 차이는 있겠지만 결국은 거친 방법을 쓸 수밖에 없을 거야. 네가 고집을 부리면 부릴수록 여죄도 있을 거라 의심을 받아 마침내는 고문을 당하게 될지도 몰라. 그런 점을 잘 생각해서 자세한 사정을 남김없이 털어놓는 게 어떻겠어?"

에이지의 옷에서 김이 오르기 시작하고 몸에 온기가 느껴지자,

---

28) 奉行所. 부교들이 업무를 보던 관청. 이하 관아.

전신의 근육과 뼈 마디마디가 열을 띤 것처럼 아파오기 시작했다. 제길, 와타분 놈들, 그 소방조직 새끼들, 그리고 포졸 녀석들, 전부 죽여버리겠어, 설령 30년이나 50년이 걸린다 해도 반드시 모두 죽여버릴 거야, 라고 에이지는 온몸의 아픔에 걸고 맹세하기라도 하듯 마음속으로 생각했다.

"그럼 하는 수 없군." 마침내 아오키가 굵은 한숨을 내쉬며 말했다. "관아로 가서 조사하는 수밖에."

그리고 파수꾼 노인에게 가마를 불러달라고 명령했다.

에이지는 가마에 실려 기타마치(北町) 관아로 옮겨졌으며 유치장에 넣어졌다. 유치장에 넣으려면 마치부교29)의 허가를 필요로 했으나, 아오키는 관아 소속의 요리키로 마타자에몬(又左衛門)이라는 자와 이야기해서 빈 유치장에 넣은 것이었다. 마타자에몬의 성도 역시 아오키였는데 이사노신의 일족으로 45세, 북부 관아에서는 상석 요리키 가운데 한 사람이었다. ─이러한 일들에 에이지는 무관심했다. 물론 유치장에 대해서는 아무것도 몰랐으며 그곳이 북부 관아라는 사실조차 알지 못했다. 그는 자신 속에 굳게 갇혀서 외부로부터는 그 무엇도 받아들이지 않겠다고 생각했다. 세상 모두가 적이다, 이것을 잊어서는 안 된다, 부자는 재력으로 관리는 권력으로 죄 없는 사람을 죄인으로 만들 수 있다, 나처럼 돈도 없고 권력도 없는 사람은 그들에게 대항할 수 없다, 이게 사실이다, 라고 그는 생각했다. 그러자 분노가 다시 솟구쳐 올랐다.

에이지는 주위를 둘러보았다. 삼면이 판자로 된 벽, 복도에 면한 쪽이 유치장의 살이었다. 솟아오르는 분노 때문에 현기증이 날 것

---

29) 町奉行. 에도 시대에 중요도시의 마을 및 마을주민에 관한 사법, 행정, 경찰을 관장하던 관직. 교토, 오사카, 나라, 나가사키, 닛코 등에 설치되었었다.

같아서 그 튼튼한 유치장의 살이 멀어졌다가는 다가오는 것처럼 보였다.

"제길." 에이지가 목이 터져라 외치더니 갑자기 일어났다. "나를 여기서 내보내."

그는 유치장의 살에 있는 힘껏 몸을 부딪쳤다. 살과 뼈에 날카로운 아픔이 느껴졌으나 미친 듯이 두 번, 세 번 몸을 부딪치고 두 손으로 유치장의 살을 부서져라 흔들었다.

"나를 내보내라니까."라고 그는 계속해서 외쳤다. "네놈들 하나도 남김없이 패 죽이겠어."

## 5-3

에이지는 유치장에 이레 동안 있다가 이시카와지마[30]의 '닌소쿠요세바[31]'로 보내졌다. 마타자에몬은 자신이 직접 조사를 하고 여러 가지로 친절하게 해대주었다. 순회 요리키인 아오키 이사노신은 자신의 일족이라는 둥, 이사노신과 함께 혼초의 초소에 갔던 것은 도신인 야스이 도모에몬과 잡역인 오카무라 지헤에라는 사람으로 세 사람 모두 에이지에게 동정하고 있다는 둥의 이야기를 지나가는 잡담처럼 들려주고 과오를 저지르게 된 원인이 어디에 있느냐고 온화하게 거듭 물었다. 에이지는 마타자에몬에 대해서도 침묵을 지켰다. 유치장에서 난동을 부리다 오른쪽 발의 엄지발톱이 벗겨져 치료를 받았고, 붕대가 감겨 있었다. 그 발가락이 아팠으며

---

30) 石川島. 도쿄 주오(中央) 구 남동쪽에 있는 스미다가와(隅田川) 하구의 삼각주.
31) 人足寄場. 일정한 주거가 없는 자들을 수용하던 곳. 이하 부랑자 수용소.

그 외에도 몸의 곳곳, 어깨와 허리의 뼈 등에도 묵직한 아픔이 있었기에 몸을 움직일 때마다 얼굴을 찡그렸으나, 그때 외에는 돌이라도 되어버린 것처럼 정면의 어딘지도 모를 한 점을 응시한 채 굳은 표정으로 입을 다물고만 있었다.

그러는 사이에 이사노신이 와타분을 조사한 모양이었다. 그러나 와타분에서는 "그냥 아우성치며 행패를 부렸다."고만 말했을 뿐 에이지의 신원이나 신분에 대해서는 아무것도 이야기하지 않은 모양이었다. 그러한 사실은 마타자에몬의 심문 곳곳에서도 잘 드러나 에이지는 마음속으로 냉소했으나, 겉으로는 손톱만큼도 티를 내지 않았다.

마타자에몬을 대신해서 이시카와(石川) 뭐라고 하는 피의자 조사 담당관이 사흘 동안 심문을 맡았다. 그것은 상당히 엄격하고 가차 없는 조사 방법이었으나 그래도 주먹을 휘두르거나 소리를 지르는 일은 없었다. 그리고 이레째 되는 날, 다시 마타자에몬이 심문을 대신했다.

"뭔가 사정이 있는 듯하지만,"하고 마타자에몬이 사무적으로 말했다. "여러 가지 공무가 있어서 네게만 매달려 있을 여유가 없어. 지금까지 조사한 바로 다른 여죄는 없는 듯하니 원래대로 하자면 이대로 방면해야 할 테지만, 주거도 신병을 인도할 사람도 얘기하지 않고 또 직업의 유무도 말하지 않으니 부랑자와 같은 처분을 받는 건 어쩔 수 없는 일이야. 따라서 이시카와지마에 있는 부랑자 수용소로 보내기로 했으니 그리 알고 있어라."

그래도 에이지는 입을 열지 않았다.

이시카와지마로 보내진 것은 에이지를 포함해서 5명이었는데 모두 평상복에 짚신을 신었으며, 에이지와 또 다른 젊은이 하나가

오랏줄에 함께 묶였다. 두 사람은 난동을 부릴지도 모른다고 본 모양이었다. 관아의 요리키와 도신 2사람, 잡역 3사람이 경호를 맡았다. 에이지와 함께 오랏줄에 묶인 젊은이는 끊임없이 신경질적으로 콧방귀를 뀌기도 하고 머리를 좌우로 꺾기도 했다.

"나는 긴타(金太)라는 사람이야." 일행이 거리로 나서자마자 그 젊은이가 에이지에게 속삭였다. "시시한 도박을 하다가 끌려와서 섬으로 보내지게 됐어. 내가 생각해도 꼴이 우스워."

"말하지 마."라고 잡역 가운데 한 사람이 소리쳤다. "입을 열어서는 안 돼."

젊은이가 목을 꺾으며 혀를 내밀었다. 터무니없이 길고 창백하게 보이는 혀였다. 에이지는 상대를 하지 않았다. 다른 4사람이 어떤 사내였는지도 기억하지 못했으며 어느 길을 어떻게 지나는지도 보지 않았다. 길을 가던 사람들 중에는 죄인이 호송되는 것이라는 사실을 알고 멈춰 서서 혐오와 호기심 어린 눈으로 바라보는 남녀도 있었으나, 대부분은 눈치를 채지 못했으며 눈치를 챘어도 당황해서 시선을 돌리는 자 쪽이 훨씬 더 많았다.

─저 놈들에게는 오랏줄에 묶인 내 모습이 무서운 거로군, 흥, 하고 에이지는 생각했다. 아마도 내가 극악무도한 사람이어서 강도를 저질렀거나 살인을 한 인간인 것처럼 보이는 거겠지, 그래, 잘 지켜보고 있어, 내 곧 너희들이 생각하고 있는 것과 같은 인간이 되어줄 테니.

그는 눈에 들어오는 모든 것들을 증오했으며 거기에 반항했다. 늘어선 집들을 보면 그것이 자못 안온한 생활을 즐기고 있는 듯이 보여 증오했으며, 오가는 사람들 가운데서 만족스럽다는 듯한, 행복하다는 듯한 남녀의 모습을 보면 마음속에서 조소하고 저주를 퍼부었다. ―그런데 에치젠 수로(越前堀)에 접어들었을 때 딱 한 번, 에이지의 마음을 강하게 때린 것이 있었다. 수로에 면한 상점의 곳간 옆, 일곱 살이나 여덟 살쯤 된 여자아이 둘이 볕이 잘 드는 땅바닥에 돗자리를 깔아놓고 그 위에 앉아 공기놀이를 하고 있었다.

"손에 얹고, 손에 얹고,"라고 여자아이 가운데 한 명이 부르는 노래가 들려왔다. "손에 얹고, 내려서, 집어라."

에이지는 멈춰 서서 그쪽을 보았다. 두 아이 모두 비슷한 또래로 머리를 동그랗게 묶고 화려한 색깔의 옷에 앞치마를 두르고 있었다.

"하나, 하나, 하나."하고 한 아이가 솜씨 좋게 공기를 다루었다. "하나, 내려서, 집어라."

그때랑 똑같다, 와타분의 딸들, 오키미와 오소노에게 붙들려 나도 저렇게 공기놀이를 하곤 했었다. 그렇게 생각하자 이유도 없이 가슴 속에서 더운 물 같은 감정이 솟아오르고, 에이지의 눈에 눈물이 글썽였다.

"뭘 멍하니 서 있는 거야."라며 잡역 가운데 한 사람이 에이지를 슬쩍 찔렀다. "얼른 걷지 못하겠어."

에이지는 걷기 시작했다.

"넓은 소매, 넓은 소매,"라는 여자아이의 목소리가 뒤쪽에서 들려왔다. "―넓은 소매, 내려서, 집어라."

에이지는 머리를 왼쪽으로 오른쪽으로 천천히 흔들었다.

"이 부랑자 수용소는 감옥이 아니다."라고 그 수용소의 도신이 말했다. "―조금 전의 선고를 다시 한 번 말하겠는데, 직업이 없고 거처가 없는 자는 원래대로 하자면 사도가시마32)로 보내야 하지만, 나라의 각별한 인혜(仁惠)에 따라 임시 수용을 명하신 게야."

이 수용소는 다른 감옥과는 달리 수용자를 죄인으로 보지 않는다, 의복은 규정에 따라서 감색에 물방울을 염색한 것을 입히지만 머리는 그대로 두며 남편이 있는 여자는 이를 검게 물들여도 상관 없다, 손에 익은 기술이 있는 자는 그 일에 힘쓸 수 있으며 기술이 없는 자는 원하는 기술을 배울 수 있다, 그 작업들에는 임금이 지불되며 그것은 마침내 세상에 나가게 되었을 때 그 직업에 종사하기 위한 밑천이 된다. ―수용소 도신의 이러한 말을 에이지는 조금도 듣고 있지 않았다. 에치젠 수로에서 공기놀이를 하던 조그만 여자 아이 둘의 모습이 자꾸만 눈에 어른거렸으며, 그 목소리가 언제까지고 귓속에 들려왔다. 왼다리 왼다리 다리 다리 달마의 눈. 에이지는 입술을 씹으며 눈을 감았다. 어렸을 때 와타분의 안채에서 오키미와 오소노와 그 친구인 조그만 여자 아이들을 상대로 놀아주던 때의 자신의 모습이 보이는 듯했다.

"이봐."라며 옆에 앉아 있던 긴타라는 젊은이가 팔꿈치로 찔렀다. "일어나."

도신의 말이 끝나자 멍석 위에 앉았던 다섯 사람은 일어나 짚신을 신었다.

그들 좌우에 있던 하급 도신 4명이 이쪽으로 오라며 널따란 안뜰

---

32) 佐渡ヶ島. 니가타(新潟) 현 서부에 있는 섬. 주21 참조.

쪽으로 데려가 거기에서 기다리고 있던 다른 하급 도신들을 소개했다. 그들은 손기술 담당, 굴 껍데기 숯 담당, 밭일 담당, 기름 짜기 담당, 방앗간 담당, 감시소 담당이고, 그 외에도 수용소 관리자, 의사, 교사 등도 있으나 그들은 나중에 만나게 될 것이라고 했다. 소개가 끝나자 쉰 살쯤 된 남자가 앞으로 나왔다. 황소 같은 몸집에 어깨에는 살이 혹처럼 솟아 있고, 바닷바람이나 햇빛 때문이 아니라 타고난 것인 듯한 검붉은 얼굴에 눈과 입이 어마어마하게 컸으며, 거기에 톱질을 할 때처럼 귀에 거슬리는 목소리를 냈다.

"나는 수용소의 관리자인 마쓰다 곤조(松田権蔵)라는 사람일세."라고 그 사내가 외치듯 말했다. "여기에 있는 수용자들은 뒤에서 나를 적귀(赤鬼)라 부르고 있지. 나는 그런 건 문제 삼지 않아. 너희도 그렇게 부르고 싶으면 불러도 돼. 나는 그런 일로는 화를 내지 않으니. 하지만 잘 기억해둬. 조금 전에 저기서 너희에게 말씀하신 건 수용소의 총괄자로 계시는 도신으로 오카야스 기헤에(岡安喜兵衛)라는 분이신데, 그 말씀을 그대로 받아들여 여기가 극락이라고 생각한다면 커다란 착각이야. 사도가시마의 금 캐기는 이 세상의 지옥이라고들 하지? 이름은 다르지만 여기도 이시카와지마, 너희들이 하기에 따라서는 여기도 사도에 뒤지지 않는 지옥이 될 게야. 그걸 잊지 마."

그리고 그는 지긋지긋하다는 듯 다섯 사람을 노려보고 땅바닥에 침을 뱉은 뒤, 커다란 걸음으로 그곳을 떠났다. 다음으로는 마흔네다섯 살쯤 된 사내가 앞으로 나왔다. 그는 나이에 어울리지 않게 싹싹한 남자였는데, 옷의 목깃을 목이 조일 만큼 여몄으며 달달한 목소리로 무엇인가를 달래는 듯한 말투였다.

"나는 감시역을 맡고 있는 고지마 료지로(小島良二郎)라는 사람이야."라고 그 사내는 말하고 미소 지었다. "감시역이란 너희들의 뒷바라지를 해주는 역할 같은 거야. 조금 전 오카야스 나리가 말씀하신 대로 이 수용소는 너희들에게 고통을 주는 곳이 아니라 손에 익은 기술이 있는 자는 그 일에 힘쓸 수 있고, 기술이 없는 자에게는 —."

"같은 염불이잖아."라고 긴타가 에이지에게 속삭였다. "저 녀석은 빛 좋은 개살구야. 적귀보다 더 좋지 않아."

"따라서 손에 익은 기술이 있는 자에게는 그 일을 주고,"라며 고지마는 말을 이었다. "기술이 없는 자 가운데 뭔가 익히고 싶은 기술이 있는 자는 그 원하는 기술을 말하기 바라네. 그 외의 사람들에게는 강의 준설, 밭일, 막일, 쌀 곳간에서 짐 부리기 등 그때그때에 따라서 작업이 주어질 게야. 알겠지? 그럼 손에 익은 기술이 있는 자, 혹은 원하는 일이 있는 자는 말하도록 하게."

5명 가운데 중년 세 사람은 목수, 미장이, 버선을 만드는 사람이었다. 긴타는 몸에 익은 기술도 없었으며 어떤 기술을 배우고 싶다고도 말하지 않았다. 에이지는 아무런 대답도 하지 않았다. 고지마라는 감시역이 입 안에 침이 고인 듯한, 느린 말투로 끈질기게 여러 가지로 물었으나 에이지는 처음부터 끝까지 한마디도 말을 하지 않았다.

"너는 자신의 이름도 밝히지 않은 듯하더구나." 고지마가 가지고 있는 장부를 보며 눈썹을 찌푸렸다. "여기에 왔으니 얌전히 있지 않으면 호된 일을 당하게 될 거야."

그리고 긴타와 너는 '삼태기 방'이야, 라고 말했다. —그곳은 강의 준설이나 막일밖에 하지 못하는 자들이 모인 곳이라고 했다. 될 대로 되라지, 니들 하고 싶은 대로 해, 세상사람 모두 내게는 적이나 다름없어, 라고 에이지는 생각했다.


## 5-5

삼태기 방에는 수용자가 23명 있었다. 긴타와 에이지가 더해져 25명이 되었는데 덴시치(伝七), 구라타(倉太), 사이지(才次)라는 세 사람이 조장이었다. 덴시치는 쉰대여섯, 구라타는 마흔일고여덟, 사이지는 스물여덟아홉이리라. 세 사람 전부 진짜 공사장 인부 출신으로 모두 덴마초(伝馬町)의 감옥에 있었다는 사실을 자랑으로 여기고 있는 듯했다.

조장들은 에이지를 부슈(ぶしゅう)라고 불렀다. 부슈(武州) 출신이라는 뜻이리라. 마치부교의 손에 걸려 이름조차 밝히지 않았는데 무사하다는 것은 있을 수 없는 일이었다. 아마도 아오키라는 두 사람의 요리키가 뭔가 생각이 있어서 특별한 취급을 한 것이리라. 그 사실은 이 수용소의 관리인들에게도 통보되었고, 다시 삼태기 방의 조장들에게도 귀띔을 해준 듯, 입으로는 좋지 않게 말하기도 하고 여러 가지 비꼬는 듯한 말을 하기도 했지만 폭력을 휘두르거나 억지로 일을 떠맡기거나 하는 일은 없었으며, 에이지가 고집을 부리며 반항해도 그들은 상대를 하지 않았다.

처음 50여일쯤은 수용소 남쪽의 호안공사로 보내졌다. 이 이시카와지마는 거의 삼각형인데, 동쪽에는 이시카와 오스미노카미(石川大隅守)의 저택, 서쪽에는 쓰쿠다지마(佃島)가 각각 해자를 사이에 두고 있었으며, 북쪽에 오카와구치(大川口), 남쪽에는 바다가 펼쳐져 있었다. 오카와구치 쪽에는 후나마쓰초(舟松町), 짓켄초(十軒町), 아카시초(明石町) 등의 상가가 널따란 강 건너편에 납작하게 늘어서 있었다. —그 북쪽에 면한 곳에 나루터와 문이 있고 문 좌우에 수용자들의 나가야[33]가 서 있었다. 공동주택은 동쪽에도 있었는데 거기에는 목욕탕도 설치되어 있었다. 문으로 들어서면 정면에 사무소와 관리인들의 주거가 든 건물이 있고, 거의 삼각형인 안마당 너머에 파수꾼의 대기실이 오도카니 서 있었다. 그곳은 이곳의 중앙으로 수용자들의 동정을 감시하기에 가장 좋은 위치에 있었다.

호안공사를 하는 남쪽 끝은 이 섬에서도 가장 좁아 끝에서 끝까지 약 50간 남짓밖에 되지 않았다. 바다는 멀리까지 수심이 얕아서 썰물 때면 평소에도 2, 3정은 바닥이 드러났으며, 달의 초와 보름 전후에는 14, 5정이나 물이 빠졌다. —섬의 다른 세 방향에는 돌담이 쌓여 있지만, 그 남단은 바다의 파도가 직접 부딪히고 3년에 1번 정도는 폭풍우에 무너진다고 한다. 이번에는 그런 일이 없도록 하기 위해서 물가를 10자 이상이나 파내고 삼나무 원목으로 말뚝을 깊숙이 박아 지반다지기부터 튼튼하게 공사를 진행하고 있었다.

삼태기 방에 들어간 지 사오일쯤 지났을 때, 에이지는 같은 수용자 가운데 한 사람을 눈여겨보게 되었다. 스물여덟아홉 살쯤의 사내로, 턱을 깎아낸 듯 뾰족한 얼굴에 뺨이 튀어나왔고 누구에게나 상냥하게 웃었으며 환심을 사려는 듯한 투로 말했다. 움푹 파인 눈은 차분하지 못하게 쉴 새 없이 주위를 둘러보았으나 그러면서도 사람의 얼굴을 똑바로 보는 적이 없었다.

—어딘가에서 본 얼굴인데, 라고 에이지는 마음속에서 중얼거렸다. 틀림없이 본 적이 있는 얼굴이야.

---

33) 長屋. 칸을 막아 여러 가구가 살 수 있게 한 일본 전통의 단층, 혹은 2층 공동주택. 이하 공동주택.

얼마 지나지 않아서 그 사내의 이름이 지로키치(次郎吉)라는 사실은 알았으나 어디서 봤는지는 떠오르지 않았다. 그러다 곧 요헤이(与平)라는 사내와 가까워졌기에 지로키치에 대해서는 잊고 말았다.

"저는 요헤이라는 사람입니다."라고 사내 쪽에서 먼저 말을 걸어왔다. "형씨는 여기에 온 지 벌써 보름 이상이나 지났는데 누구하고도 말을 하지 않으시네요. 뭔가 이유가 있을 테지만, 너무 말을 하지 않는 것도 몸에는 독입니다."

공사장에서 휴식을 할 때의 일이었다. 에이지는 쌓아놓은 석재에 기대어 초봄의 잔잔한 바다를 바라보고 있었다. 요헤이가 그때 말을 걸어온 것이었는데, 에이지는 대답도 하지 않았으며 돌아보려 하지도 않았다.

"이런 얘기를 하는 건 처음입니다만, 저는 아내를 죽이려다 생각대로 되지 않아서 말이죠."라고 요헤이가 혼잣말처럼 말했다. "―8년이나 전의 일입니다. 시바(芝)의 가나스기에서 조그만 포목점을 운영하고 있었습니다. 작은 가게였지만 비교적 장사가 잘 됐는데, 저는 어렸을 때부터 거기서 일을 했고 그러다 그 집 딸의 남편이 되었습니다."

에이지는 말없이 듣고 있었다. 아내를 죽이려 했다는 말에 자신도 모르게 마음이 끌린 것이었다. 드문 일은 아니었다. 집안의 대를 이을 기가 센 아내와 점원 출신의 소심한 남편 10년도 넘게 일하고 또 일했으며 아이도 셋이나 생겼지만, 남편다운 대접을 받은 적은 한 번도 없었으며, 아침부터 밤까지 덮어놓고 소리를 질러대고 마구 부려먹었다. 아이들조차도 '굼벵이 아버지'라고 불렀으며, 식사는 꼬맹이 점원이었을 때와 마찬가지로 부엌의 마룻바닥에서 했다.

"아내만이 나빴던 건 아닐 겁니다. 결국 부부가 되어서는 안 될 사람들이 잘못해서 하나가 된 것이니, 이제 와서 생각해보면 아내도 틀림없이 견딜 수 없었을 것이라 여겨집니다, 네." 요헤이가 기다란 한숨을 쉬고 말했다. "—하지만 그때는, 그런 생각은 하지 못했습니다. 사람은 누구나 자신을 중심으로 생각하는 법입니다. 다른 사람의 아픔은 3년이라도 참을 수 있지만, 자신의 아픔에는 견디지 못한다고들 흔히 말하지 않습니까. 저도 어느 날, 마침내 참을 수 없게 되어버렸습니다."

그런데 그때 휴식시간이 끝나 요헤이의 이야기도 중단되었다.

다음 날은 비가 내려 공사가 중지되었고, 삼태기 방의 수용자들 반수가 울타리 수리에 보내졌다. 이 섬의 기슭을 따라서 높이 9자되는 울타리가 둘려 있는데 낡은 곳을 교체하는 일이었다. 일을 시키러 온 사람은 수용소 관리자인 마쓰다 곤조로, 수용자들을 쏘아보며 크고 걸걸한 목소리로 외쳐댔다. 참으로 적귀라는 별명에 어울렸는데, 에이지는 '저 녀석은 의외로 좋은 사람이야.'라고 생각하며 그가 보고 있는 앞에서 벌렁 드러누워 두 손을 머리 뒤에서 깍지 끼고 노골적으로 커다란 하품을 했다.

"이봐, 거기 애송이."라고 마쓰다가 땅딸막하게 굵은 손가락으로 에이지를 찌르듯 가리켰다. 그 얼굴이 붉어지고 눈이 튀어나올 듯 커졌으나 상대가 에이지라는 사실을 확인하자 서둘러 그 손가락을 다른 사람들 쪽으로 돌리고 더욱 커다란 목소리로 외쳐댔다. "—에잇, 이 들개 같은 놈들. 어서 일어나지 못하겠어. 우물쭈물하고 있으면 팔모가지를 비틀어버리겠어."

에이지는 코웃음을 쳤다.

불려나간 수용자는 13명. 젊은 사이지가 조장으로 요헤이도 그

안에 섞여 있었다. 비는 3일 연속 내렸고, 울타리의 수리도 3일 계속되었다. 둘째 날에는 에이지도 나갔으나 반대로 요헤이가 인원에서 제외되었으며, 사흘째에는 함께 나갔지만 이야기를 나눌 짬이 없었다. ―그러고 보니 요헤이는 마르고 작은 사내로, 나이는 마흔 안팎인 듯 여겨졌으나 주름투성이에 바싹 말라버린 듯한 얼굴과 손발은 예순 가까운 노인 같았다. 목소리는 낮고 부드러웠으며, 말투는 느리고 조심스러웠고, 웃을 때도 남들보다 한 호흡 늦게 웃는 듯했고, 언제나 사람들 눈에 띄지 않게 행동했다.

비가 그쳐 호안공사를 나간 날 오후의 휴식 시간에 요헤이가 다시 말을 걸었다. 형씨 같은 젊은이에게 하찮은 일을 이야기해서 듣기 싫지 않느냐고 요헤이가 말했고, 에이지는 살짝 머리를 흔들었다. 비가 내린 뒤였기 때문이리라, 조금 탁해져서 파도치고 있는 바다를 바라보며 그때도 요헤이 쪽으로는 시선을 돌리지 않았다.

"8년 전, 경신년 9월 3일의 일이었습니다, 네."라고 요헤이가 말했다. "그해 6월에 새로이 은화가 바뀌어 돈의 가치가 심하게 요동쳐서 저희 가게도 상당한 손해를 봤는데, 좋지 않은 일은 겹쳐서 오는 법으로 제가 사들인 피륙에 상한 물건이 3필이나 있었습니다. 이세사키(伊勢崎)의 값이 싼 줄무늬 명주였는데 1필은 여자용으로 색이 고르지 않아 얼룩이 졌고 길이도 부족했습니다."

아내는 언제나처럼 독설을 퍼붓기 시작해서, 너는 병신이다, 머지않아 이 가게를 말아먹을 생각이냐며 욕을 해댔고 아이들이 보고 있는 앞에서 그를 밀어 넘어뜨렸다. 가게의 높게 턱이 진 곳 끝에 있던 그는 흙바닥으로 쓰러져 나뒹굴다 머리를 문턱에 부딪쳐 살쩍 부근이 1치쯤 찢어졌다.

"손에 피가 묻은 것을 본 순간 저는 분함에 눈이 멀어버린 것처럼 되어 아내를 때리려 했지만, 타고난 것은 어쩔 수 없는 법인지 옷의 흙을 털고 혼자서 상처를 치료하기 시작했습니다."

분함으로 온몸이 떨려왔고 넘쳐나는 눈물이 좀처럼 멈추지 않았다. 그리고 그날 밤, 가게에 처음 왔을 때부터 데릴사위가 된 10년 동안의 일들을 되돌아보고, 이래서는 살아가는 보람이 없다, 차라리 아내를 죽이고 나도 죽어버리자고 결심했다. 이에 조용히 일어나 광에서 짧은 칼을 꺼냈다. 물론 세상을 떠난 장인의 물건으로 한동안 꺼낸 적이 없었기에 날에는 녹이 슬어 있었다. 그는 칼을 뽑아들고 침실로 돌아가 아내를 흔들어 깨웠다. 눈을 뜬 아내는 그가 칼을 뽑아들고 있다는 사실을 깨닫자 비명을 지르며 벌떡 일어났고 장지와 칸막이를 쓰러뜨리며 뒷문을 통해 뒤뜰로 달아나기 시작했다.

"얼마나 빠르던지."라고 말하며 요헤이는 목 안에서 가만히 웃었다. "─마치 꼬리에 불이 붙은 미치광이 고양이 같았습니다, 네. 저도 뒤를 따라 갔습니다만, 아내는 살인자다, 살인자다 외치며 골목의 쪽문도 밀어 깨뜨리고 조금 큰 샛길로 달려나가 누군가 좀 와줘, 살인자다, 라고 목이 터질 듯한 목소리로 계속 외쳐댔습니다."

동네 사람들이 나왔는데 요헤이가 칼을 뽑아들고 있었기에 커다란 소동이 벌어졌다. 6척봉[34])이나 바지랑대를 가지고 나온 사람이 있는가 하면, 초소로 달려가는 사람도 있었기에 아내는 그들에게 보호를 받으며 여전히 살인자라고 외쳐대고 있었다.

"칼을 들고 있었기에 그 자리에서 초소로 끌려갔습니다."라고

---

34) 六尺棒. 죄인을 잡을 때 쓰는 6자(척) 길이의 몽둥이.

요헤이는 말을 이었다. "아내가 있지도 않은 일을 들어가며, 그냥 내버려두면 자신과 아이들까지도 목숨을 잃을 테니 부부의 연을 끊고 싶다고 우겨댔습니다. 저는 아직 흥분한 상태였기에 연을 끊든 말든 반드시 죽여버리겠다고 말했고, 결국은 보시는 것처럼, ―이 수용소로 보내지게 된 겁니다, 네네."

지독한 여자도 다 있구나, 에이지는 마음속으로 중얼거리며 자신이 초소로 끌려갔을 때의 일이 떠올라 분노가 치밀어 오르고 얼굴이 일그러졌다.

"여기에 온 뒤로 여러 가지 사실을 알게 되었습니다."라며 요헤이가 한숨을 쉬고 말했다. "아내에게는 제가 정말로 등신처럼 여겨졌을 테고, 아이들에게는 그야말로 굼벵이 같은 아버지였던 거겠지요. 사람은 성격에 따라서 사물에 대한 시선도 사고방식도 각각 다른 법입니다. 저는 나만을 가엾다고 생각했을 뿐, 처자의 기분은 생각해주지도 않았습니다. 지금은 제가 잘못했다고 생각하고 있습니다, 네네."

에이지는 답답해져서 바로 그렇기 때문에 아내에게까지 얕보이는 거라고 호통을 쳐주고 싶었다. 정말로 호통을 쳐주려고 했으나 그때 "시작."이라는 조장의 목소리가 들려왔기에 에이지는 마음속에서 생각하고 있는 것과는 반대로 요헤이를 돌아보며 낮은 목소리로 말했다. "저는 에이지라고 하는 사람입니다."

"그럼 앞으로,"라고 요헤이가 말했다. "잘 부탁합니다."

## 6-1

2월 하순의 어느 날 밤, 삼태기 방에서 지로키치가 소란을 피웠다. 자신의 보따리 속에서 돈이 없어졌다는 것이었다. 방에는 각자에게 주어진 칸막이 관물대가 있어서 자신의 물건은 각자가 가지고 있을 수 있었다. 섬에 와서 번 돈은 사무소에서 맡아두고 장부만 건네주었으며, 매달 그 금액을 더해 주었으나, 처음부터 가지고 있던 돈이나 지인들이 넣어준 금품은 자신이 가지고 있을 수 있었다. ─그것은 수용소가 감옥과 다른 예 가운데 하나로, 행실이 좋다고 인정을 받으면 평상복을 입고 외출할 수도 있었으며, 면회를 온 사람이 있으면 만날 수도 있었다. 그렇기 때문에 대부분의 사람들이 얼마간의 돈은 가지고 있는 듯했다.

"잘 찾아봐."라고 수용자 가운데 한 사람이 말했다. "이 섬에서 돈을 도둑맞았다는 얘기는 지금까지 한 번도 들어본 적이 없어."

"그래도 없는 건 없는 거야."라고 지로키치가 여전히 보따리 속을 뒤지며 말했다. "내 분명히 지갑에 넣어서 이 옷 사이에 끼워놓았다고."

이 문답을 들으며 에이지는 '어라.' 싶었다. 언젠가 본 적이 있는 얼굴이라고 생각했는데, 지로키치의 목소리도 들은 적이 있었다. 묘하게 환심을 사려는 듯하면서도 교활하게 들리는 말투, 틀림없이 들어본 적이 있는 목소리라고 생각하여 기억을 더듬어보았다.

"이거이거, 네 놈의 사물함은 내 사물함의 옆이야."라고 조금 전의 수용자가 말했다. "네 녀석 설마 내게 생트집을 잡으려는 건 아니겠지?"

"그런 말도 안 되는." 지로키치가 터무니없는 소리라는 듯 머리를 흔들었다. "형님을 의심하다니, 그럴 마음은 눈곱만큼도 없수다. 나는 단지 여기에 넣어두었던 돈이 지갑째."

"한심한 녀석."이라고 누워 있던 다른 수용자 하나가 누운 채로 말했다. "—네 품속에서 떨어지려 하고 있는 건 뭐야?"

앗, 하며 지로키치는 자신의 가슴께를 보더니, 당장이라도 떨어질 것 같은 지갑을 발견하고는 깜짝 놀란 듯 입을 벌렸다.

"아이고, 감사합니다."라며 그는 머리를 긁적였다. "이건 참 어처구니없는 실수로군. 그러고 보니 조금 전에 보따리를 풀었을 때, 이놈을 품속에 넣은 걸 까맣게 잊어먹고 있었네. 이거 체면이 안 서는군. 당대의 웃음거리야."

"뭐가 웃음거리라는 거야. 장난 쳐?"라고 처음의 사내가 날카롭게 외쳤다. "사람을 의심하는 듯한 말을 해놓고, 웃음거리는 또 뭐야. 이놈 장난을 치면 가만두지 않을 거야."

"잠깐만요." 지로키치가 한 손을 앞으로 내밀고 뒷걸음질을 치며 아첨하는 듯한 목소리로 말했다. "저는 절대로 형님을 의심한 적이 없습니다. 말도 안 됩니다. 저는 저의 멍청함이 웃음거리라고 말한 것뿐입니다."

거기까지 듣고 에이지는 자리에서 일어났다. 그리고 지로키치 쪽으로 다가가며, 가쓰 형님이라고 불렀다. 지로키치가 돌아보았으며, 주위에 있던 수용자들도 무슨 일인가 싶어 두 사람 쪽으로 눈을 돌렸다.

"패거리들 사이에서는 틀림없이 가쓰 형님이라고 불렸었지."라고 에이지가 말했다. "잠깐 할 얘기가 있어. 밖으로 나와."

"뭐라고, 어째서?" 지로키치가 시선을 돌리며 심하게 더듬었다. "내 이름은 지로키치야. 가쓰 형님이라는 사람은 모르는데."

"밖으로 나오면 알게 될 거야."

"넌 지금 사람을 잘못 본 거야."

"밖으로 나오라니까." 에이지가 주먹을 들어 지로키치의 얼굴을 때렸다. "─넌 잊어버렸을지 모르겠지만 난 기억하고 있어. 뚜쟁이 로쿠, 밖으로 나가기 싫다면 여기서 내 놈이 한 일을 들춰줄까?"

"나, 나는." 지로키치는 혀가 굳은 것이리라, 바로는 뒤의 말이 나오지 않아 도움을 청하려는 듯 주위 사내들을 둘러보았다. "부탁입니다, 형님들, 이 사람은."

이렇게 말을 꺼냈지만 누구의 얼굴에나 경모(輕侮)와 증오의 빛밖에 나타나 있지 않은 모습을 보고는, 갑자기 봉당으로 뛰어내려가 미닫이를 열어젖히고 밖으로 뛰쳐나갔다. 에이지도 바로 뒤를 좇았으며, 방에 있던 수용자들 대부분이 그 뒤를 따라 달리기 시작했다.

─꼬리에 불이 붙은 미치광이 고양이.

지로키치의 뒤를 좇으며 요헤이가 한 말을 떠올렸으나, 우습다기보다는 상대방의 비겁함, 배짱 없음에 화가 날 뿐이었다. 안마당은 어두웠으며, 맞은편 감시소의 장지문이 빛을 받아 약간 밝아져 있었다. 지로키치는 그곳으로 뛰어들 생각이었던 듯했으나 도중에 마쓰다 곤조에게 붙들리고 말았다.

"살려주세요."라고 지로키치가 우는소리로 애원하는 것이 들려왔다. "전 사람들에게 생매장당할 겁니다. 제발 숨겨주세요."

그곳으로 에이지가 달려왔다. 거기까지 와서 처음으로 지로키치를 붙잡은 것이 적귀라는 사실을 알고 에이지는 두 주먹을 쥔 채 멈춰 섰다.

"이 사람을 생매장할 거라던데."라고 마쓰다가 갈라지는 목소리로 말했다. "—사람이 꽤나 많은 듯한데, 그 정도의 인원이 아니면 이런 사람을 처리하지 못하는 건가?"

"그 사람을 건네주십시오."라고 에이지가 말했다. "상대는 저 한 사람, 다른 사람들은 보러 온 것일 뿐입니다."

"넌, 부슈지?"라고 마쓰다가 말했다. "이 녀석에게 어떤 원한이 있는 거지?"

"당신이 상관할 일이 아닙니다." 에이지가 낮은 목소리로 분명하게 말했다. "그 녀석을 제게 건네주십시오."

그리고 그는 지로키치에게로 달려들었다.


## 6-2

지로키치는 마쓰다 곤조의 뒤로 돌아들려 했으나 마쓰다가 반대로 잡고 있던 손으로 그를 에이지 쪽으로 밀쳐냈다.

"난동은 안 돼."라고 마쓰다가 갈라지는 목소리로 소리쳤다. "난폭한 짓을 해서는 안 돼. 싸움이나 폭력은 금지되어 있어. 사람은 인내가 중요해. 참을성이 없는 자는 손해를 보게 되어 있어. 에잇, 그러니 부슈, 확실히 해."

에이지는 지로키치의 머리를 좌우에서 때렸다. 두 손의 주먹으로 있는 힘껏 오른쪽에서 때리고 왼쪽에서 때렸다. 그때마다 지로키치의 몸은 왼쪽으로 오른쪽으로 비틀거렸고, 갑자기 이상한 비명을 지르며 맹렬하게 달려들었다. 에이지는 다리를 걸어 던져버리고 그 위에 걸터앉아 누르며 다시 그 얼굴을 좌우에서 때렸다.

"살려줘."라고 지로키치가 우는소리를 올렸다. "날 죽이고 말 거야."

마쓰다가 다가가 에이지의 어깨를 두드렸다. "이젠 됐겠지. 관리소에 알려지면 곤란해. 그쯤 해둬."

에이지는 때리기를 멈추고 지로키치를 깔고 앉은 채 거친 숨을 내쉬다가 마침내 일어서더니 거기에 있는 사람들에게서 도망치듯 새카맣게 어두운 안마당 쪽으로 가버렸다. ─공동주택 앞을 남쪽으로, 병자의 숙소, 여자숙소 앞을 지나 호안공사를 하고 있는 물가까지 가서는, 그곳의 마른 풀 위에 앉았다. 그는 숨이 잦아들 때까지 가만히 눈을 감고 있었다. 바로 대여섯 자 앞에서 해안으로 밀려드는 파도의 부드러운 속삭임이 들리고, 부는 건지 마는 건지 모를 정도의 미풍 속에서는 바닷내가 났다.

"하지 말 걸 그랬어." 그는 감고 있던 눈을 뜨며 중얼거리고, 한숨을 쉬었다. "─그런 짓을 한들 무슨 소용이야. 겁쟁이에 그런 버러지 같은 놈, 침이라도 뱉어주면 끝났을 일이잖아."

어두운 바다 속에서 밤낚시를 하는 배의 등불이 물에 비쳐보였다. 셋이나 넷쯤이라고 생각했는데, 잠시 바라보고 있자니 멀리에 가까이에 멈춰 있는 것과 움직이고 있는 것이 상당히 많이 보였다.

"노부 공, 너를 대신해서 로쿠 놈을 혼내줬어."라고 에이지가 배의 등불을 지켜보며 중얼거렸다. "그런 겁 많은 얼뜨기 때문에 죽다니, 너희 언니도 딱한 사람이었네."

노부 공은 지지 않았다. 로쿠 따위에게도 지지 않았으며, 부모님에게까지 으름장을 놓았다고 했다. 우리처럼 가난하면 타인보다

116

부모가 더 무서운 경우도 있어, 라고 오노부는 말했다. 그럴지도 모른다, 부모에 대해서는 잘 모르겠지만 10년 동안이나 '어르신'으로 존경하고 누구보다도 믿어왔던 요시베에, 집안사람들까지 친하게 지내왔던 와타분, 그들이 실제로는 나를 어떻게 취급했을지? —오노부의 언니를 정사로까지 내몬 것은 그녀의 부모와 게으른 남자 형제들이었어, 사부는 가사이에 본가가 있고 할아버지와 부모형제도 있어, 하지만 거기에 사부가 살아갈 장소는 없어, 어째서지? 이건 어째서지? 라고 에이지는 마음속에서 누구에게인지도 모르게 물었다.

"왜 그래."라고 말하는 목소리가 들리더니, 뒤쪽에서 다가오는 사람이 있었다. "후회라도 하고 있는 건가?"

적귀로군, 이라고 에이지는 생각했으나 대답은 하지 않았다.

"어째서 그 녀석을 때린 거지?"라고 마쓰다가 에이지의 오른쪽에 선 채 물었다. "바깥세상에서 무슨 원한이라도 있었던 건가?"

"당신과는 관계없는 일입니다."

"그 말은 이미 들었어."라고 마쓰다는 소리치고 훅 커다란 숨을 내쉰 뒤, 조금 온화하게 말했다. "—방 사람들의 말에 의하면 그 빌어먹을 놈을 너는 뚱쟁이 로쿠라고 불렀다고 하던데, 대체 그건 또 어떻게 된 일이야?"

에이지는 말이 없었다. 마쓰다는 쿵 발을 구르고 무슨 소리인지도 모를 말로 욕을 해댔다. 나는 네놈에게 그 빌어먹을 자식을 때리게 해주었어, 그 간살맞은 자식은 추잡한 놈이어서 그놈의 상판대기를 보기만 해도 구역질이 날 거 같아, 그래서 네게 때리게 해줬던 거야, 라고 마쓰다 곤조는 말했다. 게다가 나는 네놈이 마음에 들었어, 네놈에게는 뒤를 봐주는 사람이 있다던데 그런 것에 겁먹을 내가 아니야, 나는 내 마음에 들었기에 네가 멋대로 행동해도 눈을 감아주고 있는 거야, 오늘 밤의 일만 해도 만약 내가 마음만 먹으면 네놈을 처벌할 수도 있어, 그러니 부슈, 말해봐. 마쓰다는 그곳에 웅크려 앉았다.

"그 빌어먹을 놈에 대해서 말해줘. 그놈은 바깥세상에서 뭔가 다른 죄를 저지른 거 같아."라고 마쓰다가 말했다. "네가 알고 있는 일을 말해주면 그 녀석의 정체를 밝혀줄게. 어때 부슈, 얘기해주지 않을래?"

에이지는 여전히 입을 다물고 있다가 마침내 자리에서 일어나 그냥 공동주택 쪽으로 걷기 시작했다. 마쓰다도 바로 일어나 따라가서는 뒤에서 에이지의 어깨를 잡았다.

### 6-3

"기다려, 이 새끼야." 마쓰다는 이렇게 외치더니 어깨를 잡은 손으로 에이지의 몸을 자신 쪽으로 향하게 한 뒤 손바닥으로 뺨을 때렸다. "너, 내가 우습게 보이냐?"

에이지는 몸의 힘을 빼고 두 손을 늘어뜨린 채 마쓰다의 얼굴을 바라보았다. 마쓰다는 다시 한 번 때리려고 손을 들었다가 에이지의 모습을 보고 무슨 생각을 한 것인지 들었던 손을 천천히 내려놓고 잡고 있던 어깨를 밀쳐냈다.

"네놈은 재수 없는 녀석이야."라고 마쓰다가 앙다문 이 사이로 말했다. "내가 기껏, —에잇, 아니다." 그는 발을 구르며 외쳤다. "됐으니 꺼져버려."

에이지는 동공주택으로 돌아왔다.

삼태기 방의 수용자들은 모두 에이지를 어렵게 여기기 시작했다.

지로키치 로쿠는 에이지의 눈에 띄는 것을 두려워하여 방에 있을 때는 물론 작업장에서 같이 일이라도 하게 되면 가능한 한 에이지에게서 멀리 떨어지려 했으며, 언제나 몸을 웅크리고 있는 듯 보였다. —그들 가운데 한 사람, 젊은 조장인 사이지만은 그렇지 않았다. 그는 노골적인 반감을 에이지에게 내보였으며 일을 배당할 때도, 일을 하고 있을 때에도 에이지에게만은 특히 깐깐하게 대했다. 그 눈빛과 태도에는 '자, 어때. 이래도 항복하지 않을래?'라는 의미가 노골적으로 나타나 있었다.

주위의 이러한 변화에 대해서 에이지는 아무런 반응도 보이지 않았다. 뚜쟁이 로쿠에게도 두 번 다시는 눈길을 주지 않았으며 누구하고도 말을 하지 않았고 자신 속에만 굳게 갇혀 있었다. 사이지가 아무리 악의적으로 대해도 결코 반항하는 듯한 모습은 보이지 않았는데, 그것은 굴복한 것이 아니라 무시하고 있는 것이라는 사실을 누구나 알 수 있었다. 그것이 사이지를 더욱 조바심치게 만들고 화를 북돋웠던 것이리라. 호안공사의 끝이 보이기 시작한 어느 날, 더는 참지 못하고 그는 에이지에게 덤벼들었다. 에이지가 돌담에 쌓을 돌을 옮기고 있을 때였는데, 그것은 모서리를 깎아낸 5관 정도의 화강암으로, 에이지는 누빈 천 조각을 댄 어깨에 짊어지고 두 손으로 잡은 채 걷고 있었는데 뒤에서부터 사이지가 다가와 두 손으로 등을 힘껏 밀었다. 에이지는 앞으로 고꾸라져 어깨에서 떨어진 돌을 끌어안는 듯한 모습으로 넘어졌다.

"새끼, 뭐하는 거야."라고 사이지가 소리 질렀다. "그런 작은 돌멩이도 제대로 못 짊어져? 게으름 피우면 가만두지 않을 거야."

에이지는 몸을 돌려 사이지를 올려다보고, 그런 다음 천천히 일어났다. 아직 잠에서 덜 깬 사람이 자리에서 일어나듯 매우 완만한 동작이었는데 일어나 손에 묻은 흙을 터는가 싶은 순간, 주먹을 쥔 오른손의 팔꿈치를 뒤로 뺐다가 그것을 있는 힘껏 사이지의 얼굴에 때려 박았다. 그 타격은 날래고 적확하게 사이지의 콧등에 맞았고 사이지가 비틀거리자 에이지는 몸을 웅크려 상대방의 가슴에 있는 힘껏 박치기를 했다. 사이지는 벌렁 나자빠졌다가 한 손으로 코를 움켜쥐고 무엇인가 외치며 몸을 웅크린 채 일어서려 했다. 그 얼굴을 에이지는 짓밟았으며 달아나려는 것을 발로 찼다. 그 동작에는 조금의 배려도 가차도 없었다. 짚신 신은 발로 상대방의 얼굴과 가슴을 짓밟았으며, 다시 발길질을 했다가는 짓밟았다.

"그쯤 해둬, 형씨." 긴타가 뒤에서 에이지의 양 팔을 껴서 떼어냈다. "부탁이니 이젠 그만 해. 조장을 죽일 셈이야?"

사이지는 피와 진흙으로 범벅이 된 얼굴을 뒤로 젖히고 땅바닥 위에 쓰러진 채 정신이라도 잃은 사람처럼 입을 벌려 헐떡이고 있었다.

"놔."라고 에이지가 긴타에게 말했다. "꼴사나우니 놔줘."

맞은편에서 감시역인 고지마 료지로가 6척봉을 들고 달려왔다. 그것을 보고 이 소동을 구경하고 있던 수용자들은 빠르게 흩어졌으며, 에이지도 땅바닥에 떨어져 있던 누빈 천 조각을 주워 어깨에 걸치고 나뒹굴고 있는 돌을 짊어졌다.

"이게 어떻게 된 일이야." 달려온 고지마가 달달한 목소리로 말했다. "누구야, 이런 난폭한 짓을 한 게. 누가 이런 짓을 한 거야? 누구지?"

수용자들은 각자의 일을 시작했으며 고지마의 물음에 답하는 자는 없었다. 다른 2명의 조장, 덴시치와 구라타가 공사장 끝 쪽에 있는 것을 발견하고 고지마는 그쪽으로 가서 사정을 물었다. 두 사람은 아무것도 모르는 듯했으며, 고지마와 함께 이쪽으로 와 셋이서 사이지를 데리고 갔다. "세군, 형씨."라고 서른 살 안팎쯤 되는 수용자 가운데 한 명이 에이지에게 말했다. "할 거면 형씨처럼 철저하게 해두지 않으면 안 돼. 오랜만에 가슴이 뻥 뚫렸어."

에이지는 그 사내를 쳐다보지도 않고 아무 소리도 듣지 못한 것처럼 말없이 돌을 날랐다. 수용자들은 감탄과 두려움이 뒤섞인 눈으로 힐끗힐끗 에이지를 훔쳐보았으나 딱 한 사람 요헤이라는 사내만은 슬프다는 듯한 얼굴로 가끔 에이지를 보고는 머리를 흔들었다. 그것은 마치 가엾게도, 그런 짓 하지 않는 게 좋았을 텐데, 라고 말하기라도 하는 듯 느껴졌다.


## 6-4

사이지는 병자숙소에 십여 일쯤 머물렀다. 그러는 사이에 3월이 되었고, 사이지 대신 규시치(久七)라는 중년 사내가 조장이 되었다.

에이지에게는 아무런 문책도 가해지지 않았다. 수용자들은 물론 사이지도 사실을 끝까지 숨긴 모양이었다. 그때 근처에 수용자들이 있었으니 자신이 처음 일을 벌인 것을 본 사람이 있을지도 모른다, 그렇다면 오히려 자신에게 불리할 테니 입을 다물고 있었던 듯했지만, 실제로는 관리들도 알고 있었던 모양으로 심학(心學) 교사인 다테마쓰 하쿠오(立松伯翁)가 강화 시간에 그 일에 관해서 이야기했다.

이 수용소에서는 열흘에 한 번씩 심학 강화를 했다. 회장은 관리소의 널따란 방으로 여자 수용자들도 함께 참석했다. 강화는 어려운 것이 아니라 고사나 일화를 인용한 처세훈과 같은 것이었으나, 수용자들은 모두 싫어해서 매번 독촉을 하지 않으면 참석하려 들지 않았다. 여자들 가운데 조금이라도 봐줄 만한 사람이 있으면 적극적으로 들으러 오는 자도 있었지만, 그럴 때는 강화 따위는 흘려듣고 오로지 그 여자만을 바라볼 뿐이었기에 그런 여자가 참석하는 것은 교사 쪽에서 거부하고 있는 듯했다.

3월 5일 밤의 강화에 에이지는 관리소의 총괄자인 오카야스 기헤에로부터 특별히 지명을 받아 참석했다. 이틀에 한 번 있는 목욕 날이었기에 목욕을 마친 나른한 기분으로 귀찮기는 했으나, 특별히 지명을 받은 것이기도 하고 지금까지 한 번도 참석한 적이 없었기에 그는 하는 수 없이 들으러 갔다. ─그 넓은 방은 30첩쯤 되는 넓이로 관리소의 남쪽에 있었는데, 안마당에 면한 툇마루로 올라가게 되어 있었다. 남자는 에이지 외에 열네다섯 명, 여자들도 비슷한 정도였을까? 양자는 넓은 방의 좌우로 갈라져 앉았으며, 그 중앙에 교사의 자리가 있었다.

다테마쓰 하쿠오는 살이 찐 노인으로 나이는 대충 예순 살. 벗겨진 커다란 머리도 터질 듯 둥근 얼굴도 갈색으로 번지르르 빛나고 있었으며, 두툼하고 커다란 입술은 기분 나쁠 정도로 빨갰다. 심학 교사라기에 마르고 고담한 풍모의 사람을 상상했던 에이지는 예상이 완전히 빗나갔기에 우스워져서, 이건 굉장한 중대가리라고 생각했다. ─넓은 방 한쪽 구석에는 감시역인 고지마 료지로와 수용소 소속의 도신이 2명, 그 사이로 오카야스 기헤에의 얼굴도 보였다.

다테마쓰 교사의 이야기는 따분한 것이었다. 본인만이 흥분하고 자신의 말에 자신이 감동하여 음, 이거야, 이게 인간의 인간다운 길이야, 응, 하며 힘주어 고개를 끄덕이기도 하고 부채로 자신의 무릎을 힘껏 두드리기도 했다. 효경(孝經)에는 어떻다는 둥, 심학에서는 이렇게 말한다는 둥, 중국의 누구는 어떻게 했다는 둥, 어디서 읽은 것인지 들은 것인지도 모를 이야기와 묘한 노래 등을 마구 늘어놓고 이것이 바로 사람이 살아가는 길이라는 말을 거듭 되풀이했다. 에이지는 하품을 참느라 애를 먹었는데, 잠시 후 하쿠오가 갑자기 소리를 높여 도요토미(豊臣) 가의 기무라 뭐라고 하는 무사가 집안의 다도를 맡은 사람에게 맞았는데도 인내했다며 외쳤기에 깜짝 놀랐다.

"어엿한 무장이 다도를 맡은 자에게 머리를 맞았다네."라며 하쿠오가 위협하듯 눈을 둥그렇게 뜨고 자리의 좌우를 쏘아보았다. "—그래도 기무라 시게나리(木村重成)는 아무 말도 하지 않았어. 아무 행동도 하지 않았어. 아픈 듯한 표정조차 짓지 않았어. 바로 이게 인간의 차이야. 다도담당이 다도담당으로 끝났는지 여기서는 문제 삼지 않기로 하고, 시게나리는 한 부대의 장, 한 무리의 우두머리가 되어 오사카(大阪)의 진에 출전했는데, 상대가 도쿠가와(德川) 군이었기에 거기서 목숨을 잃고 말았지만, 후세에 이름을 남길 정도의 커다란 인물이 되었어."

"여기에 있는 사람 모두에게 시게나리 정도의 인물이 되라고는 말하지 않겠어."라고 하쿠오는 말을 이었다. "—하지만 이 가운데 다른 사람이 잠깐 장난을 쳤을 뿐인데, 상대방을 초주검으로 만든 사람이 있다고 들었어."

에이지는 도신들의 자리 쪽으로 얼른 시선을 돌렸다. 하지만 자신을 보고 있는 사람은 아무도 없었으며, 오카야스 기헤에는 얼굴을 위로 향한 채 눈을 감고 있었다.

"나는 그 사내에게 묻고 싶어."라고 하쿠오가 좌우를 쏘아보며 계속했다. "—만약 사람이 장난을 쳤을 때, 웃어 넘겼으면 어땠을까? 두 번, 세 번 장난을 쳐도 내가 웃으며 받아주지 않으면, 상대방도 김이 새서 결국에는 틀림없이 사과를 해올 게야. 그런데 그 사내는 상대방을 초주검으로 만들었어. 그렇게 하지 않고는 참을 수 없었던 거겠지만, 그렇다면 그 다음은 어떻게 될까? —또 원수를 갚는 일이 천하에서 금지되어 있는 것은, 원수를 갚은 것이라 할지라도 아버지를 살해당한 아들이 다시 상대방에게 원한을 품고, 그 아들이 상대방을 죽이면 목숨을 잃은 자의 아들이 다시 상대방을 원수라며 노리게 되지. 이래서는 끝이 나지 않으며, 세상이라는 것도 성립할 수가 없기 때문이야."

"하지만 원한이라는 마음은 금지만으로 억누를 수 있는 게 아니야."라고 하쿠오가 오른손으로 이마를 문지르며 열심히 말을 이었다. "—초주검이 되었던 사람은 자신의 장난을 후회하지 않고 상대방에게 원한을 품어 복수를 하려 들지도 몰라."

여기서 교사는 목소리에 감정을 싣기 위해 소리를 낮추었다. "—화재가 나면 불이 시작된 집을 무너뜨려 불길을 잡지. 다시 말하자면 집 한 채를 희생으로 삼아 대형화재로 번지는 것을 막는 게야."

거기까지 듣고 있던 에이지가 자리에서 일어났다.

모두가 바라보는 눈을 등으로 느끼며 그는 넓은 방에서 말없이 나와 삼태기 방으로 돌아갔다. 교사의 강화는 분명히 자신을 두고 한 것이었다. 오카야스 기헤에가 지명을 한 것도 그를 위해서였으리라. 일을 참 복잡하게도 한다, 한심하기는, 이라고 에이지는 생각했다. 내가 한 행동이 좋지 않았다면 확실하게 결정을 내려서 벌을 주면 되잖아. 인내가 어쨌다는 둥, 참는 게 어쨌다는 둥, 다도담당이네 부대의 대장이라는 둥, 그런 얘기 할 필요도 없어. 나는 중국의 무슨 학자도 아니고 다도담당도 아니고 부대의 대장도 아니야. 나는 다른 누구도 아닌 표구장인 에이지야. 도둑이라는 누명을 쓰고 길거리에서 두들겨맞은 뒤, 섬의 수용소로 보내져 일평생을 망쳐버린 사람이야.

"네가 그런 꼴을 당해보기나 했어, 라고 말해줄 걸 그랬어." 에이지는 팔베개를 하고 누우며 입 안에서 가만히 중얼거렸다. "−난 자리에서 일어났을 때 그 벗겨진 중대가리를 한 대 때려줄까 싶었어. 그리고 중대가리가 화를 내면 참아, 참아, 라고 말해주는 거지. 흥, 요헤이의 말을 따라하는 건 아니지만 다른 사람의 아픔은 3년이라도 참을 수 있어. 네놈이 모르는 아픔에 대해서 잘난 척 떠들어대지 말라고."

이렇게 중얼거리는 동안 에이지는 자신의 눈 안쪽이 뜨거워지며 눈물이 넘쳐흐르는 것을 느꼈다. 누구 하나 접근하지 못하게 하고 세상도 모든 사람들도 다 적이라고만 생각하여 딱딱한 껍데기 속에 갇혀 있는 자신이 갑자기 스스로 가엾어진 것이었다. −다른 수용자들은 벌써 잠자리에 들어서 개중에는 코를 고는 자도 있었다. 그 코고는 소리를 듣고 있자니 이 넓은 세상에 자기 혼자만 남겨진 듯한 숨 막히는 고독감이 밀려와 에이지는 애써 오열을 참으며 옷을 입은 채 침구 안으로 들어갔다.

병자숙소에서 나온 사이지는 입에서부터 위를 하얀 무명으로 감싸고 눈이 있는 곳만 뚫려 있는 구멍을 통해서 에이지를 끊임없이 노려보고 있었다. 조금이라도 틈이 있으면 달려들려고 온몸으로 자세를 취하고 있는 듯한 눈빛이었다.

"사람은 말이지, 바늘 하나로도 죽일 수 있어."라고 사이지가 수용자 중 한 사람에게 말했다. "목덜미 움푹한 곳 바로 위에 혈이 있어. 거기를 바늘로 찌르면 돼. 한 방이면 끝이야. 상처가 남지 않기 때문에 누구한테도 들키지 않아."

나는 바깥세상에서 사람을 다섯 명이나 병신으로 만든 적이 있어, 내가 마음만 먹으면 세 명까지는 한 번에 싸움상대로 삼을 수 있어, 라고도 말했다. 그 외에도 위협하는 듯한 말을 들으라는 듯했으나, 에이지는 그쪽을 보려고도 하지 않았으며 들은 것 같은 태도도 보이지 않았다.

"조심해야 합니다."라고 한번은 요헤이가 속삭였다. "─저 사이지는 조장에서도 잘렸기에 원한이 이만저만이 아닐 겁니다. 다가가지 않는 편이 좋아요, 에이 씨."

말이 헛나왔지만, 에이 씨라는 이름은 절대로 다른 사람에게 이야기하지 않겠다며 요헤이는 서둘러 변명했다.

호안공사가 끝나고 그 뒷정리에 7일 정도 걸렸다. 15일의 저물녘, 방으로 돌아와 손발을 씻고 있자니 고지마 료지로가 부르러 와서 잠깐 따라오라고 했다. 에이지는 손을 훔치며 고지마의 뒤를 따라갔다. 사무소 건물을 돌아들면 오카와구치에 면한 문 옆에 초소가 있다. 그 앞까지 오자 고지마가 멈춰 서서 초소 쪽으로 손을 흔들었다.

"만나고 싶다며 찾아온 사람이 있어."라고 고지마가 말했다. "시간이 지나기는 했지만 특별히 허락이 떨어졌어. 가서 만나봐."

끈적거리는 듯한 말투였다. 에이지는 수건을 든 채 초소 안으로 들어갔다. 토방이 갈고랑이 모양으로 꺾어져 있고 6첩 정도의 마루가 있었으며, 장지문 너머에 방이 있는 모양이었다. 나이 든 파수꾼이 행등에 불을 붙이고 있는 마루 끝에, 사부가 보따리를 옆에 놓고 앉아 있었다. 토방 안은 어두컴컴했으며 전혀 예상하지도 못했기에 에이지는 그게 누군지 바로는 알아보지 못했다.

"에이 짱."하며 낮고 떨리는 목소리로 사부가 불렀다. "아아, 다행이다. 꽤 찾아다녔어."

에이지는 움찔하며 눈을 커다랗게 떴다. 사부는 호소하는 듯한 표정으로 에이지를 보았고, 뒤의 말이 목에 걸려버렸는지 서둘러 동글동글하게 살찐 뺨을 닦았다. 그리고 침을 삼킨 뒤, 다시 한 번 부르려 했을 때, 에이지가 휙 몸의 방향을 바꾸어 성큼성큼 밖으로 나갔다.

"에이 짱, 왜 그러는 거야?" 사부가 우는소리를 내며 뒤좇아 나왔다. "나야, 사부야, 에이 짱."

"그런 사람 몰라."라고 에이지가 넓은 걸음으로 떠나가며 외쳤다. "난 이 세상에 아는 사람이 하나도 없어. 에이 짱이라는 이름도 내 이름이 아니야. 돌아가."

에이 짱, 하고 뒤에서 사부의 애처로운 목소리가 들려왔다. 에이지는 입술을 굳게 다문 채, 눈을 똑바로 뜬 굳은 얼굴이 되어 공동주택 쪽으로 걸어갔다.


6-5

삼태기 방으로 돌아오자마자 뒤이어 고지마 료지로가 따라왔다. 고지마는 보따리를 들고 와서, 조금 전의 남자가 내게 넣어주는 차입이야, 라고 말했다. 에이지는 그 보따리를 차가운 눈으로 보다가, 그는 나도 모르는 사람이니 그런 물건을 받을 이유가 없다고 완강하게 거부했다.

"그런가." 고지마는 고개를 끄덕였으나, 살피는 듯한 눈으로 에이지를 바라보며 말했다. "―어쨌든 혹시나 해서 말해두는데, 그 사부라는 사내는 너의 감기가 나았는지 걱정을 하고 있었어."

에이지의 표정이 움직이지 않게 되었다. 눈썹도, 눈도, 입도, 가면처럼 움직이지 않게 되었으며, 그러다 갑자기 얼굴을 돌렸다.

"그래도 모르는 사람인가?"

"모릅니다."라고 에이지가 쉰 듯한 목소리로 대답했다. "본 적도 없습니다."

"그렇다면 이 차입품은 관리소에서 처분해도 되겠는가?"

네, 마음대로 하세요, 라고 에이지는 대답했다.

그날 밤, 자리에 누운 뒤부터 에이지는 몇 번이고 "멍청한 녀석." 이라고 중얼거렸다. 침구는 널따란 것으로 3명이 함께 자는 것이 규칙이었으나, 인원에 비해 침구에 여유가 있었기에 3명의 조장과 에이지와, 그리고 뚱쟁이 로쿠 외에 2명 정도는 각자 한 사람씩 잠을 잤다.

"감기가 나았냐니." 에이지가 이불을 머리까지 뒤집어쓰고 속삭이는 듯한 목소리로 중얼거렸다. "―녀석은 변한 게 없어. 그때 감기에 걸렸다고, 100일 가까이나 지났는데 나았는지, 어땠는지, 라니."

멍청한 소리를 하는 녀석이라고 중얼거리며, 그는 이불을 붙들고 치밀어 오르는 오열을 꾹 참고 있었다. ―엉뚱할 때 감기에 걸려 재채기와 콧물 때문에 고생을 했다. 태어나서 처음으로 부당한 일을 당해서 슬픔과 분노로 몸 둘 곳도 없는 듯한 기분에 빠졌을 때 재채기가 나오고 콧물이 나왔다. 연극에서 볼 수 있는 닛키 단조35)가 칼부림이 난 곳에서 재채기를 하는 것과 다를 바 없는 일이다. 에이지는 이렇게 생각하고 웃으려 했으나, 뒤이어 와타분의

128

객실이 눈앞에 떠올랐다. 불기가 없는 그 객실에서 재채기를 하던 자신의 모습, 그리고 몰려든 우두머리와 젊은이들, —그리고 눈이 쌓이기 시작한 길로 끌려나가 두 사람에게 두들겨 맞고 짓밟히고 발길질을 당했다. 그 다음은 초소에서, —이런 지난 일들이 머릿속에 생생하게 떠올라 전신의 혈관이 분노로 터져버릴 것만 같았다.

"제길." 에이지는 두 손으로 이불에 엉겨 붙으며 이를 갈았다. "—내가 어떻게 하는지 잘 보고 있어. 내 곧 어떻게 할지 잘 보고 있으라고."

그로부터 며칠 뒤, 삼태기 방의 수용자들 가운데 17명이 섬 밖으로 일을 하러 가게 되었다. 밖으로 일을 나갈 수 있는 자는 평소 행실이 좋고 도망의 염려가 없다고 인정받은 자에 한정되어 있었다. 에이지는 거기에 뽑히지 못하고 남아서 다른 일을 했는데, 그 덕분에 수용소 안의 여러 가지 직업이나 작업을 보기도 하고 경험하기도 했다. 굴 껍데기로 숯을 굽는 일도 편하지는 않았지만, 가장 힘든 작업은 기름 짜기로, 이 일은 체력이 굉장히 좋은 사람도 오래는 계속하지 못한다는 것이었다. 그 외에는 조각, 삿갓 만들기, 소쿠리 만들기, 종이뜨기, 상투를 틀 때 쓰는 끈 만들기, 짚신 삼기, 새끼줄로 물건 만들기, 쌀 찧기, 목수, 미장이, 농사, 조개탄 등과 같은 직종이 있었으며, 삼태기 방의 남은 수용자들은 이러한 일을 돕는 역할을 했는데, 재료를 배에서 내리기도 하고 완성된 물건을 배에 싣기도 하고 일손이 부족한 곳으로 일을 도우러 가기도 했다. —에이지는 시키는 대로 일을 하기는 했으나, 스스로는 무슨 일을 하려 들지 않았다. 싸구려 장지를 만드는 방에는 5명이 있었고 이곳

---

35) 仁木彈正. 가부키(歌舞伎)에 등장하는 악인의 전형.

은 늘 주문에 쫓기는 듯했으나, 에이지는 그 일만은 하지 않았다. 조장이 명령을 하고 감시역도 명령을 했으나 머리를 흔들 뿐 결코 다가가지 않았다. 그 일은 그에게 절망적인 분노를 느끼게 했기 때문이었다.

"형님, 알고 계슈?"라고 어느 날 긴타가 말했다. "사이지 녀석 덴마초로 옮겨졌어."

가마니에 담긴 굴 껍데기 숯을 숯가마에서 배에 싣고 있을 때였는데, 두 사람 모두 머리 끝에서부터 재투성이가 되어 있었다.

"언제?"

"3일 전이야."라고 긴타가 말했다. "형님은 몰랐던 모양이군."

"왜 옮겨진 거지?"

"바깥세상에서 저지른 일을 숨기고 있었는데 들킨 모양이야." 긴타가 아는 척 말했다. "잘은 모르겠지만 뭔가 큰일을 저지르고 그 죄를 숨기기 위해서 작은 일을 저질러 수용소로 숨어든 것 같아. 대충 그런 얘기였어."

"대충 그런 얘기 같은 건 하지 마."라고 에이지가 말했다.

"하지만 사이지 놈은 형님한테 원한을 품고 있었잖아."라고 긴타가 말했다. "언제라도 틈만 나면 숨통으로 달려들 듯한 얼굴이었다고."

"그게 어쨌다는 거야?" 에이지가 가마니를 짊어지며 말했다. "난 그걸 기다리고 있었어."

긴타는 멍하니 입을 벌렸다.

## 7-1

딱하게도, 하고 에이지는 생각했다. 사이지와는 다시 한 번 붙을 생각이었다. 그때는 내가 선수를 쳤지만 이번에는 사이지도 조심을 할 거야. 대등하게 승부를 가릴 수 있어. 감싸주거나 달래거나 위로 하거나 격려하는 데에는 속임수가 있어. 일단 내게 무슨 일이 일어 나면 그런 남을 위해주는 척하는 마음은 연기처럼 사라져버리고, 어제까지의 웃는 얼굴이 갑자기 냉혹한 얼굴로 바뀌어버려. 도구자 루 속에 비단 조각이 들어 있었다는 것만으로 10년 이어져온 마음 과 마음의 유대관계가 연줄이 끊어지듯 툭 끊어져버려. 거기에 비 해서 사이지가 나를 눈엣가시처럼 여기는 마음에는 속임수도 거짓 도 없어. 나를 해치우기 위해 틈을 노리고 있는 마음은 진지한 거야. 사람이 진지하게 일심으로 생각하는 것은, 좋은 일이든 나쁜 일이 든 진짜배기이고 훌륭한 거야. 이번에야말로 대등하게 진심으로 녀석과 맞붙을 수 있었는데.

─그런데 지금, 숨기고 있던 여죄가 들통 났다고 한다.

정말 그런 일이 있었던 걸까? 내가 걸려든 것처럼 그 녀석도 역시 세상 놈들의 덫에 걸려든 것 아닐까? 만약 그렇다면 그렇게 심하게 대하는 게 아니었는데, 라고 에이지는 생각했다.

그 뒤부터 그는 드디어 주위 사람들과 주변의 일들을 주의해서 살펴보게 되었다. 사이지의 일이 계기가 되어 이 수용소에 있는 사람 모두가 세상으로부터 따돌림을 당하고 있다는 사실을 깨닫게 된 것이었다. 여기에 있는 것은 나의 동료들이다. 세상 놈들은 적이지만 이 수용소에 있는 사람들은 나와 마찬가지로 세상으로부터 상처를 받고 속고 사기를 당한 것이다. 요헤이라는 사내는 아내와 자식들에 의해서 수용소의 수용자로까지 내몰렸다. 다른 사람들도 한 사람 한 사람이 각자 어둡고 역겨운 경험을 한 것이리라.

"뚱쟁이 로쿠는 제외하고 말이야."라고 그는 중얼거렸다. "그놈은 인간쓰레기야. 동료들을 배신하고 에도에서 달아났다고 오노부는 말했지만, 사실은 이름을 바꾸어 이런 곳에 숨어들었던 거야. 인간쓰레기가 할 법한 짓이야."

지로키치 로쿠는 그 이후 늘 숨을 죽이고 있었다. 그도 밖으로 나가서 일하는 사람으로는 뽑히지 못했으나 어떠한 경우에도 에이지에게는 다가가지 않았으며, 막대기의 양 끝이 만나지 않는 것처럼 언제나 멀리 떨어져 있으려 했다. ─언젠가 사이지를 해치웠을 때 가슴이 후련하다고 말한 사내가 있었다. 그 뒤에도 기회만 있으면 다가오려 했다. 에이지는 늘 상대해주지 않았지만 사내는 신경 쓰지 않고 자주 말을 걸어오곤 했다. 그의 이름은 만키치(万吉), 나이는 27세, '니구미'의 소방대원이었다고 한다. 싸움을 좋아해서 시간만 나면 료고쿠 히로코지 부근을 근거지로 '싸움을 주우러' 돌아다녔다. 그랬기에 우두머리로부터 싸움을 엄하게 금지 당했으나, 2년 전 9월에 참지 못하고 대판 싸움을 벌여 상대방 3사람을 다치게 했기에 화가 난 우두머리가 그를 내쫓아 이 수용소로 보내지게 되었다는 것이었다. 만키치는 온갖 일들을 금전적 가치로 평가하는 버릇이 있었다.

"사이지를 두들겨 팰 때,"라고 만키치는 말했다. "형님의 빠른 판단은 대략 작은 금화 한 닢만큼의 가치였어."

오늘의 날씨는 열세 푼이라거나, 지로키치 놈은 닳아버린 반 푼
짜리 동전만큼의 가치도 없다거나, 그 말에는 한 푼을 매기겠다거
나, 이런 식이어서 에이지까지 자신도 모르게 웃는 적이 있었다.

"형님이라고 부르는 것만은 그만둬."라고 한번은 에이지가 말했
다. "네 나이가 더 많잖아."

"형님과 사제는 나이가 아니야."라고 만키치는 대답했다. "니구
미의 기수 가운데 다이(大) 씨라는 형님이 있었는데 나이는 나보다
3살이나 어렸어. 그는 형님 같은 사람으로 불이 났을 때 깃발을
들고 불을 꺼야 할 곳에 서 있는 모습은, 에누리 없이 천 냥짜리였
어."

그런 다음 문득 깨달았다는 듯, "이거 처음으로 말을 해주었잖아,
형님."하고 말했다. ㅡ틀림없이 그 뒤부터 에이지는 조금씩 사람들
과 말을 하게 되었다. 원래부터 말수가 적은 편이었고 마음에 들지
않는 자에 대해서는 변함이 없었지만, 한 사람, 두 사람씩 인사를
하는 자가 늘어갔다. ㅡ그것을 누구보다 기뻐한 것은 요헤이였다.
그는 바깥으로 일을 나가는 조에 뽑혀 매일 섬 밖으로 나갔는데,
가끔 과자를 사와서는 마음이 맞는 사람 두엇과 차를 마시며 이야
기를 나누게 되었다.


### 7-2

어느 날 밤. 차를 끓이고 과자 봉투를 뜯은 요헤이가 에이지 외에
2사람을 더 불러 잡담을 시작했다. ㅡ수용소 인부에게는 달에 400
푼에서 1,000푼까지 주어지며, 필요한 돈이 있으면 그 절반까지는

자유롭게 사용할 수 있었다. 나머지 절반은 관리소에서 맡아두고 있다가 섬에서 나갈 때 건네준다는 사실은 전에도 이야기한 바 있는데, ─바로 그렇기 때문에 여기서는 요헤이처럼 다과를 즐기는 정도는 가능했던 것이다.

그때 다담에 함께 했던 두 사람은 고이치(ご一), 이스케(伊助)라는 중년 사내로 둘 모두 서른네다섯쯤이었으리라. 고이치는 농사일을 하는 사람들의 방, 이스케는 조각을 하는 사람들의 방에 있었다.

"나는 이 수용소에 온 지, 벌써 5년도 넘었지만,"하고 고이치가 말했다. "─두 번 다시 바깥세상으로는 돌아가고 싶지 않아. 평생을 여기서 살다가 여기서 뼈가 될 생각이야."

"그렇게 장담할 수 있는 일도 아니야."라고 요헤이가 얘기를 끄집어내려는 사람처럼 말했다. "화상을 입어서 불을 무서워해도, 살아가는 데는 역시 불이 없어서는 안 되는 법이야."

"글쎄, 불에 비유하자면 그렇기는 해."하며 고이치는 천천히 고개를 끄덕였다. "─제아무리 모자란 사람이라도 곧 불을 어떻게 다루어야 하는지 알게 될 테지만, 세상의 계략이나 약삭빠른 사람에게는 당해낼 수가 없어. 소나 말처럼 혹사를 당하며 허리뼈가 부러지도록 일하다 결국은 집도 밭도 빼앗겨버리고 마니."

"새삼스러울 것도 없지."라고 이스케가 혼잣말처럼 웅얼웅얼 말했다. "한 사람 한 사람 얘기하자면 끝도 없는 얘기야. 세상이란 건 그런 구조로 생겨먹은 법이야. 새삼스러울 것도 없어."

"하지만 당사자에게는 그렇지가 않아."라고 요헤이가 말했다. "화상을 입은 아픔은 화상을 입어보지 않고는 알 수 없는 듯하며, 사람에 따라서 그 아픔도 다른 모양이더군. 해님이 오르는 걸 보고 간이 떨어질 만큼 놀라는 경우도 있으니."

에이지는 마음이 무지러지는 듯한 느낌이었다. 고이치와 이스케가 얼마나 심한 일을 겪었는지는 들을 필요도 없으리라. 사내로서 한창이라고 해야 할 나이에 그들은 이미 세상에 대해서도 자신의 장래에 대해서도 포기를 해버리고 말았다. 그들을 이렇게까지 휩쓸아친 구조가 '세상'을 움직이고 있는 걸까. 어떤 유명한 부교는 죄는 미워하되 사람은 미워하지 않는다고 말했다던데, 요헤이가 아내를 죽이려 했을 때 죄는 누구에게 있었던 걸까? 아내를 죽이려 했던 요헤이였을까, 아니면 요헤이에게 그런 마음이 들게 했던 아내였을까. 이 수용소는 감옥이 아니라고 하고 그 대우도 감옥에 있는 죄인과는 틀림없이 다르지만, 어쨌든 세상에서 격리시켜야 할 만큼의 이유는 있는 것이다. 나는 한 조각 비단 때문에 누명을 썼고, 누가 그런 짓을 했는지 분명하게 밝히려다 오히려 폭행을 당하고 결국에는 이런 곳으로 보내졌다. 이런 경우 죄는 대체 어디에 있는 걸까. 조그만 은장이가 필요에 못 이겨서 작은 금화를 녹여 재료로 쓰는 경우가 있다. 들키면 통용화폐를 훼손한 죄로 벌을 받는다. 와타분에서는 어린 점원을 써서 거의 공공연하게 금화를 깎아내고 있다. 환전상이라면 어디서나 그렇게 하고 있다던데, 그것이 죄가 되지 않는 것은 어째서일까? ―작은 금화를 녹인 은장이는 가난해서 재료를 살 수 없기 때문이지만, 와타분이 금화를 깎아내는 것은 필요에 의해서가 아니라 이욕을 위해서다. 진짜 죄를 물어야 할 곳은 어디란 말인가, 라고 에이지는 마음속으로 누구에게랄 것도 없이 반문했다.

"아버지가 일찍 돌아가셨기에 나는 11살 때부터 벌써 밭일을 시작했어."라고 고이치가 말하고 있었다. "어머니 외에 쌍둥이 동생 둘과 젖먹이 여동생이 있었지. 나는 밤낮없이 일해서 조릿대 숲이 무성한 황무지를 7단보나 일구고 물을 끌어다 논을 만들었어. 지주와의 약속은 만약 논을 만들면 10년은 소작료를 받지 않겠다는 것이었어."

그런데 지금으로부터 7년 전, 지주로부터 돈을 갚으라는 통지가 왔다. 그것은 7단보의 새로운 논에 대한 소작료에 더해서 돌아가신 아버지의 것이라는 차용증서였다. 7단보의 소작료는 새로운 논을 개척하기 시작한 해를 기준으로 계산한 것이었으며, 25냥의 차용증서는 17년이나 전의 것이었다.

"돌아가신 아버지는 눈뜬장님이었기에 증서라고 해봐야 그저 지장이 찍혀 있을 뿐, 그것이 진짜 아버지가 찍은 것인지조차 알아낼 길이 없었지."라고 고이치가 중얼거리듯 말했다. "ㅡ또 새로운 논의 소작료는 10년 동안 무료라는 것도 입으로 약속한 것이었기에 증거가 없었어. 나는 여러 사람과 상담도 해보고, 심지어는 소송대리인에게까지 돈을 써보았지만 달리 방법이 없다는 사실을 알게 되었어."

원래부터 고이치네 소유였던 논 5단보와 새로 일군 논 7단보는 근방에서도 가장 좋은 쌀이 나는 땅이었다. 그것은 돌아가신 아버지의 정성과 고이치의 노력에 의한 것이었는데, 지주는 그 논에 욕심이 났던 것이다.

"아버지가 돌아가실 때까지 아무런 말씀도 하지 않으셨기에 25냥의 빚이 정말인지 거짓인지 알 수 없었어. 하지만 논에 대해서는 내가 실제로 알고 있잖아."라고 고이치가 감정이 섞이지 않은 투로 말을 이었다. "ㅡ11살 때부터 만 18년, 논을 새로 일군 뒤부터도 12년, 나는 어머니와 두 남동생과 함께 허리가 부러질 정도로 일해왔어. 나는 아내조차 맞아들이지 않았어. 그런데 어느 날 지주의 관리인이 고을의 관인을 데리고 와서 전답과 집 모두를 빚의 담보로 잡겠다, 일가 사람들은 당장 떠나라더군. 찍소리도 못하게 만들어서 내쫓은 거야. 그때 내가 어떤 심정이었는지 자네들이 알기나 할까?"

에이지는 고개를 푹 숙였다. 그는 세 사람에게 들키지 않도록 이를 갈고 두 주먹을 쥐어 마치 억지로 밀어 넣기라도 하듯 무릎을 짓눌렀다. 그리고 고이치가 모든 것을 포기한 상태가 되어 지주의 집에 불을 지르려다 붙들렸다는 이야기까지 듣고는 말없이 자리에서 일어나 밖으로 나왔다.

"만 18년." 그가 남쪽을 향해 걸으며 중얼거렸다. "ー만 18년이야. 말도 안 돼."

조릿대 숲으로 무성한 황무지를 개간하는 일이 얼마나 고생스러운 일인지 에이지는 모른다. 황무지를 일구고 물을 끌어들여 어느 곳보다 좋은 쌀이 나는 논으로 가꾸었다. 아내도 들이지 않고 만 18년 동안이나 일만 해온 끝에 전부터 가지고 있던 논과 함께 새로 일군 논도, 집까지도 빼앗기고 말았다. 진위조차 알 수 없는 옛 증서 1장과, 10년 동안 소작료를 받지 않겠다는 증서를 쓰지 않았기에. ー그런 일이 있을 수 있는 걸까? 그런 무자비한 일이 일어나는 것을 주위 사람들은 말없이 지켜보고 있었던 것일까? 그 마을에도 사람은 있었을 테고, 고이치가 18년 동안 고생해왔던 사실도 알고 있었으리라. 그럼에도 불구하고 그를 도와주는 사람이 없었단 말인가? 에이지는 신음과도 같은 소리를 올렸다.

하늘에서는 별이 반짝이고 있었으나 주위는 어두웠으며, 감시소의 장지문만이 빛에 물들어 있었다. 공동주택 앞을 지나면 여자숙소가 있었다. 그 건물은 울타리에 둘러싸여 있었으며 남자의 출입은 금지되어 있었는데, 에이지가 걸어가자니 그 울타리의 쪽문에서 검은 그림자가 불쑥 나타나 남쪽 해변 방향으로 잔달음질 쳐가는 것이 보였다.

"—아아, 저게,"라고 중얼거리며 에이지는 멈춰 섰다. "저게 오토요(おとよ)라는 사람이로군."


## 7-3

사부는 정확히 5일 간격으로 찾아왔다. 일이 끝난 다음에 오는 것이리라. 섬에는 엄격한 통금시간이 있었지만, 사부의 방문만은 허락되었다. 언젠가 적귀가 "네놈에게는 사람이 있다."고 말한 적도 있었고, 그 외의 일에서도 자신이 특별한 취급을 받고 있는 것 같다는 사실은 에이지도 느끼고 있었다. 그러나 그는 사부를 만나지 않았다. 감시역인 고지마도 억지로 만나게 하지는 않았으며, 그 대신 차입품 보따리만은 가지고 와서 말없이 놓고 갔다. 그 속에는 과자네, 장어구이네, 생선초밥 도시락이네, 내복이네, 속옷 등이 들어 있었으나 에이지는 그것들을 아까워하지도 않고 주위 사람들에게 나누어주었다.

처음 장어구이가 담긴 상자를 보았을 때 에이지는 얼굴을 찌푸리며 얼간이 같은 놈이라고 중얼거렸다. 예전에 와코쿠바시 옆의 노점에 서서 곧잘 장어구이를 먹었다는 사실을 기억하고 있는 것임에 틀림없었다. 그것이 계산대의 돈통을 떠오르게 한다는 사실은 깨닫지도 못하는 것이리라. 에이지는 물론 장어구이에도 손을 대지 않았다.

4월 하순으로 들어선 어느 날 밤, 잠자리에 들기 조금 전에 만키치가 에이지에게 다가와 밖에 나가자고 속삭였다. 에이지는 고개를 끄덕이고 자리에서 일어나 함께 밖으로 나가 "무슨 일이야?"라고 물었다.

"형님, 마쓰조(松造)와 오토요 이야기 알고 있어?"

"자세한 얘기는 모르지만, 듣기는 들었어."라고 에이지가 대답했다. "두 사람에게 무슨 일이 생겼어?"

"엿보는 녀석이 있어."라고 만키치가 말했다. "입에 담기도 더럽지만."

여자숙소의 오토요라는 여자와 상투를 틀 때 쓰는 끈을 만드는 마쓰조라는 사내가 언제부턴가 눈이 맞아 여자가 남자의 뒷바라지를 하게 되었다. 마쓰조는 몸가짐도 바르고 바깥심부름꾼이라고 해서 시중에도 자유롭게 나갈 수 있었으며, 보증인만 있다면 언제라도 섬에서 해방될 수 있는 입장에 있었다. 수용소에서는 특히 남녀의 접근은 엄하게 금지되어 있었으나, 아무리 금해도 몰래 정을 통하는 자가 없지 않았으며, 그런 자가 있어도 주위 사람들은 모르는 척하며 관리들의 감시에서 지켜주는 것이 관습이 되어 있었다. 마쓰조와 오토요에 관해서는 에이지도 어렴풋이 들은 적이 있었고, 언제였던가 밤에 오토요가 여자숙소에서 빠져나오는 것을 본 적도 있었다.

"그 두 사람은 날이 따뜻해진 뒤부터 종종 밤이면 남쪽 바닷가에서 만나곤 해."라고 만키치가 말했다. "난 마쓰 짱에게서 들었는데 그걸 시샘하는 것뿐이라면 모르겠지만 엿보러 오는 놈이 있대."

"엿보다니, 뭘?"

"두 사람이 만나고 있는 걸." 만키치가 침을 뱉은 뒤 말했다. "기름 짜는 사람 가운데 혹이라는 놈을 알고 있어?"

에이지는 알지 못했다.

"기름을 짜는 사람들은 씨름꾼 같은 몸에 하나같이 굉장한 힘을 가지고 있어."라고 만키치가 말을 이었다. "그 가운데 혹이라는 별명을 가진 놈이 있어. 목의 여기쯤에 혹이 있는데 그놈이 또 엄청난 괴력을 가진 폭한이어서, 동료들 네다섯 명을 상대로 싸움을 해도 진 적이 없는 녀석이야."

마쓰조는 서른하나, 오토요는 서른이라고 했다. 밤에 사람들의 눈을 피해서 만나게 된 뒤부터는 사흘만 만나지 못해도 참지 못하게 되었다. 가능하다면 매일 밤이라도 만나고 싶었다. 그런데 요 얼마 전에 알게 된 일인데, 두 사람이 만나는 것을 혹이 엿보러 온다는 것이었다. 그건 참 난처한 일이라고 마쓰조가 만키치에게 호소했다.

"남의 연애를 엿보러 가다니 입에 담기조차 더러운 얘기야. 안 그래, 형님."이라고 만키치가 씩씩거리며 화를 냈다. "내가 놈을 때려눕히고 싶지만 안타깝게도 혼자서는 도저히 당해낼 수가 없어. 반대로 내가 두들겨맞을 게 뻔해."

"오늘 밤에도 만난다고 했어?"라고 에이지가 물었다.

"그건 몰라. 모르겠지만 한번 가보고 싶어."

에이지는 말없이 걷기 시작했다. 만키치도 나란히 걸으며 몽둥이 같은 거라도 들고 가는 게 어떨까 속삭였다. 에이지는 됐다고 머리를 흔들고, 나 혼자서 충분하니 너는 기다리고 있으라고 말했다. 물론 만키치는 받아들이지 않고 내가 시작한 일이잖아, 라고 어깨를 흔들며 허세를 부렸다.

그곳은 그들이 호안공사를 한 해변으로 이랑 10개 정도의 밭 외에, 잡초가 우거진 공터도 있었다. 전에 에이지가 밤바다를 보러 왔을 때에는 아직 공사를 하던 중이었기에 울타리는 없었지만, 지금은 바다를 따라서 높이 9자로 울타리가 둘려 있었다. 두 사람이 밭 사이를 지나 공터로 들어섰을 때, 만키치가 에이지의 소매를 잡아끌며 "쉿."하고 말했다.

## 7-4

에이지가 멈춰 서자 만키치는 몸을 웅크리고 건너편을 살펴보았다. 비라도 내릴 것 같은 하늘로 별 하나 보이지 않는 어두운 밤이었으나, 바다 위에서는 멀리로 낚싯배의 것인 듯한 등불이 옅은 주황색으로 깜빡이고 있었다.

"왜 그래?"라고 에이지가 속삭였다. "있어?"

만키치는 다시 "쉿."하고 말한 뒤, 발소리를 죽여 걷기 시작했다가 대여섯 걸음쯤 간 곳에서 멈춰 서 가만히 앞쪽을 가리켰다. 잡초가 자라기 시작한 공터에 앉아 있는 사람의 모습이 어둠 속에 검은 얼룩처럼 보였다.

"놈이야."라고 만키치가 에이지의 귀로 입을 가까이 가져가 속삭였다. "혹이야."

그러자 이쪽의 기척을 들은 것인지 검은 그림자가 움직이며 오토요냐, 라고 물었다. 에이지는 말없이 그쪽으로 걸어갔다. 말리려 했으나 한발 늦었기에 만키치는 그대로 모습을 지켜보고 있었다.

"오토요냐?"라고 다시 맞은편 사내가 말했다.

"아니야."라고 에이지가 대답했다. "삼태기 방에 있는 사람이야."

상대방은 앉은 채 고개만을 돌려 에이지를 올려다보았다. 에이지는 팔짱을 낀 채 상대방의 오른쪽에 서서 바다를 바라보았다.

"밀물이로군."이라고 에이지가 중얼거렸다.

"삼태기 방이라고?"하며 남자가 물었다. "이름이 뭐지?"

"신경 쓸 거 없어."

"이름이 뭐냐고 물었어."

"신경 쓸 거 없다니까."라고 에이지가 말했다. "난 바다를 보러 왔을 뿐이야."

남자는 입을 다문 채 말없이 에이지를 올려다보고 있었다. 사이를 두고 돌담에 부딪히는 파도소리가 밀물 때의 가득한 수량을 느끼게 했으며, 바다 멀리 저편에서 노 젓는 소리가 들려왔다.

"나는 여기서 사람을 만나기로 되어 있어."라고 사내가 잠시 후 말했다. "네가 거기에 있으면 방해가 되는데."

에이지는 입 안에서 조용한 밤이로군, 이라고 혼잣말처럼 중얼거렸다. 사내가 몸을 움직였다. 그가 혹이라면 주먹을 휘두르며 덤벼들 것이라 생각했으나, 몸을 조금 움직였을 뿐 사내는 자리에서 일어서려고도 하지 않았다. 에이지는 긴장이 풀리기 시작했다. 만키치의 말에 의하면 혹은 겉잡을 수 없을 정도의 폭한으로 마쓰조와 오토요 사이를 질투하여 둘이 만나는 것을 엿보러 와서 방해를 하는 것이라고 했다. 그게 사실이라면 나를 여기서 내쫓으려 하리라. 그런데 그는 움직이지 않았으며, 그 말투도 난폭하지 않았고 오히려 당황한 듯한 투였다.

이상한 일이라고 생각하여 에이지가 사내에게 말을 걸려던 순간, 종종걸음으로 달려오는 발소리가 가까워지더니 세이(清) 씨 어디, 하는 여자의 목소리가 들려왔다. 남자는 돌아보며 여기야, 라고 대답했고, 어둠을 뚫고 에이지를 올려다보았다. 발걸음을 서둘러

온 여자는 거기에 에이지가 있는 것을 보고 발걸음을 멈추어 숨을 할딱이며, 이 사람은 누구, 라고 남자에게 물었다.

"삼태기 방에 있는 사람이래."라고 사내가 대답했다. "바다를 보러 왔다는군."

"이상한 질문인지 모르겠는데,"하고 에이지가 팔짱을 풀며 사내에게 말했다. "―듣기 싫다면 조금 참아줘. 당신이 기름 짜는 사람 가운데 혹이라는 별명으로 불리는 사람인가?"

"그렇다면 어쩔 건데?"

"그리고," 에이지는 여자 쪽으로 손을 돌렸다. "이쪽은 오토요라는 사람이고?"

남자가 자리에서 일어났다. 앉아 있을 때는 몰랐는데 일어선 것을 보니 만키치의 이야기보다 훨씬 더 커서 키는 6자가 훌쩍 넘었으며 어깨는 황소처럼 두툼하고 근육이 불거져 있었다.

"너 대체 뭐하는 놈이야."라고 사내가 말했다. "조금 전에는 바다를 보러 왔을 뿐이라고 하더니만, 사실은 그게 전부가 아닌 모양이군."

"미안해, 내가 잘못했어." 에이지는 이렇게 말하며 뒤로 물러났다. "아무래도 내가 잘못 들은 것 같아. 방해하지 않을게. 나는 이제 들어갈 테니 용서해줘."

그리고 천천히 걷기 시작했다.

밭 사이를 돌아 나오니 어디에 숨어 있었던 것인지 만키치가 나타나 어깨를 나란히 했다. 지금 말을 들었어? 라고 에이지가 말했다. 응 들었어, 영문을 모르겠네, 라며 만키치는 머리를 갸웃거렸다.

"넌 속은 거야."

"그럴 리 없어."라고 만키치가 말했다. "마쓰 짱은 그런 사람이 아니야."

"그럼 지금 본 건 뭐야?"

"그래서 영문을 모르겠다는 거야." 만키치가 머리를 갸웃거리며 말했다. "조금 전에 했던 얘기는 마쓰 짱만이 아니야, 저 오토요라는 여자에게서도 들었어. 우리만으로는 어떻게 해볼 수도 없다, 어떻게 혹이 다가오지 못하도록 할 방법이 없을까, 하고."

에이지가 만키치를 돌아보았다. "그게 지금 저기에 있는 여자야?"

"나는 몇 번이나 이야기를 나눈 적이 있어."

에이지는 혹의 거구와 당황한 듯한 말투를 되새기며, 너는 좋은 사내야, 라고 만키치를 향해서 말했다.


### 7-5

사정은 곧 알 수 있었다.

"형님 말 대로였어."라고 만키치가 머리를 긁으며 말했다. "내게 가짜 금화 같은 걸 쥐어줬던 거야."

만키치는 꽤 신경을 써서 여러 사람에게 물어본 모양이었다. 실제로는 매우 단순한 이야기로, 오토요가 헤픈 여자여서 말을 걸어오는 남자라면 누구에게나 몸을 맡긴다, 혹이라는 별명의 세이 씨와는 마쓰조를 만나기 전부터의 사이로 오토요와 혹이 만나는 것을 마쓰조가 훔쳐보러 갔었다고 한다. 그러다 마쓰조가 찝쩍거리기 시작했고 오토요도 마쓰조에게 열을 올리게 되었다, 혹은 걸핏하면 폭력을 휘두르는 무법자였지만 오토요와 관계된 일에는 한없이 물러서, 그저 돈이나 물건을 주며 설득하기만 할 뿐, 다른 남자들에게는 화를 내지도 않았고, 질투할 기력조차도 없다는 것이었다.

"오토요라는 계집은 터무니없는 색녀일 거라고 생각했어."라고 만키치는 말했다. "그런데 신기하게도 그렇지만도 않은 것 같아. 누구에게나 정이 두텁고 불성실한 행동은 결코 하지 않았어. 혹은 기름을 짜는 사람으로 이 수용소에서는 돈을 제일 많이 벌어. 그렇기에 돈이나 물건을 열심히 퍼 나르는 듯하지만, 그렇다고 해서 특별하게 대해주는 것도 아니야. 돈 한 푼 주지 않는 사람과 대접이 조금도 다르지 않다는 거야."

지금 가장 열을 올리고 있는 것은 마쓰조로, 그는 언제라도 바깥 세상에 나갈 수 있기에 그때가 되면 오토요를 아내로 맞아들이겠다고 진지하게 생각하고 있었다. 그랬기에 만키치를 잘 구슬려서 혹과의 사이를 갈라놓으려 했다는 것이었다.

"여자의 마음은 대체 어떤 건데?"

"그게 신기하다니까." 만키치가 도무지 이해할 수 없다는 듯 말했다. "—난 마쓰 짱과 함께 그 계집하고도 몇 번이고 이야기를 나누었는데, 그때는 계집도 마쓰 짱에게 목을 맨 듯한 느낌이었어. 거짓말이 아니라 정말 그렇게밖에 보이지 않았어."

오토요와 관계를 맺었던 남자들에게 물어보니 어느 남자에게나 그런 식이었던 모양이었다. 헤어진 남자들의 대부분은 그녀가 너무나도 적극적이었기에 사귀는 동안 겁이 났다고 했다는 것이었다. 어디에서나 들을 수 있는 얘기야, 재미있지도 않아, 그만둬, 라고 에이지는 말했다.

"긴하지도 않은 일에 끌어들여서 미안해." 만키치가 머리를 숙이며 말했다. "—그런데 말이지 형님, 이번에 여러 가지로 물어보며 다니는 동안, 관리소에서는 형님의 신원도, 이름과 나이도 전부 알고 있다는 사실을 알게 됐어."

에이지는 눈을 가늘게 뜨고 만키치를 보았다.

"지로키치 놈이 분 모양이야."라고 만키치는 말을 이었다. "언젠가 형님이 녀석을 두들겨 팼을 때, 뚱쟁이 로쿠라고 불렀었잖아. 그게 관리소 도신들의 귀에도 들어가서 녀석을 철저하게 추궁했나 봐. 돈으로 따지자면 한 푼어치의 가치도 없는 놈이기에 한시도 버티지 못했겠지. 놈의 지난 죄는 파헤치지 않겠다는 조건으로 알고 있는 사실을 전부 얘기했다고 해."

"그래서였군, 사부."라고 에이지가 중얼거렸다.

"뭐라고 했어?"

"아무것도 아니야."라고 에이지는 머리를 흔들고 무슨 말인가 하려 했다가 마음이 바뀐 듯 다시 머리를 흔들었다. "―아무것도 아니야."

뚱쟁이 로쿠는 호리에의 '스미요시'에 대해서 이야기했으리라. 나와 사부에게 싸움을 건 이야기는 하지 않았을지 모르겠지만, '스미요시'에 자주 술을 마시러 갔었다는 이야기 정도는 틀림없이 했으리라. 그쪽을 살펴보면 오노부가 나올 것이고, 호코도도 금방 알아냈으리라. 하지만 그렇게까지 해서 나의 신원을 알아낸 것은 무엇을 위해서지? 내가 누구인지 알아냈다는 것은 사부가 왔다는 사실로 분명히 알 수 있어, 그런데도 직접적으로는 아무런 말도 하지 않고 다루는 데에도 변한 점은 없어, 이건 대체 무엇 때문이지, 라고 에이지는 생각했다.

"―아오키라는 사람이로군."하고 그는 중얼거렸다. "마치마와리인지, 관아 소속인지, 어쨌든 아오키라는 그 요리키가 한 짓일 거야."

어쩔 생각이지? 그런 식으로 해서 나를 달래려는 걸까? 그 정도로 내 분노가 꺾일 거라고 생각한 걸까? 웃기지도 않아, 발가락의 벗겨진 발톱은 다시 돋았지만, 내 마음속 갈기갈기 찢긴 상처는 아직 피를 흘리고 있어, 사부를 이용해서 눈물로 애원하는 정도로 나을 만한 상처가 아니야, 라고 에이지는 마음속에서 비웃었다.

4월 말부터 내리기 시작한 비가 5월 중순까지 계속되었다. 삼태기 방에서 섬 바깥으로 일을 다니던 17명은 후카가와(深川)의 바닷가에서 매립공사를 했었다고 했는데, 비가 계속되는 동안에는 매립도 할 수 없어서 방에 틀어박혀 뒹굴뒹굴하고 있었다. —닷새마다 꼬박꼬박 찾아오던 사부가 5월에 들어서는 모습을 보이지 않게 되었다. 모습을 드러낸다 할지라도 만나는 것은 아니었으며 차입품만을 받는 게 전부였지만, 막상 그 차입이 끊기고 보니 이번에는 그것이 마음에 걸리기 시작했다. 언제나 과자나 도시락에 담긴 생선초밥을 받아먹던 주위 사람들도 눈치를 챈 듯, 손님이 안 오는 것 같은데 무슨 일 있었는가, 라고 몇 명인가가 물었다. 에이지는 물론 모른다고만 대답했으며, 사부를 걱정하는 자신에게도 화가 났다.

비가 그치자 날씨는 갑자기 더워져 이틀에 한 번 목욕을 하는 것 외에, 매일 멱을 감는 것이 허락되었다. 섬 밖으로 나가는 17명의 일도 다시 시작되었고, 나머지 삼태기 방 사람들은 변함없이 수용소 내의 잡일에 쫓겼다.

6월 초의 어느 날, 기름 짜는 곳의 혹이 난동을 부려 커다란 소동이 일어났다. 에이지는 새끼줄이나 멍석으로 만들 짚단을 5명의 동료들과 함께 배에서 내리고 있었는데 숯 굽는 곳에서 사람들이 외쳐대는 소리와 관리들이 분주히 달려가는 것을 보고 자신도 모르게 그쪽으로 가보았다. 그러자 적귀 마쓰다 곤조가 맞은편에서 손을 흔들며 다가와서는 외쳤다.

"와서는 안 돼."라고 마쓰다가 소리 질렀다. "돌아가, 돌아가. 다치고 싶어?"

에이지를 뒤따라왔던 긴타가 무슨 일입니까, 관리자님, 하고 물었다.

"혹 세이시치가 난동을 부리고 있어."라고 마쓰다가 외치듯 대답했다. "벌써 3명이나 당했지만 그 썩을 놈이 커다란 메를 들고 있어서 말릴 수가 없어. 제풀에 꺾일 때까지 기다릴 수밖에 없어."

에이지는 그 말을 들으며 걷기 시작했다.

"그만둬."라며 마쓰다가 에이지에게는 신경 쓰지 않고 긴타를 향해 손을 들어 소리쳤다. "썩을 혹 놈은 눈이 뒤집혀서 애미, 애비도 못 알아보는 상태야, 다가가지 마."

에이지는 천천히 걸어갔다. 숯가마 건물 앞쪽에 기름 짜는 건물이 있고 그 주변은 상당히 넓은 공터였는데, 그곳에 인부와 관리들이 드문드문 사람의 울타리를 만들고 있었다. ─혹은 기름 짜는 건물 앞에 있었다. 웃통을 벗어젖히고 오른손에 커다란 나무 메를 든 채 충혈된 눈을 번뜩이고 있었다. 벗어부친 어깨는 근육이 그야말로 황소 같았으며, 왼쪽 목덜미에 있는 혹도 건강한 근육이 불룩 튀어나온 것처럼밖에 보이지 않았다. 팔에서 가슴까지 검고 굵은 털이 무성하게 자라 있었으며, 손도 다른 사람의 2배는 되는 듯했다.

"위험해."라고 모여 있던 사람 속에서 외치는 자가 있었다. "그만둬, 부슈."

에이지는 사람들을 헤치고 앞으로 나섰다. 그만둬, 돌아와, 라고

148

두어 사람이 외쳤다. 에이지는 서두르지도 않고, 너무 느리지도 않은 발걸음으로 혹에게 다가갔다.

"이번에는 네놈이냐?" 혹은 이렇게 말하고 나무 메를 고쳐 쥐었다. "네놈도 병신이 되고 싶은 거냐?"

"잠깐만, 나야."라고 에이지가 조용한 목소리로 말했다. "—언젠가 남쪽 바닷가에서 밤에 봤던 삼태기 방 사람이야."

혹이 눈을 옆으로 굴려 에이지를 노려보았다.

"무슨 일인지는 모르겠지만,"하고 에이지가 두 손을 펼쳐 보이며 말했다. "—이쯤 했으면 속이 풀리지 않았어? 사람들이 떨고 있잖아. 이젠 그만 두는 게 어때?"

"삼태기 방 놈이라고?" 혹은 이렇게 말하고 잠시 생각해본 뒤, 그런 다음 턱을 휙 잡아당겼다. "—그런 놈이 왜 여기에 나서서 참견이지?"

"내게도 기억이 있기 때문이야."

혹은 다시 눈을 옆으로 굴렸다. "그렇군, 네놈이군. 그 사이지를 때려눕혔다는 게."

"쓸데없는 짓을 했어. 그런 짓을 해봐야 아무런 도움도 되지 않아. 나중에 내 자신이 혐오스러워질 뿐이야."

"됐어, 저리 가. 난 섬에서 빠져나갈 거야."

"섬에서 빠져나가는 건 죽을죄잖아. 게다가,"라고 말하고 에이지는 미소 지었다. "이 백주대낮에 어떻게 빠져나가겠다는 거지?"

"방해하는 놈이 있으면 때려죽이면 그만이야."

"여기에 있는 사람들을 전부?" 에이지는 한손으로 빙글 원을 그려 보였다. "—그건 애초부터 안 될 얘기야. 그러니 마음을 잠깐 가라앉히고 얘기를 해보자고. 대체 뭣 때문에 일이 이렇게 된 거

149

지?"

"오토요를 빼앗겼어." 혹은 나무 메를 땅바닥으로 쿵 떨구었다. "마쓰조 놈이 나가게 돼도 오토요는 내보내지 말라고 내 관리인에게 부탁을 해두었어. 몇 번이고, 몇 번이고 머리를 숙이며 부탁해두었어. 그런데도 마쓰조 놈이 오토요를 빼앗아 나가버렸어. 관리인도 나가는 오토요를 말리려고는 하지 않았어."

혹의 얼굴이 일그러지더니 눈에서 흘러내리는 눈물이 보였다. 에이지가 조용히 다가가 그의 손에서 나무 메를 받아 들었다.

"난 섬에서 빠져나가 마쓰조 놈을 때려죽일 거야." 혹은 나무 메를 빼앗겼다는 사실도 깨닫지 못한 듯 당장이라도 울음을 터뜨릴 것처럼 말했다. "오토요는 나와 부부가 되기로 약속했었어. 난, 오토요가 없으면 살아갈 보람도 없어. 붙잡혀서 사형에 처해진다 해도 아까울 건 없어. 무슨 일이 있어도 섬에서 빠져나가서 그 자식을 죽일 거야."

"그래, 잘 알았어." 이렇게 말하며 에이지는 혹의 어깨에 손을 얹었다. "하지만 지금 여기서 섬을 빠져나가지는 못해. 빠져나가지 못한다는 건 세이 씨도 알고 있잖아. 당신이 마쓰조를 해치우기 전에 목숨을 잃고 만다니까."

"목숨 따위는 아깝지 않아."

"오토요를 마쓰조에게 넘겨준 채로 말인가?"

혹은 고개를 숙였다.

"세이 씨가 여기서 죽어버리면, 마쓰조 놈은 그야말로 자기 세상이라니까." 에이지는 마음을 담아서 혹의 어깨를 쓰다듬었다. "난 세이 씨 편이야. 나 같은 사람이라도 상관없다면 무슨 얘기든 들어줄게. 약속할 테니 이번만은 조금만 참아줘."

세이시치는 천천히 머리를 돌려 쓰러져 있는 세 사람의 모습을 바라보았다.

"요리키가 내 뒤를 봐주고 있어."라고 에이지는 말했다. "저 세 사람의 일도 원만하게 처리하도록 얘기를 해줄게. 그리고 세이 씨, 당신이 벌을 받게 되면 나도 같이 벌을 받을게. 사나이끼리의 약속이야. 날 믿어줘, 세이 씨."

세이시치는 고개를 숙인 채 끄덕였다. 에이지는 뒤를 돌아 관리들에게 이젠 됐다는 손짓을 해보였다.

## 8-1

"난 올해로 서른하나야."라고 세이시치가 무겁게 말했다. "─2년 전에 오토요를 알기 전까지는 여자라는 걸 몰랐어. 우스운 얘기일지도 모르겠지만 난 어렸을 때부터 여자가 무서웠어. 요렇게 작은 여자아이라도 얼굴을 가만히 쳐다보고 있으면 당장이라도 입이 귀까지 찢어질 것 같다는 느낌이 들었어. ─이 얘기는 벌써 했었나?"

"들은 것 같은데."라고 에이지가 애매하게 대답했다. "어머니와 바위틈에 있는 목욕탕에 들어갔을 때의 얘기였지?"

그의 고향은 조슈[36]의 어딘가로 가난한 농부의 셋째 아들이었다. 다섯 살인가 여섯 살 때, 마을에서 그리 멀지 않은 계곡의 안쪽에 있는 온천으로 어머니를 따라 치료를 간 적이 있었다. 그곳은 천을 따라서 암굴이 몇 군데 있고 바닥에서 온천이 솟는데, 지붕도 아무것도 없는 노천탕이었다. 세이시치가 어머니 품에 안겨 온천수에 잠겨 있자니 뒤이어 낯선 여자가 들어왔다. 그는 아래에서부터 올려다보는 위치에 있었는데, 그 여자가 한쪽 발부터 노천탕에 들어오는 것을 본 순간 자신도 모르게 어머니의 목에 매달리며 '괴물이다.'라고 비명을 질렀다. 그때의 인상이 강렬했던 것이리라. 훨씬

---

36) 上州. 지금의 군마(群馬) 현의 옛 이름.

자란 뒤에도 여자의 얼굴을 바라보고 있으면 그 입이 갑자기 귀까지 찢어져 빨간 혓바닥을 불쑥 내밀 것처럼 여겨졌다. 꿈속에서는 어머니의 입까지 찢어진다는 이야기를 에이지는 벌써 몇 번이고 들었다.

"이상하게도 오토요만은 조금도 무섭지 않았어."라고 세이시치는 말을 이었다. "처음 말을 섞은 것이 밤이었기 때문일지도 몰라. 역시 남쪽 바닷가였는데, 달밤이었지. 아직 호안공사를 하기 전이었기에 무너진 돌담 사이로 파도가 밀려와 모래사장에 움푹 패인 곳이 여럿 있었어. 맞아, 그 패인 곳에 들어가면 옆에서는 모습이 보이지 않았지."

에이지는 손에 찬 쇠고랑 소리를 내며 모기를 쫓았다. 그곳은 오카와에 면한 공동주택의 빈 방으로 두 사람은 벌써 열흘 넘게 그 방에 함께 갇혀 있었다. 그 소동이 가라앉은 뒤, 에이지는 총괄자인 오카야스 기혜에를 만나 자세한 사정을 들려주고 세이시치에게 온화한 처분을 내리기를 간곡히 청했다. 세이시치의 폭행으로 하급관리 2명의 손과 발이 부러졌으며, 말리기 위해 나섰던 기름 짜는 사람 하나의 머리가 깨졌다. 진단한 의사는, 다리뼈가 부러진 하급관리 한 사람은 절름발이가 될지도 모르겠으나 나머지 두 사람은 크게 걱정할 것 없다고 했다. ─세이시치는 평소부터 손을 쓸 수 없을 만큼 난폭한 사람이라 여겨졌기에 관리소에서 강경한 입장을 보여 감옥에 보낼지도 모를 일이었다. 그랬기에 에이지는 세이시치를 감옥에 보낼 거면 자신도 같이 보내달라고 강하게 주장했다. 벌을 받게 되면 같이 받겠다고 남자의 체면을 걸고 약속했으며, 그 말을 믿고 세이시치는 나무 메를 놓은 것이었다, 남자가 남자를 믿었다, 그것을 배신할 수는 없다고 강하게 말했다. ─소동의 원인이 된 오토요의 처치에 대해서 관리자인 마쓰다 곤조가 조사를 했고, 인부들도 신문했다. 틀림없이 세이시치는 오토요와 관계된 일을 관리에게 부탁해두었었다. 그러나 관리 입장에서 보자면 마쓰조는 바깥세상에 나가 가정을 꾸릴 수 있는 몸이었으나, 세이시치는 섬에서 나가기까지 아직 기한이 남아 있었다. 자연스레 오토요가 희망한다면 허락하지 않을 수 없었다. 이러한 사정이 밝혀지고 결국은 에이지의 주장이 인정을 받아 세이시치는 30일 동안 손에 쇠고랑을 차고 감금당하는 처분을 받게 되었다. 에이지가 같은 처분을 받게 되기까지는 관리소와 신물이 날 정도의 문답이 되풀이되었고, 수용소장이 마치부교에게 문의도 한 모양이었다. 매우 이례적인 일이기는 했으나 이도 에이지의 완강한 주장이 받아들여졌다.

이렇게 해서 열흘 남짓 둘은 감금의 날을 보내온 것인데, 숙식을 함께하며 보니 세이시치는 손을 쓸 수 없을 만큼 난폭하기는커녕, 극히 온화하고 세심하며 어리석을 정도로 선량한 사람이라는 사실을 알 수 있었다. 그는 15세에 고향에서 나와 공사장의 막일이나 잡일을 하며 22세에 에도로 들어왔다. 여기서도 막일이나 잡일을 하는 것 외에 지혜도 능력도 없었기에 언제나 사람들로부터 무시당하고 혹사당하다, 일 하나가 끝나면 내팽개쳐졌다. 그러다 지금으로부터 4년 전, 3명을 상대로 싸움을 했는데 3명 모두 부상을 입었고, 수많은 인부들에게 두들겨맞은 뒤 관아로 넘겨졌다. 그에게는 보증인이 없었고 고향이 어디인지도 말하지 않았기에 거처가 없는 자 취급을 받아 5년 기한으로 수용소에 수용되었다. 여기에 와서야 비로소 인간다운 생활을 하게 되었다고 세이시치는 말했다. 기름 짜는 일은 고된 중노동이었으나 농민 출신의 끈기와 뛰어난 체력으로 그는 누구에게도 뒤지지 않는 존재가 되었다. 이제 그를 무시하는 사람은 아무도 없었으며, 오히려 두려워할 정도였다. 나는 평생 여기서 살고 싶어, 라고까지 세이시치는 말했다.

"여자는 좋은 거야. 이 세상에 여자만큼 좋은 것도 없어."라고 세이시치는 말을 이었다. "—처음 오토요의 몸을 접했을 때, 너무 부드럽고 따뜻해서 자칫 녹아버리는 게 아닐까 싶었어."

이것도 역시 거듭 되풀이하는 말이었으나, 세이시치 자신에게는 아무리 되풀이해도 질리지 않으며 신선함이 줄어들지도 않는 모양이었다.

"거기다 그 목소리가 또 기가 막혀. 그 목소리를 들을 때마다 난 눈앞이 핑핑 도는 것 같아져."

밖에서 사람이 오는 발소리가 들리더니 덧문이 열렸다. 그러자 저녁 햇살과 함께 바람이 들어와 방 안의 물큰한 공기에 바다 냄새가 상쾌하게 스며들었다. 들어온 것은 평소의 하급관리가 아니라 총괄자인 오카야스 기혜에였다.

"부슈, 만나고 싶다는 사람이 왔어."라고 오카야스가 말했다. "손의 쇠고랑을 풀어줄 테니 나와."

## 8-2

총괄자가 직접 온 것은 다른 말을 하지 못하게 하기 위해서이리라. 그렇게 짐작했기에 에이지는 아무런 대답도 하지 않았다. 오카야스 기혜에가 돌아보자 열쇠를 가지고 있던 하급관리가 들어와 에이지의 손에서 쇠고랑을 벗겨주었다.

"모기가 심하잖나."라고 오카야스가 하급관리에게 말했다. "모기향을 피워주게."

155

하급관리는 의아스럽다는 듯한 얼굴을 했다. 감금 중인 자에게 그런 일을 한 예가 없었기 때문이었다. 오카야스는 다시 한 번 "피워주게."라고 말한 뒤, 에이지에게 고개를 끄덕이고 밖으로 나갔다. 에이지는 그 뒤를 따라가며 좌우의 손목을 번갈아 문질렀다. 쇠고랑이 닿는 자리에 땀띠가 났기 때문이었다. 안뜰의 마당에는 일을 마친 인부들이 있었는데, 에이지를 동정어린 시선으로 보았으며 개중에는 눈인사를 하는 자도 있었다.

문지기의 방으로 가는 걸까 싶었으나 데려간 곳은 관리소 건물에 속한 작은 방이었다. 툇마루로 올라가 왼쪽 복도로 들어선 곳 바로 오른쪽이었는데, 거기에는 오스에가 앉아 있었다. 자잘하게 나뭇잎을 물들인 홑옷에 한 겹으로 된 갈색 민무늬 허리띠, 머리는 기름기 없이 묶었는데, 얼마 되지 않는 시간 동안에 얼굴이 변했다 싶을 정도로 햇볕에 그을어 있었으나 에이지는 오스에라는 사실을 바로 알 수 있었다.

"오늘은 고집 부리지 말게."라고 오카야스가 말했다. "여자 몸으로 수용소에 면회를 온 거야. 그 점을 깊이 생각해주게, 알겠는가?"

부르러 올 때까지 천천히 얘기하게, 라고 말한 뒤 오카야스는 나갔다. 그 작은 방은 동쪽에 창이 있고 좌우는 벽이었는데, 복도에 면한 장지문과 창문이 열려 있었으나 바람이 그다지 통하지 않아 상당히 후텁지근했다. 거기에 부채가 놓여 있었으나 오스에는 손에 쥐지도 않은 듯했으며, 옆에 보따리를 놓고 단정하게 앉아 있었다.

"오랜만입니다." 오스에가 시선을 내리깐 채 머리를 가만히 숙였다. "건강하신가요?"

"이런 데 와서는 안 돼."라고 에이지가 낮은 목소리로 말했다. "나는 더 이상 네가 알고 있던 사람이 아니야. 두 번 다시 오지

마."

"사부 짱에게서 편지가 와서, 그래서 이곳을 간신히 알게 되었습니다." 오스에가 에이지의 말은 듣지 못한 사람처럼 말했다. "-사부 짱은 5월 초에 각기에 걸려 가사이의 집으로 쉬러 갔다고 합니다. 바로 나을 줄 알았는데 이번에는 배앓이를 해서 당분간은 밖을 돌아다닐 수 없을 것 같다고 합니다."

그래서 에이지에게도 갈 수 없으니 이러이러한 물건들을 마련해서 가져다주었으면 한다고 적혀 있었다고 했다. 오스에는 말을 하며 보따리를 풀어 내복과 속옷, 과일, 과자상자 등을 거기에 놓은 뒤, 처음으로 얼굴을 들어 에이지를 바라보고, 너무해요, 에이 씨, 라고 중얼거렸다.

"어째서,"라며 오스에가 더듬더듬 말했다. "-여기에 있다는 사실을, 어째서 한마디도 알려주지 않았나요."

"나는 나라의 부정한 밧줄에 걸린 몸이야."

"에이 씨의 잘못이 아니잖아요."

에이지는 얼굴이 굳었다. "-뭐라고?"

"사부 짱이 어떻게 된 일인지 자세히 적어주었어요." 오스에가 흥분으로 마른 입술을 적시고, 생각대로 혀가 움직이지 않는 것을 답답히 여기는 듯한, 목이 메이는 듯한 목소리로 말했다. "-당신이 보이지 않게 된 뒤부터 사부 짱은 일에 짬이 날 때마다 당신을 찾으러 돌아다녔어요. 저는 당신이 말한 대로 가나스기의 집으로 돌아갔어요. 네, 당신의 짐과 돈도 가나스기의 집에서 소중히 맡아두고 있어요."

사부는 걱정시키지 않으려 에이지가 행방불명이라는 사실을 오스에에게는 알리지 않았다. 그리고 쉬는 날이나 일이 끝나고 나면 짚이는 곳을 포기하지 않고 찾아 돌아다녔으나 와타분에서 매우 용의주도하게 손을 쓴 것이리라, 마치 연기가 되어 사라지기라도 한 것처럼 에이지의 소식은 어디에서도 들을 수가 없었다.

"저희 집에도 와주었어요."라고 오스에는 말을 이었다. "제게 뭔가 연락이 있지 않았을까 사정을 살피러 온 것일 테지만, 그런 기색은 조금도 내비치지 않고 에이 씨는 바람을 쐬기 위해서 교토 (京都) 부근으로 갔다고 아주 그럴 듯한 말로 저를 안심시키려 했어요."

그러는 사이에 정월, 2월이 지났고 3월 2일, 삼짇날 전야에 와타 분에서 초대를 해주어, 요시베에 어르신을 모시고 사부가 혼초에 있는 가게로 찾아갔다. 사부도 대기실에서 단술과 생선초밥을 대접 받았는데 그때 어린 점원 하나가 말실수를 해서, 연말의 눈 내리던 날에 에이지가 와서 마을 자치조직의 우두머리에게 짓밟히고 차인 끝에 초소로 끌려갔었다는 사실을 알게 되었다. 그 뒤로 초소의 파수꾼을 찾아갔으나 말을 흐릴 뿐, 좀처럼 사실을 이야기해주지 않았다. 하는 수 없이 사부는 핫초보리(八丁堀)로 가서 마을을 순 찰하는 관리에게 도움을 청했다.

"그랬더니 요리키인 아오키 씨라는 사람이 에이 씨에 대해서 알고 있었고, 아오키 씨도 당신의 신원에 대해서 알아보고 있던 중이었대요. 그래서 에이 씨가 여기에 있다는 사실, 완전히 옹고집 이 되어 누구와도 말을 하지 않는다는 사실, 섬에서 내보내면 어떤 잘못을 저지를지 알 수 없다는 사실 등을 이야기해주었대요."

어째서 그렇게 된 것인지는 요리키도 알지 못했다. 그랬기에 사 부는 아사쿠사에 있는 고와도를 찾아갔다. 와스케도 처음에는 전혀 상대를 해주지 않았으나 사부의 열정에 진 것이리라, 마침내 비단 조각에 대한 이야기를 들려주었다.

"에이 씨가 그런 짓을 했을 리 없다, 설령 얼음에 불이 붙는다 할지라도 에이 씨가 그런 짓을 했을 리 없다며 사부 짱, 아주 정성껏 써서 보내주었어요."

"조각은 내 도구자루 안에 들어 있었어."라고 에이지가 냉소하듯 말했다. "내 눈으로 본 건 아니지만, 와타분 정도의 나리가 그런 일로 거짓말을 하지는 않겠지. 사부가 아무리 용을 쓴들 누가 믿기나 하겠어."

"그런 건 상관없어요."라고 오스에가 강한 어조로 말했다. "사부 짱은 그렇게 믿고 있고, 저 역시 에이 씨를 믿고 있으니까요. 그렇게 생각하고 싶어 하는 사람에게는 멋대로 생각하라고 내버려두면 되잖아요."

"네가 몰라서 그래."

오스에가 커다란 눈을 깜박이며 에이지의 얼굴을 바라보았다. 지금까지 가슴속에 접어둔 채, 그 일에 대해서는 누구에게도 말하지 않았다. 말해봐야 소용없는 일이라는 사실을 알고 있었으며, 말한들 되돌릴 수도 없었기 때문이었다. 그런데 지금 오스에가 커다란 눈으로 바라본 순간, 그는 모든 사실을 말해버리고 싶다는 억누를 수 없는 충동에 휩싸였다.

"전혀 알지도 못하는 일로 도둑이라는 누명을 쓰면 어떤 기분인지 너는 모를 거야."라고 에이지는 말했다. "—난 호코도에 열세 살 때부터 10년 동안 있었어. 한 집에서 잠을 자고, 같은 냄비로 삶은 것을 먹으며 마음 깊은 곳까지 알고 있다고 생각했는데 어르신은 나의 말조차 들어주지 않았어. 사정도 얘기하지 않고 일에서 제외시켰고 말없이 아사쿠사의 가게로 내쫓으려 했어."

그는 아사쿠사에 가서 와스케로부터 자세한 이야기를 들은 일, 그리고 취해서 혼초로 갔다가 와타분의 점포 앞에서 쓰러진 일, 다음에 다시 찾아갔더니 와타분에서 '이구미'의 우두머리와 젊은 이 둘을 불러들여 그를 문밖으로 끌어내 눈 속에서 한껏 두들겨팬 뒤 초소로 데려갔고, 거기서도 다시 자리에 있던 메아카시에게 초주검이 되도록 맞았던 일 들을 이야기했다.

　"부탁이에요, 에이 씨. 그만하세요." 오스에가 새파랗게 질려서 몸을 떨며 제지했다. "그런 끔찍한 얘기, 전 듣기 싫어요. 이젠 그만 하세요."

　에이지는 눈을 치켜떠 천장을 노려보며 아랫입술을 이로 힘껏 물었다. 무릎 위에 있는 그의 손은 주먹이 되었는데 힘을 주고 있었기에 손가락 마디에만 핏기가 가셔 허옇게 보였다.

　"왜 내게 도둑이라는 누명을 씌웠는지, 누가 꾸민 일인지 딱 하나 짐작 가는 일이 있어."라고 에이지는 말을 이었다. "증거가 있는 건 아니지만, 난 와타분에서 안채 사람들과도 친하게 지냈어. 두 딸과는 어렸을 때부터 친구처럼 지내는 사이였고 그 딸 가운데 한 명과 내가 언젠가는 부부가 될 것이라는 소문까지 있었다고 해. 웃기지도 않아. 내게 그럴 마음은 눈곱만큼도 없었어. 무엇보다 내게는 이미 따로, ―아내로 삼는다면 이 사람, 이라고 분명하게 마음을 정한 사람이 있었어."

　오스에가 시선을 떨구었는데 창백해진 얼굴이 굳었으며, 몸의 떨림이 멈추질 않았다.

　"그러나 와타분에서 내 본심은 알 리 없을 테고, 그런 이상한 소문이 퍼져서는 곤란했겠지. 내가 가게에 드나들지 못하도록 뭔가 손을 쓸 마음이 들었다 해도 이상할 건 없어."라고 에이지는 말했다. "물론 이건 추측이야. 이렇다 할 증거는 무엇 하나 없어, 하지만 그 외에 뭐가 있지? 나의 도구자루에 비단 조각을 넣어 내게 누명을 씌울 만한 사람이나 사정이 그 외에 또 있을까? —그 이후로 늘 생각해봤어. 그러나 그럴 만한 사람은 아무도 없고, 그렇게 해야만 할 정도의 사정 역시 아무리 생각해봐도 떠오르지 않아. —내가 두 번째로 와타분을 찾아간 것도 그 점을 분명하게 밝히고 싶었기 때문이야."

"지금도," 오스에가 발부리가 걸려 고꾸라지는 듯한 목소리로 물었다. "에이 씨는 지금도 그걸 밝혀낼 생각인가요?"

에이지는 천천히 머리를 흔들었다. "안 될 일이야. 섣불리 들쑤셨다간 이번에는 진짜 도둑이 되어버릴 거야. 상대는 와타분의 주인, 나는 어르신께 쫓겨난 보잘것없는 장색이야. 관아에서 친절하게 사정을 물었을 때 이러이러하다고 이야기하지 못한 것도 그 때문이고, 이제 와서 사실을 밝혀낼 방법이 있을 리도 없어. —하지만 말이지, 난 빚만은 갚을 생각이야."

오스에가 겁먹은 듯 에이지를 보았다.

"여기서 나가면," 하고 에이지가 속삭였다. "와타분에게도 이구미의 두목과 젊은 놈들에게도, 메아카시인 오타야와 졸개인 시마조에게도 평생 잊지 못할 추억을 안겨줄 거야, 반드시. 내 목을 걸고서라도 그렇게 해주겠어."

오스에가 두 손으로 얼굴을 가리고 소리죽여 흐느껴 울며 더듬더듬 물었다. "—그럼, 저는 어떻게 되는 건가요, 에이 씨?"

"나 같은 건 잊어줘."라고 에이지가 얼굴을 돌리며 말했다. "나는 처음 봤을 때부터 네가 좋았어. 그리고 아내를 들일 거라면 너라고 혼자서 마음속으로 정했었어."

사부 짱한테 들었어요, 라고 오스에가 입 속에서 중얼거렸다.

"그래서 돈과 짐을 맡겨두었던 거야. 그때는 아직 너와 하나가 되어 조그만 표구점이라도 운영할 생각이었어." 에이지는 헛구역질이라도 올라오는 사람처럼 눈썹과 입을 날카롭게 찌푸렸다. "ー하지만 이젠 틀렸어. 모든 게 끝장이야. 이 섬에서 나가면 내가 무엇을 할지는 조금 전에 말한 대로야. 나는 예전의 에이지가 아니야. 너와도, 사부와도 관계없는 사람이야."

"그렇게 혼자 결정하지 마세요, 에이 씨." 오열하며 오스에는 머리를 흔들었다. "그런 식으로 혼자 결정하지 마세요."

"죽은 새를 울게 할 수 있겠어?"

"에이 씨는 새도 아니고 죽지도 않았어요."라고 오스에가 맞받아쳤다. "당신의 마음이 얼마나 괴롭고 분한지 제게는 경험이 없기에 알 수 없지만, 당신이 사라지고 난 뒤 사부 짱이 어떤 마음으로 당신을 찾아다녔는지, 사부 짱의 편지를 읽고 제가 어떤 마음이었는지, 당신도 모르겠지요. ー그것을 서로 이해하려는 데에 친구도 있고 부부도 있는 것 아닌가요?"

"별 탈 없이 생활하는 동안에는."이라고 말한 뒤 에이지는 자리에서 일어났다. "ー내 마음은 이미 얘기했어. 너도 앞으로는 오지 마. 사부에게도 오지 말라고 말해줘. 알았지?"

"사부 짱에 대해서는 제가 상관할 일이 아니에요." 오스에가 눈물을 훔치고 야무진 목소리로 말했다. "전, 제가 하고 싶은 대로

162

할 거예요."

에이지는 거기에 펼쳐져 있는 물건에는 눈길도 주지 않고 말없이 복도로 나갔다.

30일 동안의 감금이 풀리자 7월이 되었다. 삼태기 방에서는 에이지를 축하하기 위해서 모두의 돈으로 술을 샀다. 관리자에게 부탁해서 특별히 눈을 감아달라고 한 것인데, 적귀 마쓰다 곤조는 언제나처럼 욕설을 퍼부은 뒤 자신도 얼마간의 돈을 냈다.

"네게는 빚이 있어." 마쓰다가 에이지를 곁으로 불러 말했다. "그때 네가 혹 녀석을 말려주지 않았다면 그 미치광이 놈이 어디까지 폭주했을지 모를 일이야. 녀석은 오토요의 일이 있었기에 내게도 앙갚음을 할 생각이었을 거야. 그런데 그 정도로 끝난 건 네 덕분이야. 늦었지만, 그때는 고마웠어."

"그만 잊으세요."라고 에이지가 미소 지으며 말했다. "당신을 위해서 한 일이 아니니."

"물론 그랬겠지." 마쓰다는 화가 불쑥 치밀어 오른 듯, 그 얼굴이 갑자기 빨갛게 부풀어 오른 것처럼 보였다. "—오늘 밤의 술은 고마운 마음에서 특별히 눈을 감아주겠어. 수용소의 수용자가 술잔치를 벌이다니, 이 섬이 생긴 이래 처음 있는 규율 위반이야. 만약 윗사람에게 들키기라도 하면 나 같은 건 하치조(八丈) 섬으로 귀양 가게 될지도 몰라. 나는 나 자신을 얼간이 바보자식이라고 생각하고 있어."

"걱정 마세요. 취하도록 마시게 하지는 않을 테니."라고 에이지가 진지하게 말했다. "마음에 걸리면 만약을 위해서 마쓰다 씨도 오실래요?"

부어올랐던 마쓰다의 얼굴이 단번에 실실 풀어졌다. 말도 안 되는 소리, 명색이 관리자인데 그런 짓을 할 수 있겠어, 라고 말한 뒤 수줍다는 듯 자리를 떴다.

조장 가운데 나이가 가장 많은 덴시치가 일을 주관했으며, 바깥 심부름꾼이 닭과 생선을 사왔다. 그리고 수용소의 부엌을 졸라 얻어온 채소와 쌀로 25인분의 상을 얼른 차렸다. 하나는 혹 세이시치의 몫으로, 그는 상차림이 끝난 뒤 불려왔다. ─접시 가득 보기 좋게 담긴 닭과 달달하게 졸인 채소, 구운 생선과 절임, 된장국에 하얀 쌀밥 등을 보고 사람들 사이에서 술렁임이 일었다. 수용소의 식사는 양이야 많았지만 보리밥으로, 정월 초사흘 동안의 떡국과 소금에 절인 연어, 다섯 번의 명절37)과 마을의 수호신을 위한 축제 때의 팥밥, 삼복중의 추어탕, 칠석의 국수 등과 같은 특별한 음식을 주는 외에 평소는 매우 거친 것이었기에 아무리 보잘것없는 요리라도 환성을 지르고 싶어지는 것이리라. ─모두가 자리에 앉자 일을 주관한 덴시치가 혹시나 싶어 주의를 준 뒤 술을 내왔으며, 우선 에이지와 세이시치가 잔을 들었다.

"고마워." 세이시치가 에이지에게 가만히 말했다. "전부 네 덕이야. 거기다 30일이나 불편하게 해서 미안해. 너그럽게 봐줘."

"서로 마찬가지지."라고 에이지가 대답했다. "앞으로도 친하게 지내자고."

술잔이라고는 2개뿐, 나머지 사람들은 물잔에 마셨는데, 술을 마시지 못하는 요헤이와 다른 2사람이 돌아다니며 양을 가늠해서 술을 따랐다.

"이상한 일이야."라고 만키치가 술을 홀짝이며 고개를 갸웃하고

---

37) 인일, 상사, 단오, 칠석, 중양을 말한다.

말했다. "─이렇게 약처럼 마시고 있자니 위장 속을 간질이고 있는 느낌이야."

"돈으로 따지면 얼마 정도의 가치지?"라고 옆에 있던 사내가 물었다.

만키치는 자신도 모르게 불쑥 대답하려다 문득 깨닫고는, "그만 둬."라고 말했다. 그러자 모두가 웃음을 터뜨렸다.

"이런 걸 한 달에 1번이라도 할 수 있다면,"하고 한 사람이 진심 어린 목소리로 말했다. "난 평생 이 수용소에서 살아도 좋을 거 같아."

"누가 아니래."라고 다른 사내가 말했다. "살아 있는 말의 혀를 뽑아갈 것 같은 야박한 세상에서 사느니 이 섬에 있는 게 훨씬 편해."

"그건 몰랐는데."라고 다른 사내가 얼른 껴들었다. "바깥세상에 서는 살아 있는 말의 혀를 뽑아간단 말이지."

그러자 모두가 다시 웃음을 터뜨렸다.


## 8-4

온화한 시간이 1각 정도 계속되었는데 그 사이에 5명의 사내가 술잔을 주고받기 위해 에이지의 자리로 왔다. 술을 따르지도 술잔을 주고받지도 않는 것이 자신의 습관이라며 에이지는 거절했으나, 5명 모두 마음이 상한 기색은 없었으며 자신의 술을 소중하다는 듯 마시고 앞으로도 서로 도우며 살자는 등의 말을 듬직하다는 듯했다. ─니헤에라는 사람이 서른네다섯, 다케라는 사람이 서른 안팎, 산페이, 기치조, 도미사부로라는 3명은 에이지와 거의 동년배

165

정도로 보였다.

"완전히 인기를 독차지하게 되었네요." 잘 때가 되자 요헤이가 와서 이렇게 속삭였다. "난 여기에 온 지 8년이 되었지만, 이렇게 모두가 한마음이 된 모습은 처음 봤어요. 나는 술을 한 모금도 못 마시지만, 모두가 그토록 즐겁게 마시는 모습을 보고 있자니 기뻐서 나까지 취한 듯한 기분이 들었어요."

에이지는 한동안 입을 다물고 있다가, 상대방의 본심을 살피려는 듯한 투로 물었다. "―요헤이 씨는 아직도 이 섬에서 평생 살아갈 생각인가요?"

"그럴 생각입니다."라고 요헤이는 대답했다. "나는 바깥세상에서는 살아가기 어려운 사람인 듯하니." 그리고 다시 말했다. "―조금 전에 누군가가 살아 있는 말의 눈을 뽑아갈 것 같은 야박한 세상이라고 했었는데, 이 섬에는 그런 일이 없어요. 남의 다리를 걸어 넘어뜨리거나, 남을 따돌리거나, 속이거나 하는 일도 없어요. 그런 짓을 해봐야 아무런 득도 되지 않기 때문이죠, 안 그런가요?"

여기에도 물론 마음에 들지 않는 일은 있다. 마음이 비뚤어진 사람이나 악의를 품은 사람도 있고, 하고 싶지 않은 일도 해야만 한다. 그래도 남을 짓밟아가며 돈을 벌거나 출세하기는 불가능하며, 시키는 일을 주어진 몫만큼만 하면 되기에 세상에서처럼 뒤통수를 맞아 괴로워할 일은 없다고 요헤이는 말했다.

"이런 말을 하는 것도 결국은 내가 능력이 없는 늙은이로 절반은 죽은 거나 다를 바 없기 때문일 테지만요."

"늙은이라니, 아직 한창 일할 나이잖아요."

"나이는 마흔하나입니다."라고 요헤이가 힘없이 웃으며 말했다. "하지만 말이죠, 전에 얘기했던 그날 밤, 아내를 죽이려 했던 그

166

하룻밤 사이에 나는 스무 살이고 서른 살이고 나이를 먹은 듯한 느낌이 듭니다. 아니, 느낌이 드는 것만이 아니라, 몸까지 완전히 늙은이가 되어버렸습니다. 당신에게는 믿기지 않을 테지만."

그런 다음 요헤이는 자신의 잠자리 쪽으로 갔다.

에이지는 누워서 생각했다. 이 수용소에 있는 사람들 가운데는 두 번 다시 세상에 나가고 싶지 않다, 평생 이 섬에서 살고 싶다고 말하는 자가 적잖이 있다. 마음이 약하고 이렇다 할 재능도 없고 선량하기만 해서는 넓은 세상에서의 삶이 괴로운 것이리라. 하지만 그게 전부는 아닐 것이다. 그들은 생활의 괴로움에 더해서 여러 가지 의미로 세상으로부터 매정한 취급을 당하고 이리저리 들볶였다. 뚜쟁이 로쿠가 동료들의 복수를 두려워하여 널따란 세상이 아닌 이 섬을 은신처로 고른 것처럼, 그들에게도 역시 이곳이 안전한 은신처인 것이리라. 이 얼마나 가련한 사람들이란 말인가, 라고 에이지는 생각했다.

"이 얼마나 잔혹한 세상이란 말인가?"라고 그는 입 안에서 중얼거렸다. "ㅡ하지만 나는 달라. 나는 반드시 되갚아줄 거야. 내가 맛본 아픔을 배로 해서 돌려주고 말겠어."

언제부턴가 바람이 불기 시작한 모양으로 덧문이 요란스럽게 흔들렸으며, 판자벽에서 뜨뜻미지근한 바람이 새어 들어왔다. 에이지는 그 소리를 들으며 오랜만의 취기에 감싸여 잠들었다.

전, 제가 하고 싶은 대로 할 거예요, 라고 오스에가 말했다. 오스에는 죽은 사람처럼 창백해진 얼굴이었는데, 머리를 묶은 끈이 끊어졌는지 머리카락이 산산이 풀어져 있었으며 에이지를 노려보는 눈은 파란 불이 타오르고 있는 듯 보였다. 어쩔 생각이야, 라고 에이지가 물었다. 그러자 오스에의 입이 쭉 벌어지더니 양쪽 끝이

귀 부근까지 찢어졌다. 그 찢어진 입 안은 새빨간 색이었으며, 뱀처럼 기다란 혀가 보였다. 에이지는 공포로 숨이 막혀, 달아나려 몸부림쳤다. 몸부림치며 이건 뭔가 잘못됐어, 라고 그는 말했다. 이건혹 세이시치의 꿈이야, 내가 아니라 세이시치가 꿈을 꾸고 있는거야, 라고 에이지는 거듭 말했다.

"형님."하고 누군가가 외쳤다. "일어나봐, 형님. 큰 폭풍이 왔어."

에이지가 눈을 뜨자 방 안은 칠흑 같이 어두웠는데, 일어난 사람들의 술렁임과 바람의 무시무시한 포효가 귀를 덮쳤다.

"곧 무너지겠어."라고 어둠 속에서 누군가가 외쳤다. "버팀목을대지 않으면 안 돼."

강풍을 맞아 건물 전체가 비명을 올렸으며, 판자벽이 일그러지는소리가 들렸다. 에이지는 옷을 갈아입고 허리띠를 두르며 모두 침착하라고 외쳤다. 그러나 그 목소리는 판자 지붕이 뜯겨 날아가는소리에 지워졌으며, 구멍이 뚫린 지붕에서 불어오는 바람이 방 안가득 소용돌이쳤다.

"그 술 때문이야."라고 누군가가 외쳤다. "적귀는 눈감아줬지만,하늘은 그게 아니었던 거야. 이 폭풍은 술을 마신 벌이야."

"밖으로 나가."라고 에이지가 외쳤다. "지붕이 벗겨졌으니 더는버티지 못할 거야. 모두 밖으로 나가."


## 8-5

가장 먼저 밖으로 뛰쳐나간 사내가, "물이다."라고 외쳤다. 바람에 흩날려 잘 들리지 않았지만 뒤따라 나간 사람 모두가 "물이야,

물."이라고 아우성쳤다. 그 소리를 듣고 나서기를 망설이던 자가 몇 명, 문가에서 허둥지둥하고 있을 때 공동주택의 건물이 커다랗게 요동치더니 나무가 찢어지는 듯한 소리가 차례차례 일어나며 끝 쪽에서부터 싱거울 정도로 맥없이 무너졌다.

에이지는 가장 나중에 나갈 생각으로 그 몇 명의 사람들과 함께 문가에 있었는데, 나무가 찢어지는 소리를 들었기에 "이젠 무너질 거야, 나가."라고 말하며 두 명인가 세 명을 밀어붙이면서 문 밖으로 뛰쳐나갔다. 무너지는 건물의 차양 부분이 그의 등에 스쳤을 정도로 위험한 순간이었다. 밖은 발의 복사뼈를 넘을 정도의 물로, 돌풍이 불 때마다 그 수면에서 하얗게 물보라가 이는 것이 어둠 속에서도 분명하게 보였다. ─공동주택 이외의 방에 있던 자들도 밖으로 나와 무엇인가 외쳐대는 소리가 들렸으나, 바람의 울부짖음에 휩싸여 전혀 알아들을 수 없었다. 관리소도 감시소도 어두워서 보이지 않았으며, 물이 점점 불어 벌써 정강이 절반쯤의 깊이가 되었다.

"좀 도와줘."라고 누군가가 외쳤다. "무너진 집 안에 사람이 있어."

에이지는 몸을 돌렸다. "정말이야? 누구야?"

"누군지는 모르겠지만 내 뒤에 있던 놈이 하나 빠져나오지 못했어."라고 그 사내가 말했다. "들어봐, 목소리가 들리잖아."

바람은 남풍이었는데 공동주택은 남서쪽, 다시 말해서 앞쪽으로 쓰러졌다. 밀어붙이는 힘이 마침 약해진 순간, 북동쪽으로 기울어져 있던 것이 앞으로 고꾸라진 듯한 느낌이었는데 귀를 가까이 가져가보니 무너진 지붕 아래서 사람의 외침이 들려왔다.

"좀 도와줘."라고 에이지가 외쳤다. "사람이 깔렸어, 어서."

몇 명인가가 달려왔다.

"이봐, 정신 차려."라고 에이지가 무너진 건물 아래에 대고 절규했다. "금방 꺼내줄게, 정신 차려."

그는 들려오는 소리로 위치를 가늠해서 손에 닿는 판자와 기둥을 집어 던졌다. 몇 사람인가가 에이지를 따라서 잔해를 제거하기 시작했는데, 서 있을 때는 기둥에 판자를 박아놓았을 뿐인 매우 허술한 오두막으로밖에 보이지 않았으나 막상 치우려고 하니 그 기둥이며 판자의 양과 무게에 놀라지 않을 수 없었다.

"모두 모여."라는 적귀의 목소리가 들려왔다. "환자를 옮겨야 해, 관리소 쪽으로."

에이지는 굵고 네모진 기둥과 씨름하고 있었다. 문틀 가운데 하나인 듯했다. 만키치가 통나무를 들고 와서 이걸 지렛대로 쓰자고 했다. 통나무 아래에 받칠 물건이 보이지 않았기에 만키치는 그 한쪽 끝을 네모난 기둥 아래에 찔러 넣고, 한쪽 끝에 자신의 어깨를 넣어 힘을 썼다. 어딘가에서 또 집이 쓰러진 것이리라. 나무 찢어지는 소리와 둔탁하게 땅이 울리는 소리와 사람들의 비명 등이 들려왔다.

"안 되겠어."라고 만키치가 말했다. "이 기둥은 꿈쩍도 하지 않아."

"이걸 치우지 않고는 달리 방법이 없어."라고 에이지가 말했다. "다시 한 번 해보자, 어서."

네모난 기둥은 의외로 무거웠고 거기에 무너진 판자와 들보 등이 얹혀 있었기에 간단히는 움직일 것 같지 않았다. 그때 두 사람이 달려와서 만키치와 함께 통나무를 짊어졌다.

"모두 모여."라는 마쓰다 곤조의 외침이 들렸다. "이쪽이야, 관

170

리소 앞이야."

격렬한 바람은 물방울을 동반하고 있어서 사람들의 얼굴과 손에 아플 정도로 부딪쳤다.

"비가 아니야, 이건 바닷물이야."라고 누군가가 외쳤다. "봐, 짭 짤하잖아."

네모난 기둥이 움직여 통나무 지렛대에 매달려 있던 세 사람이 하마터면 쓰러질 뻔했다. 에이지가 네모난 기둥을 밀쳐내고 그 아래에 있는 판자 조각을 헤치며 괜찮아, 어디야, 라고 외쳤다.

"여기야, 빨리 해줘."라고 판자 조각 아래서 대답이 들려왔다. "빨리 좀 부탁해, 물에 잠길 거 같아."

그 말을 듣고 보니 물은 벌써 무릎까지 와 있었다. 서둘러, 라고 만키치가 외쳤고, 네 명은 정신없이 판자 조각과 부러진 막대기 등을 치웠다. 적귀 마쓰다가 물을 텀벙거리며 다가와서 뭘 하고 있는 거야 빌어먹을 놈들, 모이라는 소리가 안 들려, 라고 호통을 쳤다. 아까부터 상당히 소리를 치고 아우성을 쳤던 것이리라. 그 목소리는 완전히 쉬어서 감기에 걸린 탁발승의 목소리처럼 들렸다.

"사람이 깔렸어."라고 에이지가 마주 외쳤다. "도와줘."

"하필이면 이럴 때 깔리다니."라고 마쓰다가 욕설을 퍼부었다. "굼벵이처럼 느려터진 한심한 놈이로군, 누구야?"

욕설을 퍼부으면서도 적극적으로 도와서 간신히 사내를 구출해 냈다. 그는 긴타였는데, 기둥과 기둥이 맞물린 아래에 웅크린 자세로 엎드려 있었고, 물을 피하기 위해서 옆으로 돌린 얼굴 절반이 물에 잠겨 있었다.

"큰일 날 뻔했어."라고 만키치가 일어나는 것을 도우며 말했다. "정말 아슬아슬했어. 한 열 냥쯤 주운 기분이지?"

"미안해. 모두 고마워." 긴타가 물에 흠뻑 젖은 머리카락을 손으로 누르며 몇 번이고 머리를 숙였다. "난 그만 틀려버린 줄 알았어."

"자, 서둘러." 마쓰다가 손을 흔들었다. "우물쭈물할 시간 없어. 관리소 앞으로 모여."

함께 걸어가며 에이지는 비로소 두려움을 느꼈다. 이거 큰일이라고 생각했다. 이 섬은 원래 삼각주였다. 오카와에서 쏟아져나온 토사가 쌓여 삼각주가 되었고, 거기에 흙을 더해 섬으로 만든 것이었다. 지금까지만 해도 무릎에 찰 정도로 물이 불었으니 바람이 이 이상 계속 불면 섬 전체가 물에 잠길지도 몰랐다. 에이지가 이렇게 생각한 순간 누군가가 밀물이 언제냐고 외쳤다.

"새벽 4시쯤이야."라고 외치는 소리가 들려왔다. "그런데 지금은 몇 시지?"

2시일걸, 이라고 대답한 자가 있었으며, 다른 목소리는 들리지 않았다. 관리소 앞은 물이 얕아서 발의 복사뼈에 닿을까 말까 할 정도였는데, 그곳은 사람들로 북적였으며 툇마루에는 관리들과 수용소장의 모습도 보였다. 기름종이를 바른 접이식 등롱에 바람을 막으려 가리개를 해놨기에 관리들의 모습은 보였으나 마당 쪽으로는 빛이 닿지 않았다.

"모두 모였는가?"라고 툇마루 위에서 오카야스 기혜가 말했다. "여자들은 어디에 있는가?"

이쪽에 모여 있습니다, 라는 대답이 사람들 무리의 끝 쪽에서 들려왔다.

"남자들도 모두 모였습니다."라고 마쓰다 곤조가 외쳤다. "숫자를 헤아릴까요?"

"다 모였으면 됐어."라고 오카야스가 말했다. "지금부터 수용소장님의 말씀이 있으실 게다. 차분하게 잘 듣도록."

수용소장은 쉰두어 살쯤의 마르고 키가 큰 사내였는데, 신분은 오메미에38) 이상, 에도 마치부교 아래에 속한 부교였다.

"나는 나루시마 지에몬(成島治右衛門)일세."라고 소장이 울림 좋은 목소리로 말했다. "이 폭풍에 더해서 앞으로 일각쯤 지나면 만조이니 여기에 있어서는 목숨을 보장할 수 없네. 따라서 소장의 권한으로 자네들을 일단 가석방하겠네. 단, 마치부교의 허락 없이 풀어주는 것이니 7일 이내에는 돌아와야 해. 한 사람이라도 달아나 돌아오지 않으면 난 할복을 해서 책임을 질 생각일세, 알겠는가?"

오카와 쪽에 거룻배가 3척 있네, 병자와 여자를 선두로 순서를 지켜서 나가게, 라고 말을 맺었다. 수용자들 사이에서 놀라움인지 두려움인지 모를 술렁임이 일었으며, 그들은 허겁지겁 달아나려 질서를 잃었다. 조용히, 순서를 지켜, 라고 제지하는 목소리도 그들에게는 이미 들리지 않는 듯, 앞 다투어 문 쪽으로 밀려들었다. 에이지 역시 밀리기도 하고 찔리기도 하며 건물의 모퉁이를 돌았고 오카와에 면한 울타리를 따라 나루터 앞까지 갔다. 그런데 사람들의 물결이 거기서 멈추었고 그 너머의 문지기 초소 부근에서 누군가가 자꾸만 외쳐대고 있었다.

그곳은 관리소의 건물이 벽이 되어 바람도 얼마간 약했으며, 초소의 장대 끝에 높이 매단 커다란 등이 흔들리며 빛을 던지고 있었다. 에이지는 난폭하게 사람들을 헤치며 그곳으로 갔다. 외쳐대고 있는 것은 혹 세이시치로 그는 윗도리를 벗어부친 채 언젠가의 나무 메를 머리 위에서 휘두르고 있었다.

---

38) おめみえ. 쇼군을 직접 볼 수 있는 지위.

"돌아가라. 이놈들, 뒤로 돌아가."라고 혹이 외쳤다. "여자와 병자는 상관없지만, 건강한 자들은 남는다. 우리는 이 섬에서 살아왔어. 이 섬에 커다란 신세를 졌어. 앞으로도 여기서 살아가야 해. 커다란 은혜를 입은 이 섬에서 달아나려는 놈은 내가 숨통을 끊어놓겠어. 자, 여기를 지날 수 있으면 지나봐."

"그래, 남아야 해."라고 에이지가 무리들 속에서 있는 힘껏 외쳤다. "여기서 나가봐야 섬을 탈출한 사람이라며 어떤 일을 당하게 될지 알 수 없어."

수용자들의 귀에 '섬을 탈출한 사람'이라는 말이 날카롭게 울렸다. 섬에서 빠져나온 탈옥자 취급을 받을 거야, 라고 에이지는 계속 외쳤으며, 그것이 수용자들의 입에서 입으로 전달되었다.

"뭐가 섬에서 탈출이야."라고 한 사람이 외쳤다. "수용소장님의 입으로 직접 가석방이라고 말씀하셨잖아."

"그걸 믿게 할 수 있겠어?"라고 에이지가 그 사내를 가리키며 외쳤다. "가석방에 마치부교의 허락이 있었던 건 아니야. 이곳 소장님의 뜻일 뿐이고 임기응변으로 가석방했다는 증거도 없어. 이 폭풍우 때문에 맞은편 기슭에는 경호를 위해서 사람들이 나와 있을 거야. 거기로 우리가 줄줄이 가봐, 이 옷의 물방울무늬를 본 것만으로도 수용소의 수용자들이 섬을 빠져나온 것이라고 생각할 거야. 그렇게 생각하지 않아?"

"그럼 어떻게 하자는 거지?"라고 다른 사내가 되물었다. "여기에 있어봐야 물에 빠져죽을 뿐이잖아. 어차피 죽을 바에는,"

"죽는다고 단정할 수는 없어."라고 혹 세이시치가 외쳤다. "소장님과 관리들도 남는다고 했어. 관리소 주변의 지반이 높다는 건 모두가 실제로 봤잖아. 모두가 힘을 합친다면 이 섬 하나쯤 지키지 못할 리가 없어."

"그래도 달아나고 싶은 자는 달아나."라고 에이지가 말했다.
"단, 순서는 깨지 마. 병자와 여자가 먼저야."


## 8-6

나무 메를 든 세이시치의 위협과 에이지의 교묘한 말에 감춰진
위협으로, 앞 다투어 달아나려던 소동은 가라앉았고, 병자와 여자
들에 이어서 3척의 거룻배에 피난자들이 올라타 마침내 별다른
탈 없이 오카와로 저어가기 시작했으며, 뒤에는 70명 남짓의 사람
들이 남았다.

바람은 더욱 강해진 듯했고 수위도 높아질 뿐이어서, 안마당의
광장에서 파도가 하얗게 부서지는 것이 보였다. 세이시치는 삼끈
전부와, 멍석과 새끼줄을 꺼내고 목수와 미장이들을 불러 모아 기
름 짜는 건물로 갔다.

"기름 짜는 곳의 건물은 튼튼해."하고 가슴까지 찬 물을 헤치고
나가며 세이시치가 말했다. "그건 바람에는 쓰러지지 않아. 하지만
짜낸 기름을 담은 항아리가 떠내려갈 거야."

에이지는 관리소 건물에 도착했다. 거기서는 도신과 하급관리들
이 모두 나와 덧문에 쐐기를 박기도 하고, 복도 기둥을 밧줄로 묶기
도 하고, 통나무로 받침목을 세우기도 하고, 또 한편으로는 건물
주위에 물이 빠져나가도록 하기 위해 도랑을 파고 있기도 했다.
에이지는 도랑 파기에 가담하여 한 사람이 들고 있던 괭이를 "바꿔
줄게."해서 받아쥐었다.

"이거."하고 그 사내가 괭이를 건네주며 말했다. "이거, 부슈잖

아. 잘도 해냈어."

그 사람은 적귀 마쓰다 곤조였다.

"섬에서 빠져나간 탈옥수라니, 그럴 듯한 말을 지껄였어."라고 마쓰다가 말했다. "혹 놈하고 네 덕분이야. 둘이 아니었다면 죽은 사람이 나왔을 거야. 칭찬받을 만한 일이야."

"우리 말은 협박이 아니었어요."라고 괭이를 부리며 에이지가 대답했다. "정말로 그렇게 생각했기에 말한 것뿐입니다."

"정말로 그렇게 생각했다고?"

"이 폭풍 때문에 맞은편 강가의 사람들도 신경이 곤두서 있어요. 그런데 느닷없이 물방울무늬 수용복을 입은 사람들이 배에서 줄줄이 내리면 어떻게 되겠습니까? 밖에는 아무런 연락도 취하지 않았잖아요."라고 에이지가 말했다. "─맞은편 강가에 있는 사람들 입장에서 생각해봐요. 마쓰다 씨라면 어떻게 생각하겠어요?"

마쓰다는 잠시 입을 다물고 있다가 어딘가로 가서 괭이를 들고 돌아와 에이지와 함께 도랑을 파기 시작했다.

"너는 굉장히,"라고 마쓰다가 말했다. "험한 꼴을 당한 적이 있었나보군."

"나뿐만이 아닙니다. 이 수용소에 있는 사람들 모두, 각자 세상에서 험한 꼴을 당했어요."

"한마디도 지지 않는 놈이로군." 마쓰다가 손을 멈추고 에이지를 쏘아보았다. "늘 사람을 찍소리도 못하게 만들어. 내가 그렇게도 싫어?"

에이지가 놀라 마쓰다를 보았다. "내가 마쓰다 씨를 찍소리도 못하게 했다고? 무슨 소리를 하는 건지. 난 처음부터 당신이 좋았어요."

"흥." 마쓰다는 있는 힘껏 괭이를 내리찍었다. "사탕발림과 꽃상여는 사양하겠어."

밀려드는 물이 파도를 치며 파놓은 도랑을 넘어서는 관리소 앞마당으로 흘러들었고, 관리소 건물이 불길하게 삐걱거렸다. 지붕의 기와가 소리를 내며 날아갔고, 처마와 차양에서 바람이 끊임없이 울부짖었다. 하늘은 새카맣게 어두웠으나 거센 바람 때문에 구름이 비정상적인 속도로 북쪽으로 북쪽으로 달려갔으며, 그 구름 사이로 가끔 반짝이는 별이 보였다.

"도랑 파는 건 이제 그만두게."라는 오카야스 기헤에의 목소리가 들려왔다. "그건 더 이상 도움이 되지 않아. 모두 올라오게."

"물도 이 이상은 오지 않을 거야."라고 마쓰다가 에이지에게 말했다. "만조는 이미 지났어. 올라가세."

"난 혹이 있는 데 가보고 올게요."

"혹이 어떻게 됐나?"

"기름 항아리가 떠내려가지 않도록 하겠다며 기름 짜는 건물 쪽으로 갔어요."

"그만둬. 그쪽은 파도를 정면에서 받고 있어. 네가 가봐야 달라질 건 없어. 녀석은 괜찮을 거야."

"혹시나 해서요."라고 에이지는 외쳤다. "잠깐 가보고 올게요."

그만둬, 부슈, 라고 마쓰다가 외쳤다. 에이지는 괭이로 땅바닥을 찔러 살펴가며 물속을 걷기 시작했다. 물이라기보다는 거친 파도라고 하는 편이 옳으리라. 조금 가자 가슴까지 찬 물이 끊임없이 파도를 일으키며 부딪쳤고, 그 파도의 부서진 포말이 모래라도 뿌린 것처럼 찰싹찰싹 얼굴을 때렸다. 게다가 물이 쉴 새 없이 밀려갔다 밀려왔기에 자칫했다가는 발이 휩쓸릴 것만 같았다. 에이지는 괭이를 지팡이처럼 사용하여 물의 힘과 싸우며 열심히 나아갔다.

기름 짜는 건물은 관리소에서 20간이 채 되지 않는 곳에 있었으나, 거기에 다다르기까지 반각이나 걸린 듯 여겨졌다. 가보니 그 건물은 물속에 끄떡없이 서 있었는데, 안에서 여러 사람들의 노랫소리가 바람소리를 뚫고 들려왔다. 문은 닫혀 있었으며, 건물 전체가 새끼줄과 밧줄로 둘려 있었다.

"이봐, 괜찮아?" 에이지가 미닫이를 있는 힘껏 두드리며 외쳤다. "모두 무사한 거야?"

안의 노랫소리가 멈추더니 에이지의 머리 위에서 부르는 자가 있었다. 올려다보니 거기에 작은 창이 있고 누군가가 머리를 내밀고 있었다.

"삼태기 방의 부슈야."라고 에이지가 올려다보며 외쳤다. "세이 씨는 무사해?"

작은 창의 머리가 사라지더니 대신 세이시치가 얼굴을 내밀었다. 물론 얼굴은 보이지 않았으나 목소리로 세이시치라는 사실을 알 수 있었다.

"난 괜찮아."라고 세이시치가 말했다. "넌 또 뭐 하러 이런 데 온 거야?"

"어떤가 보러 왔어."

"안 들려."라고 세이시치가 말했다. "지금 밧줄을 내려줄 테니 그걸 잡아."

던져진 밧줄이 바람에 휘날렸기에 에이지가 그것을 잡기까지 3번이나 되풀이해야 했다. 몇 명서 힘을 합쳐 끌어올려, 에이지가 작은 창으로 들어갔더니 그곳은 선반처럼 된 2층이었는데 어둠 속에서 와아 하는 환성이 들려왔다.

"머리를 조심해."라고 세이시치가 말했다. "여기는 유채 씨 자루를 쌓아두는 곳으로 폭이 9자밖에 되지 않고 머리 위는 바로 천장이야. 자, 여기에 앉아."

잘 왔어 부슈, 라거나, 밖의 상황은 어때, 라는 누구인지도 모를 목소리가 좌우에서 들렸다. 모두 들떠서 신이 난 듯한 목소리였다. 기름 항아리는 어때, 라고 묻자 전부 밧줄로 묶어놓았으니 이 오두막은 괜찮을 거라고 세이시치가 대답했다.

"이 안에 삼태기 방 사람이 있나?"

"여기 있어, 형님."하고 에이지의 물음에 대답한 긴타의 목소리가 들려왔다. "규시치 조장하고 요헤이 씨도 같이 있어."

"조금만 더 버티면 돼."라고 에이지가 외쳤다. "모두 조금만 더 참자."

와아, 하고 다시 환성이 올랐다. 돌풍이 몰려와 오두막 전체가 흔들리고 기둥과 들보가 삐걱거렸다. 그러자 누군가가 노래를 부르기 시작했고, 그 노래를 아는 사람 네다섯이 소리 높여 함께 노래를 불렀다. 에이지는 무슨 노래인지 알지 못했으며 가사도 잘 들리지 않았으나, 이상하게도 눈시울이 뜨거워지더니 눈물이 흘러나오기 시작했다.

"─너를 보고 싶어서……."라는 그 노래의 가사가 한 구절 들려왔다. "─여물을 베는 손도…… 너는 오지도 않네, ……그림자뿐."

에이지는 가만히 눈물을 닦았다. 돌풍이 다시 오두막을 흔들었으며, 어디선가 판자라도 깨지는 듯한 커다란 소리가 들려왔다.

바다는 아직 흙빛으로 흐려 있었으나 공기는 맑게 개어 멀리 보슈[39]의 산이 푸르게 보였다.

"저, 여러 가지로 생각해봤어요."라고 오스에가 보따리를 고쳐 안으며 말했다. "―지금부터 닷새에 한 번씩은 꼭 오자. 에이 씨가 만나주지 않아도 상관없다. 사부 짱이 그랬던 것처럼 이게 필요하겠다 싶은 물건을 마련해서 전해주기만이라도 하자. ―그런데 집에 돌아가서 여러 가지로 생각해보니 에이 씨가 누구와도 만나지 않으려는 마음도, 누구도 상관하지 말아줬으면 하는 마음도 이해할 수 있을 것처럼 여겨졌어요."

한 조각 비단 때문에 여기저기서 마구 상처를 받고 일생을 망쳐버리고 나면 사람을 미워하고 세상을 미워하는 것도 당연한 일이다. 지금은 그 미워하는 마음으로 가득하다. 무사하고 평온하게 지내는 사람을 보면 그저 증오심만 더할 뿐이리라. 지금은 에이 씨의 마음이 가라앉을 때까지 다가가지 않는 것이 좋을지도 모르겠다.

"저, 그렇게 생각했어요."라고 오스에가 가냘픈 목소리로 말했다. "―하지만 가끔 참을 수 없어져서 앞뒤 가리지 않고 집을 나선

---

39) 房州. 현재 지바 현의 남부지방. 도쿄의 동쪽.

적도 있었어요. 에이 씨가 이 수용소에 수용자로 있다는 사실을 생각하면 가슴 여기가 찢어질 듯 괴로워져서 도저히 가만히 있을 수가 없었어요. 울컥해서 뛰쳐나와 맞은편의 뎃포즈(鉄砲洲) 기슭까지 곧잘 오곤 했었어요."

그러나 강가까지 와서 이시카와지마를 보면 갑자기 무서워져서 발걸음이 떨어지지 않았다. 내가 가면 세상과 사람들을 미워하는 에이 씨의 분노를 다시 부추길 뿐이리라, 가서는 안 된다, 조금만 더 참자. 이렇게 마음을 고쳐먹고 스스로를 달래가며 거기서 발걸음을 돌렸다.

"요전의 폭풍이 들이쳤을 때 여기가 가장 먼저 떠올랐어요."라고 오스에가 잠시 사이를 두었다가 말을 이었다. "―자정이 지나서였어요. 바람은 점점 거세지기만 하고 아버지께서 밀물이 걱정이라고 하셨어요. 물이 가득 밀려들기 전에 이 바람이 멈추지 않으면 후카가와의 바다 쪽은 물에 잠길 거라며. ―후카가와가 물에 잠길 정도라면 여기는 말할 것도 없잖아요. 통금이 없었다면 전 그대로 여기까지 달려왔을 거예요."

뚱쟁이 로쿠는 어째서 그런 짓을 한 걸까, 에이지는 생각하고 있었다. 로쿠는 피난 가는 배에 올랐는데, 배에서 내릴 때 새끼줄 공예품을 만드는 노인이 바다에 빠진 것을 보고 그를 구하기 위해 바다로 뛰어들었다. 그리고 노인과 함께 물에 빠져 죽었다는 것이었다. ―피난을 갔던 인부들은 닷새가 되어서 한 사람도 남김없이 돌아왔는데, 그 사건을 본 사람이 예닐곱 명이나 있었으며 로쿠의 시체는 그 전에 발견되었다. 그 배는 나카스(中洲)에 도착했는데 로쿠의 시체는 썰물에 밀려나가 쓰쿠다지마 기슭의 말뚝에 걸려 있었고, 물방울무늬 옷을 입고 있었기에 곧장 수용소로 연락이 왔다. 노인의 시체는 좀 더 멀리까지 밀려간 것이리라. 아직 어디에서도 발견되지 않았지만, 로쿠가 그 노인을 구하려 했다는 이야기는 수용소 전체에서 커다란 놀라움과 칭찬의 대상이 되었다. ─그날처럼 강렬한 바람과 성난 파도 속에서는 헤엄을 아무리 잘 치는 사람이라도 물에 빠진 사람을 구하기란 불가능한 일이리라. 오히려 헤엄을 칠 줄 몰랐기에 로쿠는 뛰어든 것일 테지만, 뚜쟁이라는 비열한 짓을 해서 수많은 여자들의 피를 빨아먹던 사내가 어떤 기분으로 그런 짓을 한 것인지, 에이지는 도무지 이해할 수가 없었다.

"정말 별일 없었나요?"라고 오스에가 말을 이었다. "저렇게 부서지고 떠내려간 건물이 있는데 에이 씨는 어디 다친 데 없나요?"

"응? 아아, 나?" 에이지가 바다를 바라본 채로 멍하니 대답했다. "보고 있는 그대로야. 실망했나?"

"에이 씨."하고 오스에가 말했다.

"사람이란 신기한 존재야." 에이지가 혼잣말처럼 중얼거렸다. "정말 신기해. 이해할 수가 없어."

"그건 또 무슨 말이에요?"

"너와는 상관없는 얘기야."라고 말하고, 에이지는 감정이 없는 눈빛으로 오스에를 보았다. "그만 돌아가도록 해. 나는 뒷정리작업 중이야. 바빠서 말이지."

오스에가 품속에서 몇 통인가의 편지를 꺼내 보따리 위에 얹어 에이지에게 건네주었다.

"사부 짱의 편지에요."라고 오스에가 얼굴을 돌리며 말했다. "맞은편 강가까지 왔다가 늘 그냥 가지고 돌아갔었어요. 그래서 4통이나 쌓인 거니, 용서해주세요."

그리고 오스에는 에이지로부터 달아나듯 그곳을 떠났다.

## 9-2

 사부의 편지에는 4통 모두 날짜가 적혀 있지 않았으며, 글씨도 변함없이 서툴렀다. 호코도에서는 어렸을 때부터 붓글씨를 가르쳤으며, 일이 손에 완전히 익은 뒤에도 시간만 나면 연습을 하는 것이 가게의 규칙처럼 되어 있었다. 따라서 글씨를 상당히 못 쓰는 자라 할지라도 그 서툰 대로 그럭저럭 봐줄 만한 글을 쓰게 되는 법이었으나, 사부만은 언제까지고 실력이 늘지 않았고 아직까지도 어린아이 같은 글자밖에 쓰지 못했다. 자신도 알고 있는 것이리라. 4통 모두의 편지 첫 부분에서 서툰 글자를 사과했다.

 "멍청하기는."하며 에이지는 혀를 찼다. "-글씨를 못 쓰는 것에 대한 변명보다 날짜를 쓰는 게 당연한 일이잖아. 어떤 게 먼저고, 어떤 게 나중인지도 모르다니."

 글의 내용은 비슷비슷한 것이어서, 에이지를 걱정하고 자신의 근황을 전하는 것이었다. 가사이의 생활은 평온하고 병도 순조롭게 회복되고 있다는 사실, 형과 동생들과 함께 밭에도 나가며 논의 김매기도 했다, 논과 강 주변에는 반딧불이가 아주 많아서 밤에 걸으러 나가면 발 디딜 곳이 없을 정도다, 어머니와 형수님도 친절하게 대해주시기 때문에 안심하고 요양할 수 있다는 사실, 배앓이를 했을 때는 고생을 했으나 각기는 시골의 흙을 밟으면 낫는다고들 하는 것처럼 9월쯤에는 완전히 나을 것 같다는 사실, 형수가 일곱 번째 아이를 낳아서 집이 더욱 좁아졌기에 자신은 지금 헛간에서 자고 있다는 사실, 등이 순서도 없이 적혀 있었다.

 "또 마구 부려먹고 있는 거로군."하고 에이지는 중얼거렸다. "한

가로이 요양을 하고 있다고 했지만, 논과 밭에서 일하고 밤이면 헛간에서 자고 있는 거야. 언제까지고 야무지지 못한 녀석이야."

아마도 에이지에게 걱정을 끼치고 싶지 않아서 그런 식으로 쓴 것일 테지만, 그것을 믿게 할 만큼의 글을 쓸 만한 재주는 없었다. 편히 지내는 것처럼 쓰면 쓸수록 그의 괴로운 생활이 더욱 노골적으로 느껴졌다. 에이지는 네 번째 편지를 다 읽고 그것을 말아 넣으려 하다가, 갑자기 "어."하고 그 글자를 바라보았다. 어린아이가 쓴 것처럼 서툰 글씨라고 생각했었으나, 문득 깨닫고 다시 보니 서툴지만 어딘가 부드러우면서도 꾸밈없는 맛이 있었다.

"흠─." 에이지는 다른 세 통도 펼쳐보았다. "신기한 일이로군. 이건 어딘가에서 본 적이 있는 글씨야."

어르신인 요시베에나 사형 중 누군가가 표구를 한, 다실에 거는 옆으로 긴 족자와 매우 닮은 글씨였다. 틀림없이 어떤 스님이 쓴 글로, 이렇게 엉망진창인 글을 어째서 족자로 만드는 걸까, 라고 생각했던 일을 에이지는 기억하고 있었다. 나중에 생각해보니, 그것은 서툰 것이 아니라 그 사람만의 풍격을 갖춘 것이라는 사실을 대략은 짐작할 수 있었는데, 지금 본 사부의 글씨에도 그 스님의 글씨와 공통된 어떤 맛이 있는 듯 여겨졌다.

"한심하기는." 마침내 에이지가 편지를 정리하며 중얼거렸다. "그렇다 한들, 지금의 나와는 상관없는 일이야."

7월은 가을이지만, 그건 물론 달력에서의 일이고, 더위는 한여름보다 더욱 혹독했다. 커다란 폭풍과 높은 파도는 관리소 건물과 기름 짜는 건물만을 남겨놓았을 뿐, 세 동의 인부들 숙소, 여자숙소, 병자숙소, 그 외의 조그만 건물, 울타리 등은 모두 무너뜨리고 휩쓸어갔으며, 남쪽 해변의 호안공사로 얼마 전에 쌓은 돌담도 3분의

2는 무너져버렸다. 그랬기에 뒷정리와 임시 움막을 짓는 일이 동시에 시작되어 수용자 전부가 그 일에 매달렸다. 여자들은 빨래나 취사나 음식을 나르는 일을 맡았기에 섬 안에서는 한낮에도 곳곳에서 가벼운 농담이나 웃음소리 등이 들려왔다. 그런 곳을 지날 때면 마쓰다 곤조는 쇠 대야를 두드리는 것 같은 목소리로 외쳐댔다.

"이런 무지렁이 같은 놈들." 남자 인부들인 경우 적귀는 이렇게 고함쳤다. "너무 신나서 나대면 너희들 모두 돌을 짊어지게 하겠어."

"이 헤프기 짝이 없는 호박 같은 것들." 여자들인 경우 적귀는 이렇게 말했다. "남자 냄새에 몸이 달아서 수다만 떨고 있으면 오카와 강물에 처박아서 엉덩이를 씻어주겠어."

"그럼, 그렇게 해줘."라는 식으로 맞받아치는 여자도 있었다. "마쓰다 씨라면 틀림없이 잘 씻어줄 거야. 나를 좀 씻어줘."

마쓰다의 얼굴은 붉으락푸르락해지지만 더 이상 소리를 지르거나 하는 일은 결코 없었다. 말로는 이길 수 없다는 사실을 알고 있기에 그는 못 들은 척하고 그곳을 지나치는 것이었다. 남자들 중에도 때로는 마쓰다에게 대드는 것처럼 행동하는 자가 있었으나, 그것은 미워하거나 반감을 가지고 있기 때문이 아니라, 그를 좋아하고 친밀감이 있기 때문이었다. ―가장 사근사근하고 말도 온화하게 하는 감시역인 고지마 료지로만은 사람들 대부분이 싫어했으나, 다른 관리인과 수용자들 사이는 신기할 정도로 궁합이 잘 맞아서 관리인과 수용자라는 대립적인 분위기는 없었으며, 집주인과 세든 사람의 관계와도 같은 친밀감이 오가고 있었다.

"역시 깨달으셨나?"라고 요헤이가 에이지의 물음에 대답했다. "―틀림없이 여기에는 그런 분위기가 있어요. 네, 그건 말이죠, 처음 이 수용소를 세운 하세가와 헤이조(長谷川平蔵)라는 사람의 생각이었다고 합니다. 수용소는 감옥이 아니다, 수용자들을 죄인 취급해서는 안 된다는 생각이, 대대로 내려오는 관리소의 규율이라고 합니다."

"그게 지금까지 계속 내려왔단 말인가요?"

"개중에는 형편없는 관리인도 있었다고 합니다. 소장에서부터 하급관리까지 따지면 서른네다섯 명이나 되는 숫자니까요, 네."라며 요헤이는 슬프다는 듯 고개를 흔들었다. "―여기는 나라로부터 한 해에 쌀 600가마, 돈이 400냥쯤 내려옵니다. 그 쌀과 돈을 횡령하거나, 수용자들이 번 임금의 일부를 떼어먹은 관리가 있었다는 얘기를 들었습니다. 그런 짓을 들키지 않은 적은 없지만, 들킬 때까지는 손을 떼지 못하는 거겠지요. 어디에나 있는 일이지만, 사람이 욕망에 진다는 건 참으로 슬픈 일입니다."

에이지는 들은 내용을 자세히 이해하려는 것처럼 가만히 숨을 죽이고 있었다.

"그, ―."하고 에이지가 물었다. "위에서부터 돈과 쌀이 온다는 게 사실인가요?"

"그게 이 수용소의 특별한 점이지요."

에도 시내에는 시골에서 온 사람이나 자연재해, 가난, 성격 등의 이유로 수많은 부랑자와 좀도둑들이 끊이지 않는다, 그 외에 감옥에서 나왔으나 직업도 가족도 없는 자들을 모아 그들에게 기술을 가르쳐주고 임금을 맡아주었다가 기회가 생기면 세상으로 내보내 일반 시민과 같은 생활을 할 수 있는 사람으로 만드는 것이 이 수용소의 목적이라고 요헤이는 말했다.

"얼마간의 사례비는 내야 하지만, 먹여주고 재워주고 일을 시켜

주고, 병들면 공짜로 약을 주고 번 돈은 자기 것이 되고."라고 요헤이는 말을 이었다. "이런 일은 나라에서 상당한 양의 돈과 쌀이 나오지 않으면 할 수 없잖아요. 또 그 뜻에 어긋남이 없도록 하기 위해서 관리인도 그에 어울리는 사람을 뽑지 않으면 안 되고요."

따라서 관리인이 수용자들에게 무엇인가를 강요하거나 억지로 일을 시키는 경우는 없었다. 그렇게 하면 수용자 역시 제멋대로 행동할 수만도 없어서 저절로 자신들이 해야 할 일을 앞장서서 하게 되기에, 어느 틈엔가 자연스럽게 각자의 자리가 정해지게 된다.

"당신 눈에는 띄지 않았을지 모르겠지만, 부서지기 전의 낡은 공동주택을 생각해보세요. 목재도 그렇고 만든 품새도 그렇고 허술한 것이었지만, 언제나 깔끔했었잖아요."라며 요헤이가 자랑스럽다는 듯 미소 지었다. "―난 여기로 보내지기 전에 남부 관아의 유치장에 있었어요. 거기는 마치부교의 관아 안이었는데도 여기와는 비교가 안 될 정도로 더럽고 음식도 형편없고 맛이 없었어요. 덴마초가 어떤지는 모르겠지만, 감옥에 대해서 사람들이 하는 얘기만 들어도 대충은 짐작이 가겠지요. 일전이었던가, 당신이 감금에서 풀려난 것을 축하하기 위해서 모두가 술을 마셨을 때, 이 섬에서 평생 살겠다고 말한 사람이 몇 명인가 있었지요. 기억하나요?"

에이지는 대답하지 않고 가만히 있었다. 세상의 밑바닥에 깔려서 세상의 조직에 농락당하며 하루하루를 근근이 살아가고 있는 사람들이 헤아릴 수도 없을 정도로 많아, 그런 사람들이 여기에 오면 역시 두 번 다시 세상으로 돌아가고 싶지 않다고 말하는 것 아닐까, 사부도 마찬가지야, 세상에 있기에 얼간이라는 둥, 굼벵이라는 둥의 말을 들으며 사람들에게 혹사당하는 거야, 하지만 여기서라면 조롱도 당하지 않고 오전 8시부터 오후 4시까지 주어진 일을 하기만 하면 돼, 얼마 되지 않는 잡비를 내기만 할 뿐, 잠자리도 공짜, 목욕도, 의사까지가 공짜에다 일한 만큼은 자신의 것이 돼, 맞아, 사부에게는 아주 좋은 곳이야, 라고 에이지는 생각했다.

"이건 길들이는 거야." 에이지는 혼자 된 뒤 이렇게 중얼거렸다. "난 사양하겠어."

오스에는 5일마다 찾아왔다. 일에서 빠져나올 수 없다는 것을 핑계로 에이지는 계속 만나지 않았는데, 매월의 1이 붙는 날이 휴일이라는 사실을 알아낸 것이리라. 8월 11일에 왔을 때는, 역시 오카야스 기혜에에게 불려갔기에 만나러 갔다. 그런데 언젠가의 작은 방으로 들어가보니 오스에가 아니라 '스미요시'의 오노부가 기다리고 있었다.

"뭐야."라고 에이지가 선 채로 말했다. "너까지 창피를 주러 온 거야?"

오노부가 주눅 들지 않은 표정으로 말했다. "그렇게 말할 줄 알고 오늘까지 오지 않고 참았던 거야."

"난 할 말 없어."

"잠깐 앉는 정도는 괜찮잖아."라며 오노부는 다다미를 가만히 두드렸다. "사부 짱에 대해서 할 얘기가 있어."

에이지가 내키지 않는다는 표정으로 앉았다.

"자, 이거." 오노부가 종이로 싼 무엇인가의 도시락을 내밀었다. "대단한 건 아니지만 내 선물이야."

에이지는 자신도 모르게 미소 지었다. 변함없이 시원시원한 말투였으며, 자신의 손으로 내밀며 '내 선물이야.'라고 분명하게 말하는 점 등, 참으로 오노부다웠기 때문이었다.

"사부한테 무슨 일 있었어?"

"역시 알리지 않았군." 오노부가 접은 손수건으로 이마의 땀을 닦으며 말했다. "그 사람, 고부나에서 쫓겨났어."

에이지는 의아하다는 듯한 눈을 했다. "하지만 녀석은 병 때문에 가사이에 가 있잖아."

"그런데 6월을 끝으로 쫓겨났대. 그것도 편지 1장으로."

"어디서 들었지?"

"사부 짱한테 직접."하고 오노부가 자신의 일이라도 되는 양 화난 표정을 드러내며 말했다. "―그런 편지를 받았기에 사부 짱은 바로 고부나초로 갔었대. 거기서 돌아오는 길에 스미요시에 들렀어."

"각기에다 배앓이까지 했다고 들었는데."

"맞아, 끔찍한 모습." 오노부는 눈썹을 찌푸렸다. "얼굴과 손 모두 비쩍 말랐고, 발만 이렇게 부어올랐어. 할아버지처럼 지팡이를 짚고 구부정하게 엉금엉금 걷는 모습은, 정말 눈 뜨고 못 봐줄 정도였어."

심한 설사가 열흘이나 계속된 뒤로, 아직 누워 있다가 집을 나섰다. 고부나초에 갔으나 어르신은 만나지 못하고 사형인 고로가 응대하러 나왔다. 일이 줄었기에 사람을 줄이게 되었다, 너의 병은 쉽게 나을 것 같지 않고 장래성도 별로 없는 듯하니 이쯤에서 물러나주었으면 한다. 이렇게 말하고 맡아두었던 급료에 1냥을 더해서 내주었다는 것이었다.

"그때 바로 옆방에서 안방마님이 누군가와 이야기를 나누고 있었대."라고 오노부가 매서운 눈초리로 말했다. "커다란 목소리로 떠들기도 하고 웃기도 했으면서, 끝내 얼굴 한번 비치지 않았고 인사도 하지 않았다던데."

에이지는 조용히 머리를 흔들었다. "거기에는 뭔가 이유가 있어. 일이 주는 건 매해 여름이면 마찬가지야. 게다가 사부는 병에 걸렸잖아. 아무리 그래도 그런 일로 환자를 내쫓을 리 없어. 거기에는 틀림없이 뭔가 이유가 있을 거야."

"나도 그렇게 생각했어. 그래서 여러 가지로 물어보았지만 사부 짱한테는 짚이는 게 아무것도 없대."

"녀석은 원래 둔하니까."

"너는 그렇게 생각해?" 오노부가 화난 듯 에이지를 바라보았다. "사부 짱이 짚이는 데가 없다고 한 게, 사부 짱이 원래 둔하기 때문이라는 거야?"

에이지는 눈을 가늘게 뜨고 오노부의 얼굴을 가만히 바라보았다.

"에이 씨는 고생을 몰라."라고 오노부가 조용한 투로 말했다. "―비단 조각에 관한 일과 그 후에 네가 얼마나 험한 일을 당했는지는 들어서 알고 있어. 네가 스미요시에 취해서 쓰러져 있을 때, 난 그런 에이 씨는 싫다고 말했었지? 사정을 들었을 때 바로 그 생각이 나서, 설령 사정을 몰랐다 할지라도 정말 몹쓸 말을 했다고, 나 스스로를 아주 미워했어."

나는 당장에 뛰어오고 싶었어, 내가 매정한 소리를 했기 때문이 아니야, 사부 짱은 요리키인 아오키 씨한테 자세한 이야기를 들었고 3월에는 비단 조각에 대한 일도 알게 되었어, 사부 짱이 그 이야기를 털어놓았을 때, 네가 어떤 마음일지 생각하면 가만히 있을 수가 없었어, 그런데 사부 짱이 나를 말리며, 오스에 씨에게도 아직 비밀로 하고 있어, 에이지는 신경이 날카로워져 있어서 만나고 싶어 하지 않고, 지금 가봐야 오히려 화만 돋우게 될 거야, 조금 더 상황을 지켜본 뒤가 좋을 거야, 라고 몇 번이고 되풀이했어.

"병 때문에 가사이로 돌아갈 때까지 사부 짱의 머릿속은 너의 일로 가득했어. 너의 입장에서 생각해서, 만나러 가려는 나도 그만두라고 말렸고, 걱정을 시키지 않으려 오스에 씨에게는 모든 일을 비밀로 하고 있었어. ─그런데,"라고 말한 뒤, 오노부는 목소리를 낮췄다. "너는 그렇게 책상다리를 하고 앉아서, 사부는 원래 둔한 녀석이라는 말로 단정 짓고 있어. 그렇게 험한 꼴을 당했으면서 너는 조금도 변하지 않았어. 예전처럼 머리가 좋고, 잘생겼고, 고생을 모르는 사람이야."

"그렇게 칭찬받을 정도는 아니야."라고 에이지가 되받아쳤다. "하지만 사부를 둔한 녀석이라고 말한 건 험담이 아니야."

"그 정도는 알고 있어. 너하고 사부 짱이 어떤 사이야? 네가 좋지 않은 마음에서 그런 말을 할 리가 없잖아."

"그런데 왜 그렇게 화를 내는 거야?"


9-4

오노부가 에이지의 얼굴을 다시 똑바로 바라보았다.

"사부 짱이 고부나초에서 왜 쫓겨났는지 너라면 바로 눈치를 챌 거라고 난 생각했어."

"노부 공은 어땠는데?"

191

"난 멍청하니까 몰랐지."라고 말한 뒤, 오노부는 울먹일 듯한 얼굴이 되었다. "하지만 사부 짱이 말하는 분위기로 대충은 짐작하게 되었어. 이렇게 말하면 너도 짐작이 가겠지, 에이지?"

에이지는 벽의 한 점을 응시한 채 생각에 잠겼다가 입 안에서 "설마."하고 중얼거린 뒤, 놀란 듯 오노부를 돌아보았다.

"설마, 그런."하고 그는 말했다.

오노부는 천천히 고개를 끄덕였다. "맞아. 진짜 이유는 그거였어."

"하지만 사부도 조심을 했을 건데. 사람들에게 들키지 않을 정도로는 조심했을 거 아니야."

"닷새마다 어딘가에 가는데, 아무리 조심한들 사람들의 눈에 안 띌 리가 없잖아."라고 오노부는 말했다. "―안 그래도 너의 일 때문에 고부나초에서는 신경을 곤두세우고 있었을 거고. 한 번도 그랬던 적이 없는 사부 짱이 닷새마다 말없이 외출을 하는데 눈치를 못 챌 리가 없지 않겠어?"

에이지는 입을 다물고 팔짱을 낀 뒤 눈을 감았다. 맞아, 수용소에 있는 나를 찾아왔기에 사부는 쫓겨난 거야. 의심을 받지 않도록 조심했을 테지만, 사부에게 그렇게 치밀한 행동은 불가능해. 내게 차입을 하러 온다는 사실을 알았으니 호코도에서 그대로 내버려두지 않는다는 건 당연한 일이야. 어르신인 요시베에게는 무엇보다 '호코도'라는 이름이 소중하니까. 에이지는 이를 악물었다. 그 때문에 턱의 근육이 움직이는 것이 보였다.

"내가 왜 이런 얘기를 하러 왔는지 넌 알겠어?"라고 오노부가 말했다. "―그래, 너는 네가 당한 일을 용서할 수 없어서, 여기서 나가면 마음껏 복수를 할 거라고 말할 생각인 거지?"

에이지는 아무런 말도 하지 않았다.

"그 마음은 잘 알겠지만, 그건 너무 자기 본위적인 생각 아닐까? 그래, 멋지게 복수를 할 수 있으면 좋을 거야. 하지만 상대방이라고 그걸 멍하니 기다리고만 있지는 않을 거야. 그들에게는 돈도 힘도 있어. 실제로 누명을 씌워 너를 여기로 보내버렸잖아. 물론 사람의 일념만큼 강한 것도 없다고들 하니, 복수를 하려고 하면 할 수는 있을지도 모르고 뜻대로 풀리면 너의 마음은 시원해지겠지. 너의 마음만은 말이야."라고 말한 뒤 오노부는 눈을 반짝였다. "—하지만 그때 사부 짱은 어떻게 되는 거지? 오스에 씨는 어떻게 될 거라고 생각해?"

에이지는 여전히 팔짱을 낀 채, 꽤 오랜 시간 동안 꼼짝도 하지 않았다.

"무엇인가가 시작되면,"하고 말하다 에이지는 커다란 재채기를 하고 팔짱을 풀어 한쪽 손으로 무릎을 쓰다듬으며 말했다. "—그걸 마무리 짓기란 쉬운 일이 아니야."

"끝나지 않을 일에 관여할 필요는 없잖아. 지금 당장이라고는 말하지 않겠지만, 복수 같은 쓸데없는 일보다는 너를 위해서 고생도 하고, 걱정도 하고 있는 사람들을 생각해줬으면 해."

에이지는 자리에서 일어나 창이 있는 곳으로 가서 한동안 밖을 바라보았다. 그쪽은 북쪽으로 까치발을 하면 오카와가 보였다. 8월의 맑은 하늘에 눈부실 정도로 하얀 구름이 몇 개인가 떠 있고, 그것을 배경으로 먼지 같은 것이 떠다니고 있다 싶었는데 고추잠자리 떼였다.

"뚜쟁이 로쿠는 죽었어."라고 에이지가 오노부에게 등을 돌린 채 말했다. "이번 대 폭풍우 때 배에서 떨어진 노인네를 구하려다

물에 빠져 죽었다고 해."

"—뚜쟁이 로쿠라고?"

"여기서는 지로키치라고 이름을 바꾸었었어."라고 말하며 그는 몸을 돌렸다. "동료들에게 쫓기고 있었다고 들었는데, 녀석은 에도에서 도망친 게 아니라 이 수용소로 숨어들었던 거야."

"그리고 —사람을 구했다고?"

"구하려다 물에 빠져 죽었어. 나는 모르겠지만 몇 명이고 그것을 본 사람이 있어. —그 사람 같지도 않은 로쿠가 말이야."

오노부가 두 호흡 정도 에이지를 보고 있다가, 그런 다음 물었다. "로쿠라는 걸 어떻게 알았지?"

"얘기할 때 말투를 듣고 알았어. 그래서,"라고 말했다가 그는 머리를 흔들었다. "—사람이란 건 경우에 따라서 어떤 행동을 할지 예측할 수 없는 법이라고 생각했어."

"그렇군. —어쨌든 여기서 나가면 아마도 또 사람을 울렸을 텐데." 오노부는 이렇게 말하고 한숨을 쉬었다. "그래도 나는 진짜라고는 여겨지지 않아. 그놈은 정말 징글징글하고, 옛날부터 목을 매단 사람의 발을 잡아당기는 것 같은 짓밖에 하지 않았던 사람이었으니까."

"지금은 고즈캇파라(小塚っ原)의 무연고자 무덤에 묻혔어."라고 에이지가 다시 창밖으로 시선을 돌리며 말했다. "—징글징글하다는 말을 들을 정도로 악랄한 짓을 했지만 결국 좋은 꼴은 보지 못했군."

오노부는 말없이 자신의 무릎을 보고 있었다.

머리가 좋고, 잘생겼고, 고생을 모른다. 오노부가 결론 내린 그 말이 에이지의 머리에 뿌리 깊이 새겨졌다. 자기 본위적이고 자신

194

이 분하기에 복수를 한다. 그 일만을 생각하고 에이지를 위해서 애쓰는 사람들은 생각하지 않는다. 흠, 노부 공 녀석, 자기야말로 고생을 모른다는 사실을 모르고 있군, 내가 당한 것의 4분의 1이라도 당해보라지, 그럼 사람이 복수를 하지 않고는 견딜 수 없는 심정을 알게 될 테니. 이렇게 반발도 해보았으나 그래도 여전히 머리가 좋고, 잘생겼고, 고생을 모른다는 말은 그의 머릿속에서 사라지지 않았다.

"쳇, 한심하기는." 에이지가 임시 움막을 지을 판자를 나르며 중얼거렸다. "―쇼군40)이 와서 설득을 해도, 일단 하겠다고 했으니 난 할 거야. 두고 보라고."


### 9-5

"이런 제길." 하고 에이지는 스스로를 질책했다. "뭐가 자기 본위라는 거야. 노부 공 같은 게 뭘 알겠어. 내 가슴속에서는 아직도 피가 흘러내리고 있어. 그 아픔이 어떤 건지 누가 알기나 하겠어? 쳇, 오노부 따위의 시건방진 말, 그냥 잊어버려."

8월 내내 폭풍이 휩쓸고 간 자리의 뒷정리에 매달렸다. 높은 파도에 섬의 흙이 상당히 넓은 부분 휩쓸려갔기에 외부에서 흙과 자갈을 옮겨오지 않으면 안 되었다. 수용자들이 묵을 임시 움막을 짓고 숯가마를 짓고 관리소 건물을 수리한 후, 흙을 채우고 터를 다지는 일이 계속되었기에 남쪽 바닷가의 무너진 돌담을 다시 쌓기까지는 아직 더 시간이 필요할 듯했다.

---

40) 將軍. 막부의 최고 실권자.

9월 1일의 휴일에 에이지와 혹 세이시치는 관리소로 불려가 각각 1,000푼씩 포상을 받았다. 폭풍우가 치던 밤, 통제력을 잃었던 수용자들을 진정시켜 그들을 무사히 피난시키고, 섬을 지키기 위해 70여 명이 스스로 남게 하는 동기를 부여했다는 2가지 점을 평가받은 것이었다. 에이지는 사양했다. 그것은 세이시치의 공으로, 자신은 그의 뒤를 따라 흉내를 낸 것뿐이라고 말했다.

　"나도 보고 있었네."라고 나루시마 지에몬이 조용히 미소 지으며 말했다. "—첫 번째 공은 틀림없이 세이시치의 것이었네. 세이시치가 휘두른 나무 메가 어지러이 달아나려던 그 사람들의 발걸음을 멈추게 했어. 그리고 뒤이은 자네의 설득이 있었기에 상황이 잘 마무리된 게야. 세이시치의 나무 메만으로는 죽음의 공포로 허둥대던 그 사람들을 진정시키는 못했을 게야. 힘에 대해서는 반드시 힘이 움직이기 시작하는 법이니 피난하기 전에 사상자가 나왔을 게야."

　세이시치의 힘과 에이지의 지혜, 이 2가지 덕분에 그 소동을 가라앉힐 수 있었던 것이라고 소장은 말했다.

　"말대꾸를 하는 듯합니다만," 하고 에이지가 얼굴을 들고 말했다. "그것은 소장님께서 그렇게 생각하신 것이지 제 생각이 아닙니다. 저는 그저 세이시치를 따라한 것일 뿐이니, 포상은 사양하도록 하겠습니다."

　"고집을 부리는군." 소장은 참을성 있게, 그리고 온화하게 미소 지었다. "허나 소장으로서도, 일단 내놓은 것을 다시 거둘 수도 없는 일이니, 어떻게 하면 좋겠는가?"

　에이지는 대답하지 않았다.

　"포상에 대해서는 마치부교의 허락이 떨어졌네."라고 나루시마는 말했다. "이제 와서 취소할 수도 없어. 자네에게 뭔가 좋은 생각이라도 있는가?"

에이지는 잠시 사이를 두었다가 포상이라면 섬에 남아 일한 70여 명 전원에게 주었으면 한다고 대답했다.

"그런가?" 소장이 잠시 후 고개를 끄덕였다. "알겠네, 큰 문제는 없겠지. 그럼 1,000푼은 세이시치, 나머지 1,000푼은 70여 명에게 주기로 하겠네."

그리고 소장은 자리에서 일어나 안으로 들어갔다. 그 자리에 참석했던 도신들과 함께 에이지와 세이시치도 자리에서 일어났는데, 오카야스 기헤에가 에이지를 불러 세웠다.

"자네에게 할 얘기가 있네."라고 오카야스는 말했다. "이리로 좀 와주게."

세이시치는 툇마루로 나갔고 다른 도신들은 관리소 쪽으로 갔다. 오카야스는 복도를 돌아 평소의 그 조그만 방으로 들어가서 에이지와 마주앉았다. ─오카야스 기헤에는 무엇인가 떠올랐다는 듯 일단 앉았던 자리에서 일어나 북쪽 창을 열고 원래의 자리로 돌아와 앉아 그대로 잠시 말이 없었다.

"지금, 이,"라고 오카야스가 창 쪽으로 손을 돌리며 말했다. "─ 바람에서 꽃향기가 나는데, 자네도 느낄 수 있겠는가?"

에이지는 세 번 정도 냄새를 맡아본 뒤, 말없이 고개를 좌우로 흔들었다.

"지금 마시고 있는 9월의 바람,"하고 오카야스가 다시 말했다. "이 상쾌하고 서늘한 맛이 나는 참으로 좋아. 바람에는 사계절마다 각기 다른 냄새와 맛과 감촉이 있는데, 나는 이 가을의 서늘하고 상쾌한 바람이 가장 좋아서, 이 바람을 맛보고 있으면 삶의 기쁨이 느껴져. 특히 지금처럼 목서의 꽃향기가 배어 있으면 말이지."

에이지가 의아하다는 듯 오카야스의 얼굴을 바라보았다. 나를 불러다 앉혀놓고 무엇 때문에 바람의 냄새네, 감촉이네 하는 얘기를 하는 걸까, 무엇 때문일까, 라고 에이지는 생각했다.

"자네는 어떤가?" 두 호흡 정도 지나서 오카야스가 조용히 물었다. "바람의 감촉에서 가을을 느끼거나, 실려온 꽃의 향기를 즐기거나 해본 적이 있는가?"

에이지는 대답하지 않았다.

"아직 나이가 어려서,"라고 말하고 오카야스는 입술에 미소를 지었다. "―그런 노인네 같은 말은 모르겠다고 말하고 싶겠지? 그러나 이는 나이의 많고 적음과는 상관없이 그런 마음이 있느냐 없느냐의 문제야. 자, 잘 맡아보도록 하게. 지금 나고 있는 건 목서의 꽃향기일세."

"하실 말씀이 그것이셨습니까?"

"그럼 안 되는가?"

"전, 바람이네, 꽃의 냄새네 하는 것에는 관심 없습니다. 다른 용건이 없으시다면 방으로 돌아가겠습니다."

포상을 위한 자리였기에 오카야스는 모시로 지은 예복에 부채를 들고 있었는데, 그 부채를 반쯤 펼쳤다가 찰싹 접은 뒤, 에이지의 말은 듣지 못했다는 듯한 표정으로 시선을 창 쪽으로 돌렸다.

"자네에게는 흥미가 없을지라도, 가을바람은 이처럼 가을답게 상쾌한 꽃냄새를 싣고 오지."라고 오카야스가 천천히 말했다. "―그러나 이 바람도 일단 성을 내기 시작하면 폭풍이 되어 집을 날려버리고 파도를 일으켜 부상자와 사망자까지 내게 되지. 7월의 폭풍으로 이 섬은 엉망진창이 되었어. 지금은 자네들의 힘으로 거의 원래대로 복구되었지만, 만약 사람이 그처럼 난폭해진다면 어떻겠는가? 바람을 벌할 법은 없지만, 사람에게는 규율이라는 게 있어."

"누구를 위해서입니까?" 에이지가 날카롭게 되물었다. "강한 자를 위해서입니까, 약한 자를 위해서입니까?"

"세상 전체를 위해서겠지."

"당신은 모르십니다."

"그것에 대해서 한번쯤 얘기해보고 싶었어. 나는 자네에 대해서 상세히 알고 있어." 오카야스가 부드러운 어조로 말했다. "─자네가 화를 내는 것도 당연한 일이야. 와타분에서 쓴 방법도 좋지 않았고, 메아카시가 자네를 다룬 태도도 좋지 않았어. 호코도에서도 조금 다른 방법으로 생각해볼 여지가 있었다고 생각해. 그건 틀림없이 그렇지만, 여기서 잠시 행운과 불운에 대해서 생각해보기로 하세."

지난 몇 년 전에 있었던 일인데 쓰가루(津軽)에서 세 사내가 에조가시마[41]로 사금을 캐러 갔다. 커다란 고생 끝에 2관에 달하는 대량의 사금을 채취했다. 그런데 마침 식량이 떨어져가고 있었다. 때는 9월이었으나 겨울이 빠른 지방이었기에 그대로 물러나거나, 사금을 돈으로 바꾸어 겨울을 날 준비를 하거나, 어느 한쪽을 택해야만 했다. 그런데 거기에는 아직 사금이 풍부하게 있었기에 물러나기에는 너무나도 아까웠다. 그랬기에 겨울을 나기로 하고 필요한 용구와 식량을 사들이기 위해 한 사람이 사금을 말에 싣고 나섰다. 그곳의 이름은 모르겠으나 그 부락까지 오가는 데는 열흘쯤 걸리는 거리였다고 한다. 남은 두 사람은 여전히 사금을 캐며 기다렸다.

---

41) 蝦夷ヶ島. 홋카이도의 옛 이름.

닷새, 이레가 지나고 열흘, 열이틀이 지났으나 길을 떠난 사내는 돌아오지 않았다. 식량은 점점 줄어들 뿐이어서, 둘은 얼마 되지 않는 쌀에 풀을 넣고 죽을 쑤어 근근이 버텼다. 마침내 두 사람은 사금을 가지고 간 사내가 그대로 도망친 것이라 생각하여, 뒤를 쫓으려 했으나 벌써 보름여나 지났고 자신들은 형편없는 식사 때문에 몸이 약해져 있어서 그것은 불가능한 일이라는 사실을 깨달았다. 남자가 돌아오지 않는다면, 겨울을 날 준비를 하고 식량을 모으지 않으면 안 되었다. 강 가까이에서 동굴을 발견한 두 사람은 새와 물고기, 풀뿌리와 나무열매 등 먹을 수 있을 법한 것들을 가능한 한 끌어모았다.

두 사람은 그 지방의 겨울이 어떤 것인지 알지 못했다. 그랬기에 눈이 올 때까지 사금을 계속 채취했으며, 눈이 와서 작업을 할 수 없게 되자 그 동굴 속으로 들어갔다. 추위의 혹독함은 그들의 상상을 뛰어넘는 것이었고, 그것을 견디기 위해 불과 식량은 순식간에 줄어버렸다. 두 사람은 달아난 동료를 저주했으며, 그 동료를 혼자 보낸 일 때문에 서로가 상대방을 책망하기도 하고 미워하기도 했다. 종종 동굴 밖에서 짐승이 울부짖는 소리나 돌아다니는 기척이 들려왔는데 그것이 곰인지 늑대인지 알 수는 없었지만, 어쨌든 둘은 살아남지 못할 것이라 체념해버리고 말았다.

그렇게 죽을 것이라고만 생각하고 있었는데 그 지역 사람 셋이 그들을 찾아내 겨울을 나기에 충분한 용구와 식량을 건네주었다. 지역 사람들의 말에 의하면 동료였던 사내는 그 물건들을 손에 넣어 말에 싣고 돌아오는 도중에 곰의 공격을 받았다고 하는데, 지역 사람들에게 이 계곡까지 짐을 전해달라고 부탁한 뒤 얼마 지나지 않아서 세상을 떠났다고 한다. ―사금은 2관이나 되었다.

마쓰마에 번42)의 눈을 속이고 하는 일이었기에 제값을 받고 팔기란 불가능했으리라. 게다가 국토의 끝이라고도 할 수 있는 외진 지방으로 물가도 틀림없이 상상 이상이었을 테지만, 그 정도의 물 자라면 가지고 간 사금의 절반 이하로도 충분히 사고 남았으리라. 나머지 사금은 어떻게 된 것일까? 둘은 그런 것에 대해서는 생각조차 하지 않았다. 이제 살았다, 이것으로 죽을 염려는 하지 않아도 된다는 사실만으로도 둘은 서로를 끌어안고 울었다.

"행불행이라는 말은 넋두리와도 같은 것이고, 지긋지긋할 정도로 흔히 들을 수 있는 말이야. 허나, 행불행이란 것은 실제로 있어." 오카야스는 짧게 한숨을 내쉬었다. "—지금의 이야기는 널리 알려져 있으니 자네 역시 들은 적이 있을지 모르겠지만, 이 세 사람의 경험에는 행운과 불운이 몇 개의 모습으로 나타나 있어. 에조가시마 사람들은 오랫동안 일본의 악랄한 상인들에게 당해왔기에 아주 교활하고 흉포해졌다고 해. 하지만 그 두 사람은 운이 좋아서 같은 일본인 사이에서도 보기 드물 정도로 친절하고 성의 있는 사람들을 만났어."

"자네는 깨닫지 못해도,"라고 오카야스가 한숨을 쉰 뒤 말했다. "이 상쾌한 바람에는 목서의 향기가 배어 있어. 마음을 가라앉히고 숨을 들이마시면 자네에게도 그 꽃의 냄새가 날 걸세. 마음을 가라앉히고 자신의 행불행에 대해서 가만히 생각을 해봐. 사부와 오스에라는 아가씨가 있다는 사실을 잊어서는 안 돼."

---

42) 松前藩. 홋카이도 남부의 옛 행정구역명.

## 10-1

남쪽 호안의 수리가 거의 끝나가고 있었다.

9월도 하순이 되어 청명한 날이 이어졌기에, 개펄로 나가면 후지산이 깨끗하게 보이는 날도 있었다. 만키치는 그 광경에 천 냥 두 푼의 값어치를 매겼다. 두 푼은 또 뭐냐고 곁에 있던 사내가 물었다. 천 냥이라는 건 너무 뻔한 가격이기에 자신은 거기에 두 푼을 더 매긴 것이라고 만키치는 후한 인심을 내보였다.

7월의 폭풍이 지난 뒤부터 수용소 안에는 이전까지 없었던 부드럽고 친밀한 분위기가 생겨난 듯 여겨졌다. 그에 반해서 에이지는 다시 말수가 적어져서 누군가가 말을 걸어도 상대하지 않았으며, 말이 길어지면 소리를 지르거나, 외면한 채 다른 곳으로 가버렸다. 그리고 가능하면 늘 혼자 있으려 했다.

오스에는 한 달에 3번, 1일 · 11일 · 21일의 휴일마다 찾아왔으나, 에이지는 만나지 않았다. 그 이후부터는 오카야스도 포기한 것인지 억지로 만나게 하려고는 하지 않았으며, 차입품만을 방에 전달해주었다. 에이지는 그것을 방 사람들에게 주었으며, 자신은 손도 대지 않고 무엇이 들어 있는지도 보려 하지 않았다. ─휴일이면 에이지는 정해놓은 일이라도 되는 양 언제나 남쪽 바닷가로 가서 물가에 가까운 곳의 풀 위에 앉아 있거나 누워 거의 하루 종일을 보내게 되었다.

"사부라, 멍청한 녀석이야." 그가 입술을 일그러뜨리며 중얼거렸다. "누가 부탁한 것도 아닌데 내 일로 허둥지둥하다 10년 넘게 일해온 가게에서 쫓겨나버렸어. 이번에야말로 내 마음을 조금은 알게 되었겠지."

"그만둬, 내 일에 상관하지 마."라고 낮은 목소리로 외치는 적도 있었다. "그냥 내버려둬. 난 작년 연말에 죽은 사람이나 다를 바 없어. 아무리 달래봐야, 이 마음에 변함은 없어. 날 그냥 내버려둬."

"흥, 사금 채취라고? 웃기지도 않아."라고 냉소하며 어깨를 들썩였다. "─성실하게 사금을 가지고 교환하러 갔다가 돌아오는 길에 곰을 만나 죽은 사내는 불운하지. 게다가 동료 두 사람은 속은 줄 알고 그 사람을 저주하기까지 했다잖아. 그래, 틀림없이 그 사람은 불운한 거겠지. 하지만 그게 나하고 무슨 상관이야. 말도 안 돼. 나는 사람과 사람끼리의 일이야. 부자가 돈의 힘으로, 메아카시가 나라의 위광을 등에 업고 아무런 죄도 없는 사람을 죄인으로 만들어 반은 죽여놓은 거라고. ─그 사내를 죽인 곰은 짐승이지만, 그들은 지금도 에도 시내에서 거칠 것 없이 제멋대로 날뛰고 있어. 녀석들에게 본때를 보여주기 전에는, 난 죽어서도 눈을 감을 수가 없을 거야."

에이지의 눈에서 눈물이 흘러 떨어졌다. 그는 입술을 앙다물어 오열을 참고 바다 너머로 시선을 주며 머리를 좌우로 가만히 흔들었다. 끝도 없이 파랗게 맑은 바다 위로 커다란 돛을 올린 배 수십 척이 보슈 쪽에서 시나가와(品川) 쪽으로 무리를 지어 미끄러져가고 있었다. 그들 배는 기사라즈(木更津) 주변의 어선으로 그물을 내려 물고기를 잡으며 시바하마(芝浜)로 갔다가, 시바하마에서 물고기를 내리고 다시 물고기를 잡으며 보슈 쪽으로 돌아간다는 이야기는 누구에게 들었는지도 모르게 들은 적이 있었다.

"7월의 폭풍우 때는 어떻게 했던 걸까?" 에이지가 눈을 가느다랗게 떠, 희고 멋진 돛의 무리를 바라보며 중얼거렸다. "─고기를 잡으러 나갔던 배도 있었을 거고, 바다에 나가 있었다면 채 피하지 못해서 가라앉아버린 배도 있었을 거야. 아내와 자식이 있는 사내는 살아날 가망이 없다는 사실을 깨달았을 때 어떤 기분이었을까? 가장이 세상을 떠난 아내와 자식은 얼마나 한탄했을까? 아마도 바다를 저주하고 어부라는 직업을 원망했을 거야. 그래도 역시 저렇게 고기를 잡는 자가 끊이질 않다니."

남쪽 해변에서 시간을 보낼 때면 에이지는 쉬지 않고 혼잣말을 중얼거렸다. 그 대부분은 사부와 오스에와 관련된 것이었으며, 자신을 달래려고 하는 관리들에 대한 조소였다.

10월이 되어 호안수리도 이제 하루, 이틀이면 마무리 지을 수 있는 곳까지 왔다. 그랬기에 삼태기 방의 수용자들은 대부분 매립 공사를 위해 밖으로 나가서 일을 했으며, 남쪽 바닷가의 현장에서는 조장인 덴시치와 함께 7명밖에 일을 하고 있지 않았다. ─그날은 아침부터 바람이 세고 바다의 파도가 세차게 일고 있어서 말뚝을 박기 위해서는 썰물을 기다리지 않으면 안 되었다. 물이 완전히 빠져도 사리 때와는 다르기에 해안에서 50간 남짓밖에 개펄이 보이지 않았으며 1각도 지나지 않아서 그 물은 해안으로 다시 돌아왔다.

"말뚝은 이제 5개 남았어."라고 조장인 덴시치가 말했다. "얼른 하면 오늘 중으로 끝낼 수 있을 거야."

돌담 바깥쪽을 따라서 삼나무 원목을 말뚝으로 박아 넣었다. 물론 거친 파도로부터 돌담을 지키기 위한 것으로 지금까지 57개나 박았다. 돌담 바깥은 모래를 대여섯 자쯤 파내면 흙으로 된 지반이

나온다. 그 지반에 구멍을 파고 끝을 뾰족하게 깎은 삼나무 원목을 넣은 뒤 거꿀망치로 때려 박는 단순한 작업이었다. 에이지는 지반에 구멍 파는 일을 했다. 거꿀망치란 때리는 부분이 위쪽에 있고 3개의 자루가 아래에 달려 있어서 3사람이 그 자루를 잡고 삼나무 원목 위에 때리는 부분을 얹은 뒤, 아래를 향해 내리치는 것이다. 3사람이 힘을 합쳐 함께 소리를 맞춰가며 하는 일이었기에 에이지는 혼자서 할 수 있는 구멍 파기를 택한 것이었다.

5개 남은 가운데 4번째 구멍을 파고 있을 때, 갑자기 돌담이 무너져 에이지는 그 밑에 깔리고 말았다. 대여섯 자나 파내려간 모래 구멍 위로 무너져내린 돌이 불규칙적인 모양으로 모래와 함께 구멍을 메웠고 에이지는 등을 세게 맞아 숨이 막혔다.

"큰일 났다. 이리 좀 와줘."라는 누군가의 목소리가 들렸다. "누군가가 깔렸어. 돌담이 무너진 아래에 누군가가 있어."


## 10-2

등을 맞아 어떻게 된 것인지, 에이지는 숨이 멈춘 괴로움에 몸부림쳤다. 실제로는 몸부림을 치려 한 것일 뿐, 팔도 다리도 움직이지 않았다. 모래와 돌 때문에 거의 빈틈도 없이 깔려 있었던 것이다.

"부슈야."라고 외치는 덴시치의 목소리가 들려왔다. "깔린 건 부슈야. 이봐."

덴시치가 에이지를 불렀다. 괜찮나, 부슈. 대답을 해, 라고 겁먹은 목소리로 외치는 것이 들려왔다. 에이지는 대답을 할 수가 없었다. 호흡은 간신히 원래대로 돌아왔으나 얼굴의 절반이 모래에 가려 있었기에 말을 하면 입 안으로 모래가 흘러들 것 같았으며, 그보다 목소리를 내기가 두려웠다. 각각 5관에서 7관쯤 되는 무거운 돌들이 어깨와 몸과 허리에서부터 다리를 누르고 있었다. 아픔은 아직 느껴지지 않았으나 저려오듯 감각이 없는 몸의 어디를 얼마나 다쳤는지 짐작도 할 수 없었다. 만약 목소리를 내면 그 때문에 어딘가의 뼈가 부러지거나, 내장의 어딘가가 피를 뿜어낼 듯 여겨졌던 것이다.

"모두 모여. 한 사람도 빠짐없이."라고 조장이 불안에 떠는 목소리로 외치는 소리가 들려왔다. "우선 돌을 치워. 그 돌이야. 비켜, 그렇게 해서는 안 돼. 조심해서 치우지 않으면 다른 돌이 무너져."

상황이 어떻게 돌아가는 것인지 모래가 점점 불어나 얼굴이 더욱 묻힐 것처럼 되었다. 에이지는 가능한 한 몸의 다른 부분은 움직이지 않도록 해서 얼굴을 옆으로 살살 틀었다.

—바닷물이야, 바닷물이 밀려들고 있어.

생각이 거기에 미치자 에이지는 숨이 막히는 듯했다. 일을 시작한 지 반각 이상은 지났으리라. 그렇다면 곧 바닷물이 밀려들 터였다. 바닷물이 해안까지 밀려들면, 그리고 그때까지 아직 파내지 못한다면, 이런 생각이 들자 에이지는 비명을 지르고 싶어졌다.

"제발 부탁이니 살살 해줘."라는 요헤이의 목소리가 들려왔다. "모래가 무너지면 안 돼. 양쪽에서 모래를 파내는 게 어떨까?"

"안 돼."라고 조장이 외쳤다. "모래를 파내면 돌이 더 무너져 내릴 거야. 돌을 치우는 게 먼저야. 누가 관리소에 보고를 좀 해줘."

벌써 갔어, 라고 대답한 사람이 있었다.

조장인 덴시치는 노인네였다. 나이는 쉰대여섯이었으나 마르고 주름투성이여서, 외모는 일흔 살 노인처럼 보였다. 도저히 힘을 보탤 수 없을 것이며, 나머지 다섯 명 가운데 요헤이도 힘이 없어서

도움이 되지 않을 터였다. 이럴 때야말로 혹 세이시치가 있어줬으면 좋을 텐데, 하고 에이지는 생각했다. ─눈을 들어보니 겹쳐진 돌과 돌 사이로 어둑하게 흐린 하늘의 일부가, 찢어진 장지문의 틈처럼 가느다랗게 보이고 강풍이 그 틈에서 희미하게 울부짖고 있었다.

모두가 있는 힘껏 외치는 소리와 함께 돌 하나가 치워졌고, 그러자 나름대로 맞물려 있던 상태에 변화가 있었던 것이리라. 다른 돌이 기우뚱 움직이더니 에이지 위쪽으로 흘러내렸다.

"조심해주세요."라고 요헤이가 우는소리로 외쳤다. "함부로 치우면 오히려 돌이 무너져 내립니다. 지렛대를 넣읍시다."

"부슈."하고 덴시치가 목에 뒤엉키는 듯한 목소리로 돌과 돌 사이에 대고 불렀다. "대답을 해봐. 괜찮은 거야? 살아 있는 거야?"

"아─."하고 에이지는 조심스럽게 대답했다. "괜찮아. 천천히 해 줘."

"금방 치울 테니 조금만 참아."

밀물에 대한 이야기를 하려다 에이지는 입을 다물었다. 돌에 깔려 있는 오른쪽 발등이 젖기 시작한 것을 느꼈다. 처음에는 자신의 피인 줄 알았으나, 그것이 발가락 끝에서부터 발등까지 흠뻑 젖기 시작했다. 바닷물은 모래 위로만 밀려오는 것이 아니라, 모래 아래로도 스며들어오는 것이었다.

"틀렸어."라고 에이지가 스스로에게 속삭였다. "밖으로 나가기 전에 물에 잠기고 말겠어. 돌을 치우면 다른 돌이 무너져 내릴 거고, 어느 쪽이 됐든 이젠 끝이야."

지렛대를 넣자고 요헤이가 말했다. 그 지렛대이리라, 말뚝으로 쓰는 삼나무 원목이 돌과 돌 사이로 가만히 들어왔다. 그것이 에이지의 넓적다리 부근에 닿았다가 정강이 쪽으로 내려갔다.

"거기는 내 다리야."라고 에이지가 가능한 한 조심스럽게 외쳤다. "조금 더 앞쪽으로 넣어줘. 그대로 하면 다리가 부러져버릴 거야."

"저기를 봐, 바닷물이야."라고 요헤이의 울부짖는 소리가 들려왔다. "바닷물이 밀려오고 있어. 빨리, 제발 부탁이니, 모두 서둘러줘."

에이지는 전신이 얼어붙는 것 같았다. 발등까지 찼던 물이 정강이까지 올라왔으며, 정강이 위로 헤집고 들어온 통나무 지렛대는 그대로 비집고 자리를 잡을 듯했다.

"다리가 부러질 거야."라고 에이지는 외쳤다. "통나무를 옆으로 대줘."

"이쪽 돌부터 시작하자."라는 조장의 말소리가 들려왔다. "지렛대를 단단히 누르고 있어."

삼나무 원목에 강한 힘이 가해지자 에이지는 정강이의 뼈에서 우지직 소리가 나는 듯한 느낌이 들었다.

"다리가 부러져."라고 그는 외쳤다.

통나무를 옆으로 대, 라고 말하려 했으나 모래가 입으로 들어와 목소리가 나오지 않았으며, 그는 심하게 기침을 했다. 돌과 돌 사이로 불어오는 바람이 다가오고 있는 파도소리를 들려주었다.

"도와줘, 사부."라고 에이지는 자신도 모르게 말했다. "─난 이제 틀렸어."

통나무 지렛대에 커다란 힘이 걸리고 정강이의 뼈가 부러지는 소리를 들은 순간 에이지는 정신을 잃었다.

─그때 정신을 잃은 채로 있었다면, 아니면 차라리 죽어버렸다면 얼마나 좋았을까.

나중이 되어 에이지는 몇 번이고 그렇게 생각했다. 한때 정신을 잃었던 그는 부러진 정강이의 상처에 바닷물이 스미는 아픔 때문에 정신이 들었다. 그로부터 참된 공포와 고통이 시작되었다. 실신해 있던 시간이 어느 정도였는지는 알 수 없었으나 정신을 차리고 보니 아직 돌에 깔린 채였으며, 거기에 밀물의 파도가 거기까지 밀려와서 물이 위아래로 조금씩 모래를 무너뜨리고 있었다. 얼마간은 치웠을 테지만 위에서 짓누르는 돌의 무게에는 변함이 없었으며, 등에서 허리에 걸쳐서는 몸을 전혀 움직일 수 없었다. 그 압박으로 숨을 3분의 1정도밖에 쉴 수 없기 때문인지 가슴을 쥐어뜯는 것 같은 고통으로 현기증이 났다.

그것은 고통이라는 말로 표현할 수 있는 것이 아니었다. 에이지는 자신이 아직 죽지 못하고 살아 있다는 사실을 저주했으며, "사부, 도와줘."라고 다시 두 번이나 외쳤다. 그 외침이 소리가 되어 나오지는 않았으나 아무것도 보이지 않는 새빨간 공간에 사부의 당황해서 어찌할 바를 모르는 듯한 얼굴이 희미하게 가물가물했다. 그의 얼굴은 이미 모래 섞인 물에 잠기기 시작했다. 공포로 감각이 마비되어 있었기에 절반쯤 열린 입 안으로 모래 섞인 물이 들어와도 그것이 무엇을 의미하는지 이해할 수 없었다.

─이제 용서해줘. 내가 잘못했어, 라고 그는 공포 속에서 말했다. 전부 나의 잘못이야, 부탁이니 모두 용서해줘.

요헤이의 울부짖는 소리가 아득히 멀리서 들려왔다. 다른 사내들이 아우성치는 소리도 들려왔으나 흥분한 듯한 요헤이의 울음소리만이 언제까지고 계속 들려오는 듯 여겨졌다. 그러는 사이에 돌이 차례차례로 치워졌다. 기름 짜는 곳의 사람들이 달려왔고, 혹 세이시치가 그 괴력을 발휘한 것이었다.

"정신 차려, 부슈."라고 세이시치가 연달아 외쳤다. "정신을 잃어서는 안 돼. 얼마 안 남았어, 정신 똑바로 차려."

에이지는 다시 정신을 잃었으나 그것은 짧은 시간이었던 듯했다. 물을 토해내고 기침을 했으며, 정신을 차리고 보니 똑바로 누운 채 자신의 입에서 나오는 격렬한 헐떡거림이 귓가에 들려왔다.

"가만히 있어, 가만히 있어."라는 목소리가 바로 옆에서 들려왔다. "움직이지 마, 다리뼈가 부러졌어."

의사로군, 하고 에이지는 생각했다. 산테쓰(さんてつ) 선생이라는 것 외에는 이름도 잘 알지 못했다. 중년의 마른 사람으로 눈빛이 날카로운 얼굴만은 기억하고 있었다. 폭풍으로 병자를 옮길 때는 없었던 듯한데, 그러고 보니 심학 교사도 이 의사도 거의 무보수로 일하는 것이라고 들은 적이 있었다. 드디어 내가 신세를 질 때가 온 건가, 라는 등의 생각을 에이지는 했다.

"이 골절 외에 커다란 부상은 없는 듯합니다."라고 의사가 말했다. "타박상은 곳곳에 있는 듯합니다만, 이 외에 뼈가 부러진 곳은 없을 겁니다. 나중에 잘 진찰해보지 않으면 정확한 상태는 알 수 없습니다만."

"다행이군, 그거 다행이야."라고 말하는 오카야스 기헤에의 목소리가 들려왔다. "돌과 돌이 서로를 지탱하고 있었던 거로군. 소식을 듣고 달려왔을 때는 이젠 틀린 줄 알았어."

"부슈, 괜찮아?"라고 세이시치가 들여다보며 말을 걸었다.

"나중에, 나중에."라고 의사가 서둘러 제지했다. "지금은 아무 말도 하지 말게. 말을 시켜서는 안 돼. 모두 그만 방으로 돌아가는 게 좋겠어."

"들고 갈 사람이 필요하잖아요."

문짝을 가져와, 들것처럼 끈을 걸고 밑에 담요를 깔아서, 라고 의사가 지시했다.

에이지는 입 안이 꺼끌꺼끌했기에 조심스럽게 머리를 옆으로 해서 두 번이고 세 번이고 침을 뱉었다. 그럴 때마다 날카로운 아픔이 전신으로 퍼져갔다. 그러나 그 아픔이 어디에서 일어나는 것인지는 알 수 없었으며, 입 안의 모래는 깨끗하게 없어지지 않았다. 부러진 정강이는 바로 절개를 하지 않으면 뼈를 붙일 수가 없어, 가능한 한 빨리 야마시로(山城) 강변의 나카시마(中島) 선생에게 사람을 보내게, 라고 의사가 말하자 오카야스 기헤에가 그 내용을 하급관리에게 명령했다.

─모두들, 잊지 않을게, 라고 에이지는 마음속으로 외쳤다. 나는 고집쟁이에, 무뚝뚝하고, 누구를 위해서 신경을 써본 적도 없고, 누구 한 사람 다가오게 한 적도 없었어.

나는 내 일밖에 생각한 적이 없는데 모두가 나를 위해서, 평소 사이가 좋지 않았던 사람들까지 힘을 합쳐 나를 구하기 위해서 열심히 노력해주었어.

─모두의 목소리를 평생 잊지 않을게, 라고 에이지는 소리 없이 외쳤다. 마치 자신의 형제나 자식이라도 되는 양 모두가 힘을 써주었어. 요헤이 씨는 울기까지 했었지. 오카야스 씨도 마찬가지였어. 지금까지 삐딱하게만 굴던 나는 틀림없이 속이 터지고 꼴도 보기 싫은 녀석이었을 거야. 그래도 역시 달려와주었어. ─맞아, 그리고

211

사부도.


## 10-4

어떤 식으로 치료가 행해졌는지 에이지는 전혀 알지 못했다. 이름을 뭐라고 하는 외과의가 조합한 약을 썼기에 절개할 때나 접합할 때도 그렇게 아프지 않았던 것이라는 이야기는 나중에 들어서 알았지만, 정강이가 완전히 마비되어 있었던 것도 틀림없는 사실이었으리라. ―나카시마라는 외과의가 불려 와서 치료를 하는 동안 에이지는 꿈과 현실을 잘 구분할 수가 없었다. 사부와 그 외의 낯익은 얼굴들이 번갈아가며 보이기도 하고, 두어 개의 얼굴이 겹치기도 하고, 의미를 알 수 없는 빠른 어조로 외치는 소리가 들려오기도 했다.

그런데 신기하게도 사부의 얼굴이 보일 때만은 눈앞이 새빨갛게 변해서 흔들렸다. 난 여기에 있어 에이 짱, 여기야, 라고 새빨간 색 속에서 사부는 말했다. 안절부절 못하는 듯한 눈으로, 입가에 미안하다는 듯한 미소를 지으며 사부는 자못 걱정스럽다는 듯 바라보고 있었다. 그것이 너무나도 생생했기에 에이지는 머리를 흔들며 나는 괜찮아, 그렇게 마음 아파하지 마, 그렇게 한심한 표정 좀 짓지 마, 라고 말하지 않을 수 없었다. ―치료를 받는 동안 에이지는 3번이나 토했다. 말로 표현할 수 없을 정도의 악취가 났는데, 진흙과 모래와 썩은 물의 덩어리와도 같은 느낌이었으며 그 냄새가 언제까지고 혀에 남아 있었다.

머리맡에는 언제나 요헤이가 있었다. 혹 세이시치도 뻔질나게 보러 왔다. 일을 하다 말고 오는 듯했다. 의사인 산테쓰에게 야단을

212

맞고 돌아갔다가도 곧 다시 보러 오는 식이었다. 밤이 되면 대략 예닐곱 명쯤이 모여서 요헤이가 다그칠 때까지, 이야기를 나누기도 하고 웃기도 하다가 돌아갔다. ―의사는 다키모토 나오미치(滝本 直道)라는 사람으로 교바시(京橋) 우네메초(采女町)에서 의원을 운영하고 있는데, 거기서 매일 온다는 것이었다. 왜 산테쓰라고 불리는지는 아무도 몰랐으나, 그렇게 불려도 다키모토는 바로잡으려 하지 않았으며 새삼스레 본명을 밝히는 일도 없었다. 야마시로 강변의 외과의는 나카시마 단안(中島坦庵)이라고 하는데, 남만류와 네덜란드류의 의학에 정통해서 외과의로는 당대 다섯 손가락 안에 든다는 것이었다. ―나카시마는 전부해서 3번 왔었는데 다키모토에게 그 뒤의 일을 지시하고, 이젠 괜찮을 게야, 라는 말을 남기고 떠난 뒤로는 두 번 다시 모습을 드러내지 않았다.

"약간은 다리를 절게 될지도 몰라."라고 나카시마 단안이 마지막 날 말했다. "―나머지는 당사자의 젊음에 기대를 해봐야겠지. 한 오십 일 정도는 다리를 쓰면 안 돼."

그리고 다리를 약간 절며 걷는 것도 꽤 멋스러워 보이지, 라고 말하며 웃었다.

이틀 동안은 끓인 물만 나왔으며 사흘째 되던 날부터 갈탕에 미음으로 바뀌었고, 닷새째가 되어 묽은 죽이 나왔을 때 에이지는 다시 구토를 했다. 묽은 죽을 한 입 넣은 순간, 죽은 어패류와 썩은 쓰레기와 물크러진 해초의 냄새가 바닷물 냄새에 섞여 강하게 풍겨왔기에 지금 입에 넣은 것은 물론 위 속에 있는 것까지 토해버리고 말았다. 잠시 후, 가슴이 진정된 뒤에 가만히 생각해보니 그것은 실제로 악취가 난 것이 아니라, 돌에 깔렸을 때의 공포감이 되살아난 것인 듯하다는 사실을 알 수 있었다. 입 안으로 흘러들어온 물에서는 소금과 무엇인가의 맛이 난 듯했다. 하지만 썩은 어패류나 말라비틀어진 해초의 냄새 같은 건 없었다. 그것은 사리 무렵, 바다에 개펄이 드러났을 때 나는 냄새였다. 산테쓰 선생은 돌에 눌렸기에 내장이 틀어진 거겠지, 곧 괜찮아질 거야, 라고 말했다.

"형님의 기분을 나는 알 수 있어."라고 어느 날 밤, 에이지의 머리맡에서 긴타가 말했다. "맞아, 그때 형님이 어떤 기분이었는지 알고 있는 건 이 중에서 나 하나뿐일 거야."

평소와 다름없이 대여섯 명이 모여 있었는데, 요헤이 외에 그날은 모두 밖으로 나가서 일을 했기에 돌담이 무너진 현장에 있던 사람은 없었다.

"너는 언제나 닷 푼쯤 되게 아는 척을 한단 말이지."라고 만키치가 농을 쳤다. "설령 그 자리에 있었다 할지라도 밑에 깔린 마음은 당사자가 아니면 알 수 있을 리 없어."

"난 밑에 깔린 적이 있었어."라고 긴타가 말했다. "그 커다란 폭풍우가 불던 밤, 무너진 공동주택에 깔렸을 때 물이 차올라서 하마터면 빠져죽을 뻔했어. 형님 들이, 그래, 너도 그들 중 한 명이었지, 구해줄 때까지 난 이젠 틀렸다 싶어서 열심히 경문을 외웠을 정도였어."

"너, 경문을 알고 있어?"라고 옆에서 한 사람이 말했다.

"등신, 에도 사람이야." 긴타가 기세 좋게 받아쳤다. "이래봬도, 나무아미타불 뒤에 연화경이 오는 정도는 알고 있어."

"묘한 말로 으스대는군." 도미사부로라는 사내가 말했다. "그건 염불이나 주문이라고 하는 거지 경문하고는 전혀 다른 거야."

이거 재미있군, 염불이나 주문은 경문이 아니라는 거야? 당연하지. 그럼 물어보겠는데 경문도 아닌 걸 어째서 참배를 하거나 법회를 열 때 외우는 거지? 그건 다른 얘기야. 뭐가 다르다는 거야, 라는 식의 별것도 아닌 언쟁이 언제까지고 계속되어 결국에는 모두가 웃음을 터뜨리고 말았다.

"그럴듯한 말을 하려다,"라고 만키치가 긴타에게 말했다. "—너 오늘 밤에는 닷 푼을 떨어뜨린 셈이야."

모르겠어, 어떻게 된 거지, 라고 에이지는 계속 생각했다. 돌 밑에서 구해주었을 때는 말할 것도 없고, 그 이후도 계속 누구랄 것도 없이 머리맡으로 모여들고 있어, 이야기를 나누고 싶다면 방에서 하는 게 편하잖아. 여기서는 조금이라도 소란을 피우면 요헤이가 타박을 주었고, 1각쯤 지나면 쫓겨나고 말았다. 관리소로부터 허락을 받았는지 요헤이는 일도 나가지 않고 에이지 옆에 붙어서 보살펴주었으며, 에이지의 회복에 방해가 되리라 여겨지는 일은 애초부터 떨쳐내 다가오지 못하게 했다.

—나는 이 사람들에게 무엇인가를 해준 기억도 없어, 라고 에이지는 거듭 생각했다. 그런데 이 사람들은 나를 위해 걱정하고 이렇게 돌봐주기도 하고 위로해주기도 해. 그것도 일시적인 마음이나 의리 때문이 아니야. 마치 친형제 같잖아.

처음 에이지는 그 사실이 불편했다. 폭풍을 전후로 그들 전부의 분위기가 바뀌었다는 사실도, 자신이 재난을 당하고 난 뒤에 자신에게 보이는 그들의 마음도. —그것은 마치 좁은 구멍 속에서 빠져나와 넓고 낯선 전망을 앞에 했을 때처럼, 전혀 새로운 산하의 풍경에 어리둥절해진 기분과 비슷한 것이었다. 그러던 어느 날, 그는 오카야스 기헤에의 말이 떠올랐다.

—자네가 깨닫지 못해도, 또 흥미가 없다 할지라도 이 바람에서는 가을의 상쾌한 맛이 나고 목서의 꽃향기가 나고 있어.

에이지는 어렴풋이나마 그 말의 뜻을 알 수 있을 것 같다는 생각이 들었다. 어쩌면 나는 지금까지 이 사람들을 참으로 보고 있었던 게 아니었을지도 몰라, 바람에서 목서의 냄새가 나도 맡으려 할 마음이 없었던 것처럼, 이 수용소에 있는 사람들에게는 훨씬 전부터 이런 분위기가 있었던 걸지도 몰라, 라고 그는 생각했다. 이런 생각이 마음속에 떠오르자 그는 자신도 모르게 가슴이 넓어져 호흡이 편안해진 듯 느껴졌으며, 또 새로이 눈앞에 펼쳐진 널따란 전망의 산하가 조금씩 눈에 들어오는 것 같은 차분함이 느껴졌다.

부상을 입은 지 20일쯤 지난 어느 날, 오카야스 기헤에가 문병을 왔다. 에이지는 자리에 일어나 앉아 감사의 말을 전했다. 다리는 부목을 댄 위에 광목이 감겨 있었기에 아직 똑바로 앉을 수는 없었으나 사흘 전부터 식사를 할 때는 자리에 일어나 앉아 먹기 시작했다.

"오스에라는 아가씨가 계속 찾아왔었다는 사실은 알고 있겠지?"라며 오카야스는 말을 이었다. "—정해진 날이면 어김없이 차입품을 전해주었으니 몰랐을 리는 없다고 생각하는데."

에이지는 고개를 숙이고 "네."라고 대답했다.

"사실은 나도 자네가 다쳤다는 사실은 숨기고 있었네."라고 오카야스는 말했다. "—그 아가씨를 걱정하게 만드는 건 가여운 일이라고 생각했기 때문일세. 그러다 얼마 전에 다친 곳의 경과가 순조롭다는 말을 들었기에 대략적인 사실을 이야기해주었네."

에이지는 눈을 들어 오카야스를 보았다.

"그랬더니 오늘," 오카야스가 에이지의 눈을 온화하게 바라보며 말을 이었다. "오스에 대신 언젠가의 사부라는 사람이 왔다네. 지금 요 앞까지 와 있는데 만나주겠지?"

에이지는 다시 고개를 숙였다.

"네, 만나겠습니다."라고 그는 마침내 대답하고 인사를 했다. "여러 가지로 폐를 끼쳐서 죄송합니다."

그럼, 하고 오카야스는 자리에서 일어나 나갔다. 요헤이가 이불을 접어 에이지의 등에 대주고 흐트러진 잠옷의 매무새를 가다듬어 주었다. ─사부는 보따리를 끌어안고 들어와 왼쪽으로 오른쪽으로 덮어놓고 머리를 숙이며 감사의 인사 같기도 하고, 사과를 하는 것 같기도 한 무슨 말을 우물쭈물 했다.

"자, 올라오세요." 요헤이가 팔을 흔들며 말했다. "괜찮습니다. 어려워할 것 없으니, 어서."

그리고 노인은 생각났다는 듯 한편에서 작은 병풍 2개를 가져와 에이지의 침상을 감쌌다. 병자는 3명 있었는데 간격이 상당히 떨어져 있고 이쪽을 볼 리도 없었지만, 요헤이로서는 나름대로 마음을 쓴 것인 듯했다. 사부는 거기에도 고마워하며 허리를 웅크려 무릎걸음으로 다가왔다. 무릎걸음으로 다가와서 보따리를 옆에 놓고 끔찍한 것이라도 보듯, 머뭇머뭇 에이지를 올려다보며 미소 지으려 했다.

"에이 짱."하고 더듬더듬 사부가 말했다. "꽤나, ─괴로웠지?"

동시에 사부의 얼굴이 흉하게 일그러지더니 그 작고 둥근 두 눈에서 커다란 눈물이 연달아 넘쳐 흘렀다.


## 10-5

변함없이 야무지지 못한 녀석이로군, 이라고 에이지는 생각했다. 하지만 그렇게 생각한 순간, 자신의 의지와는 상관없이 이런 말이

나왔다.

"잘 왔어. 여러 가지로 걱정하게 해서 미안해."라고 에이지는 자신의 입이 말하는 것을 들었다. "난 이제 괜찮아."

"다행이다, 다행이야." 사부가 손등으로 눈을 옆으로 문지르며 미소 지었다. "오스에 짱한테 얘기를 듣고, 난 간이 떨어지는 줄 알았어. 여기에 와도 안 만나줄 줄 알았는데."

이야기가 늘어지는 것을 피하려는 듯 에이지가 말을 가로막으며 되물었다. "난 이제 괜찮은데, 넌 어때? 병은 다 나았어?"

"응, 난 그렇게 걱정할 일도 아니야. 오노부 짱이 좋은 약을 가르쳐줘서 말이지. 설사약인데 그게 낫자 각기도 괜찮아졌어."

"스미요시에 다니고 있는 거야?"

사부는 얼굴을 붉히고 고개를 숙였다. "ㅡ아무래도 말이지,"라고 그가 쑥스럽다는 듯 말했다. "사흘만 가지 않아도 마음이 뒤숭숭해져서."

"아직 가사이에 있는 거지?"

"그게 말이지, 그렇지가 않아." 사부가 우물쭈물했다. "ㅡ그 일에 대해서는 할 얘기가 있지만, 그 얘기는 오스에 짱한테서 듣는 편이 나을 거 같아."

"어째서?"라고 에이지가 다그치는 듯한 투로 되물었다.

사부는 말문이 막혀버린 것이리라. 보따리를 풀어 6개의 도시락 상자를 거기에 늘어놓고 그 가운데 2개를 에이지 쪽으로 밀어놓으며, 이건 오노부가 에이지를 위해서 만든 건데 맛은 없을지 몰라도 몸의 기운을 돋우어주는 것이니, 라고 전해달라는 말을 횡설수설했다.

"이쪽 4개는 같은 방 사람들한테 전해달라고, 그렇게 말했는데."

"오늘도 스미요시에서 온 거야?"

"오스에 짱도 같이."

에이지는 마음을 가라앉히려는 듯 고개를 끄덕이고, 그런 다음 조용히 물었다. "—오스에도 같이 왔다는 거야, 아니면 스미요시에 같이 갔다는 거야?"

사부는 곤혹스럽다는 듯 입을 다물고 오른 손등으로 이마를 문질 렀다. 뭔가 말할 기회를 놓쳐버린 것처럼 보이기도 했으며, 어떻게 말해야 좋을지 망설이고 있는 것처럼 보이기도 했다. 그리고 마치 빠져나갈 구멍이라도 발견했다는 듯 4개의 도시락을 들고 자리에 서 일어나, 작은 병풍 바깥으로 가서는 요헤이에게 그것을 건네주 며 장황하게 인사를 했다. 에이지는 이불에 기댄 채 팔짱을 끼고 눈을 감았다. 왜 말을 하지 못하고 있는 걸까, 무슨 일인가 있었던 듯한데 대체 무슨 일이지, 하고 그는 생각했다. 사부가 돌아와서 주뼛주뼛 앉은 뒤에도 에이지는 눈을 감은 채로 있었다.

"그,"하고 사부가 말했다. "—다리는 좀 어때, 에이 짱."

"절름발이가 될 거래."

"설마."라며 사부는 숨을 들이마셨다. "설마, 그런. 절름발이가 되다니."

"멋있다고 하던데?"라고 말한 뒤 에이지는 마음을 가라앉히고 눈을 떠 미소 지었다. "—아직 확실한 건 아니지만 절름발이가 될지 도 모른다는 의사의 말이야."

사부는 입을 벌린 채, 아무런 말도 하지 못하고 에이지의 얼굴을 바라보았다.

"놀랄 거 없어. 그 대신 목숨을 건졌으니."라고 에이지는 말했다. "거기다 나는 앉아서 일을 하잖아. 조금은 절름발이가 되어도 일하는 데는 지장이 없어."

사부는 갑자기 머리를 숙이고 오른손으로 눈가를 문지르는가 싶더니 소리 죽여 흐느꼈다.

"너무해."라고 사부가 오열하며 말했다. "그건 너무하잖아."

"그 대신 목숨을 건졌다니까."

"암만 그래도 에이 짱이 절름발이가 되다니, 어떻게 그럴 수가 있어."

"그만둬, 남들이 듣겠다." 에이지가 낮은 목소리로 제지했다. "—어쨌든 죽지 않고 살았잖아. 절름발이가 된다고 확실히 정해진 건 아니야. 지금 그런 건 잊고 너에 대한 얘기를 들려줘. 그래서 넌 아직 가사이에 있는 거야, 다른 데 있는 거야? 어디에 있는 거야?"

"그 얘기는 오스에 짱한테 듣는 편이 나을 거야. 나는 말재주가 없으니."

"사람 속 터지게 하는 녀석이로군."

"그게 아니야." 사부가 아직 흐느낌으로 목을 울리며 눈을 훔치고 말했다. "—사실은 별일 아니야. 그냥 말을 잘못해서 에이 짱의 마음을 상하게 해서는 안 된다고 생각했기 때문이야."

에이지는 말없이 다음 말을 기다렸다.

"가사이에서는 9월 말에 나왔어."라고 사부가 이마를 문지르며 말했다. "워낙 형수님이 또 아기를 낳아서."

"그건 편지에서 읽었어."

"그랬었나." 사부는 미안하다는 듯 어깨를 움츠렸다. "그런데 —고부나초에는 돌아갈 수 없게 되었기에, 난 어쨌든 오스에 짱하고 상의를 해봤어. 그게 아무래도 에이 짱이 나왔을 때의 일도 있으니, 여러 가지로 얘기를 나눈 끝에 집을 빌리기로 했어."

에이지의 얼굴을 살펴보았으나 아무런 말도 할 것 같지 않았기에 사부는 더듬더듬 말을 이었다.

"그리고 오스에 짱네 집 근처에, 뒷골목에 있는 공동주택이기는 하지만, 비어 있는 집이 있고 세도 싸기에 그걸 빌려서 말이지."

"그럼 시타야 가나스기로군."

사부는 고개를 끄덕였다. "우선은 거기에 자리를 잡기는 했는데 아무래도 에이 짱이 나온 뒤에 난처해질 것 같아서, 골목가라도 상관없으니 하다못해 뒷골목의 공동주택이 아닌 곳을 찾으려고."

"일일이 나를 끌어들이지 마."라고 에이지가 말했다. "난 이 수용소에 커다란 빚이 생겼어. 웬만해서는 나갈 수 없게 되었으니 나는 신경 쓰지 말고 일을 처리해."

사부는 동그란 눈을 크게 뜨고 입을 벌린 채 에이지를 보았다.

"하지만 에이 짱."하고 사부가 침을 삼킨 뒤 말했다. "너 언젠가 나와 함께, 아니, 네가 가게를 차리면 나를 풀 쑤는 사람으로 써준다고 약속했잖아."

"그건 바깥세상에 있을 때 얘기야."라고 말한 뒤 에이지는 시선을 돌렸다. "─지금의 나는 수용소의 수용자야."

## 11-1

"이야, 일어나 있었네."라며 혹 세이시치가 들어왔다. "이젠 걸어도 되는 거야?"

"아직 안 돼."라고 요헤이가 말했다. "모두들 그렇게 조급해 해서는 안 돼. 안 그래도 본인이 제일 답답해하고 있으니."

"하지만 어제 여기로 옮겼다고 했잖아. 병자숙소에서 나왔으니 이제 의사의 손은 필요 없는 거 아니야?"

에이지는 오른 다리를 뻗은 채 앉아 밥을 먹고 있었다. 수염이 조금 지저분하게 자랐고, 한동안 햇빛을 쐬지 않았기에 얼굴색이 허여멀겋고, 살도 늘어진 듯 보였으나, 치료를 시작한 지 30일 이상이나 지나 몸 자체는 회복을 한 것이리라. 눈매와 입가에 건강한 젊음이 되살아나 있었다.

"중요한 사실을 잊어서는 안 돼."라고 요헤이가 말했다. "병에 걸린 게 아니라 다리뼈가 부러진 거야. 의사의 손에서는 떠났지만 사실은 지금부터가 중요해. 조금씩 끈기 있게 적응을 해나가다, 그런 다음 걷는 연습을 해야 되니까."

"그럼 조금 성급했나?"

"뭐가?"

"내가 고향에 있었을 때, 쩔ㅡ."하고 말하려다 세이시치는 다급히 말을 바꾸었다. "사쿠자(作左)라는, 한쪽 다리가 불편한 사람이 있었어. 말에 차였다나 어쨌다나, 역시 한쪽 다리가 불편해져서 말이지, 그 사람은 지팡이를 짚고 다녔는데 그게 떠올라서 이렇게 흉내를 내서 만들어봤어."

세이시치가 그것을 들어 보였다. 정(丁) 자 모양으로 윗부분에 가로목이 있는 지팡이였는데, 매끈하게 다듬어져 있었다. 안 돼, 안 돼. 그런 걸 보여줘서는 곤란해, 라며 요헤이는 손을 휘저었고, 에이지는 밥공기와 젓가락을 내려놓았다.

"신세를 졌네, 세이 씨."라고 에이지가 몸을 돌려 말했다. "고마워. 좀 보여줄래?"

세이시치는 요헤이의 얼굴빛을 살폈고, 에이지는 앉은 채로 움직여 봉당 쪽으로 다가갔다.

"조금 길지도 몰라." 지팡이를 건네주며 세이시치가 말했다. "긴 건 자르면 그만이라고 생각해서 말이지. 그래, 거기를 겨드랑이 아래에 대는 거야."

"일어나서는 안 돼."라고 요헤이가 주의를 주었다.

"나도 어딘가에서 본 적이 있어." 에이지는 방의 끝에 앉아 두 다리를 천천히 봉당 쪽으로 내리고 지팡이를 바꿔쥐어 가로대 부분을 겨드랑이 아래에 대보았다. "—좋은 거 같은데. 튼튼해. 무슨 나무야?"

"벚나무야."라고 세이시치가 대답했다. "여러 가지로 알아봤는데 휘어져서도 안 되고 무거워서도 곤란하고, 그래서 조각을 하는 방의 이스케 씨에게 물어봤어. 그 사람은 나무에 대해서 많이 알고 있지 않을까 싶어서. 그랬더니 벚나무가 좋을 거라고 하기에."

"여러 사람에게 심려를 끼치는군."

"금방 쓰지 않아도 걸을 수 있게 될 테지만 말이지."라며 세이시치가 의미도 없이 한손을 내저었다. "그래도 처음 얼마간은 필요할지도 모르겠다 싶어서."

"자, 그만 됐어." 요헤이가 손을 내밀었다. "쓸 수 있게 될 때까지 내가 보관하고 있을게."

에이지는 지팡이를 요헤이에게 건네주었다.

"그럼."하고 세이시치는 뒷걸음질을 쳤다. "난 일을 하다 말고 나왔기에."

에이지가 다시 한 번 고맙다는 인사를 했고, 세이시치는 돌아갔다. 요헤이가 지팡이를 가지고 가서 자신의 사물함 속에 넣는 모습을 바라보며 에이지는 숨을 길고 조용하게 들이마셨다가 그것을 조심스럽게 내뱉었다. 그 숨결을 요헤이가 듣는 것이 두렵기라도 하다는 듯. ─병자숙소에서 방으로 돌아온 지도 벌써 20일 가까이 지났으나 요헤이는 아직도 곁에 붙어서 수발을 들어주었다. 일을 나가지 않는 건 관리소의 허락을 얻은 것이라 할지라도, 임금으로 버는 수입이 끊기게 된다. 한번은 그 일을 얘기해보았더니 요헤이는 웃으며, 8년이나 관리소에 맡겨둔 돈이 있으니 그런 걱정은 조금도 할 필요 없다고 대답했다. ─내복과 버선의 빨래에서부터 옷까지 갈아입혀주었다. 속옷만은 차입품이 남아돌았기에 입고 난 것은 억지로 버리게 했으나 세수에서부터 식사, 이부자리를 깔고 개는 것, 측간에 오갈 때 업고 다니는 등 친아버지라 할지라도 극진하다 싶을 만큼 무엇 하나 불편함 없이 돌봐주었다.

"밥은 다 먹은 겐가?"라고 요헤이가 말했다. "그럼, 차를 내올까?"

"고마워, 뜨거운 물을 마셔서 괜찮아."

사물함에 딱 붙여서 이부자리를 개어두었다. 에이지는 방 끝에서 앉은 채로 기어 돌아가 그 이부자리에 등을 기댔다.

"요헤이 씨."하고 그가 불렀다. "연습을 하고 싶어서 그러는데 벼루하고 붓 같은 걸 마련해줄 수 없을까?"

"알았어. 감시소에서는 장부를 쓰고 있으니 가서 물어보고 올게." 밥상을 치우던 요헤이가 이렇게 말하며 에이지를 다정하게 바라보았다. "―자네가 그런 마음이 들었다는 게 난 기뻐."

에이지는 시선을 돌렸다. "오늘이 12월의, ―며칠이지?"

"10일이야. 내일이 휴일이니."

"그럼 벌써 오십오륙 일이 되는군."

"날수 같은 걸 생각해서는 안 돼. 의사의 진단이라는 건 언제나 가볍게 말하는 법이니. 1년 걸리는 병이라도 환자를 낙담케 해서는 안 된다고 생각되면 반년 이상이라고는 말하지 않아."라고 요헤이가 달래는 듯한 목소리로 말했다. "―어쨌든 날수 같은 건 생각하지 마. 부러진 뼈가 붙어야 하는 거니 부목을 대는 것도 삼십 일이나 오십 일 정도로는 안 돼."

에이지가 고개를 끄덕이며 말했다. "그래서 글씨 연습을 시작하려는 거야."

"그래, 그런 거였군. 그런 거라면 나도 안심이야."

요헤이의 얼굴에 진심으로 마음이 놓인다는 듯한 표정이 나타났다.

바깥은 흐려서, 그렇게 세지는 않았으나 바람이 불고 있었다. 이 건물은 임시 오두막이었기에 바닥에도 벽에도 틈새가 있었고 거기로 바람이 들어왔다. 방바닥을 파서 만든 화로가 2개 있어서 사람들이 있을 때는 양쪽 모두에 불을 피웠으나 지금은 하나밖에 불을 피우지 않았기에, 아무리 숯을 넣어도 방이 따뜻해지는 일은 없었다. 요헤이가 귀찮을 정도로 "좀 더 화로 쪽으로 와."라고 권했으나 에이지는 사물함 앞에서 움직이려 하지 않았다. 관리소에서 지급하는 나무 숯만으로는 부족했기에 나머지는 수용자들이 돈을 모아 사들이고 있었다. 에이지는 그 돈도 낼 수 없을 뿐만 아니라 모두의 보살핌을 받는 몸이었다. 일하고 있는 동료들을 생각해서 불 옆에는 다가갈 수 없는 것이리라. 요헤이는 이런 식으로 추측하고 있는 듯했다. 하지만 사실은 그렇지가 않았다. 에이지는 자신의 몸속에서 일어난 변화를 스스로 확인하기 위해 애쓰고 있는 것이었다. 외풍이 차가운 것도, 추위로 몸이 떨리는 것도, 그러한 것들이 불 옆에 있으면 훨씬 편안해진다는 사실도 알고 있었으나, 지금의 그는 자신을 그런 안이한 장소에 두고 싶지 않다는 기분이었던 것이다.

"이 틈새로 들어오는 바람이 얼마나 차가운지, 그 차가움을 가만히 맛보는 거야." 그는 팔짱을 끼고 중얼거렸다. "—지금은 막 밥을 먹은 뒤이기에 아직 그렇게 춥지는 않지만, 조금 지나면 몸이 떨려오겠지. 어떤 식으로 해서 몸이 떨려오기 시작하는지, 그때 어떤 기분이 드는지 가만히 맛보는 거야."

나이가 스물넷이 되도록 외풍의 차가움이나 몸서리를 의식해서 맛본 적은 없어. 이번이 처음이야. 그 일 자체에는 의미가 없을지라도 그것을 놓치지 않고 맛보겠다는 마음은 소중한 거야.

"흠, 오카야스 씨한테 옮은 건가?" 그가 잠시 생각하다 쓴웃음을 짓더니, 그러다 곧 머리를 흔들었다. "—그게 아니야. 오카야스 씨한테 옮은 게 아니야. 이건 내 마음속에서 생겨난 거야. 이건 중요한 일이야."

설거지를 하고 들어온 요헤이가 솜을 둔 잠옷이라도 덮어줄까,

라고 말했으나 에이지는 그럴 필요 없다고 대답했다. 요헤이는 더 권하지 않고 곧 밖으로 나갔다.

"아니, 그만두자." 잠시 후 에이지는 머리에 떠오른 생각을 떨쳐냈다. "와타분에 대해서는 그만두자. 그 일은 당분간 잊기로 하자."

그러나 딱 한 가지. 한 조각 비단 때문에 자신의 일생이 엉망진창이 되어버렸다고 생각하는 것은 잘못된 생각이라는 점만은 인정하지 않을 수 없었다. 사람의 일생이 한 조각 비단 같은 것 때문에 엉망진창이 되어서는 안 되기 때문이야, 라고 그는 스스로에게 말했다.

"신기한 일이지만 7월의 폭풍우 속에서 이런 일로는 죽지 않아, 라고 생각했을 때 내가 지금 살아 있다는 사실을 분명하게 느꼈었어."라고 에이지는 다시 중얼거렸다. "―무너진 돌담 아래에 깔려서 모래 섞인 소금물을 마시며 너무 괴로운 나머지 차라리 죽는 편이 낫겠다고 생각했을 때도 내가 지금 살아 있다는 사실을 생생하게 느꼈었어."

아니 그렇게 서두를 것 없어, 하나의 일에서 다음 일로 옮기기 전에 처음의 하나를 철저하게 끝까지 생각하는 거야.

"내 마음이 변하기 시작했다는 확실한 증거 가운데 하나가 이거야." 그는 눈을 감고 한마디, 한마디 무엇인가에 새겨넣기라도 하듯 천천히 중얼거렸다. "―사람의 일생은 한 조각 비단 같은 것 때문에 엉망진창이 되어서는 안 돼, 이게 가장 중요해."

그는 마음속에서 그 말을 몇 번이고 되풀이해서 중얼거렸다. 에이지는 이제 자신이 지나온 세월을 둘로 나누어 생각할 수 있게 되었다. 하나는 작년 11월까지의, 평온하고 행복했던 자신. 다른 하나는 와타분에서의 일 이후, 몸도 마음도 상처투성이였던 자신.

이 2개의 자신은 전혀 다르며, 특히 수용소의 수용자가 된 이후부터 오늘까지의 경험을 통해 되돌아보면, 평온하고 행복했던 생활 속의 자신은 참으로 작고 얄팍하고 거만한 사람이었던 것처럼 여겨졌다.

"자자, 그렇게 서두를 것 없어." 에이지는 다시 눈을 감은 채, 조용히 미소 지으며 자신에게 말했다. "지금의 나도 아직 한 꺼풀 벗은 건 아니야."

요헤이가 벼루 상자를 들고 들어왔다.


## 11-2

"한동안 못 와서 미안해."라고 사부가 보따리를 옆에 놓으며 말했다. "마음에 걸리기는 했지만 올 수 없는 일이 생겨서."

"그만둬. 한동안 못 오긴 뭘 못 와. 여기 이렇게 와주었잖아."라고 에이지가 가로막듯 말했다. "거기다 또 그런 걸 들고 와서, ─이제 그만두라고 분명히 말했잖아."

"그런 말을 들을 정도의 물건들도 아니야. 같은 방 사람들에게 보이는 조그만 마음의 표시와 나머지는 오스에 짱이 마련한 흰 무명뿐이야."

"미리 말해두겠는데 이 다리에 대해서 묻는 건 사양하겠어."

사부는 작고 둥근 눈으로 곁눈질을 했다. "─안 좋은 거 아니겠지?"

"그걸 묻지 말라는 거야."

"하지만─."하고 말했다가 에이지의 눈빛을 보고 사부는 머리를 끄덕였다. "알았어. 더는 말하지 않을게."

"스미요시에는 요즘에도 가나?"

"응, 가끔이기는 하지만. 얼마 전에도 오노부 짱이 여기로 또 만나러 오고 싶다고 했어."

"이번에도 네가 부추긴 거겠지."

"그렇지 않아. 부추기긴 누가 부추겨? 오노부 짱, 약간 취해 있었으니 술김에 한 말일지는 모르겠지만 조만간에 만나러 오고 싶다고 두 번이고 세 번이고 말했었어."

"널 떠보려는 거야, 그건."

"떠보다니, 뭘?"

"언제까지고 분명히 하지 않으니 나를 핑계로 네게 과감하게 결단을 내리게 하려는 속셈인 거야."

사부가 울상을 짓듯 입술을 일그러뜨려 쓴웃음을 지으며 어정쩡하게 고개를 저었다.

"에이 짱이 그렇게 말해주면 나야 기쁘지."라고 사부가 말했다. "—하지만 이제는 아니야. 오노부 짱이 자신의 마음을 전부 얘기해주었어."

에이지는 입을 다물었다.

"아아, 까먹고 있었는데,"라고 사부가 갑자기 떠올랐다는 듯한 투로 말했다. "오노부 짱의 덧니가 빠졌어."

"왜 말을 돌리는 거야."

"잊었어? 오노부의 이 여기에."

"알고 있어. 덧니는 언젠가 빠지는 법이야."

"스무 살이 되기 전까지는, 이라고 말했었는데, 정말 그렇게 돼서 깜짝 놀랐었다니까. 정확히 19년 10개월째였으니까."

에이지는 사부의 얼굴을 가만히 바라보았다.

"사부."하고 에이지가 매몰찬 목소리로 말했다. "너 가끔은 진지하게 얘기하지 못하겠어?"

"진지하게, 라니, 내가 뭘."

"노부 공이 뭐라고 한 거지? 자신의 마음을 이야기했다는 건 무슨 말이야?"

사부는 힘없이 고개를 떨구고 어깨를 움츠려 한숨을 쉬었다. 애처로운 듯한, 의지할 곳 없어 보이는 듯한 모습이었다. 난 어째서 이 모양일까, 라고 에이지는 생각했다. 떨어져 있을 때는 좀 더 다정하게 대하고 어루만져주어야겠다고 생각하면서도, 막상 얼굴을 대하면 금방 답답해져서 나도 모르게 거친 말투를 사용하게 돼, 난 못된 놈이야. 이렇게 생각하면서도 태도를 부드럽게 하지는 못했다.

"－난, 생각하는데."라고 고개를 숙인 채 사부가 중얼거리듯 말했다. "가끔 그렇게 생각하는데, 내가 그 사람을 좋아한 건 잘못된 일이었어. 나 같은 건 애초부터 여자를 좋아해서는 안 되는 성격이야. 나처럼 아둔한 놈이 오노부 짱을 좋아하다니, 그야말로 웃음거리였어."

"분명하게 말해봐, 노부 공이 너를 비웃었어?"

사부는 머리를 좌우로 흔들었다. "비웃지 않았어, 그 사람은 울었어."

에이지는 다시 입을 다물었다.

"오노부 짱은 전에부터 에이 짱을 좋아했었다고 했어."

"취해 있었잖아. 그 녀석은 술이 세기도 하지만 취하면 입도 드세져. 마음에도 없는 것을 일부러 우기기도 하고, 자기 생각하고 반대가 되는 말을 하기도 해. 술에 취한 노부 공의 말 같은 거 진심으로 받아들이는 사람이 어디 있어?"

사부는 천천히 머리를 좌우로 거듭 흔들었다.

"내가 오스에와 하나가 될 생각이라는 사실도 노부 공은 다 알고 있어. 그건 너도 알고 있잖아."

"오노부 짱도 그렇게 말했어."라고 사부가 낮은 목소리로 말했다. "하지만 그래도 상관없대. 부부가 되지 않아도 상관없대. 일평생 에이 짱만을 좋아할 거래."

에이지는 웃었다. "어린애 같은 소리를 하는군. 그건 술에 취해서 하는 허풍이야. 일평생 좋아하다니, 통속소설도 아니고 살아 있는 사람이 그럴 수 있을 거라고 생각해?"

"나 같은 사람이라면."이라고 말하고 사부는 얼굴을 들어 힘없이 미소 지었다. "—난 그 사람을 평생 잊지 않을 생각이야."

그런 다음 갑자기 말투를 바꾸어 에이지의 뒤쪽을 가리키며 글씨 연습을 시작한 것이냐고 사부가 물었다.

"오륙일 전부터."라고 에이지가 대답했다. "내가 글씨를 쓰니까 모두 깜짝 놀랐었어. 그리고 자기들도 배우고 싶다기에 지금 5명쯤에게 가나43)를 가르치고 있어."

잘됐네, 라고 사부는 말했다. 에이지가 그런 마음이 들었기에 진심으로 마음이 놓인다는 듯한 모습이었다.

"역시 에이 짱은,"하고 사부가 말을 이었다. "어딜 가나 사람들 위에 서게 되어 있나봐."

"보여줄까?"라고 말하고, 에이지는 뒤로 앉은뱅이걸음을 해서 작은 책상 위에 있던 두루마리를 집어 돌아오더니 그것을 사부에게 건네주었다. "그걸 좀 봐줘."

---

43) 仮名. 한자의 일부를 따서 만든 일본 특유의 문자.

사부는 두루마리를 펼쳐보더니, 그런 다음 이상하다는 듯 에이지를 보았다. "—이건 내 편지잖아."

"나의 습자본이야."라고 에이지는 말했다. "나는 그 글씨를 본보기로 글씨 연습을 하고 있어."

"농담하지 마. 말도 안 돼."

"거짓말 같으면 책상 위를 봐. 그걸 본보기로 해서 연습한 종이가 쌓여 있으니."

"왜 그런. 나처럼 이렇게 서툰 글씨를 네가," 사부는 당황해서 말을 더듬었다. "그건 에이 짱, 죄를 짓는 거야."


## 11−3

"그렇지 않아. 이 글씨는 서툴지 않아."라고 에이지가 힘을 주어 말했다. "—나도 처음에는 그렇게 생각했었어. 요 얼마 전까지만 해도 정말 서툰 글씨라고 생각했었어. 그런데 차분한 마음으로 자세히 보니 서툴기는커녕, 정말 제대로 쓴 글씨라는 사실을 깨달을 수 있었어."

습자를 할 때 멋있는 글자를 쓰려 하지 말라고 호코도의 어르신은 귀가 따가울 정도로 말했었다. 멋진 글씨를 쓰려고 하면 거짓이 된다, 글씨라는 건 그 사람의 본성을 나타내는 것이다, 아무리 멋있는 글씨를 써도 그 사람의 본성이 드러나 있지 않은 것은 글씨가 아니다, 잘 쓰고 못 쓰고는 문제가 아니다, 자신을 속이지 말고 그저 정직하게 써라, 어르신은 언제나 그렇게 말했었다.

"기억하고 있지, 사부?" 에이지는 사부의 편지를 받아들어 그것을 무릎 위에서 펼쳤다. "네 앞에서 말하기는 좀 그렇지만 이 글씨야말로 진짜배기야. 만약 글씨만 놓고 얘기한다면, 너는 내 위에 서 있어."

사부는 벌겋게 상기되어 품속에서 접은 손수건을 꺼내서는 이마를 훔치고 목을 훔쳤다.

"나, 땀에 흠뻑 젖었어."

"같잖은 소리를 해서 미안해." 에이지가 편지를 말며 말했다. "―사람은 누구에게나 스스로는 깨닫지 못하는 재주가 있는 듯해. 내가 여기에 들어온 지도 그럭저럭 1년이 되었는데 그 사이에 여러 사람과 일들을 보아왔어. 수용소는 바깥세상과는 달라서, 부랑자나 감옥에서 나온 사람들뿐, 한마디로 말하자면 세상에서 밀려난 사람들이야. 그런데 함께 생활해보니 얼간이네, 굼벵이네, 손을 쓸 수도 없이 난폭한 사람이네, 그런 말을 듣는 사람들 모두가 각자 좋은 점을 가지고 있었어. 누구도 흉내 낼 수 없을 만큼 훌륭한 일을 하는 사람도 몇 명인가 있어. 선천적인 악당이나 미치광이가 아닌 한, 사람에게는 모두 타고난 재주가 있는 법이야. 도편수라고 해서 훌륭하고 서툰 목수라고 해서 재주가 없다고 할 수 있는 건 아니야. 떠돌뱅이 생선장수 중에는 요리점의 주방장보다 칼을 잘 다루는 사람이 있을지도 몰라. 난 여기서 1년쯤 생활해보고 그렇게 생각했어. 사부, ―너 언제까지고 자신을 비하하지만 말고 스스로를 잘 살펴보도록 해."

사부는 굼뜬 손동작으로 보따리를 풀어 흰 무명을 잘라 만든 속옷다발을 이쪽에 놓은 뒤, 도시락 상자 3개를 들고 방 안을 둘러보았다. 그때 요헤이가 다기를 준비해 화로 부근에서 이쪽으로 오고 있었다.

"늘 이렇게 문병을 오시느라 고생이 많습니다."라고 요헤이가

233

말했다. "몇 번을 우려낸 것이기는 합니다만, 좀 드세요."

사부는 에이지를 위해서 감사의 말을 늘어놓고, 도시락 상자 3개를 내밀었다. 그렇게 해서 다시 장황한 인사를 서로 주고받기 시작했기에 에이지는 시선을 돌려버렸다.

—답답한 녀석이야, 라며 에이지는 마음속으로 혀를 찼다. 틀림없이 내 말은 듣지도 않았을 거야. 쇠귀에 경 읽기, 입만 아플 뿐이야.

요헤이가 도시락 상자를 들고 화로 쪽으로 가자 사부는 보자기를 접으며 오스에가 다시 하녀로 일을 시작했다고 말했다.

"시타야 가나스기의 집은 작기는 하지만 아버님이 붓 장사를 하고 있어서 생활에 어려움이 있는 건 아니야."라고 사부는 말을 이었다. "—와타분에서 일을 한 것도 예의범절을 배우기 위해서였다고 하는데, 이번에는 그렇지가 않아. 에이 짱이 나왔을 때를 위해서 조금이라도 품삯을 모아둘 거라며."

"또 그거야?" 에이지는 노골적으로 얼굴을 찌푸렸다. "난 언제 여기서 나갈지 알 수 없는 몸이라고 말했잖아. 나에 대해서는 생각하지 말라고 네가 확실하게 말해줘. 부탁이야, 사부."

사부는 애매하게 고개를 끄덕였다. "—알았어, 그렇게 얘기할게. 얘기해봐야 소용없을 테지만."

에이지는 못 들은 척했다.

"에이 씨라고 불러도 괜찮을까?" 사부가 돌아간 뒤 요헤이가 옆으로 와서 말을 걸었다. "—오카야스 씨가 그렇게 부르지 말라고 했었기에."

"어떻게 부르든 상관없어. 이름은 그냥 부호 같은 거니까."

"자네 기분을 상하게 할지도 모르겠지만,"이라고 요헤이가 평소와는 달리 강한 어조로 말했다. "사부라는 사람을 조금 더 다정하게 대해줄 수는 없겠는가?"

에이지는 요헤이의 얼굴을 바라보았다. "다정하게라니, 어떤 식으로."

"그건 자네가 알고 있겠지. 그 사람은 짬을 내서 저렇게 부지런히 문병을 와주고 있어. 두 사람의 관계가 어떤 건지는 모르겠지만, 웬만한 마음으로는 할 수 있는 일이 아니야. 에이 씨는 머리가 좋으니 내가 하는 말 같은 건 우습지도 않을 테지만, 제아무리 현명해도 사람, 자신의 등을 볼 수는 없는 법이니."

그리고 요헤이는 다른 곳으로 갔다.

## 11-4

요헤이가 한 말의 마지막 한 구절이 에이지의 머리에 강하게 걸렸다. 바보 같은 소리, 현명하든 현명하지 않든 거울을 사용하면 자신의 등 정도는 누구나 볼 수 있어. 마음속에서 이렇게 맞받아쳤지만 요헤이가 그런 의미에서 한 말이 아니라는 사실은 알고 있었으며, 설령 그런 의미였다 할지라도 '거울' 없이 자신의 등을 볼 수는 없다. 그렇다면 그런 생각을 바로 떠올리는 머리의 좋음이, 사부가 하는 말, 하는 행동을 답답하게 여겨 자신도 모르게 매정하게 대하는 것이라고 요헤이는 지적하고 싶었던 것일까?

"에잇, 한심하기는." 에이지는 자신을 질타했다. "어째서 그렇게 남의 말에 연연하는 거야? 무슨 말을 들을 때마다 일일이 그렇게 연연하는 게 무슨 도움이 되겠어. 너는 그냥 너대로 살면 되잖아."

이런 버릇은 버리지 않으면 안 돼, 라고 에이지는 스스로에게 말했다.

글씨를 배우고 싶다는 사람이 조금씩 늘어서 비나 눈으로 일을 쉴 때나 저녁을 먹고 난 뒤면 매일, 책상 앞에 앉는 사람이 10명 가까이까지 되었다. 책상은 관리소의 창고에 낡은 것이 있었으며, 목수의 방에 있는 자가 만들어준 것도 있었다. 벼루와 붓과 먹 등은 바깥심부름꾼에게 부탁해서 샀으나 종이는 비쌌기에 물로 쓰는 방법 등도 사용했다. 다시 말해서 종이 가득 글자를 쓰고 나면 그것을 먹으로 완전히 검게 칠해서 말린 다음, 그 위에 물로 글자를 쓰는 것이었다. 쓴 글자는 물론 마르면 사라졌지만, 붓 다루는 법의 연습에는 도움이 되었기에 종이 한 장으로 꽤 오래 쓸 수 있었다. 그러던 어느 날, 감시역인 고지마 료지로가 와서 그건 수용소의 규칙에 반한다고 잔소리를 했다.

"인부들 방에서 멋대로 글자를 가르치거나 배워서는 안 돼."라며 고지마는 일부러 에이지를 보지 않고 말했다. "글씨 연습을 하겠다는 건 가상한 마음가짐이니 진심으로 하고 싶다면 요청을 하도록 해. 글씨를 배운다는 건 만만한 일이 아니야. 어디서 익혔는지도 모르는 사람에게 배우면 나중에 돌이킬 수 없는 일이 되어버리고 말 거야."

관리소의 허락을 얻거나, 그렇게 하지 않으면 글씨 익히기는 금지라는 것이었다.

어디서 익혔는지도 모르는 사람이라는 말은 에이지를 가리키는 것이리라. 에이지는 호코도에서 10년이나 글씨 연습을 계속해왔으며 동료들 사이에서는 잘 쓰는 편에 들었었다. 그는 고타쿠44)와

---

44) 호소이 고타쿠(細井広沢, 1658~1736). 에도 시대 중기의 유학자.

료코[45])를 좋아했으며 중국풍의 서체도 일본풍의 서체도 본격적으로 배웠다. 고지마에게 눈이 있다면 그 정도의 사실은 알았을 텐데, 라고 에이지는 생각했다가, 아니, 하며 곧 머리를 흔들었다. 그렇지 않아, 규칙에 위반된다는 건 사실일지도 몰라, 요청을 하라고 하니 그렇게 하는 게 순서야, 라고 생각을 바꾸었다.

같은 방 사람들도 허락을 받으라고 하기에 에이지는 자신이 쓴 글씨본 몇 권을 모아 요헤이에게 들려 관리소로 가게 했다. 그때는 하급 도신이 생각해보겠다고 말했다고 했으나, 이튿날 오카야스 기헤에가 직접 방으로 찾아왔다. 모두 일을 나간 뒤로 에이지와 요헤이 두 사람밖에 없었으나 오카야스는 요헤이까지도 자리를 비우게 했다.

"공교롭게도 하쿠오가 서예를 하고 있어."라고 오카야스가 단도직입적으로 말했다. "─관리소에서 자네만 특별취급 한다며, 전에부터 마땅치 않게 생각하고 있던 자가 있었는데, 그 자가 하쿠오에게 귀띔을 한 듯해. 나도 모르는 사이에 소장에게 말이 들어가고 말았어."

하쿠오란 심학 교사인 다테마쓰를 말한다. 그도 보수 없이 강의를 하러 오는데 자신을 무시한 채 수용자가 글자를 가르친다는 말을 들었기에 자존심이 매우 상한 듯, 소장인 나루시마 지에몬에게 강력히 주장했다. 글자를 배우는 것은 처음이 중요해서 단순히 글자를 외우는 것뿐만 아니라 마음가짐이 소중하다. 명창정궤[46])까지는 바라지도 않지만, 심신을 깨끗이 하고 무념무상이 되어 붓을 쥐지 않으면 안 된다. 복작복작한 수용자들의 방 같은 데서 예도

---

45) 마키 료코(巻菱湖, 1777~1843). 에도 시대 후기의 서예가.
46) 明窓淨几. 밝은 창에 깨끗한 책상이라는 뜻.

갖추지 않고 멋대로 하는 것은 오히려 해가 될 뿐이다, 라고 주장했다고 한다.

"그 말에도 일리가 있고,"라고 오카야스는 말을 이었다. "이 방보다는 관리소의 방이 조용해서 좋을 듯해. 그렇게 생각하지 않는가?"

"사람들이 갈지 말지가 문제입니다."라고 에이지가 대답했다. "이 방이기에 마음 편하게 붓을 잡는 것이지, 관리소까지 가야 한다면 아마도 지속되지 않을 듯합니다만."

그리고 에이지는 웃음을 터뜨리더니 소리 내어 웃었다. 오카야스가 의아하다는 듯 바라보고 있다가 "뭐가 그리 우스운가?"라고 물었다. 에이지는 다테마쓰 하쿠오가 언젠가 했던 강화가 떠오른 것이었다. 기무라 시게나리의 인내심이 얼마나 강했는지, 사람에게 인내심이 얼마나 중요한지를 하쿠오는 언변을 다해서 설명해주었다. 그 당사자가 화가 난 것이었다. 에이지가 서예를 가르친다고 해서 나이도 지긋하게 먹은 심학 교사가 자존심에 상처를 입어, 소장에게까지 호통을 친 것이었다. 그런 생각이 들었기에 자신도 모르게 웃음을 터뜨린 것이었으나 물론 오카야스에게 그런 사실은 말하지 않았다.

"모두가 돌아오면 얘기를 해보겠습니다."라고 에이지가 웃음을 그친 뒤 말했다. "저는 다리가 이 모양이기에 같이 갈 수는 없습니다. 지금까지처럼 여기서 하겠습니다."

"이런 일로 속상해 하지 말게."

오카야스 기혜에는 이렇게 말하고 자리를 떴다.

관리소에서 서예를 가르친다는 말을 듣자 사람들 모두 웃음을 터뜨렸다.

"그 뚱보 심학 선생이? 그만두라고 해."라고 산페이가 말했다. "아마도 강화를 해가며 가르칠 속셈일 테지만, 그 영감의 피둥피둥 살찐 몸뚱이를 보기만 해도 난 속이 메슥거린단 말이야. 결단코 가지 안을 안 먹을 거야."

"가지 안이 어쨌다는 거야?"

"말장난한 걸 나중에 설명하면 김이 새잖아."라며 산페이는 주먹으로 코를 문질렀다. "그보다 자네는 어쩔 텐가? 관리소까지 납시셔서 글을 배우시겠는가?"

"자네가 가지 속이라는데, 어떻게 나만 납시시겠는가?"

"그새 가지 속이라니." 산페이가 콧등에 잔주름을 만들었다. "가지 않을 거야가, 가지 안을 안 먹을 거야가 된 건데, 그걸 이해를 못하는가?"

"한방 먹었군."하며 기치조가 손뼉을 쳤다. "결국은 말장난의 설명을 하고 말았어."

"그러지 말고 잠깐 들어봐요."하고 요헤이가 달래는 듯한 투로 말을 꺼냈다. "여러분들의 마음은 잘 알고 있습니다. 틀림없이 관리소까지 가야 할 정도의 일도 아니에요. 그냥 마음 편하게 할 수 있기에 글자 하나라도 배우려던 것이지, 새삼스럽게 서당 같은 데 다녀야 한다면 그건 귀찮은 일이에요. 그야 물론 그렇지만, 오카야스 씨가 기껏 걱정을 해주셨고, 소장님의 특별한 주선으로 성사된 일이니 한 달이 됐든 보름이 됐든, 다녀보기라도 하는 것이 좋을 듯합니다만."

"요헤이 씨는 그래도 상관없을지 모르겠지만,"하고 조장인 구라타가 말했다. "일부러 관리소까지 가서, 누군가의 말처럼 아주 어려운 강화를 들으며 글씨 연습을 하라는 건 억지스러운 말이야."

차에 말은 밥을 먹으러 천축까지 가라는 말과 다를 바 없어, 라고 누군가가 말했다.

매월 첫 번째 휴일이 심학강화와 습자의 날로 정해져 삼태기 방에서도 대여섯 명이 갔다. 우습게도 그들은 모두 에이지와 책상을 늘어놓은 적이 없는, 다시 말해서 에이지와 함께 습자를 하는 동료들을 외면하던 자들뿐이었다.

"나도 눈치 채지 못했었는데, 세상일이란 참으로 어려운 법이로군."하고 요헤이가 말했다. "저 사람들은 시기를 하고 있었던 거야. 에이 씨 주위에 모여서 모두가 습자를 할 때 곁으로 다가오지도 않았으면서, 사실은 자신들도 함께 해보고 싶었던 모양이야."

"미안하게 됐군."하고 에이지는 말했다.

그가 누구에게 권한 적은 없었다. 가르쳐달라는 사람에게 가르쳐 준 것일 뿐, 원래는 자기 혼자서 할 생각이었다. 사부의 글자에서 무엇인가를 배우고 싶었으며, 그렇게 함으로 해서 몸이 불편하다는 데서 오는 초조함을 한시라도 달래보고 싶었던 것이었다. 하지만 같은 방에서 20여 명의 사람들이 함께 생활하고 있다는 사실을 생각했어야만 했다. 자신을 중심으로 10명 정도가 책상을 늘어놓았다면, 다른 분들도 어떻습니까? 하고 말을 건네보는 것이 당연한 일이었으리라. 생각지 못했어, 라고 에이지는 스스로에게 혀를 찼다.

연말도 얼마 남지 않은 26일은 아침부터 눈이 내렸는데, 그 눈 속을 오노부가 찾아왔다. 눈 때문에 일도 쉬었기에 삼태기 방에는 사람들이 전부 있었다. 평소라면 관리소의 작은 방에서 만났을 테지만 에이지의 다리는 아직 거기까지 걸을 힘이 없었다. 그랬기에 요헤이가 모두에게 얘기해서 한쪽 구석으로 가달라고 말한 뒤, 언제인가처럼 에이지 주위에 작은 병풍을 둘렀다.

"어머, 건강한 것 같네." 오노부가 문가에서 우산의 눈을 털며 말했다. "문병이 늦어져서 미안. 11월부터 정신이 하나도 없었어."

그리고 요헤이에게 인사를 한 뒤 들고 있던 보따리를 풀어, 얼마 되지 않지만 여러분 한 입씩이라도, 하며 떡 꾸러미를 건네주고, 나머지 꾸러미를 들고 에이지 쪽으로 갔다.

"완전히 건강해진 거 같은데."

"똑같은 말만 되풀이하지 마. 좀 침착하라고."

"살이 찐 거 같은데."

"다리 얘기는 사양하겠어."

"틀림없이 살이 조금 올랐어." 오노부는 눈을 가느다랗게 뜨고 에이지의 얼굴에서부터 몸을 둘러보았다. "뺨 같은 데는 못 알아보겠어. 어쩌지, 그쯤에서 멈추지 않으면 기껏 잘생긴 얼굴도 흉해지겠는걸."

"그냥 수다를 떨러 온 거야, 아니면 다른 볼일이라도 있는 거야?"

요헤이가 차를 가져오자 오노부가 에이지의 물음을 얼버무리듯 요헤이에게 감사의 말을 하고 차를 마셨다.

"스미요시의 어르신이 돌아가셨어."

"—어쩌다?" 에이지가 놀란 듯한 눈으로 오노부를 보았다.

"어쩌다, 라고 할 것도 없어. 뭐랬더라, 어떤 병 때문에 발에서부터 허리까지 뼈도 살도 썩어버렸어."라고 말한 뒤, 오노부는 얼굴을 찌푸렸다. "—일찍 알았으면 치료할 방법도 있었는데 동네의 돌팔이 의사에게는 그 병이 뭔지 몰랐던 거겠지. 바르는 약으로 눈속임을 하고 있는 동안 시기를 놓쳐서 외과의 뭐라고 하는 훌륭한 선생님께 진찰을 받았을 때는 이미 어떻게 해볼 수도 없었대."

"그거 참, 형편없는 의사도 다 있군."

돌아가신 지 오늘이 열하루 되는 날이야, 라고 말하며 오노부는 손에 들고 있던 찻잔을 아래에 놓았다.

"부부 둘이서 아이도 없고, 고향은 먼 곳이래."라고 오노부가 말을 이었다. "아주머니는 완전히 기력을 잃으셔서 마치 병자처럼 되어버리고 말았어. 재료 들이는 일에서부터 요리, 가게의 일까지 전부 내가 하고 있는데,"

에이지가 잠시 기다렸다가 되물었다. "있는데, ―어쨌단 말이지?"

"아주머니가 말이지, 내게 양녀가 되어달라고 하고 있어."

에이지가 물었다. "노부 공은 싫어?"

"그게 간단한 문제가 아니야." 오노부가 우물거리다가 말했다. "스미요시라는 가게는, 작기는 하지만 술과 안주로 알려져 있었잖아. 돌아가신 아저씨는 요리사로서도 솜씨가 상당히 좋았어. 그런데 여자끼리만 장사를 하면 손님들의 발길이 끊어질 게 뻔해."

"답답해라."하고 에이지가 말을 가로막았다. "그런 건 들어봐야 내가 어쩔 수 있는 일이 아니잖아. 좀 더 중요한 부분을 얘기해봐."

"성급하기는." 오노부가 노려보았다. "가끔 와서 이야기하는 거잖아. 조금은 차분하게 들어줘도 되지 않아? 사람의 얼굴을 보자마자 침착하라고 말하더니, 너야말로 조금은 침착하는 게 좋겠어."

"그래, 알았어. 그럼 네 마음껏 떠들어봐. 노부 공은 기가 세서 당해낼 수가 없다니까."

오노부가 갑자기 눈을 매섭게 떴다. "그거 무슨 뜻이야? 사부 짱에 대해서 말한 건 아니겠지?"

"얘기가 다르잖아."

"하지만 말이 나왔으니 분명히 해두겠어."라며 오노부가 정색을 했다. "나, 사부 짱한테 말했어. 아무래도 너한테는 사모하는 감정이 생기지 않는다고. 손님으로라면 언제든 만날 수 있지만 그 이상의 일은 생각하지 말아달라고."

"세상에는 기가 아주 센 여자도 있는 듯하지만, 남자한테 대놓고, 그것도 홀딱 반해버린 사람에게 그렇게 아무렇지도 않게 말할 수 있는 여자는 아마 둘도 없을 거야."

"내가 지금까지 살아올 수 있었던 건 그 덕분이야."라고 오노부가 얼굴을 들어 말했다. "그렇게 하지 않았다면 죽은 언니처럼 나도 뚜쟁이 로쿠의 손에 걸렸거나, 부모님의 먹잇감이 되었을 거야. 여자가 성실하게 살아가려면 일의 매듭을 하나하나 분명하게 짓는 것이 중요해. 일을 조금이라도 애매하게 내버려두면 그것이 언제 목숨을 앗아갈지 알 수 없어. 언니가 그 좋은 증거야."

"대단하군."하고 에이지가 말했다. "이건 비꼬는 게 아니라 진심이야. 노부 공이라면 훌륭하게 해나갈 수 있을 거야."

"맞아, 그럴 생각이야."라고 말한 뒤, 오노부는 시선을 돌렸다. "나도 설마 마귀할멈은 아니고, 사부 짱의 마음을 생각하면 그렇게 말하기가 괴로웠어. 내 가슴에 칼을 대는 듯한 심정으로 말한 거야."

"사부를 위해서도 그러는 편이 좋았을 거야. 녀석이라고 그렇게 언제까지고 풀이 죽어 있지는 않겠지."라며 에이지는 고개를 끄덕인 뒤 오노부를 보았다. "—그런데 중요한 얘기가 있는 거 아니었어?"

오노부는 무릎 위에서 두 손가락을 맞잡기도 하고 풀기도 하며 쉽게는 말을 꺼내기 어려운 모양이었다.

"혼담이로군."하고 에이지가 말했다.

오노부가 가만히 끄덕였다.

"상대가 마음에 들지 않는 거야?"

"응."하고 오노부가 속삭이듯 대답했다. "저기 료고쿠에 도키와로(常盤楼)라는 가게가 있잖아."

"이름은 들어본 적이 있어."

그곳의 요리사 중에 도쿠(德) 씨라는 사람이 있었다. 나이는 서른다섯, 고인이 된 스미요시의 주인과 전부터 알고 지내던 사이로 가끔 술을 마시러 왔었는데 그 남자를 오노부의 남편으로 삼아 스미요시를 꾸려나가자는 이야기가 나왔다.

"서른다섯이라는 나이도 싫어."라고 오노부는 말을 이었다. "그런 할아버지 같은 사람이랑 부부가 되는 것도 기분 나쁘고, 더구나 그 사람 술버릇이 있어. 툭하면 화를 내고, 화를 내면 바로 난폭해지거든. 난 죽어도 그런 사람의 아내는 되지 않을 거야."

"그렇게 마음을 정했다면 특별히 곤란할 것도 없잖아."

"그게 그렇지가 않아서 에이 씨의 지혜를 빌리러 온 거야."

"가엾게도."하며 에이지가 쓴웃음을 지었다. "서른다섯에 할아버지라니."

"진지하게 좀 들어."라고 오노부가 말했다.

"난 지금 진지해."라고 에이지가 말했다. "서른다섯인데 할아버지라고 하다니, 그건 노부 공이 상대방을 싫어하기 때문이야."

"그건 조금 전에 말했잖아."

"그럼 뭐가 난처하다는 거야. 사부를 포기하게 만든 것처럼 싫다고 분명하게 말하면 되잖아."

"그렇게 해서 끝날 일이면 상의하러 오지도 않았어."

골치 아프게도 상대 남자가 오노부에게 완전히 빠져버려서 술에 취하거나 했을 때, 만약 이 혼담이 성사되지 않을 양이면 오노부를 죽이고 자신도 죽을 생각이다, 라고 말한다는 것이었다. 그것도 말뿐 아니라 진짜로 그렇게 할 만한 사내였다. 스미요시의 안주인은 전부터 그 남자의 솜씨를 믿고 있어서 앞으로 가게를 계속 꾸려 나가려면 그 남자가 오는 수밖에 없다고 거듭 울며 졸라댄다는 것이었다.

"뛰쳐나오면 되잖아."

"라고 에이 씨는 말하겠지."

"뛰쳐나오면 그만이야."라고 에이지는 말했다. "스미요시의 안주인도 그렇게 나이가 많지는 않아. 그 요리사하고 나이 차이도 얼마 되지 않을 것 같은데."

오노부는 머리를 흔들었다. "아주머니는 서른여덟이야."

"여자로 한창인 나이잖아. 세 살 많은 아내는 강철로 삼은 짚신을 신고라도 찾으라고 하잖아."

"바보같이." 오노부가 웃음을 터뜨렸다가 손으로 입을 가린 뒤 말했다. "그건 한 살 위잖아."

안주인에게도 남자에게도 그럴 기색은 전혀 보이지 않아. 만에 하나 일이 그렇게 된다 할지라도, 그렇게 되기 전에 내가 스미요시에서 나오는 건 스스로가 짐승처럼 되어버리는 일이야.

"내가 뚱쟁이 로쿠한테서 도망쳐 부모님들의 먹잇감이 되지 않을 수 있었던 것도 전부 스미요시라는 가게가 있었기 때문이야."라고 오노부는 말했다. "—에이 씨는 틀림없이 다른 가게였어도 마찬가지였을 거라고 말할 테지. 그럴지도 몰라. 다른 가게였어도 다를 건 없었을지도 모르지만, 그렇지 않았을지도 모르잖아. 안 그래?"

"노부 공이라는 녀석은, 억지라는 걸 잘 쓴단 말이지." 에이지는 이렇게 말하고 좋지 않은 쪽 다리의 위치를 바꾸었다. "하지만 말이지, 내가 말하고 싶은 건 스미요시라는 가게의 좋고 나쁨이 아니라, 노부 공의 마음이 무엇보다 중요하다는 거야. 지금까지 버텨올 수 있었던 건 가게 덕분이 아니야. 노부 공의 그 꺾이지 않는 마음 때문이야. 그거야, 내가 말하고 싶은 건."

오노부가 가만히 에이지의 얼굴을 바라보다가, 그런 다음 천천히 머리를 흔들었다.

"너는 세상을 몰라."라고 오노부가 굵은 한숨을 내쉬듯 말했다. "—그렇지 않아. 그게 아니야." 그리고 오노부는 잠시 생각했다가 말을 이었다. "용이 하늘에 오를 때도 아무 구름이나 타고 올라가면 되는 게 아니야. 올라갈 수 있는 구름과 그렇지 않은 구름이 있대. 용에게는 하늘에 오를 힘이 있지만, 그래도 발판이 되는 구름이 없으면, —뭐야, 왜 웃는 거야?"

"아니야." 에이지가 웃음을 그치고 한 손을 흔들었다. "세상을 모르는 사람이 갑자기 용이 되었기에 깜짝 놀란 거야."

오노부가 양 어깨를 들었다가 마치 '실망했다'고 말하기라도 하듯 그 어깨를 떨어뜨리며 에이지를 노려보았다.

"에이 씨가 사부 짱의 노고를 모르는 이유를 이제 알겠네."라고 오노부가 영탄하는 듯한 투로 말했다. "─나의 꺾이지 않는 마음이라면 어느 가게에서나 무사히 지냈을 거라니, 세상은 그런 게 아니야, 에이 씨. 용의 이야기는 좀 과장스러웠을지 모르겠지만, 에이 씨가 아무리 머리가 좋고, 솜씨가 아무리 좋아도 그것만으로는 어디서나 훌륭한 장인이 될 수 있을 거라고는 생각지 않아. 훌륭한 장인이 되고 나면 호코도가 아니었어도, 사부 짱과 오스에 짱이 없었어도 훌륭한 장인이 될 수 있었을 거라고 너는 말할지도 몰라. 하지만 역시 호코도가 있고, 사부 짱이 있고, 오스에 짱이라는 사람이 있었다는 사실은 지울 수가 없잖아."

"용의 승천이 이번에는 사부가 된 거야? 내 얘기는 잠시 접어두고, 가게를 나오기도 싫다, 그 남자도 싫다고 하면, 나로서도 뾰족한 수가 없는데."

"그렇겠지." 오노부가 기다란 한숨을 내쉬었다. "얘기를 하다가 아까부터 에이 씨와 상의를 해봐야 뾰족한 수가 없다는 사실을 스스로도 잘 알게 되었어. 미안하게 됐네, 별것도 아닌 얘기를 가지고 와서."

"사과할 건 없어. 내 다리가 이렇지만 않았어도 그 남자를 만나서 어떻게든 해볼 텐데."

"고마워. 그렇게 말해주는 것만 해도 기뻐."라고 말하며 오노부는 미소 지었다. "뭐, 어떻게든 되겠지. 버틸 수 있는 데까지 버텨볼게."

"노부 공이라면 지지 않을 거야."라며 에이지도 힘을 북돋우려는 듯 웃어 보였다. "그래도 어려운 일이 있으면 여기로 오도록 해."

"한 번만 묻게 해줘. ─그 다리 어떻게 되는 거지?"

에이지가 어깨를 들썩인 뒤 말했다. "눈이 내리고 있어. 넘어지지 않도록 조심해."

오노부는 에이지의 눈을 가만히 바라보며 소녀처럼 고개를 까닥였다.

## 12-1

돌과 돌 사이로 사부의 얼굴이 보였다. 그 얼굴은 눈물로 축축하게 젖어 있었으며, 공포로 일그러져 있었다. 죽지 마 에이 짱, 사부는 두 손의 손가락을 있는 힘껏 끼운 채 입가를 누르고 있었다. 내가 의지할 곳이라고는 에이 짱밖에 없어. 힘내, 죽으면 안 돼, 에이 짱. 얼마 안 남았어, 정신 차려. 죽으면 안 돼 에이 짱이 죽으면 나도 끝장이야. 에이 짱이 죽으면 나도 죽을 거야, 라고 사부는 울며 애원했다. 울지 마, 난 괜찮아. 이렇게 말하려 했으나 돌의 무게에 가슴이 찌부러질 듯 괴로워서 아무래도 목소리가 나오지 않았다. 부슈, 버텨야 해, 라는 혹 세이시치의 목소리도 들려왔다. 요헤이와 만키치와 긴타의 얼굴도 보였다. 아는 사람들의 얼굴뿐만 아니라 낯선 사람들까지 돌 사이로 들여다보며 정신 차려, 살아야 해, 곧 꺼내줄게, 라는 등의 말을 갈라지는 목소리로 해주었다. 난 괜찮아, 하지만 가슴이 찌부러질 것 같아, 이 돌을 치워줘, 에이지는 너무 괴로운 나머지 몸부림을 쳤다.

"에이 씨." 누군가가 어깨를 흔들었다. "에이 씨, 가위에 눌렸어. 자, 에이 씨."

에이지는 깊은 늪의 바닥에서 떠오르듯 답답한 괴로움을 느끼며 눈을 떴다. 방 안은 햇빛으로 밝았으며, 자신은 이부자리 안에 똑바로 누워 있었고, 바로 눈앞에 걱정스럽다는 듯한 요헤이의 얼굴이 있었다.

"눈을 떴는가? 괜찮아?"

"아아." 에이지는 기침을 하고 대답했다. "깨워줘서 고마워. 악몽을 꿨어."

"여기, 수건."

"고마워." 요헤이가 집어준 수건으로 에이지는 이마의 땀을 닦고, 양쪽 겨드랑이 아래와 가슴을 닦았다. "푹 젖었네."

"한 장 더 줄까?"

에이지는 머리를 흔들고 수건을 접어 베개 옆에 놓았다. 시간을 물으니 오후 2시쯤이라고 했다. 그럼 반각 가까이나 잠을 잔 것인데, 요헤이는 피곤하기 때문이라고 했다. 지금은 정월의 열아흐레로 그는 오륙일 전부터 걷는 연습을 시작해서, 그날도 아침부터 사이를 두고 몇 번이나 되풀이했었다. 세이시치가 만들어준 목발을 겨드랑이 아래에 끼고 토방 안을 천천히 한 걸음씩, 발 디딜 자리를 찾는 사람처럼 걸었다. ─연말부터 서는 연습은 해왔으나, 걷기 시작한 뒤로도 처음에는 몸의 중심을 잡지 못해 걸핏하면 이리저리 비틀거렸다. 요헤이는 서두르지 마, 서두르지 마, 하며 어린아이를 달래듯 옆을 떠나지 않고 조금이라도 위험해 보이면 바로 손을 내밀려 했다. 시끄러워서 귀찮았지만 에이지는 요헤이가 하는 대로 가만히 내버려두었다.

"오늘로 엿새째가 되지?"라고 요헤이가 말했다. "한꺼번에 그렇게 계속해서는 오히려 좋지 않을 거야. 이삼일 쉬는 게 좋겠어."

그러겠다고 대답한 뒤, 에이지는 눈을 감았다.

지금 꾼 꿈의 인상이 강렬한 현실감을 가지고 머릿속에 남아 있었다. 죽지 말라고 울며 애원하던 사부의 얼굴과 목소리는 특히 선명하고 생생해서, 꿈에서 깨어난 지금도 전혀 꿈처럼 여겨지지 않았다.

─맞아, 꿈이 아니야, 이건 현실의 일이야, 라고 에이지는 생각했다. 지금 이 순간에도 사부는 나 때문에 걱정하고 있을 거야. 옛날부터 그랬어. 내 주위에는 사부의 마음과 눈이 한시도 떨어지지 않고 따라다녔어.

그리고 수용소 안의 사람들도 자신이 돌에 깔린 뒤부터 모두가 자신을 위해서 걱정해주고, 위로해주기 위해서 모여들었다. 세이시치는 목발을 만들어주었으며, 요헤이는 친아버지보다 더 극진하게 돌봐주고 있다. 그런데 누구 하나 타산적인 사람은 없었다. 감사의 인사를 기대하는 사람조차 없었다. ─이건 보통일이 아니야, 라고 에이지는 생각했다. 돌 아래서 구해주었을 때도, 그 후에도 생각할 때마다 커다란 놀라움을 느끼곤 했는데, 지금 꾼 꿈이 그 사실을 다시 한 번 분명하게, 조금의 애매함도 없이 그의 마음에 새겼다.

"아니, 기다려줘, 사부."라고 그는 입 안에서 중얼거렸다. "나는 아직 나갈 수가 없어. 여기서 동료로 받아주었다는 건 커다란 의미가 있는 사실이야. 이곳 사람들에게 무엇인가를 갚지 않고는 결코 여기서 나갈 수 없어."

그는 호코도의 어르신과 아사쿠사의 와스케에 대해서도 생각해보았다. 그리고 재작년 12월에 있었던 일 자체는 용서할 수 없는 것이지만, 그 때문에 알게 된 새로운 세상과 여러 사람들과의 경험이 얼마나 귀중하고 고마운 것인지를 절실하게 느꼈다.

"와타분의 어르신도, 마을 자치조직의 우두머리도, 그리고 그 메아카시 두 사람도 용서할 수 없어."라고 에이지는 속삭였다. "녀석들에게는 틀림없이 본때를 보여주겠어. 평생 잊을 수 없는 방법으로. 조금만 기다려."

  하지만 그는 스스로도 눈치를 채고 있었다. 그들에게 복수를 하
겠다는 마음이, 지금은 아주 약해져 있다는 사실을. 사람의 일생이
한 조각 비단에 좌우되어서는 안 된다는 생각이 떠올랐을 무렵부터
였을까? 자신이 당한 굴욕과 폭행을 하나하나 자세히 떠올려보아
도 예전처럼 속이 뒤집힐 정도의 분노는 느껴지지 않게 되었다.
  —머지않아 본때를 보여주겠어.

  그런 맹세는 예전에 에이지를 강하게 지탱해주는 것이었다. 복수
라는 집념이 없다면 자신은 죽어버릴 것이라고까지 생각했을 정도
였다. 그것이 지금은 다른 것으로 바뀐 듯했다. —그대로 호코도에
서 계속 일을 하다 자신의 가게를 내고 오스에와 부부가 되어 평온
한 삶을 살게 되었다면 어땠을까? 이렇게 상상해보면, 지금의 그에
게는 오히려 성에 차지 않고 공허한 것으로밖에 여겨지지 않았다.
—여기에 온 뒤의 400일에 비하자면 그런 생활은 아무런 맛도 없는
평범하고 밋밋하고 따분한 것인 듯 여겨졌다. 틀림없이 에이지의
내부에서는 무엇인가가 바뀌었거나, 바뀌어가고 있는 중인 듯했다.

  그로부터 이틀 뒤, 휴일인 21일에 8명의 무숙자가 들어왔고 그
가운데 3명이 삼태기 방을 배정받았다. 데리고 온 것은 적귀 마쓰다
곤조로 기이치(義一), 쇼키치(昌吉), 류(りゅう)라고 3사람을 소
개한 뒤 사이좋게 지내라고 말하고 방에서 나갔다. 휴일로 모두가
방에 모여 있었기에 가장 나이가 많은 조장인 덴시치가 모두를
소개하려 했다. 그러자 기이치라는 젊은이가 거절했다.

  "그럴 거 없어."라며 그 젊은이는 옷자락을 걷어붙이고 책상다리
를 하고 앉아 털이 수북한 정강이를 손으로 두드려가며 모두를
노려보았다. "흠, 이놈 저놈 할 것 없이 촌뜨기 같은 상판을 하고

있군. 앞으로는 내가 조금씩 정신이 들게 해주지."

그런 다음 나는 꽃뱀 기이치라는 사람이니 잘 기억해둬, 라고
덧붙였다.

기이치는 스물예닐곱, 류는 열여덟이나 아홉쯤 되었으리라. 쇼키
치라는 사람은 서른 안팎으로 보였다. 기이치는 중간 정도의 키였
으나 근육이 단단하고 민첩해 보이는 몸매로, 미남이라고 해도 좋
을 정도의 얼굴이었는데 그것이 오히려 매서워 보이는 날카로운
눈과 카랑카랑하고 기세 좋은 말투에 위협감을 더해줬다. 바깥세상
에서 무슨 관계가 있었는지 없었는지는 모르겠으나 류는 기이치를
진심으로 존경하고 있는 듯 형님, 형님 부르며 따라다녔고, 기이치
를 위해 일하기에 혈안이 되어 있는 것처럼 보였다.

쇼키치라는 사람도 한성격 할 것처럼 보였다. 갸름한 얼굴에 광
대뼈가 뾰족한 마르고 조그만 체구였으며, 언제나 입가에 희미한
미소를 띤 채 낮고 온화한 목소리로 말수도 적었으나, 그 어딘가에
서 먹잇감을 노리고 있는 늑대 같은 섬뜩함이 느껴져 그에게도
역시 다가가려 하는 사람이 없었다. 그래도 쇼키치는 지시받은 일
은 했으며 일상의 규칙에도 반항하는 듯한 행동은 하지 않았다.
언제 본성을 드러낼지 모른다는 으스스함을 언뜻언뜻 내비치면서
도 조장의 말에는 따르고 있었다. —하지만 기이치는 그 반대여서,
일에도 나가지 않았으며 자고 일어나는 시간도 제멋대로였다. 일어
났나 싶으면 늘 화투를 만지작거렸으며, 밤이면 모두에게 도박을
권했다.

—똑같아, 라고 에이지는 생각했다. 아마 나도 수용소에 처음
왔을 무렵에는 틀림없이 저랬을 거야.

자신이 누명을 쓰고 부당한 일을 당했다는 사실이 자신에게 특별

한 권리라도 되는 양 착각하여, 어떤 반항이든 방자한 행동이든 멋대로 해보이겠다는 마음이 들었어. 기이치도 그것처럼 꽃뱀이라는 별명을 특권인 양 믿고 그것을 모두에게 과시하고 있는 거야.

─나도 저랬었지.

틀림없이 모두가 가소롭다고 생각했겠지. 그런 생각이 들 때마다 에이지는 식은땀이 났다.

기이치는 처음 왔을 때부터 에이지를 가만히 지켜보고 있었던 듯했다. 일도 나가지 않고, 식사의 준비도 남이 해주고, 이불에 기대 있거나 글씨 연습을 하고 있는 모습 등, 전부가 아니꼬워서 마음에 들지 않는 모양이었다. ─요헤이는 이미 일을 나가기 시작했기에 식사 준비와 빨래 외의 뒷바라지는 이제 에이지가 거절한 상태였다. 그러나 기이치는 그것조차도 부아가 끓어오르는 듯, 온 지 오륙 일쯤 지나자 내게도 밥을 가져오라고 했다.

"절뚝이도 역시 수용소의 수용자임에는 변함이 없잖아." 절뚝이라는 말에 힘을 주어 기이치는 말했다. "누군가에게 가능한 일이라면 내게도 가능하겠지. 아니면, 내게는 해주기 싫은가?"

"그렇게 하죠."라고 요헤이는 대답했다.

"그래야지. 그게 바로 동료애라는 거야."라고 기이치는 말했다. "하는 김에 앞으로는 빨래도 부탁해."


## 12-2

"화내서는 안 돼. 화내지 마."라고 요헤이가 에이지에게 가만히 속삭였다. "밥 준비하고 빨래 정도는 아무것도 아니니. 저 사람은 꼬투리를 잡기 위해서 일부러 생트집을 부리고 있는 거야."

"응."하고 에이지는 고개를 끄덕였다. "화내지 않을게."

나 때문에 또 귀찮은 일을 떠맡게 되었어, 미안하군, 이라고 에이지는 마음속에서 사과했다.

관리소에서 하쿠오가 서예를 가르치기 시작한 뒤, 여기서도 대여섯 명이 다니기 시작했고, 들리는 말에 의하면 다른 방 사람들도 배우러 와서 한때는 스무 명이 넘을 정도였다고 한다. 지금도 심학 강화와 습자에 다니는 사람은 있는 듯했으나, 삼태기 방 사람들만은 정월이 되자 모두 다니기를 그만두었으며, 어느 틈엔가 에이지 주위에 늘어놓는 책상의 숫자가 많아져 있었다.

"이봐, 한판 하지 않을래?"라고 기이치가 화투를 솜씨 좋게 치며 말했다. "판돈 계산은 월말에 하면 돼."

그리고 넷으로 접은 돗자리에 화투를 때려 보였다. 굉장히 손에 익은 것이리라, 화투를 치는 동작도 화려했으며, 돗자리에 내리친 소리도 산뜻했다. 작은 도박으로 이곳에 온 것이라고 한 긴타에게는 틀림없이 견디기 어려운 유혹이었으리라. 그 소리를 들을 때마다 몸 전체가 당장에라도 빨려들어갈 듯 보였다.

"이봐, 누구 할 사람 없어?"라고 기이치가 부추겼다. "서당을 좋아하는 어린애들도 아니고, 수용소의 수용자가 글을 배운다는 건 미친 짓이야."

에이지와 책상을 나란히 하고 있던 만키치가 무슨 소리냐며 자리에서 일어서려 했다. 에이지가 얼른 손을 뻗어 만키치의 팔을 잡고 그만두라고 속삭이며 자리에 앉혔다. 짧은 한순간의 일이었으나 기이치는 놓치지 않았다.

"이봐, 거기의 애송이."하고 그가 만키치를 향해 턱을 치켜올렸다. "너 말이야, 그 쩔뚝이 옆에 있는 새끼. 너 지금 뭐라고 한 것 같던데."

"다리가 저려서 말이지,"라고 에이지가 대답했다. "잠깐 자세를 바꾼 것뿐이야."

"너한테 물어본 게 아니야. 꺼져 있어."라고 외치며 기이치는 자리에서 일어나 만키치 쪽으로 갔다. "너 이 새끼, 너 벙어리야?"

만키치가 새파래진 얼굴을 휙 들어 쳐다보았으며, 그곳으로 요헤이가 달려왔다.

"자자, 형씨, 그렇게 화낼 일도 아니지 않소."라고 요헤이가 기이치를 살살 달랬다. "바로 맞은편에 감시역들의 숙소가 있어서 관리들이 머물고 있으니 커다란 소리를 내면 들릴 거요."

"시끄러."라고 외치며 기이치는 요헤이를 있는 힘껏 떠밀었다. "늙다리는 닥치고 있어."

그때 마쓰다 곤조가 들어왔다. 있는 힘껏 떠밀려 요헤이가 토방으로 굴러떨어진 것을 본 순간, 에이지는 눈앞에 보이는 것이 없을 정도의 분노에 휩싸여 뒤의 사물함에 기대어 세워놓은 목발 쪽으로 손을 뻗으려 했다. 그것으로 어떻게 하겠다는 생각보다도 먼저 손이 움직인 것이었다. 그때 미닫이문이 열리며 적귀가 들어온 것을 보았기에, 에이지는 눈을 감고 이불에 몸을 기대어 깊고 긴 숨을 쉬었다.

"좋은 밤이로군. 잘들 보내고 있나?"라며 마쓰다가 토방에 있는 요헤이를 보았다. "—왜 그래, 요헤이. 이런 데서 뭐 하는 거야?"

"그게, 야맹증이 약간 있어서," 요헤이가 옷에 묻은 흙을 털며 대답했다. "밤이 되면 가끔 발밑이 어질어질 합니다."

"이봐, 이봐, 듣기 좀 거북한데."라고 마쓰다가 일부러 눈을 부릅뜨며 말했다. "그건 마치 수용소에서 제대로 된 음식을 먹이지 않는다는 말처럼 들리잖아. 산테쓰 선생에게 진찰을 받아봤나?"

그 정도는 아니라고 애매한 웃음을 지으며 요헤이는 마루로 올라 갔고, 마쓰다 곤조는 글씨 연습을 하고 있는 사람들과 거기에 버티고 서 있는 기이치에게로 시선을 향했다.

"오호, 너 기이치라고 했지?"라고 마쓰다가 물었다. "너도 글씨 연습을 시작할 생각인가?"

기이치는 "엿이나 먹어라."라고 말한 뒤 자신이 있던 곳으로 돌아갔다.

"이놈."하고 마쓰다가 말했다. "너 지금 뭐라고 했어?"

"글쎄, 뭐라고 했었더라." 기이치가 돗자리 앞에 책상다리를 하고 앉아 화투를 모으며 대답했다. "혼잣말이라 생각이 잘 안 나네. 별것 아니니 신경 쓰지 마쇼."

마쓰다의 얼굴이 별명처럼 순식간에 검붉게 부풀어 오르고 두 눈이 번쩍번쩍 빛나더니 당장이라도 뛰어들 것처럼 보였다.

"이 썩을 놈."하고 마쓰다가 호통을 쳤다. "너 여기가 어딘 줄 알아?"

기이치가 바로 받아쳤다. "―이시카와지마의 부랑자 수용소 아니었던가?"

마쓰다 곤조의 두 손이 주먹으로 바뀌고, 그 주먹이 부들부들 떨렸다. 에이지는 가슴 가득 슬픔이 차올랐다. 판박이로군, 나도 저렇게 적귀를 화나게 한 적이 있었어, 마쓰다가 친절하게 다가오려 한 것을 냉담하고 매정하게 뿌리쳤어, 그때 마쓰다는 나를 때리고 싶었을 거야, 지금처럼 분노로 몸을 떨고 있었지만 '꺼져버려.'라고만 말하고 그 분노를 억눌렀어, 얼마나 꼴 보기 싫고 화가 났을까, 난 재수 없는 녀석이었어, 라고 에이지는 생각했다.

"그걸 알고 있다면,"하고 마쓰다 곤조가 앙다문 이 사이로 말했다. "이 수용소의 규칙도 잊지는 않았겠지. 그 화투를 이리 내."

"어쩌시려고?" 기이치가 싱긋 이를 보이며 웃었다. "도박장을 열 생각이라면 패는 제가 돌리겠습니다."

"여기서 도박은 금지야. 화투 1장이라도 용납할 수 없어. 이리 내."

"이건 내가 내 돈을 주고 산 거야."

"이리 내."라고 마쓰다가 외쳤다.


## 12-3

기이치는 실실 웃고 있었다. 화투를 이리 내, 라고 외쳤을 때, 마쓰다 곤조의 분노는 정점에 달한 듯했다. 그것을 들은 에이지는 자신이 호통을 들은 것처럼 여겨져, 부끄러움으로 몸이 움츠러들었다. 기이치는 마쓰다를 놀리고 있는 것이다. 그리고 그렇게 함으로 해서 자신을 모두에게 과시하고 있는 것이다. 내 자신이 그랬던 것처럼, -실제로 그런 일에는 아무런 의미도 없고 오히려 자신을 광대로 만들고 있는 것임에도 불구하고. 에이지가 이렇게 생각하고 있을 때, 기이치가 조롱하는 듯한 웃음을 지으며 모든 화투를 들고 자리에서 일어나 마쓰다의 손에 건네주었다.

"농담이야, 마쓰다 씨."라고 기이치는 말했다. "여기서는 농담 한마디 못하나?"

"네놈에게는 내가 바보로 보이는 모양이군." 마쓰다가 숨을 거칠게 쉬며 말했다. "총괄자는 이곳을 감옥이 아니라고 말씀하셨어. 틀림없이 옳은 말이기는 하지만, 수용소를 만만히 봤다가는 후회하게 될 거야."

"알겠습니다."라고 말하며 기이치는 뒤에 있는 류를 돌아보았다. "—관리자께서 지금 하신 말씀을 잘 기억해둬, 류. 여기는 덴마초보다 더 무서운 곳인 듯하니, 얌전히 지내자고."

"그 말, 화가 났다는 뜻이야, 형님?"하고 류가 재미있다는 듯 말했다. "아니면 겁을 먹은 건 아니겠지?"

마쓰다는 성큼성큼 걸어 나가 거칠게 미닫이문을 닫았다.

화투는 마쓰다 곤조가 가지고 갔다. 그건 모두가 본 일이었다. 그런데 그 이튿날이 되자 기이치는 다시 돗자리를 마주하고 앉아 화투를 가지고 놀고 있었다. 수용소에서는 소지품을 엄중하게 검사해서 날붙이나 화투, 주사위 같은 것은 물론 압수해버린다. 그럼에도 불구하고 기이치는 간단하게 다시 화투를 손에 쥐고 있었다. 어딘가에 숨기고 있었던 것인지, 아니면 수용소 안에서 손에 넣은 것인지, 누구도 짐작조차 할 수 없었다.

"넌 싸움을 해서 여기에 왔다고 했지?"라고 어느 날 에이지가 만키치에게 말했다. "얼마 전에도 아슬아슬하게 자리에서 일어서려 했는데, 결코 상대해서는 안 돼."

"하지만 형님, 난 오래 참을 수 있을 것 같지가 않아."

에이지는 머리를 흔들었다. "안 돼. 그 류라는 놈은 비수를 가지고 있어."

"설마." 만키치는 눈을 둥그렇게 떴다. "비수라니, 그런."

"가지고 있어. 사람들에게는 숨기고 있지만 나 혼자 있을 때면 품속에서 꺼내 날을 갈곤 해. 물론 내게 겁을 주려는 것일 테지만, 그 나이 때가 제일 위험해. 사람을 해하면 이름값이 올라간다고 생각하고 있으니까. 기회만 생기면 그것을 사용할 거야. 알았지?"

라고 에이지는 다짐을 두었다. "—무슨 일이 있어도 결코 상대해서
는 안 돼."

"머지않아 무슨 일인가가 터지겠군."하고 만키치가 불안하다는
듯 말했다. "무슨 일인가가 터지고 말 것 같은 느낌이 들어."

그러니까 근처에 가지 마, 라고 에이지는 말했다.

보름쯤 지나는 동안, 기이치의 유혹에 져서 화투에 손을 내미는
사람들이 나오기 시작했다. 우선 긴타가 돗자리 앞에 앉았으며,
산페이와 다케와 도미사부로, 그리고 다른 방에서도 두어 명이 가
담하게 되었다. —에이지는 천성적으로 도박이라는 것에 공포에
가까운 혐오감을 가지고 있었다. 호코도의 어르신도 역시 내기를
싫어해서 제자들이 밤에 다과를 사러 갈 사람을 정하기 위해 제비
뽑기를 하는 것조차 금할 정도였다. 술과 여자를 즐기는 것은 언젠
가 그만두지만 도박은 평생 끊지 못하는 법이다, 도박을 하는 사람
은 호코도에 둘 수 없다고 늘 되풀이해서 말했으며, 실제로 도박에
빠져 도리에 어긋난 행동을 했기에 가게에 있을 수 없게 된 사람도
몇 명인가 있었다. —기이치 주위에 모여 던져지기도 하고 젖혀지
기도 하는 화투 한 장 한 장에 숨도 쉬지 못할 만큼 빠져 있는
그들의 모습을 바라볼 때마다 에이지는 신세를 그르치고 만 사형들
의 모습을, 거기서 그대로 보고 있는 듯한 느낌이 들었다.

—이런 일이 언제까지고 계속될 리 없어. 곧 관리소에서도 알게
될 거야.

에이지는 이렇게 생각했으나 곧 자신의 생각이 얕았음을 알게
되었다. 기이치가 그럴 수 있는 것은, 나름대로 손을 써두었기 때문
인 듯했다. 감시역인 고지마 묘지로가 오면 바로 화투판을 정리하
고 모였던 사람들은 흩어져버렸다. 그런 일을 3번, 5번 보는 동안,

그것은 누군가가 순찰을 돌고 있다는 경고라는 사실을 알게 되었다.

"일이 참 고약하게 됐어, 형님."하고 만키치가 에이지에게 가만히 속삭였다. "오늘 나갔던 작업장에서 긴타에게 들었는데 기이치 놈, 관리인들을 돈으로 매수하고 있대."

"그런 말, 입 밖에 내지 마."

"그럼 이대로 괜찮단 말이야?" 만키치가 강한 어조로 속삭였다. "벌써 눈치 챘겠지만, 우리 삼태기 방 사람들은 지금 셋으로 갈렸어. 형님에게 글씨를 배우는 사람들과, 기이치 주위로 몰려드는 무리, 그리고 조장이나 요헤이 씨처럼 아무것도 할 수 없는 약한 사람들로. 그렇게 생각하지 않아?"

에이지는 대답하지 않았다.

"도박을 하는 무리들은 형님과 우리 친구들을 거북하게 여기고 있었어. 그런데 지금은 미워하고 있어. 우리가 도박을 하지 않을 뿐만 아니라, 글씨 연습을 하고 있는 게 마음에 들지 않는 거야."라고 만키치는 말을 이었다. "긴타 놈까지 우리를 우습게 여기고 있다는 사실을 알고 있어, 형님?"

에이지는 아주 살짝 고개를 끄덕였으나, 역시 아무런 말도 하지 않았다.

"작업장에 가도 예전 같지가 않아. 모두들 게으른 버릇이 들기 시작했어. 정말이야." 만키치가 심호흡을 한 뒤 말했다. "—열심히 일하는 건 절반 정도고 나머지는 일하는 척만 하거나, 심한 놈들은 완전히 손을 놓고 있어. 더 심한 건, 틈만 나면 도박을 한다니까, 형님."

이 방 안도 마찬가지야, 라고 에이지는 마음속에서 중얼거렸다.

언젠가 요혜이가 말한 것처럼 남자들만 생활하고 있는데도 이 방은 언제나 깔끔하게 정리되어 있었고, 구석구석 깨끗하게 청소가 되어 있었다. 그런데 지금은 그렇지가 않았다. 자기 주변만은 정리를 하고 거르지 않고 청소를 하는 사람도 있었으나, 그것도 날이 갈수록 숫자가 줄었으며 가끔 조장인 덴시치와 요혜이가 방 전체를 청소하게 되어가고 있었다.

"난 더 이상 참을 수가 없어."라고 만키치가 속삭였다. "소장님께 말씀드릴 생각이야."

에이지는 천천히 머리를 흔들었다. "그만두는 게 좋을 거야. 쓸데없는 짓이야."

"소장님께 직접 말할 거야."

"관리소에는 관리소 나름대로의 조직이 있어. 게다가," 에이지가 자신의 생각을 정리하듯, 한숨 돌렸다가 말했다. "—사람이란 욕망에 약한 법이야. 기이치가 어디까지 관리들을 매수했는지는 모르겠지만 네가 사실을 말해도 그 관리들은 자신의 욕망과 체면을 위해서 어떤 수단을 써서라도 그냥 덮어버리고 말 거야. 소장님만 해도 관리들은 자신의 부하야. 부하들의 과실은 곧 자신의 과실이고. 네가 생각하는 것처럼 간단한 문제가 아니야."

"그럼 어떻게 하란 말이지? 형님은 그냥 입 다물고 있으란 말이야?"

"흥분하지 마."라고 에이지가 부드럽게 속삭였다. "작년의 폭풍우도 3일 이상은 불지 않았어. 아무리 커다란 화재라도 1년 계속해서 탄 적은 없었잖아. —그만두자." 에이지는 여기서 갑자기 부끄럽다는 듯 얼굴을 돌렸다. "내게 이런 노인네 같은 말을 하게 하다니, 너도 참 대단한 놈이다."

2월 중순에 든 어느 날 밤, 에이지가 혼자 남쪽 해변에 나가 있자니 혹 세이시치가 찾으러 왔다. 오륙일 전부터 에이지는 매일 밤 거기로 가서 막대기 던지는 연습을 하고 있었다. 장작 창고에서 길이 3자 정도의 쪼개지 않은 둥근 장작을 5개 정도 가져다 바닷가에 서 있는 말뚝을 향해 던졌다. 화장실에 간다고 말하고 나오기에 아마 요헤이도 눈치 채지 못했을 테지만, 그는 비 오는 날을 제외하고는 매일 밤 그 연습을 계속했다.

—그럴 필요 없을지도 몰라. 하지만 그것이 필요할 때가 올지도 몰라.

기이치와 류와 쇼키치들과 언젠가는 완력으로 대항하게 되리라. 마쓰다 곤조와 기이치가 맞부딪친 것을 본 날 밤, 에이지는 마음속으로 그렇게 생각했으며, 그것을 하는 것이 자신의 책임이라는 느낌이 들었다. 그렇다면 막상 일이 터졌을 때 어떻게 하면 좋을까. 류는 비수를 가지고 있고 기이치도 싸움을 잘하는 듯했다. 쇼키치가 가세할지 어떨지는 알 수 없었으나, 에이지는 한쪽 다리가 불편한 데다 쓸 수 있는 것이라고는 목발밖에 없었기에 날래게 움직일 수 없는 몸으로는 그것을 던지는 것 외에 방법이 없었다. 물론 자기 자리에도 개어둔 이불 사이에 둥근 장작을 3개, 적당한 것을 골라 숨겨두었으나, 바다에는 5개를 가지고 나와 대략 열두어 자 거리에서 말뚝을 향해 던지는 연습을 하고 있었다.

"거기 있는 게 에이 씨인가?"

세이시치가 이렇게 불렀을 때, 에이지는 심장이 멎을 정도로 깜짝 놀랐다.

"응."하고 에이지가 갈라지는 목소리로 대답했다. "무슨 일이야?"

좋은 밤이야, 라고 말하며 세이시치가 다가왔다.

"이런 데서 뭐하고 있는 거야?"

"하루 종일 빈둥거리고 있잖아."라고 에이지가 우물쭈물 대답했다. "몸이 근질근질해서 견딜 수가 없기에 이런 장난을 좀 하고 있어."

그리고 그는 가지고 있던 둥근 장작을 말뚝을 향해 던졌다. 하늘은 희미하게 흐려서 구름 한쪽이 흐릿하게 달빛으로 물들어 있을 뿐이었다. 열두어 자 떨어진 곳에 있는 말뚝은 에이지의 익은 눈에도 분명히는 보이지 않았다. 그래도 날아간 둥근 장작은 그 말뚝에 맞아 높다란 소리를 냈다.

"잘도 하는군."하고 세이시치가 말했다. "저 말뚝을 겨냥해서 던지는 건가?"


## 12−4

그렇다고 대답하고 에이지는 목발을 짚으며 걸어가서 말뚝 근처에 떨어져 있는 둥근 장작을 주웠다. 4개는 바로 찾았으나, 1개는 멀리로 튕겨져 나갔는지 아무래도 찾을 수가 없었다.

"아직도 그 지팡이가 필요한 건가?"

"덕분에 얼마나 도움이 되는지 몰라. 이건 무엇보다도 고마웠어." 이렇게 말하고 에이지는 지팡이를 쓰다듬었다. "−너, 무슨 용건이 있는 거 아니었어?"

"응, 그게−." 세이시치는 머뭇머뭇했다. "잠깐 상의할 게 있는데, 부슈가 아니지, 에이 씨, 서서 얘기하는 건 피곤하겠지."

"아니, 이젠 괜찮아."

"사실은 말이지."라고 말한 뒤 세이시치는 기침을 하고 귓불을 만지작거렸다. "사실은, 그, 오늘, 오토요 녀석이 왔었어."

에이지는 희부연 밤공기를 통해서 세이시치의 얼굴을 바라보았다.

"알고 있지, 오토요?"

"쇠고랑은 호된 것이었으니까."라고 에이지가 말했다. "그래서 어쨌다는 거지?"

"녀석, 마쓰조랑 헤어졌대. 그리고 나랑 하나가 되고 싶다고."

내가 원하기만 하면 이 수용소에서 나갈 수 있어, 그 점에 문제는 없지만 여기서 나간 뒤의 일이 문제야, 전에도 이야기한 것처럼 나는 잡부나 뱃짐을 부리는 정도의 일밖에 할 수 없고 어딜 가나 사람들에게 무시당하고 혹사당할 뿐이었어, 이번에 세상에 나간다 해도 그보다 나은 생활을 할 수 있을 것 같지는 않고, 또 사람들의 놀림감이 되면 돌이킬 수 없는 잘못을 저지를 것 같은 기분이 들어, 라고 세이시치가 진지한 투로 참으로 망설여진다는 듯 말했다.

"솔직히 말하자면 오토요하고 하나가 되고 싶어. 알고 있는 것처럼 난 오토요에게 완전히 빠졌어. 오토요와 하나가 되기 위해서라면 무슨 짓이든 할 생각이야."라고 말하며 세이시치는 커다란 한숨을 쉬었다. "─하지만 세상에 나간 뒤의 일을 생각하면 어떻게 하는게 좋을지 난 알 수가 없어져버려."

에이지는 잠시 아무 말도 없다가, "그거 참 어렵군."이라고 말했다. 여자의 마음이 어디까지 진심인지, 그것이 무엇보다 중요했다. 이 수용소에 있을 때부터 오토요는 몇 명인가의 남자와 교제가 있었다고 했다. 실제로 세이시치와 약속을 했으면서 머리끈을 만드는 마쓰조와 여기서 나갔다. 그 마쓰조와 무슨 일로 헤어진 것인지,

일부러 수용소까지 와서 세이시치와 부부가 되고 싶다고 말한 것은 또 어떤 이유에서인지. 그 점만 해도 에이지에게는 이해할 수 없는 부분이 있다고 느껴졌다.

"어려워, 그 문제는."이라고 에이지가 옆구리에 끼고 있던 지팡이를 고쳐 잡으며 말했다. "―바깥세상에서 전에 그랬다고 해서 이번에도 똑같을 거라고 정해진 건 아니잖아. 기름 짜는 곳에서는 지금까지 동료들을 압도해왔고, 의외로 잘해나가지 않을까 싶어. 그런데 이런 말은 쓸데없는 참견일지 모르겠지만, 중요한 건 오토요라는 사람의 마음이라고 생각해."

"나도 그 생각은 했어. 그래서 오토요의 마음을 자세히 물어봤어." 세이시치가 힘을 주어 말했다. "녀석은 울고 또 울며 사과하기도 하고 맹세하기도 했어. 앞으로는 나 한 사람만을 지키며 틀림없이 좋은 아내가 되겠다고, 눈물로 얼굴을 온통 적셨어."

그렇게까지 세이시치와 부부가 되고 싶은 걸까? 진심으로 그렇게 되기를 바라고 있는 걸까? 아니면 또 세이시치와 부부가 됨으로 해서 어떤 귀찮은 일에서 벗어나려 하는 건 아닐까? 에이지는 그 점을 아무래도 납득할 수가 없었다.

"매정한 말 같지만 이번 일은 내가 뭐라고 할 수 있을 것 같지 않아."라고 에이지가 사과하듯 말했다. "―어때? 관리소의 오카야스 씨라면 좋은 지혜를 빌려줄 것 같은데."

"좋은 지혜 같은 건 필요 없어."라며 세이시치는 머리를 흔들었다. "난 그저 너의 마음만 들으면 돼."

"그러니까 그건 어렵다고 했잖아."

"해보라거나, 그만두라거나, 그냥 한마디면 되는데." 세이시치가 의지하는 듯한 목소리로 말했다. "너는 젊지만 고생을 맛보고

266

있고 이론만으로 일을 대하려 하는 성격이 아니야. 너라면 대충 감은 잡고 있을 거야. 그러니 에이 씨, 딱 한마디면 돼. 하라거나, 말라거나, 말해줄 수 없겠어?"

에이지는 하늘을 올려다보았다. 봄이라고는 하지만 아직 2월 중순이었기에 밤공기는 차가웠으나, 달을 품어 희뿌옇게 밝은 구름에서는 지상 인간들의 슬픔과 탄식과 기쁨의 덧없음을 어루만져주는 것 같은 은밀한 따스함이 느껴졌다.

"아무래도 안 되겠어. 미안해." 잠시 후, 에이지가 얼굴을 돌린 채 대답했다. "나로서는 뭐라고 말할 수가 없어."

세이시치는 에이지의 말을 가만히 곱씹어보듯 자신의 발밑을 바라보며 생각하다가 가만히 한숨을 쉬었다.

"억지스러운 일을 물어서 미안해."라고 세이시치가 중얼거리듯 말했다. "나도 잘 생각해볼게. 그럼 다음에 봐."

그래, 다음에 봐, 라고 대답하고 에이지는 머리를 푹 숙였다. 그만두는 게 좋을 거야, 그만둬, 세이 씨. 멀어져가는 세이시치의 발소리를 들으며 에이지는 마음속에서 외쳤다. 그 여자와는 원만하게 지내지 못할 거야, 너 또 상처를 입게 될 거야. ―하지만 그게 인간이라는 것일지도 몰라, 라고 에이지는 자신에게 말했다. 그만두라고 해도, 하라고 해도 세이시치의 마음을 바꿀 수는 없으리라. 내가 뭐라고 하든 세이시치는 틀림없이 자기가 하고 싶은 대로 할 거야. 이 세상은 이해득실로 살아가는 게 아니야. 짧은 일생이잖아. 자신이 살고 싶은 대로 사는 게 좋아. 건투를 빌어, 세이 씨.

## 12-5

에이지는 작은 책상 위에 사부의 편지를 펼쳐놓고 그것을 흘겨보며 글씨 연습을 하고 있었다. 방 맞은편에서는 기이치를 둘러싸고 대여섯 명의 사내들이 도박을 하며 술을 마시고 있었다. ─그 가운데에는 긴타도 있었고 도미사부로와 진베에, 그리고 조각하는 방 사람인 이스케도 있었다. 모두 물방울무늬가 들어간 수용소의 옷이 아니라 줄무늬나 감색 무명으로 지은 평상복을 입었는데, 책상다리를 하고 앉기도 하고 한쪽 무릎을 세워 앉기도 한 채 물잔으로 찬 술을 마시며 돗자리 위의 화투를 뚫어져라 바라보고 있었다. ─기이치와 류 외에는 모두 병이 났다는 핑계로 일을 쉬는 사람들 뿐이었는데, 류는 문 밖에 서서 순찰을 도는 사람이 오는지 망을 보고 있었다.

─이런 일이 언제까지 계속될까, 하고 에이지는 붓을 움직이며 생각했다. 이래서는 마치 진짜 도박장이나 다를 바 없잖아. 관리소 사람들은 대체 뭘 하고 있는 걸까?

인간은 욕망에 약한 법이라고 에이지는 언젠가 만키치에게 말했다. 관리들도 인간이니 돈을 쥐어주면 약해진다. 특히 얼마 되지 않는 녹을 받고 수용소 같은 데서 일하는 사람들이 그 유혹을 뿌리치기란 어려운 일일지도 모른다. 하지만 전부가 그렇다고는 할 수 없으리라. 불이 나서 연기가 피어오르고 있는데 한 사람도 그것을 보지 않는다는 건 있을 수 없다. 오카야스 씨는 뭘 하고 있는 걸까? 이는 그가 훨씬 전부터 의아스럽게 생각하고 있는 점이었다. 설령 관리소장이 매수되었다 할지라도 오카야스 기헤에의 손을 더럽히는 일만은 불가능했으리라. 그 사람만은 믿을 수 있어. 아마도 그 사람은 어떤 기회를 기다리고 있는 것이리라. 에이지는 이렇게 생각했다.

"형님."하고 문가에서 류가 말했다. "—누군가가 오는데."

"누군가는 또 뭐야?"

"고지마가 아닌 것만은 확실해." 류가 잠시 사이를 두었다가 말했다. "알겠다. 늘 오던 호박이야."

그리고 키득키득 웃었다. 에이지는 입을 벌리고 가만히 숨을 내쉬었다. 호박이란 사부를 말하는 것이었다. 그들이 여기에 들어온 뒤로 두 번째 사부가 찾아왔을 때, 기이치와 류가 그렇게 부르며 웃는 것을 들었다. —이런 일로 화를 내서는 안 돼. 에이지는 스스로에게 이렇게 말하며 붓을 놓고 뒤쪽의 목발을 집어 토방 쪽으로 앉은 채 기어서 다가갔다. 그때 사부가 보따리를 들고 문가에서 안을 들여다보았다. 류의 몸이 방해가 되어 바로는 안으로 들어오지 못한 것이었다.

"지금 그리로 갈게."라고 에이지가 말했다. "밖에서 얘기하자."

천천히, 하고 기이치 주위에서 누군가가 말하는 것이 들려왔고, 두어 명이 낄낄 웃었다. 에이지가 문가로 다가가자 류는 아주 귀찮다는 듯 천천히 옆으로 비켰다.

"무슨 일 있어?" 같이 걷기 시작하며 사부가 물었다.

에이지는 머리를 흔들었다. "밖에 나와보고 싶었어. 다리도 움직이는 데 익숙해져야 하니까."

"하지만 지금 그 사람들."

"그 사람들 얘기는 하지 마."라고 에이지는 사부의 말을 가로막았다. "바닷가로 가보자."

지팡이를 짚으며 걷는 에이지의 모습을 사부는 참으로 애처롭다는 듯한 눈으로 바라보았다. 바로 얼굴을 돌렸으나 에이지는 '저거야.', 저 눈이야, 하고 마음속에서 외쳤다. 언젠가 꿈에서 본, 돌과 돌 사이로 들여다보던 사부는 지금과 똑같은 눈빛이었어. 죽으면 안 돼, 에이 짱. 내가 의지할 데라고는 너밖에 없어, 라고 그 눈빛으로 외쳤었다.

"스미요시에는 이제 안 가는 거야?"

"가끔 가."라고 사부가 대답했다. "오노부 짱의 마음을 듣고 난 뒤부터, 이상한 얘기지만 내가 생각해도 우스울 정도로 내 속이 후련해졌어."

"자신을 속이는 건 좋지 않아."

"속이는 게 아니야. 정말이야."라고 사부는 말했다. "좋아하는 마음은 물론 아직 있어. 평생 오노부 씨를 잊지 못할 거야. 하지만 마음이 후련해진 것도 사실이야."

"그럼 됐어." 에이지가 말투를 바꿨다. "섣달 26일인가에 노부 공이 와서 뭔가 골치 아픈 일이 생겼다고 했는데, 너 뭣 좀 아는 거 없어?"

"골치 아픈 일이라니, 뭘까?" 사부가 잠시 생각한 뒤 말했다. "난 아무것도 눈치 채지 못했어. ―그저께 들렀더니 사카모토(坂本) 2번가에 집을 빌렸다는 얘기 하는 걸 잊었다고 하던데."

"사카모토 2번가의 집은 또 뭐야?"

"우리들의 집이야. 골목의 낡은 2층 건물인데 원래는 통장이 살고 있었대. 작업장으로 쓸 수 있는 마루방이 있어."

"저기 좀 봐."라며 에이지는 바다 쪽으로 턱을 까닥였다. "벌써 조개잡이를 시작했어."

두 사람은 남쪽의 바닷가에 와 있었는데, 바로 맞은편의 10리나 바닷물이 빠진 것 아닐까 여겨지는 널따란 개펄에서 조개를 줍는

270

사람들의 모습이 여기저기 보였다.

"언젠가 우리도 간 적이 있었지."라고 사부가 부시다는 듯 눈을 가느다랗게 뜨고 말했다. "―3월의 사리 때였어."

"가와사키(川崎)의 다이시(大師)에서 돌아오는 길이었지."라고 말한 뒤 에이지는 사부를 돌아보았다. "―집을 갖는 건 네 마음이지만, 내게 기댈 생각은 마."


### 12―6

사부는 난처하게 됐다는 듯 보따리를 고쳐 쥐며 자신의 발밑을 보았다.

"전에도 얘기했잖아."라고 에이지가 다시 말을 이었다. "나는 이 수용소에서 말로는 표현할 수 없을 정도의 신세를 모두에게 졌어. 그것을 갚기 전까지는 여기서 나갈 수가 없어."

사부가 잠시 사이를 두었다가 말했다. "난 지금 오카야스 씨와 이야기를 나누고 왔는데."

에이지는 사부의 얼굴을 바라보았다.

"오카야스 씨는,"하고 사부가 굼뜬 어투로 말을 이었다. "에이 짱은 여기서 나가는 편이 좋겠다고 말했어. 지금까지는 입을 다물고 있으라고 해서 말하지 못했지만, 북부 관아의 요리키인 아오키 씨라는 사람도 에이 짱이 걱정되어 이곳을 종종 찾아온다고 해. 여기서는 오카야스 씨가 매달 1번씩 에이 짱의 모습을 적어 아오키 씨에게 보내지만, 아오키 씨는 그것을 자신의 눈으로 확인하기 위해 오고 있는 모양이야. 그런데 아오키 씨도 역시 이제는 수용소에서 내보내는 편이 좋겠다고 말하고 있대."

"잠깐 기다려봐."라고 에이지가 말을 가로막은 뒤 얼굴을 찌푸리고 아랫입술을 씹으며 머리를 갸우뚱했다. "—내게는 이해할 수 없는 말처럼 들리는데. 그 말이 사실이라면 내가 마치 커다란 세력을 가진 무사의 사생아인 것처럼 들리잖아."

"모두가 진심으로 걱정하고 있어."

"어째서?"라고 에이지가 되물었다. "어째서 그렇게 여러 사람들이 나에 대해서 걱정을 하는 거지? 관아에서 수용소로 보낸 사람은 나뿐만이 아니야. 나보다 훨씬 더 불쌍하고 도움을 필요로 하는 사람들이 얼마든지 있어. 그런데 나 하나만을 그렇게 걱정하다니, 대체 어떻게 된 일이지? —뭔가 이유가 있는 거겠지. 사부, 너 또 뭐 숨기고 있는 거 아니야?"

사부는 천천히 머리를 흔들었다.

"이제 숨기고 있는 것은 없어."라고 사부가 거듭 생각하며 말했다. "누구에게도 이유 같은 건 없을 거라 생각해."

"그런 말을 어떻게 믿을 수가 있겠어."

"난, 생각하는데,"라고 사부가 우물우물하며 말했다. "—사람이 하는 일에 하나하나 반드시 이유가 있어야만 하는 건 아니잖아. 사람과 사람 사이에서는, 어째서 그런 행동을 한 것인지 스스로도 이해할 수 없는 일을 하는 경우가 있는 거 아닐까?"

"그건 얘기가 달라."

"기억하고 있어, 에이 짱?" 사부가 깊은 한숨을 내쉰 뒤 말했다. "15살의 겨울이었지. 내가 가게에서 뛰쳐나와 고향인 가사이로 돌아가겠다며 비에 젖은 채 료고쿠바시를 건너고 있을 때 에이 짱이 따라왔었어."

"그만둬, 그런 옛날얘기."

"내가 고집스럽게 고향으로 돌아가겠다고 했더니 에이 짱, 빗속을 언제까지고 따라오며 결국 내가 가게로 돌아가겠다고 말할 때까지 놓아주지 않았어. ─에이 짱, 무슨 이유로 그렇게까지 한 거야? 어째서지?"

"그야 네가 친구니까 그랬지."

"나 외에도 친구는 있었잖아. 가게에서 사이가 좋았던 건 고로 형님, 에이 짱을 아주 귀여워해주었고, 같은 동네 과자점의 기요 짱, 다다미 가게의 마쓰 씨, 모두 에이 짱과 사이좋은 친구였어. 나는 그 가운데서도 가장 재주가 없는 굼벵이였고, 아무런 장점도 없는 어린 점원이었어. 그런 나를 왜 또 그렇게 형제처럼 걱정해준 거지? 어떤 이유에서야, 에이 짱?"

"그러니까,"하고 에이지가 말을 더듬었다. "너는 나의 친구이고 가사이에 있는 집의 사정도 들었기 때문이겠지. 어쨌든 나는 네가 나가지 않기를 바랐어."

사부가 살피는 듯한 말투로 되물었다. "아오키 씨나 오카야스 씨가 걱정하는 것도 그거랑 같은 거라 여겨지지는 않아, 에이 짱?"

에이지는 목발을 짚으며 바닷가 쪽으로 더 다가가 눈을 가느다랗게 뜨고 조개 줍는 사람들을 바라보았다. ─무너진 돌담 아래서 구출되었을 때의 일이, 그리고 그 이후 모두의 진심어린 위로와 마음씀씀이가 새삼스레 생생하게 떠올랐다. ─나를 구하기 위해서 그 많은 사람들이 흥분한 것처럼 되었고, 나를 위로하고 격려하기 위해서 그 많은 사람들이 주위로 모였었어.

"이건 사람과 사람들 사이의 유대야."라고 에이지는 입 속에서 속삭였다. "이 수용소와 나를 연결하는 유대야. 이 유대는 간단히 끊을 수 있는 게 아니야."

"오카야스 씨는 걱정하고 있었어."라고 옆으로 다가오며 사부가 말했다. "─지금 에이 짱과 같은 방에 질이 좋지 않은 사내가 있다며. 그 사내는 머지않아 뭔가 사고를 칠거고, 에이 짱은 그걸 말없이 보고 있지는 않을 거라며. 그래서 그런 일이 일어나기 전에 에이 짱을 여기서 내보내고 싶대."

에이지가 몸을 돌려 사부를 보았다. "오카야스 씨가 정말 그렇게 말했어?"

"응."하며 사부는 고개를 끄덕였다. "지금 막 들은 얘기야."

오카야스 씨는 역시 알고 있으면서 무엇인가를 기다리고 있는 거야, 뭘 기다리고 있는 걸까? 녀석들이 난동을 부리기를? 그렇다면 지금 당장이라도 상관없잖아, 녀석들은 공공연하게 금지되어 있는 도박을 하고 있고, 그를 위해서 몇 명인가의 관리들이 매수되어 삼태기 방이 엉망진창이 되었어, 녀석들은 실제로 난동을 부리고 있어, 이 이상 뭘 더 기다릴 필요가 있다는 거지, 라고 에이지는 생각했다.

"일이라고 할 수 있을 정도는 아니지만,"하고 사부가 말하고 있었다. "─나 정월부터 드문드문 의뢰받은 일을 하기 시작했어. 공동주택의 창문이나 장지문 바르는 일 같은 거. 그리고 얼마 전에, 필방의 헤이조 씨, ─알고 있지? 오스에 짱의 아버지신데, 그분의 소개로 시타야(下谷) 오카치마치(おかち町)의 표구사로부터도 일을 받게 되었어. 주인은 모사부로(茂三郎)라는 사람이야."

"그거 잘됐네."라고 에이지가 건성으로 말했다. "그럼 앞으로도 잘 풀릴 거야."

"그래서 그, 표구사의 주인과 이야기를 나눴는데 에이 짱이 호코도에 있었다고 했더니, 그럼 맞춤한 일이 있다며 꼭 좀 해줬으면 좋겠다고 했어."

"난 아직 여기서 나갈 수 없어. 왜 이렇게 말길을 못 알아듣는 거야?"

"그럴지도 모르겠지만,"하고 말하며 사부가 비어 있는 손으로 이마를 문질렀다. "아오키 씨와 오카야스 씨도 그렇게 말했고, 일의 준비도 끝났으니 여기서의 의리는 의리로 잠깐 남겨두고 일단 나올 마음을 먹어줄 수 없겠어?"

에이지는 대답하지 않았다.

"에이 짱은 잊었을지도 모르겠지만,"하고 사부가 드물게도 끈질기게 물고 늘어졌다. "내가 기댈 곳은 에이 짱밖에 없어. 곁에 에이 짱이 있어주면 그럭저럭 내 나름대로의 일도 할 수 있어서, 나도 일을 할 수 있다는 기분이 들기도 하지만, 나 혼자서는 마음이 불안하고 믿을 수가 없어서, 나도 모르게 엉뚱한 짓만 해버려."

"잠깐만, 사부." 에이지가 말했다. "우린 이제 어린애가 아니야. 둘 다 스물다섯이나 됐어."

"내 나이 정도는 나도 알아."

"그럼 그렇게 떼쓰지 마. 스물다섯이면 자식이 한둘 있어도 좋을 나이야. 내가 옆에 없으면 불안하다니, 그런 물러터진 마음으로 세상을 살아갈 수 있을 거라 생각해?"

"난 그냥,"이라며 사부가 애처로울 정도로 더듬었다. "난 그냥, 에이 짱이 여기에서 나왔으면 좋겠는 거야. 내가 한 말이 물러터진 소리처럼 들렸다면 그건 잊어도 좋아. 나에 대해서는 다음에 생각해도 돼, 에이 짱. 그냥, 제발 부탁이니 여기서 나와줬으면 해."

"안 돼."라고 에이지는 말했다. "누가 뭐라고 해도 나갈 수 없어."

사부가 들고 있던 보따리를 아래에 내려놓고 둥근 눈을 한껏 떠서 에이지를 노려보았다.

"이렇게 부탁했는데도 안 된다는 거야?"

"난 같은 말 되풀이하기 싫어."라고 에이지가 대답했다.

그러자 사부가 두 손으로 에이지의 멱살을 잡고 헉헉 크게 헐떡이며, "에이 짱."이라고 말했다.

"난 굼벵이에 멍청이에 무능한 사람이야."라고 사부가 부르르 떠는 목소리로 외쳤다. "에이 짱의 눈으로 보자면 나 같은 놈이 하는 말은 아마도 물러터진 데다 답답하게 들리겠지. 하지만 에이 짱, 평생에 한 번 정도는 내 부탁을 들어줘도 되잖아. ㅡ제아무리 훌륭한 사람이라도 평생에 한 번쯤은 다른 사람의 말을 들어주지 않을까?"

에이지는 자기 옷의 멱살을 쥐고 있는 사부의 손을 보았다. 풀을 쑤느라 거칠어진, 오동통하고 마디가 울퉁불퉁한 짧은 손가락이 멱살을 쥔 채, 가느다랗게 떨고 있었다.

"알았어."라고 마침내 에이지가 말했다. "생각해볼게."

사부는 손을 놓았다. "미안해. 나도 모르게 거친 행동을 해서."

"사과할 필요 없어. 아무래도 사과를 해야 할 사람은 나인 것 같으니."라고 말한 뒤 에이지는 입술을 일그러뜨렸다. "말로 하면 어색해질 것 같아서 입 밖으로는 내지 않겠지만, 너한테는 오랜 시간 꽤나 신세를 졌어. 아니, 그냥 들어봐. ㅡ이건 입으로 사과를 하거나 고맙다고 말하는 정도로 끝날 일이 아니야. 평생을 갚아도 다 갚을 수 있을지 없을지 알 수 없어. 그런데 여기서도 또 그와 같은 정도의 신세를 졌어. 죽을 줄만 알았던 목숨을 구해줬거든."

에이지의 말이 부자연스럽게 끊기더니, 그는 사부에게서 얼굴을 돌린 채 잠시 호흡을 가다듬었다.

"생각해볼게."라고 마침내 에이지가 낮은 목소리로 말을 이었다. "오래 걸리지는 않을 거야. 앞으로 보름이나 한 달 정도만 기다려줘. 다음 달 지금쯤까지는 어떻게든 해볼게. 분명히 어떻게든 해볼 수 있을 거 같아. 그때까지만 참으면 된다고 생각하고 기다려줘."

사부는 말없이, 맥이 빠진 듯한 동작으로 아래에 놓았던 보따리를 집어들었다.

## 13-1

풍화한 절벽이 자연스럽게 무너져 내리듯, 또 혹은 절벽 끝 쪽의 갈라진 부분이 갑자기 벌어지기 시작한 것처럼, 삼태기 방의 분위기는 눈에 띄게 살벌해지고 험악해져 갔다. 3월로 들어서자 기이치 주위로 모여드는 사람의 숫자가 서른 명 가까이 되었으며, 때에 따라서 증감은 있었지만 15명 이하가 모이는 경우는 없었다. 승부는 언제나 살기를 띠고 있어서 복대에 아랫도리만 간신히 가리고 용을 쓰는 사람도 두엇은 있었다. 조장인 덴시치 노인이 한번은 "마치 노름판 같군."이라고 중얼거렸다. 에이지는 그 내용은 알지 못했으나, 말의 의미는 대략 짐작이 갔다. 그리고 지금은 고지마 료지로 외에 관리가 2명, 이 방의 망을 보고 있었다.

어느 날 밤, 에이지가 바닷가에서 막대 던지기를 하고 있는데 만키치가 뒤따라와서 말을 걸었다. 에이지가 하는 것을 한동안 지켜보고 있었는지 가만히 다가와서는, 그걸로 해치울 생각이야, 라고 물었다.

"누구냐!" 에이지가 낮은 목소리로 물었다.

"나야." 만키치가 에이지 앞으로 돌아들었다. "형님에게 할 얘기가 있어서 뒷간에서 나오기를 기다릴 생각이었어. 그런데 형님이 이쪽으로 오기에 어쩔 생각인 걸까 싶어서 따라온 거야."

"그럼 이제 그만 돌아가. 난 몸을 단련하고 있으니."

"아~ 그래?"라고 말한 뒤 만키치는 갑자기 말을 바꾸었다. "아무튼 기름 짜는 방의 혹이 나갔다고 하던데, 정말이야?"

"난 모르겠는데. 나갔어?"

"조각사인 이스케가 도박장에서 떠드는 걸 들었어."라고 만키치가 말했다. "전에 소문이 무성했던 여자가 부르러 왔었다고, 보름쯤 전의 일이었다고 하던데, 혹은 꽤나 망설인 끝에 이스케에게 조언을 구했다고 해. 이스케가 같이 살라고 권했대."

아아, 하고 에이지는 마음속으로 탄식했다. 나는 매정한 사람이야. 어떻게 했으면 좋겠느냐고 물었을 때 그만두라고 한마디 했어야 했어. 보름이나 망설인 걸 보면 세이시치도 틀림없이 여자를 완전히는 믿지 못했던 거야. 그때 나는 무슨 말을 해도 쓸데없는 짓일 거라고 생각했어. 그만두라고 해도 여자에게 미련이 남은 마음을 돌릴 수는 없을 거라고 생각했어. 하지만 이제 와서 생각해보니 그건 나의 지레짐작이었을 뿐, 진심으로 세이시치를 생각해서 한 행동이 아니었어.

─내게 이 목발을 짚을 권리 같은 건 없어.

에이지는 한 손으로 지팡이를 쓰다듬으며 별이 가득 흩어져 있는 하늘을 올려다보았다.

"이스케는 그 이야기를 주위 사람들과 우스갯거리로 삼고 있었어."라고 만키치는 이야기했다. "─틀림없이 50일도 가지 못할 거라고. 혹이 모아놓은 돈이 다 떨어지기도 전에 여자는 남자를 몇 명이고 만들 거라면서."

"너 지금 도박장이라고 했는데, 도박장은 어디를 말하는 거지?"

"난 지금 혹에 대해서 얘기하고 있어."

"말해봐, 도박장이란 어디를 말하는 거지?"

"형님이 스스로에게 물어봐."라고 만키치가 강경하게 맞받아쳤다. "형님은 참을성 있게 외면하고 있어. 녀석들 쪽으로는 눈길도 주지 않지만, 녀석들은 한 사람 한 사람이 언제나 형님에게 눈을 번뜩이고 있어. 형님이 조금만 몸을 움직여도 몇 사람인가의 눈이 한꺼번에 모여들어. 녀석들은 형님의 마음을 꿰뚫어보고 있어."

"무슨 소릴 하는 거야. 한심하기는." 에이지는 얼굴을 돌렸다. "너 머리가 어떻게 된 거 아니야?"

"그렇다면 그렇다고 해두지. 하지만 형님, 아무리 기막힌 방법을 쓴다 해도 혼자서는 도저히 당해낼 수 없을 거야."

에이지가 냉담하게 되물었다. "세이시치가 나간 게 언제지?"

"됐어, 시치미를 뗄 거면 그렇게 하라고. 하지만 한마디만 해두겠어." 만키치는 여기서 목소리를 낮추었다. "형님 혼자 하게 내버려두지는 않을 거야. 그때는 우리도 같이 할 거야. 이름은 말할 수 없지만 나 외에 4명, 모두 도구도 준비해두었어."

"안 돼." 에이지는 자신도 모르게 커다란 소리를 냈다가, 곧 그 목소리를 죽였다. "―그건 안 돼. 녀석들은 비수를 가지고 있다고 전에도 말했잖아. 놈들은 사람을 찌르는 정도 아무렇지도 않게 생각하고 있어. 너희 네다섯 명이 덤빈다고 해도 도저히 당해낼 수 있는 상대가 아니야."

"그럼 형님은 어쩔 생각이지?"

"이 수용소에는 관리인들이 있어."

"쇳가루로 재갈을 물렸잖아."라고 만키치가 말했다. "뇌물을 얼마나 쥐어줬는지는 모르겠지만, 관리인들은 녀석들에게 술까지 가져다주고 있어."

에이지는 머리를 좌우로 흔들고 가슴에 쌓인 독기라도 내뱉듯

후우, 길고 크게 숨을 내쉬었다.

"나도 생각해볼게. 요즘 늘 생각하고 있었어."라고 에이지가 마침내 말했다. "삼태기 방에서의 일이 관리소에 알려지지 않았을 리 없고, 모든 관리들이 전부 매수되었을 리도 없을 거야. 관리소에서 아직 손을 대지 않은 건, 거기에 어떤 이유가 있을 거라 생각해. 틀림없이 무슨 이유가 있을 거야. 그러니까 부탁이니 쓸데없는 짓은 하지 말아줘. 우리 네다섯 명이서 해치울 수 있는 일이 아니야."


## 13-2

난 더 이상 참을 수 없어, 우리들의 삼태기 방이 이런 꼴이 된 것을 말없이 보고만 있을 수는 없어, 관리소에서 어떻게 생각하고 있는지는 모르겠지만 삼태기 방은 우리들의 것이니 우리들의 힘으로 예전처럼 돌려놓는 게 당연하잖아, 라고 만키치는 고집을 부리며 물러서지 않았다.

"가담하겠다고 약속한 건 4명이지만,"이라고 만키치는 계속했다. "형님이 일어서면 그 외에도 가담할 마음이 들 사람이 있을 거라 생각해. 기이치 주위에 모여 있는 녀석들 빼고는 전부 가담하지 않을까 싶어."

"생각해볼게."라고 에이지가 다시 말했다. "정말 할 생각이라면 실패하지 않도록 계획을 세우지 않으면 안 돼. 그냥 힘으로 밀어붙여서 될 일이 아니니까. 알았지?"

만키치가 말뚝 쪽을 손가락으로 가리켰다. "저 막대기를 주워올까?"

"방에 다른 것들을 숨겨놨어."라고 말하고 에이지는 지팡이를 고쳐 쥐었다. "─의심을 받아서는 안 돼. 네가 먼저 돌아가."

"너무 기다리게 하지는 마."라고 말하며 만키치는 뒷걸음질로 걷기 시작했다. "─혹이 나간 건 그저께였어."

에이지는 말뚝 쪽으로 가 땅바닥을 찾아서 둥근 장작을 주워 모아다, 그것을 옆에 있는 석재 뒤에 숨겼다.

"어떻게 하지?"라고 그는 중얼거렸다. "그런 일이 있었던 줄은 꿈에도 몰랐어."

내가 움직이면 모두가 가담할 거라고 했어. 다른 사람들을 끌어 들일 수는 없어. 기이치를 밖으로 불러낼까? 아무도 없는 곳에서 기이치와 대등하게 붙어볼까도 싶었다.

"그래서는 승산이 없어. 다리가 이래서는 빈틈을 노리는 것 외에 승산은 없어." 에이지는 이렇게 중얼거리고 굵은 숨을 내쉬었다. "─역시 오카야스 씨에게 얘기할 수밖에 없겠어. 만약 오카야스 씨에게 사정이 있어서 관리소에서도 손을 쓸 수 없다고 한다면, 그때 다시 생각해도 되잖아. 어쨌든 그게 먼저야."

오카야스 기헤에에게는 이야기하고 싶지 않았다. 지금까지 손을 쓰지 않은 것은 틀림없이 어쩔 수 없는 사정이 있기 때문이리라. 하지만 일이 이렇게 되어 방 안 사람들에게까지 위험이 미칠지도 모르게 되었으니 자기 혼자만의 생각으로 움직일 수는 없었다. 일 단 오카야스 기헤에 씨에게 얘기만이라도 해보자, 라고 에이지는 결심했다. ─그곳을 떠나기 전에 그는 뒤돌아서 바다를 바라보았 다. 바람이 거의 가라앉아서 때때로 돌담에 부딪치는 파도 소리도 부드럽게 속삭이는 듯 들려왔다. 하늘의 별 아래 바다는 어두웠으 나 밤낚시를 하는 배의 등불이 깜빡이고 있었으며, 공기는 덥혀진 바다의 냄새를 머금고 있었다.

에이지가 방으로 돌아가 닫혀 있는 미닫이문을 열고 지팡이에 중심을 실어가며 토방에 들어서자 류가 다가와서는 갑자기 지팡이를 발로 걷어찼다. 너무나도 갑작스러운 일이었기에 에이지는 좋지 않은 쪽의 다리를 다치지 않도록 하는 것이 고작이었다. 그는 옆으로 쓰러진 자세 그대로 류를 바라보며, 넘어질 때도 손에서 놓지 않았던 지팡이를 슬금슬금 몸 쪽으로 당겼다.

"절뚝이라고 우리는 그 동안 봐줬는데,"라고 류가 옅은 웃음을 지으며 말했다. "뭐가 그렇게 마음에 안 들어서 대들려는 거지? 여긴 너 혼자만의 방이 아니야."

방 안이 쥐 죽은 듯 조용해졌다. 날뛰기 직전에 바람이 슥 죽어버린 것처럼 긴장된 침묵이 번져가 숨을 쉬는 사람조차 없는 듯 여겨졌다. 그러나 누군가가 곧 마룻바닥을 걸어와 에이지의 눈앞으로 3개의 둥근 장작을 내던졌다. 장작은 둔탁한 소리를 내며 나뒹굴었고, 하나는 에이지의 어깨에 맞았다.

"이걸로 어쩔 생각이었지?"라고 마룻방 위에서 물어왔다. 기이치의 목소리였다. "이런 걸로 뭘 하려 했던 거야?"

에이지는 조용히 몸을 일으켜 다리를 조심하며 목발에 몸을 기댔다.

"미안해."라고 에이지가 류에게 말했다. "깜빡하고 있었어. 용서해줘."

류는 이를 드러냈으나 아무런 말도 하지 않았다. 에이지는 몸을 돌리고 웅크려 앉아 둥근 장작 하나를 줍더니 오른손으로 쥐어 기이치에게 보여주었다.

"이렇게 해서 말이지, 이 녀석을 쥐고 손가락을 단련하는 거야. 의사가 권한 방법이야."

"들었냐, 류?"하고 기이치가 에이지에게서 눈을 떼지 않은 채 입 끝으로 말했다. "의사가 권한 방법이란다. 이 새끼 사람을 등신으로 아는군."

"거짓말 같으면 의사한테 물어봐. 이걸 이렇게 쥐었다 폈다 해서 손가락에 힘이 붙으면 몸에도 기운이 난다더군."

"그 막대기를 버려."라고 기이치가 냉소 지으며 말했다. "네 놈의 속셈은 나도 알고 있어. 그 막대기를 밑에 내려놓지 못하겠어!"

"됐어, 형님."하고 류가 말했다. "내가 형님 말을 듣게 해줄게."

"기다려." 에이지가 불안정하게 몸을 구부렸다. "내게 이 막대기는 소중해."

하지만 버리라면 버릴게. 이렇게 말하며 눈 끝으로 다가오는 류를 보고, 둥근 장작을 토방에 놓았다. 그리고 웅크렸던 상반신을 일으키자마자 목발을 바꿔 쥐더니 성큼 날아들어 마루방 끝에 서 있는 기이치의 다리를 있는 힘껏 후려쳤다. 절뚝이라고 생각하여 긴장을 늦추고 있던 기이치가 날렵하게 날아든 에이지의 다리에 눈을 둥그렇게 뜬 순간, 전신의 힘을 담은 일격을 그 정강이에 받았다.

옆으로 후려친 지팡이가 기이치의 정강이에 부딪치는 소리와 동시에 기이치가 섬뜩할 정도의 비명을 지르며 쓰러졌고, 에이지는 류 쪽을 얼른 보았다. 류는 튀어나올 정도로 눈을 커다랗게 뜨고 입을 벌린 채, 몸이 굳어 서 있었다. 에이지는 쓰러진 기이치가 품속에서 비수를 빼드는 것을 보고 지팡이를 양손으로 고쳐 쥐더니 머리 위로 쳐들었다가 이번에도 있는 힘껏 내려쳤다.

"그만해." 기이치가 다시 비명을 질렀다. "내가 잘못했어, 멈춰줘."

에이지는 마치 미친 사람처럼 연달아 내리쳤다. 지팡이는 머리를 때리고 가슴을 때렸다. 기이치의 손에서 비수가 튕겨져나갔으며, 머리와 얼굴이 피투성이가 되었다. ―그제야 비로소 류가 움직이기 시작했다.

## 13-3

에이지의 동작은 광기어려 있었으나, 머릿속은 냉정했다. 그가 기이치를 덮친 것은 분노에서 온 충동으로 판단력보다 본능적인 분노에 지배를 받은 것이었다. 그러나 첫 번째 일격을 가한 순간에 판단력이 움직이기 시작하여 이 기회를 놓쳐서는 안 된다, 지금 여기서 철저하게 해치우지 않으면 오히려 화근을 남기는 셈이 된다, 이 사내를 사람이라고 생각해서는 안 된다, 이놈은 독을 가진 뱀이다, 뱀이라고 생각하고 대해야 한다. 에이지는 머릿속에서 스스로에게 이렇게 명령했다.

류는 몸이 굳은 채 서 있다가 기이치가 마구 두들겨맞아 머리와 얼굴에서 피가 뿜어져나오는 것을 보고 새파랗게 질려 몸을 떨며 품속의 비수를 꺼내들고 에이지 쪽으로 다가갔다. ―도박을 하고 있던 무리들도, 글씨 연습을 위해 책상 앞에 앉아 있던 자들도, 노인들도 그때까지는 모두 몸 하나 까닥이지 못했다. 눈에 보이지 않는 사슬에 묶이기라도 한 듯 그 자리의 무시무시한 광경에 압도되어 있었으나, 류가 움직이기 시작하여 그 손에서 비수의 칼날이 번뜩였을 때 만키치가 꿈에서 깨어난 듯 벌떡 일어났다.

"형님, 뒤를 봐."라고 만키치가 외쳤다.

류를 쳐다본 에이지가 기이치를 내리치던 지팡이를 바꿔 쥐며 이쪽으로 다가오고 있는 만키치에게 등을 돌린 채 외쳤다.

"가만히 있어, 만키치." 에이지의 목소리가 방 안 가득 울려퍼졌다. "너는 관리소로 가줘. 아무도 나서지 마, 이건 나의 일이야."

류는 비수의 날 끝을 위로 향하고 에이지의 귀에 들릴 정도로 거친 숨을 쉬며 조금씩 거리를 좁혀왔다. 에이지는 잽싸게 기이치가 늘어진 채 움직이지 않는 것을 확인하고, 류가 온몸으로 돌진해 들어오자 목발을 오른쪽에서 왼쪽으로 휘둘렀다. 류가 내지른 비수는 에이지의 왼쪽 어깨에 박혔고, 지팡이로 머리를 세게 얻어맞은 류는 옆으로 휙 날아가 마루방의 끝에 나뒹굴었다. 에이지는 틈을 주지 않고 달려들어 지팡이를 들어올려서는 후려갈겼다. 지팡이는 머리에 맞고 가슴에 맞고, 옆에서부터 얼굴을 때렸다.

"부탁이야, 살려줘." 류가 쓰러진 채 두 손으로 얼굴을 감싸쥐고 외쳤다. "그만 용서해줘. 누가 좀 살려줘. 죽을 거야."

그러나 에이지는 힘을 빼지 않았다. 류도 역시 순식간에 피칠갑을 하고 움직이지 않게 되었다. 에이지는 때리기를 멈추고 기이치 쪽을 보았다. 기이치는 엎드린 자세로 흘러내리는 자신의 피에 얼굴을 묻은 채 신음하고 있었다.

"─자." 에이지가 도박을 하고 있던 무리들 쪽을 보고 말했다. "곧 관리소에서 사람이 올 거야. 다른 방 사람들은 지금 당장 돌아가. 얼른 가지 않으면 엮이게 될 거야."

열대여섯 명이 모여 있던 가운데 반수 이상이 자리에서 일어나 겁먹은 듯 토방으로 뛰어내려가더니 맨발로 문을 빠져나가 달아났다.

"요헤이 씨."하고 에이지가 말했다. "만키치는 관리소로 갔어?"

"갔어."라고 요헤이가 대답했다.

그때 문으로 고지마 료지로가 들어왔다. 그는 달려온 듯 숨을 쉬느라 어깨를 들썩이며 방 안을 둘러보고 축 늘어져 있는 기이치와 류의 모습에서 에이지 쪽으로 시선을 옮겼다.

"제가 했습니다."라고 에이지가 말했다. "지금 관리소에 알리러 갔습니다."

고지마의 얼굴이 굳더니 무슨 말인가 하려 입을 열었다가, 아무런 말도 하지 않고 칼을 뽑았다. 에이지는 재빠르게 목발을 쥐고 자세를 취했다.

"그만두는 편이 좋을 겁니다, 고지마 씨."하고 에이지가 조용히 말했다. "저를 벤다 한들 그 외에도 증인은 얼마든지 있습니다. 또, 저를 베려면 힘이 좀 들 겁니다."

고지마의 얼굴에 당혹스럽다는 듯한 표정이 떠올랐다. 그러자 3명의 사내들이 6척봉 같은 것을 들고 이쪽으로 나가왔다.

"안 돼, 나서서는 안 돼."라고 에이지가 고지마를 노려본 채 외쳤다. "이건 나 혼자만의 일이야. 앉아 있어줘."

고지마 료지로는 방 안에 있는 수용자들의 얼굴을 공포에 질린 듯한 눈으로 잽싸게 둘러보았다.

"칼을 넣으세요."라고 에이지가 말했다. "당신에 대해서는 아무 말도 하지 않을 겁니다. 이번에는 관리소에서 사람이 올 겁니다. 허둥지둥해봐야 소용없어요. 칼을 거두고 여기서 나가세요."

고지마는 빼든 칼을 쥔 채 조금씩 뒷걸음질 쳐서 문 밖으로 나갔다.

요헤이가 두 조장과 함께 기이치와 류의 상처를 살펴보며 누가 가서 산테쓰 선생을 불러오라고 말했다. 밤이라 선생은 없어, 라고 두어 사람이 대답했다. 고지마 료지로가 나간 순간 방 안 전체가 되살아난 듯, 모두가 우왕좌왕 움직이기도 하고 요란스럽게 이야기를 주고받기도 했다. 달려 돌아온 만키치가 문가에 얼굴을 드러낸 순간, 에이지는 자신의 몸에서 무엇인가가 빠져나가는 듯한, 커다란 피로감과 허탈감 때문에 마루방 끝에 힘없이 걸터앉았다.

"오카야스 씨가 오고 있어."라고 만키치가 손을 뒤로 돌려 문을 가리키고 숨을 헐떡이며 말했다. "바로 코앞까지 와 있어. 괜찮아, 형님?"

에이지는 고개를 끄덕인 뒤 눈을 감고 머리를 떨어뜨렸다.


## 13-4

"벼슬아치라는 것도 세상에서 생각하는 것만큼 안정된 것은 아니야."라고 오카야스가 말했다. "상사와 부하의 구별, 번잡한 규칙, 각자 맡은 역할의 권한, 이러한 것들 가운데 사람들끼리의 경쟁이 있어. 출세하고 싶어 하는 사람도 있는가 하면, 떡고물을 챙기기 위해서 무슨 짓이든 하려는 사람도 있어. 뇌물수수, 수용자들의 임금 갈취, 드나드는 상인들과의 부정한 거래, ―세상에 있는 혐오스러운 일은, 여기에도 거의 대부분 빠지지 않고 있어."

그곳은 에이지가 예전에 세이시치와 함께 쇠고랑의 벌을 받으며 30일 동안 갇혀 있던 방이었다. 그 방이 있는 건물의 뒤편은 오카와 강으로, 열어둔 작고 높다란 채광창을 통해 돌담에 부딪치는 파도 소리와 수면을 가는 배의 노 젓는 소리 등이 사이를 두고 한가로이 들려왔다.

부랑자 수용소는 하나의 세계이며 관리들도 역시 하나의 세계라는 뜻의 말을 오카야스는 계속해서 했다. 인간이 모여 형성하는 세계에는 반드시 선과 악의 다툼이 있으며, 선으로만 통일되는 경우도 악에게만 점령당하는 경우도 없다. 특히 이 수용소는 '감옥이 아니다.' 라는 원칙에는 수많은 모순과 애매한 점들이 있어서 규율을 위반한 자를 처벌하기에 당혹스러운 경우가 적지 않으며 그것을 잘 알고 있어서 교묘하게 법을 범하는 자가 끊이질 않는다. 이러한 것들은 표면으로 드러나지는 않지만 나는 일찌감치 알고 있었다.

"기이치 들이 무슨 짓을 하고 있는지도 나는 처음부터 알고 있었어."라고 오카야스 기혜에는 말했다. "이러한 일은 이번이 처음이 아니고 전에도 몇 번이고 있었던 일이며, 그 대부분의 경우는 하급 관리들이 매수당했었어."

삼태기 방에서의 일을 눈치 챘을 때는 이미 고지마 료지로와 다른 2명의 하급관리가 기이치 들에게 넘어갔다는 사실을 알게 되었다. 나는 총괄자로 수용자들과 직접적인 관계는 없다. 감시역, 관리자, 각 방의 감독자, 조장 등의 보고에 따라서 각각의 재결을 하는 것이지, 이를 무시하고 수용자들의 방에 관한 일에 손을 댈 권한은 없다. 뭔가 밖으로 드러날 것 같은 일이 벌어질 때는 얘기가 다르지만, 그것을 기다리지 않고 섣불리 손을 댔다가는 수용소 전체에서 소동이 벌어질지도 모른다. 그들이 늘 관리들을 구워삶으려 하는 것은 일이 드러나면, 관리소 전체에 누를 끼치게 된다고 위협하는 도구로 삼기 위한 것이 진짜 목적이다.

"이러한 사정을 이해할 수 있겠는가?"라고 오카야스가 물었다.

납득할 수 없다는 표정이기는 했으나 고개를 끄덕였다.

"불행하게도,"라고 오카야스가 말을 이었다. "ㅡ고지마는 수용소장의 먼 친척에 해당하고, 소장인 나루시마 나리는 사람은 좋지만 수용소라는 제도를 흔쾌히 여기고 있지 않은 데다 사람 보는 눈이 없어서 고지마의 말을 그대로 받아들여버려. 내가 수용자들의 방에 가까이 갈 수 없었던 건 그런 사정 때문이야."

기이치 들이 날이 갈수록 신이 나서 술까지 반입하고 있다는 사실을 들었을 때는 더 이상 묵과할 수 없다고 생각했다. 하지만 고지마 료지로 등 하급 관리들의 대비가 철저해서 다가갈 틈도 없는 듯 보였다.

"이렇게 자세한 사정을 이야기해도 자네에게는 답답하고, 내가 겁쟁이처럼 보일지도 모르겠군. 만약,"이라고 말한 뒤, 오카야스는 잠시 숨을 돌렸다가 그런 다음 다시 말을 이었다. "―만약 그런 생각이 든다면 자네 자신의 일을 생각해보게. 여기로 보내진 자네를 우리가 어떻게 대했는지. 일에도 나가지 않고 반항적이고 규칙에도 따르지 않았던 자네를 우리가 어떤 식으로 다루었는지를 말이야."

에이지는 그 말을 곱씹는 듯한 모습으로 있다가 마침내 조용히 머리를 숙였다.

"사람들 사이의 문제에는 서둘러 처리해야 하는 것도 있고, 끈기 있게 시기가 익기를 기다려야 하는 것도 있어."라고 오카야스가 진심어린 투로 말했다. "이번 경우에는 자네가 참지 못하고 폭발했기에 일단은 삼태기 방의 청소를 할 수 있었어. 아직 그 시기가 아니었을지도 모르겠지만, 마침 적당한 때였을지도 몰라. 어느 쪽이었는지는 조금 더 시간이 지나지 않으면 알 수 없지만 어쨌든 일단락 지어진 것만은 틀림없어."

그래 일단락 지어진 듯해, 라고 에이지는 생각했다. 그는 아무도 끌어들이지 않고 처음부터 끝까지 혼자서 처리했다. 오카야스의 손으로 관리소에 끌려가 소장 입회하에 도신들에게 조사를 받았으나 고지마 료지로와 하급관리들의 일은 물론 도박에 대해서도 끝까지 침묵을 지켰다. ―도신들은 알고 있었을 테지만 소장 자신은 아무것도 눈치 채지 못했던 것이리라. 싸움이었다는 에이지의 말에 대해서, 그 내용이 잔혹했다는 사실에 크게 화를 내며 감옥에 가게 될 것이라고 단정 지었다. 조사 전에 논의가 있었던 듯, 도신들은 상대가 둘이었고 두 사람 모두 금지된 날붙이를 들고 있었다는 점, 에이지는 오로지 혼자였고 한쪽 다리가 불편했었다는 조건을 이야기하며 강하게 에이지를 변호했다. ―소장은 그 말을 어떻게 받아들였을까. 나루시마 지에몬은 도신들의 변호를 받아들이려는 듯한 기색도 없이 이튿날 바로 마치부교에게 사람을 보냈다. 수용소에서의 상벌은 전부 마치부교에게서 허락을 받지 않으면 안 되기 때문이었다. 그리고 에이지는 이 방에 갇히게 된 것이었다.

"자네가 고지마와 하급관리들의 이름을 털어놓지 않고 도박에 관한 일도 말하지 않은 건 잘한 일이야."라고 오카야스는 계속했다. "―만약 그런 일들이 밝혀졌다면 애초부터 수용소 제도에 반감이 있던 나루시마 나리가 마치부교에게 어떤 진언을 했을지 모르고, 그렇게 되면 사건은 이 수용소의 존폐가 걸린 문제로까지 발전했을 지도 몰라."

나는 이 수용소를 확보하고 성장시켜 나가고 싶다. 지금의 제도에는 여러 가지 결함이 있기는 하지만, 범죄자가 될 법한 성격이나 처지에 있는 사람을 범죄자가 되는 것에서 지켜주고 직업과 자금을 얻게 하여 세상으로 복귀시키는 일에는 커다란 의의가 있으며, 인구 증가와 생활상태 때문에 더욱 어려워질 에도라는 커다란 살림살이 안에서는 앞으로 더욱 중요한 역할을 짊어지게 될 게야.

"자네 한 사람에게만 일을 떠넘긴 듯하지만, 내게는 내 나름대로의 생각이 있었다는 사실을 알아주었으면 하네."

"잘 알았습니다."라고 에이지가 기침을 한 뒤에 말했다. "솔직히 말씀드리자면 관리소에서 왜 묵과하고 있는 것인지 의아했으며, 오카야스 씨는 뭘 기다리고 있는 거야, 라며 삐딱하게 생각한 적도 있었습니다. 하지만 그게 전부는 아니었습니다. 저는 처음부터 제가 정면에 나서야겠다고 마음먹고 있었습니다."

오카야스 기헤에는 에이지의 얼굴을 바라보았다. "그건 무슨 소린가?"

"특별한 이유는 없습니다. 그냥 왠지, 저 기이치와 류를 해치울 수 있는 건 나밖에 없을 것 같다는 생각이 들었기 때문입니다."라고 에이지는 우물거린 뒤, 다시 분명하게 말했다. "―사실을 말씀드리자면 같은 방의 만키치라는 사내가 도화선에 불을 댕겼습니다. 우리들의 삼태기 방을 이렇게 엉망으로 만들어 놓은 것은 참을 수가 없다, 더는 참을 수 없을 것 같다고 만키치가 말을 꺼냈습니다."

"만키치라면 전에 소방대원으로 있던 사내를 말하는 건가?"

"네. 싸움을 자랑으로 여기고 있었고, 정말로 일을 벌일 것 같은 상태였습니다. 저는 상대방이 비수를 가지고 있다며 어떻게든 생각을 바꿔보게 하려 했으나, 만키치가 그대로 지켜보고만 있을지는 알 수 없는 일이었습니다. 그렇다면 만키치가 일을 벌이기 전에 내가 해치우자고 생각했던 것입니다."

"그 얘기는 두 번 다시 입 밖에 내지 말게."라며 오카야스가 목소리를 약간 낮췄다. "―자네가 먼저 두 사람에게 앙심을 품고 전부터 기회를 엿보고 있었다는 식으로 받아들여지면 죄가 가볍지 않을 테니."

"전, 죄의 경중 따위는 마음에 두고 있지 않습니다."라고 말하고 에이지는 미소를 지었다. "—하지만 그날 밤 일이 그렇게 되리라고는 전혀 생각지도 못했습니다. 문을 들어선 순간 류 놈이 지팡이를 걸어차 꼴사납게 토방에 나뒹굴었을 때도 분한 생각은 들었지만 일을 벌일 마음은 들지 않았습니다. 그 뒤에 기이치가 마루방 끝으로 와서, —사람을 웃음거리로 삼았을 때 눈이 확 뒤집힌 것처럼 되어 일을 벌인 겁니다."

죄를 가볍게 해주었으면 좋겠다고 생각지는 않으나, 사실은 그대로였다고 에이지는 말했다.

"시말서에는 그렇게 적었어."라고 오카야스는 고개를 끄덕였다. "—다리가 나은 것도 정말 몰랐던 거지?"

"정말 한심한 애깁니다." 에이지는 다시 미소 지었다. "—덕분에 보기 좋게 선수를 칠 수 있었습니다만. 둘 모두 제 다리를 보고 눈을 둥그렇게 떴습니다."

오카야스 기헤에는 소리를 내지 않고 웃었다.

"그래서,"라고 에이지가 더는 기다리지 못하겠다는 듯 물었다. "저는 어떤 처벌을 받게 됩니까?"

"여기에 머물 수 없다는 건 알고 있겠지?"

"대충은 짐작하고 있습니다."

"기이치는 한쪽 눈이 터지고 갈비뼈가 2개 부러졌어."라고 오카야스가 말했다. "류는 왼쪽 팔이 부러지고 왼쪽 귀가 찢어졌어. 하지만 둘 모두 생명에는 지장이 없고, 금지된 흉기를 반입한 죄로 상처가 나으면 덴마초로 보내질 거야."

"저도 함께 보내지나요?"

오카야스 기헤에는 머리를 흔들었다. "자네는 북부 마치부교의 관아로 되돌아가서 다시 조사를 받게 되었어. 그 이상의 일은 나도

293

말할 수가 없어."

"알겠습니다." 에이지가 머리를 한껏 떨어뜨린 채 중얼거리듯 말했다. "—이제 와서 생각해보니 그 두 사람에게는 너무했다 싶어 미안한 생각이 듭니다."

"그건 아니지." 오카야스가 에이지의 말을 강하게 가로막았다. "미안하게 생각해야 할 건 그 사내들이 아니야. 좀 더 다른 사람들이 있을 텐데."

에이지는 입을 다물었다. 오카야스 기헤에는 그 뒤의 말은 하지 않고 말없이 에이지의 눈을 바라보다 알고 있겠지, 라고 말하기라도 하듯 고개를 끄덕인 뒤 조용히 자리에서 일어났다.

"억지스러운 청일지는 모르겠으나," 하고 에이지가 물었다. "여기서 나가기 전에 방의 사람들과 만날 수는 없겠습니까?"

"나 혼자서는 결정할 수 없어."

"꼭 좀 부탁드리겠습니다. 그들에게는 말로 표현할 수 없는 은혜를 입었습니다. 헤어지기에 앞서 감사의 인사라도 한마디 하게 해 주십시오. 부탁드리겠습니다."

이렇게 부탁드리겠습니다, 하며 에이지는 방바닥에 두 손을 대고 거듭 머리를 조아렸다.

"소장님께 청해보겠네."라고 오카야스가 말했다. "하지만 아마도 허락은 떨어지지 않을 게야. 가능성 없다고 생각하는 게 좋아. 지금의 자네는 죄인이니."


## 13-5

에이지는 깜짝 놀랐다는 듯 오카야스를 올려다보았다. 자네는 죄인이다, 라는 말을 설마 오카야스의 입에서 들을 줄은 꿈에도 생각지 못했기 때문이었다. ―오카야스 기헤에의 표정이 완전히 바뀐 듯 보였다. 눈만은 따스함을 담고 있었으나, 얼굴 표정 전체는 싸늘하고 엄하게, 수용자들이 '관리 낯짝'이라고 뒤에서 수군거리는, 바로 그 얼굴 표정으로 보였다. 에이지는 지금까지 한 번도 그런 표정을 짓는 오카야스를 본 적이 없었다.

"방에 있는 짐은 여기로 가져오라고 하겠네."라고 오카야스는 말했다. "―여기에 머무는 것도 앞으로 이삼일쯤일 게야. 그때까지 푹 쉬어두게."

에이지는 다시 두 손을 방바닥에 대고 머리를 숙였다.

그로부터 하루가 더 지나 이틀째 되던 날 밤, 저녁을 먹고 난 뒤 일각쯤 지났을 때 사전에 아무런 말도 없이 요헤이가 찾아왔으며, 곧 하급관리 둘의 손으로 소박하지만, 술상을 날라다주었다. 이건 우리들의 작은 마음이니 은밀하게, 라는 뜻의 말을 속삭이듯 남기고 하급관리는 자리를 떴다.

"좋은 밤이야." 요헤이가 수줍어하는 사람처럼 낮은 목소리로 말을 꺼내며 살피듯 에이지의 얼굴을 보았다. "―모두들 걱정하고 있는데, 괜찮은 거겠지?"

"관아에서 재조사하게 되었어."라고 말한 뒤, 에이지는 술병을 들었다. "하지만 별다른 일은 없을 듯하니 모두에게 걱정하지 말라고 말해줘. 한 잔 받아."

"나 술은 못 마셔."

"그러지 말고, 작별이니 한 잔 받아줘."

그럼 흉내만 낼게, 라고 말한 뒤 요헤이는 술잔을 들었다. 상 위에는 무엇인가의 초된장 무침과 깨소금을 넣고 무친 채소와 잡어

조림 등이 놓여 있었다.

"요헤이 씨를 볼 수 있게 된 것만 해도 다행이야."라고 에이지는 말했다. "다른 사람들에게도 꽤나 신세를 졌지만 요헤이 씨에게는 평생 갚아도 갚지 못할 만큼 은혜를 입었으니."

요헤이는 손을 내저었다. "내가 뭘 했다고. 그보다 에이 씨가 이번에 해준 일이 훨씬 더 모두에게 고마운 일이었어."

요헤이는 술을 다 마시고 잔을 놓은 뒤 에이지에게 술을 따랐다. 에이지는 잠깐 입을 댔을 뿐, 그 잔을 든 채 요헤이를 보았다.

"말로 해봐야 소용없는 일이지만, 내가 여기서 무사히 나갈 때가 오면 요헤이 씨도 같이 나가서 함께 살 생각이었어."

요헤이는 술병을 든 채 위협이라도 당한 듯한 눈으로 에이지를 마주보았다.

"일이 이렇게 되어서는 그것도 허사가 되었지만, 혹시 만약에 내가 감옥에서 일찍 나와서 요헤이 씨가 그때까지도 여기에 있어준다면 내가 틀림없이 데리러 올게."

"고마워, 고마워." 요헤이가 머리를 숙였다. "그렇게 말해준 것만으로도 충분해."

"난 외톨이야. 어렸을 때 화재로 부모형제를 한꺼번에 잃고 난 뒤부터 형제야 어찌 됐든, 한 사람이라도 좋으니 부모를 갖고 싶었어." 에이지는 여기서 이를 앙다물었다. "—그런 일만 없었어도 요헤이 씨와 함께 살 수 있었을 텐데."

"그건 기쁜 소리지만, 에이 씨. 외톨이라는 건 틀린 말 아닐까?"라고 요헤이가 말했다. "—삼태기 방 사람들이야 그렇다 쳐도, 너에게는 사부 짱과 오스에 짱, 오노부 씨 같은 사람들이 있잖아."

에이지가 요헤이를 마주보았다.

"물론 알고 있고말고."라며 요헤이는 고개를 끄덕였다. "난 세 사람 모두 알고 있어. 그리고 언젠가 사부라는 사람을 좀 더 다정하게 대하는 게 어떻겠냐고 말한 적이 있었지?"

"기억하고 있어." 에이지는 이렇게 말하고 술을 마신 뒤 등을 똑바로 펴 단정하게 앉았다. "어렵게 얻은 이별의 자리야. 그런 얘기는 그만두었으면 해."

"어떤 사람도 혼자서 살아가는 게 아니야."라고 요헤이가 에이지의 말을 흘려넘기며 계속했다. "─세상에는 현명한 사람과 현명하지 못한 사람이 있어. 하지만 현명한 사람들만 있어도 세상은 잘 돌아가지 않는 모양이야. 이해득실만 해도 손해를 보는 사람이 있기에 득을 보는 사람이 있는 거겠지. 만약 에이 씨가 우리들에게 은혜를 입었다고 생각한다면 우리들뿐만 아니라 사부 짱이나 오노부 씨, 오스에 짱도 잊어서는 안 돼. 너는 결코 외톨이가 아니었고, 앞으로도 외톨이가 될 일은 결코 없을 테니."

에이지는 들고 있던 잔을 바라보고 있다가 갑자기 눈썹을 찡그리고 요헤이가 들고 있던 술병을 받아 "한 잔만 더."라고 말하고는 술을 따랐다. 요헤이는 떨떠름하게 잔을 들고 독이라도 마시듯 가만히 입을 댔다.

"이런 잔소리 같은 말을 하는 건 내 주제에 어울리지도 않으니 그만두겠지만,"하고 요헤이가 한 손으로 입을 닦으며 말했다. "─에이 씨는 틀림없이 일류 장인이 될 테고, 그런 성품이니. 하지만 에이 씨만이 아니야. 세상에는 천성적으로 일류가 될 만한 재능을 갖춘 사람들이 여럿 있어. 그렇지만 말이지, 그런 타고난 재능을 가진 사람이라도 자기 혼자서는 아무것도 할 수가 없어. 재능 있는 사람 하나가 그 재능을 살리기 위해서는 재능 없는 몇 십 명이나 되는 사람들이 눈에 보이지 않는 힘을 보태주어야만 해. 이 점을 잘 생각해주었으면 해, 에이 씨."

늙은이가 되면 이런 말을 하기에 사람들이 싫어하는 거겠지, 라고 말하며 요헤이는 웃었다.

—사부, 라고 에이지는 마음속에서 외쳤다. 아아, 사부. 다시 한 번 만나고 싶었어.

## 14-1

"다시 한 번 걸어봐."라고 오노부가 말했다. "까다롭게 굴지 말고, 난 못 봤잖아. 어서."

에이지는 작은 방에 오르려다 말고 좁은 토방 안을 두어 걸음 걸어보였다.

"어머, 완전히 생때같잖아."

"생때가 뭐야?"

"평소와 같다는 말, 몰라?"

앞서 방에 들어가 있던 사부가 웃었으며, 오스에도 입에 손을 대고 웃었다.

"생때같지 않아."라고 에이지가 말했다. "잘 봐."

그는 다시 두어 걸음 걸어 보였다. 유심히 보면 오른쪽 다리를 조금 끄는 듯했지만 그런 말을 듣지 않는 한 거의 눈에 띄지 않을 정도였다. 오노부는 그 모습을 넋이 빠진 듯한 눈으로 보고 있다가, 매력적인데, 라고 말했다.

"그 정도 한쪽 다리를 끌며 걷는 건, 매력적이야."

"그런 식으로 칭찬하는 방법도 있군."

"거짓말 아니야, 정말이야. 저기 오스에 짱, 너도 그렇게 생각하지?"

"글쎄." 갑자기 물어왔기에 오스에는 당황했으나 잠시 고개를

까닥인 뒤 말했다. "―난 매력적이지 않아도 상관없으니 완전히
나았으면 좋겠어."

"어머, 세상에. 벌써부터 안사람이 된 것처럼 말하고 있어."라고
말하며 오노부가 노려보았다. "우리 남편을 다른 여자가 매력적이
라고 보는 게 싫은 거지?"

"어머나, 우리 남편이라니."

"어머나, 우리 남편이라니." 오노부가 흉내를 낸 뒤, 다시 오스에
를 노려보며 말했다. "―뺨에 불이 났네."

그날은 4월 7일. 북부 관아의 유치장에서 나온 에이지를 사부와
오스에가 데리고 돌아온 참이었다. 에이지는 유치장에 7일 동안
있었다. 이시카와지마에서는 '재조사'라는 명목으로 다시 되돌려
보냈으나 조사다운 것은 아무것도 없었고, 5일 동안 유치장에 갇혀
있었으며, 요리키인 아오키 마타자에몬에게 불려가 집으로 돌아갈
생각이 있느냐는 질문을 받았다.

―시타야 사카모토 2번가의 집주인인 겐스케와 사부가 함께 와
서 자네의 신병을 인수했으면 좋겠다고 청해왔어. 집도 빌렸고 일
을 할 준비도 마쳤다고 하더군. 관아에서도 자네는 집으로 돌아가
는 게 좋을 듯한데, 어떻게 생각하는가?

마타자에몬은 이렇게 말했다. 그가 이 관아에 있다는 사실을 사
부가 어떻게 알았는지는 의심할 필요도 없으리라. 사부는 에이지의
행방을 찾아다니는 동안 아오키 이사노신을 알게 되어 도움을 청했
다고 했다. 마타자에몬은 이사노신의 일족으로 에이지에 관해서는
늘 이사노신과 연락을 주고받은 모양이었다. 자연스럽게 이시카와
지마에서 관아로 옮겨졌다는 사실 역시 사부에게는 바로 소식이
갔던 것이리라. ―그건 그렇고 수용소에서의 일에 대한 재조사는

300

어떻게 된 것일까? 오카야스 기혜에가 아무리 애를 썼다 해도 방 안 사람들이 그 상해 현장을 보았으니 이대로 그냥 넘어갈 리가 없을 텐데. 그래서는 내 마음도 시원하지가 않아. 이렇게 생각했기에 에이지는 마타자에몬에게 물어보았다. 그러자 마타자에몬은 조용히 머리를 흔들며 그 일은 잊으라고 말했다.

　-수용소의 수용자들 100여 명으로부터 자네를 방면해달라는 탄원서가 왔네. 우리 조사에서도 자네를 벌할 만한 사실은 없었다는 점이 명백해졌어.

　지금 자네에게 중요한 것은 과거의 일들을 전부 잊고 성실한 장색이 되겠다는 마음으로 집에 돌아갈 수 있을까 하는 점뿐일세, 라고 마타자에몬은 말했다. 에이지는 조금만 기다려주었으면 한다고 청하고, 유치장으로 돌아가 하루 동안 생각해보았다. 호코도에 대해서 생각하고, 와타분에 대해서 생각하고, 메아카시에 대해서 생각했다. 전에는 그것만으로도 피가 끓어오르는 듯한 분노에 사로잡혔었다. 그러나 지금은 이제 마음도 그렇게 흥분되지 않았으며, 분노는 조그만 잔불처럼 되어 기억의 밑바닥에서 꺼져가고 있었다. 그는 재차 확인하듯 몇 번이고 같은 일을 회상해보았다. 그렇게 해서 예전에는 그렇게도 맹세했던 복수의 결의도 거의 형태를 잃었다는 사실을 알게 되었다. 분명한 걸까, 라고 그는 스스로에게 물어보았다. 사람의 일이기에 이 마음이 절대적인 것이라고는 말할 수 없지만, 지금은 분명하다. 틀림없이 이대로 진정되어 가리라. 이렇게 생각했기에 에이지는 아오키 마타자에몬에게 그 사실을 전달했다.

　관아에서는 맡고 있던 에이지의 의류 외에 수용소에서 일해 모아두었던 임금도 건네주었다. 그것은 5냥 2푼이 조금 넘는 금액으로 에이지가 마음속으로 계산하고 있던 것보다는 조금 많았다. 그는 그것을 둘로 나누어 절반은 수용소로 보내달라고 부탁했다. ―공동 주택을 곧 다시 세운다는 말을 들었기에 그 비용에 보탰으면 한 것이었다. 에이지가 그렇게 말하자 마타자에몬은 그의 눈을 가만히 바라보다 말없이 고개를 끄덕였다.

신병 인수를 위해 온 것은 사부와 오스에로, 사카모토초의 집주 인이라는 사람은 없었다. 돌려받은 옷과 허리띠는 더러워져 있었 고, 오스에가 새로 지은 것을 가져왔기에 속옷부터 완전히 새로운 것으로 갈아입었다. 그때 오스에가 옷 갈아입는 것을 도와주며 스 미요시에 들렀다 가자는 말을 꺼낸 것이었다.

"오늘은 그냥 흉내만 내는 거야." 오노부가 3사람을 위해 상을 차리며 말했다. "다음에 천천히 축하를 하자."

안주인은 목욕탕에 갔다고 했으며, 오마쓰(お松)라는 어린 여자 가 오노부를 도왔다. 여종업원은 셋 있는데 모두 집에서 일을 다니 기에 4시가 되지 않으면 오지 않는다는 것이었다. 상이 차려지자 오노부도 어깨끈과 앞치마를 벗고 3사람 앞에 앉았다.

"미리 말해두겠는데,"라고 에이지가 말했다. "나도 고맙다는 말 은 하지 않을 테니, 너희들도 축하한다는 말은 하지 말아줘. 사실을 말하자면 나는 아직 축하를 받을 상황이 아니니, 부탁이야."

그리고 그는 머리를 숙였다. 사부와 오스에의 얼굴에 긴장의 빛 이 살짝 감돌았으며, 오노부가 그 긴장을 풀어주려는 듯 술병을 들어 에이지에게 술을 따랐다.

"에이 씨, 사람이 변했어."라고 오노부는 말하고 오스에를 바라 보았다. "내가 조금 전에 다시 한 번 걸어보라고 말했잖아. 예전의 에이 씨 같으면 시끄러워, 라고 소리쳤을 게 분명해. 그런데 지금은 싫은 얼굴도 하지 않고 그 말에 따라서 걸어 보여 주었어. 예전의 에이 씨였다면 물구나무를 선다 해도 할 수 있는 일이 아니었어."

"아무리 나라도,"하고 에이지가 말했다. "물구나무서서 걷는 재주 같은 건 없어. 그보다 노부 공, 언젠가 말했던 혼담은 어떻게 됐어?"

"그 얘기는 다음에 할게."

"마무리 지어진 건지 만 건지, 그것만이라도 얘기해줄 수 없어?"

"그래."라고 말한 뒤, 오노부는 술병을 놓고 품속에서 붉은 비단 조각에 싼 면도칼을 꺼내 보였다. "—이거야, 이걸 꺼내서 보이는 거야."

오스에가 이 부딪치는 소리를 내며 숨을 들이쉬었다.

"그렇다면 그 사내,"라고 에이지가 물었다. "아마 도쿠라고 했던 것 같은데, 아직 포기하지 않은 거로군."

"인내력 싸움이라고 해야 할까? 난 지지 않을 거야." 이렇게 말하고 오노부는 싸여 있던 붉은 비단 조각을 풀어 면도칼을 오른손에 바로 쥐었다. "—그 사람은 술에 취하지 않으면 아무 짓도 하지 못해. 취해서 엉겨붙기 시작하면 이걸 목에 이렇게 대보여. 자, 어디 손을 대봐. 당신에게 무슨 일인가 당할 바에는 차라리 내 손으로 죽어보일 테니까, 하며."

"위험하니 치워."라고 말하며 에이지는 면도칼을 가리켰다. "그런 방법으로 끝까지 버틸 수 있을 거라고 생각하는 거야?"

오노부가 면도칼을 헝겊에 감싸 왼쪽 품속에 넣으며 말했다. "내가 이 집에서 달아나봐야 그 사내의 손에서 벗어날 수는 없어. 언니가 뚜쟁이 로쿠에게서 끝내 달아날 수 없었던 것처럼. —달아나는 건 그것만으로도 진 것이나 다를 바 없어. 나는 절대로 지지 않을 거야."

"다부지기도 하지."라고 오스에가 탄식하듯 말했다.

"고마워." 오노부는 미소 지었다. "너한테는 에이 씨가 있으니까 문제없어. 오스에 짱은 나 같은 여자가 되어서는 안 돼."

"노부 공도 한잔 들어."라고 에이지가 술병을 들며 말했다. "한잔만 따라줄게."

오노부가 갑자기 자세를 바로 하고 앉아 얌전히 술잔을 쥐었다. 그리고 에이지가 따라준 술잔을 두 손으로 소중하다는 듯 받쳐 눈을 감고 입 안에서 무엇인가를 중얼거린 뒤 조용히 마셨다. 중얼 거린 말은 누구에게도 들리지 않았으나 세 사람은 각자 나름대로 그 의미를 이해했는지, 아주 짧은 시간이었으나 셋 모두 가만히 숨을 죽인 듯했다.

오스에는 아직 일을 그만두지 못했다며 스미요시에서 나오자 스루가다이시타에 있다는 저택으로 돌아갔기에 에이지와 사부 둘이서만 시타야로 향했다.

"난 걱정이 되는데," 발걸음을 떼자마자 사부가 바로 말했다. "노부 짱, 저래도 괜찮은 걸까?"

"괜찮지 않아도 어쩔 수가 없잖아."

"난 생각하는데, 그 도쿠라는 사내를 어떻게 할 수 없는 걸까?"

"내 걱정이 끝나니까 이번에는 노부 공 걱정이야?" 에이지가 이렇게 말한 뒤, 격려하는 듯한 눈빛으로 사부를 보았다. "남의 일로 애를 쓰는 건 이쯤에서 그만둬. 노부 공은 노부 공대로 헤쳐나 갈 거야. 앞으로는 너 자신에 대해서 좀 더 생각을 해봐."

그래, 라며 사부는 고개를 끄덕였으나, 그렇게 하겠다고 동의하는 듯한 표정은 아니었다. 마침 기회가 좋은 것 같다고 하기에,

오카치마치의 표구사에 들러 주인인 모사부로를 만났다. 오십 줄의 궁상맞게 보이는 사내로, 신경질적이라고 해야 할지 고개가 왼쪽으로 약간 굽어 있고 성급한 투로 말하며 그 머리를 끊임없이 흔드는 버릇이 있었다.

"에이지라고 했지? 좋은 눈이야. 그 눈은 좋아. 마음에 들었어." 라고 모사부로가 성급한 투로 말했다. "일이 밀려 있는데 손이 부족해서 애를 먹고 있네. 잘 좀 부탁하네."

저야말로 잘 부탁드리겠습니다, 라며 에이지는 머리를 숙였다.


## 14-2

시타야의 집은 사카모토 2번가의 골목에 있는 2층 건물로 옆집에는 조로쿠(增六)라는 중년 부부가 살고 있었다. 구조는 6첩 방둘에 8첩 정도의 마루방. 부엌에 화장실이 붙어 있었다. 우물은 바로 뒤편이었고, 부엌에 부뚜막이 딸려 있었으며, 들통에서부터 물병, 냄비와 솥까지 갖춰져 있었다. ―사부는 장롱을 열어 새로 지은 이불 2채를 보여주고, 1채는 오스에가 만들어온 것이라고 설명했다. 그 2채는 당초무늬 기름종이에 싸여 있었으며 다른 곳에 따로 1채의 이불이 있었다.

"이게 내 거야."라고 사부가 말했다. "너희들의 이불에는 손도 대지 않았어. 오스에 짱이 들어오면 나는 따로 나갈 거니까."

"따로 나가다니."

"이 집에서 세 사람은 무리야. 그렇게 생각했기에 가나스기초의 전에 살던 공동주택에 얘기를 해놓았어."

왜 그런 쓸데없는 짓을 한 거야. 여기면 충분하잖아. 에이지는 이렇게 말하려 했으나, 입 밖으로는 내지 않았다. 안쪽의 6첩 방에는 기다란 화로, 장롱, 찬장, 옷걸이, 경대 등이 놓여 있었으며, 마루방에 작업도구가 갖춰져 있었다.

"이 많은 걸 혼자 준비한 거야?"

"그건 아니야. 방 안의 물건은 오스에 짱하고 둘이서 마련한 거야."

"그런 돈이 어디 있었어?"

"화를 낼지도 모르겠지만,"하고 사부가 사과를 하듯 말했다. "보여주고 싶은 게 있어."

에이지는 불이 없는 긴 화로 옆에 앉아 마음이 가라앉지 않는 듯 그 긴 화로의 모서리와 위의 판자 등을 문질렀다. 사부는 농의 잡동사니를 넣어두는 서랍에서 반지 3장을 접어 무엇인가를 적어놓은 것을 꺼내 에이지 앞에 앉더니 그것을 건네주었다.

"에이 짱이 맡겨두었던 돈으로 이런 물건들을 마련했어. 미리 얘기도 하지 않고 내 마음대로 사서 미안하지만, 물건들의 값은 빠짐없이 적어놨어."라고 사부는 말했다. "-아마 틀림없으리라 생각하지만, 그래도 혹시 모르니 좀 봐줘."

에이지는 3장의 내용을 대충 훑어보았으나 물론 가격을 살펴볼 생각은 애초부터 없었다. 그는 품속에서 지갑을 꺼내 그것을 종이와 함께 사부 앞으로 밀어놓았다.

"네가 하나에서부터 열까지 전부 해줘서, 미안한 건 오히려 나야. 이 지갑 안에는 이시카와지마에서 번 돈이 들어 있어. 얼마 되지 않아서 부끄럽지만 일단 받아둬. 나머지는 나중에 메꿀 테니."

"나중에 메꾸다니," 사부가 의아하다는 듯한 눈빛을 했다. "무슨 소리야?"

"어쨌든 됐어."라고 에이지는 말했다. "저녁으로 둘이서 뭔가 맛있는 것이라도 먹기로 할까?"

내역을 살펴볼 필요도 없이 에이지가 맡겨둔 돈만으로 이 정도의 가구와 집기류를 살 수 있었을 리 없다. 사부의 돈이 보태졌다는 점에는 의심의 여지도 없었다. 각기를 앓아 고향으로 돌아가 있는 동안 가사이의 집에서도 생활비를 상당히 뜯겼으리라. 게다가 이 정도의 살림살이를 사들였으니 아마 사부는 틀림없이 지갑의 바닥까지 털었으리라. 이렇게 생각했으나, 그 역시도 고맙다는 말로 넘어갈 일이 아니었기에 그는 말을 돌린 것이었다.

집 주인인 겐스케와 옆집의 조로쿠, 그리고 길을 사이에 두고 떨어져 있는 맞은편의 3집으로 인사를 다녀온 뒤, 둘이서 저녁을 먹었다. 밥만은 사부가 지었으나, 큰길가의 '우오키쿠(魚喜久)'라는 요리점에서 국과 구이, 생선회, 절임 등을 배달시키고 술도 2병 더했다. 지금까지의 습관대로 둘은 술도 잔도 따로따로 써서, 술을 따라주거나 잔을 주고받는 일은 하지 않았다.

"이건 우리들의 가게야."라며 에이지가 첫 잔을 마신 뒤 집 안을 죽 둘러보았다. "—우리들은 이 가게에서 시작하는 거야. 사부, 열심히 해보자."

"가능한 한 짐이 되지 않도록 할 테니,"라고 말하고 사부는 머리를 숙였다. "잘 부탁해, 에이 짱."

한심한 소리 하지 말라고 꾸짖고 싶었으나 에이지는 자신의 마음을 다스리며 말했다. "—서로 마찬가지야. 나도 잘 부탁할게."

"드디어 여기까지 왔어." 사부가 술을 마시고 말했다. "곧 우리 둘이서 가게를 차리자고 언젠가 에이 짱이 말했을 때부터 난 꿈까지 꿨지만, 그게 현실이 될 줄은 생각지도 못했어. 지금 난 기쁜 것 같기도 하고 두려운 것 같기도 한 기분이야."

"나도 마찬가지야. 세상은 그렇게 만만치 않아. 기껏 이렇게 가게를 차렸지만 잘 해나갈 수 있을지 없을지 알 수 없는 일이니, 생각해보면 나도 두려워져."

사부는 겁이라도 먹은 듯 눈을 동그랗게 떴다.

"그럴 리 없어." 사부가 대들 듯이 응수했다. "에이 짱 정도의 실력이 있으면 어딜 가든 틀림없어. 그런 나약한 소리를 하다니, 전혀 에이 짱답지 않아."

"그렇게 생각해주는 건 너밖에 없어."라고 에이지가 진지하게 말했다. "난 그럭저럭 3년이나 일을 하지 않았어. 예전과 같은 실력이 언제 돌아올지, 솔직히 말해서 나도 짐작을 할 수가 없어. 단, ─지금의 내게는 네가 곁에 있어주는 것만이 커다란 힘이야. 이것만은 잊지 말아줘, 사부."

"그런 말 들을 처지가 아니야. 난 지금도 여전히 맹꽁이에 굼벵이에 무능해. 하지만,"하고 사부가 눈에 힘을 주고 말했다. "만약 에이 짱에게 도움이 된다면 난 무슨 일이든 할 거야."

### 14−3

"흥분한 모양이군." 에이지가 쓴웃음을 지은 뒤, 그 자리의 분위기를 풀어보려는 듯 젓가락을 들며 밝은 목소리로 말했다. "─둘이서 먹는 첫 번째 밥이야. 딱딱한 얘기는 그만하고 마음껏 먹어보자."

"술을 한 병씩 더 마실까?"

"이것만 마시자. 일이 안정될 때까지는 마시고 싶어도 1병, 가능

하다면 마시지 않을 생각이야." 이렇게 말한 뒤, 그는 수줍다는
듯 이마 옆을 손가락으로 문질렀다. "—또 흥분을 했군. 아무래도
안 되겠어. 세상에 나왔다고 완전히 어리둥절해진 모양이야."

"금방 적응할 거야."라고 사부가 걱정스럽다는 듯 말했다. "이삼
일 정도는 어쩔 수 없지."

이튿날 에이지는 사부를 따라 가나스기 3번가로 가서 오스에의
아버지를 만났다. 필방은 조그만 가게로 어린 점원이 1명, 헤이조는
아내를 잃은 뒤 오래도록 혼자 살았다고 한다. 오스에와는 얼굴도
체형도 전혀 비슷하지 않았지만, 입이 무겁고 온후해 보이는 성품
으로 벌써 오십을 넘은 것처럼 늙은 듯했으나 나이는 45세라고
했다.

"네, 외동딸입니다."라고 헤이조가 쉴 새 없이 담배를 피우며
말했다. "외동딸이지만 걱정 없습니다. 저는 저대로 살아갈 수 있습
니다. 여자란 나이가 찬 순간 부모에게서 떠나는 법입니다. 부모
곁에 있는 동안에는 온전한 여자가 될 수 없는 모양입니다."

오스에가 13살이 되던 해, 헤이조가 그녀를 불러 야단을 치려했
다. 그 무렵에는 아내도 아직 살아 있어서 외동딸인 오스에를 애지
중지 소중하게 길렀다. 하지만 13살이나 되었으니 슬슬 가정교육도
필요하겠다 싶어, 무엇이 원인이었는지는 잊었으나 잔소리를 할
생각으로 불렀다. 그러자 오스에가 "네."하고 일어나서 다가왔다.
네, 라고 말한 그 목소리와 억양은 지금까지의 오스에의 것이 아니
었다.

"저나 어머니에게 무엇을 달라고 떼쓰거나 조를 때의 목소리가
아니었습니다."라고 헤이조가 조용히 말을 이었다. "—뭐라고 해야
할지, 그러니까 한마디로 말하자면 꼬맹이에서 여자가 된 목소리라

고 해야 할 겁니다. 부모인 우리와는 이제 연이 끊어졌구나, 라고 저는 그때 생각했습니다."

그 시기가 오면 딸은 자신도 모르는 사이에 부모에게서 떠날 준비를 하는 법이다. 나는 그때 이미 오스에는 '우리 딸'이 아니라고 생각했다고 말하고, 거기서 입을 꾹 다물었다.

혼례에 관한 이야기를 마치고 필방에서 나와 겨우 1정쯤 갔을 때, 맑은 하늘에서 비가 떨어지기 시작했다. 올려다보니 파란 하늘에 흰색과 회색 구름이 겹쳐져 있고, 한 덩이 검은 비구름이 남쪽에서부터 빠른 속도로 번져가고 있었다.

"저녁 소나기가 올 것 같은데."라고 에이지가 그 비구름을 보며 말했다. "서두르자."

"그보다 우리 집에 들렀다 가자."

"—너희 집이라니?"

"내가 말해놨던 집말이야."라고 사부는 말했다. "저 골목 안이야. 도랑에 깐 판자를 조심해야 돼."

오른쪽이 논이고 그 너머로 우에노(上野)의 언덕과 숲이 보였다. 논에 대는 물이리라, 가느다란 흐름에 작은 다리가 있고 그것을 건너 왼쪽에 있는 채소집의 모퉁이를 골목 쪽으로 들어섰다. 이 부근은 화재도 없었는지 양쪽의 차양이 서로 닿을 것 같은 공동주택은 낡았으며, 처마도 기둥도 기울어 있고, 도랑을 덮은 판자에서 넘쳐나는 오수가 이상한 냄새를 골목 전체에 내뿜고 있었다.

대단한 곳이라며 에이지가 자신도 모르게 얼굴을 찌푸렸을 때 비가 흩뿌리듯 심하게 내리기 시작했고, 사부는 공동주택 가운데 한 채로 뛰어들었다.

"오세이(おせい) 짱, 있어?" 그가 장지문 너머에 대고 부르며

에이지에게 들어오라고 손짓을 했다. "오세이 짱, 나야. 사부야."

대답이 들리더니 장지문이 열렸다. 에이지도 처마 끝에 있어서는 젖기에 어쩔 수 없이 좁은 토방으로 들어섰다. 장지문을 연 것은 열예닐곱쯤 되는 아가씨로, 사부를 보자 눈을 커다랗게 떴다.

"어머 웬일이세요." 아가씨가 들뜬 듯 말했다. "잘 오셨어요. ― 함께 오신 분이신가요?"

"응." 사부가 어색한 어정쩡함으로 웃었다. "소나기가 와서 말이지, 잠깐 집에 들러서 비를 피해야겠다 싶어서."

"열쇠요?"라고 말하고 자리에서 일어서려다 아가씨가 무릎을 꾼 채 사부와 에이지를 보았다. "비 때문이라면 여기서 피하세요. 저기는 문을 닫아둬서 곰팡이 냄새가 날 테니."

"하지만 환자한테 안 좋잖아."

"아버지는 걱정할 것 없어요. 금방 차라도 내올게요."라고 말하고 아가씨는 에이지에게도 미소를 지어 보였다. "당신도 들어오세요. 잠깐 앉아 계세요."

에이지는 말없이 인사를 했고, 아가씨는 자리에서 일어나 나갔다.

"여기에 있을 때 알게 된 사람이야." 사부가 속삭였다. "원래는 무사였다고 하는데, 아버지는 오래 전부터 누워 있었고, 오세이 짱이라는 조금 전의 아가씨가 일을 받아다 집에서 하며 돌보고 있어."

"어쩐지 됨됨이가 다르다 했어."

이렇게 말하며 에이지는 사부를 봤을 때의 놀란 듯 커다랗게 뜬 아가씨의 맑은 눈과 이야기를 나눌 때의 들뜬 듯한 말투가 사부에 대한 아가씨의 감정을 노골적으로 드러내고 있는 게 아닐까 여겨졌다.

"고운 아가씨로군."하고 에이지가 속삭였다. "나이는 몇 살이야?"

"그러니까," 사부가 손가락을 꼽아보고 말했다. "정확히 열여섯이야. 아직 어린애지."


## 14-4

몇 번을 우린 차라 맹맹해요, 라며 내준 차는 말 그대로 몇 번을 우린 차였으며, 혀를 델 정도로 뜨거웠다. 에이지와 사부는 마루 끝에 걸터앉았고 아가씨는 "시간에 쫓겨서."라고 말한 뒤, 펼쳐두었던 바느질감을 집어 들었다.

"이 분이,"라고 아가씨가 바늘을 머리에 문지르며 에이지와 사부를 똑같이 바라보고 말했다. "-에이 씨라는 분 아니신가요?"

"맞아."라고 사부가 대답했다. "어떻게 알았어?"

"어쩌다 맞힌 거예요."라고 아가씨가 말했다. "사부로 씨의 이야기는 온통 에이 씨 얘기뿐이었잖아요. 누워 계시는 아버지한테까지 에이 씨를 자랑했잖아요. 그래서 저, 바로 그렇지 않을까 생각했던 거예요."

"과장된 말이야." 사부가 에이지를 향해 수줍은 미소를 지었다. "그렇게 자랑만 늘어놓지는 않았어. 정말이야."

"사부가 여러 가지로 신세를 졌죠?"라고 에이지가 아가씨에게 말했다. "저도 감사의 말씀 드립니다."

"아니요, 신세를 진 건 저희 모녀예요." 아가씨가 바느질하던 손을 멈추고 말했다. "저희, 사부로 씨가 아니었다면 여기서 쫓겨날 뻔했어요."

사부가 당황해서, 말도 안 되는 소리, 오세이 짱은 뭐든 과장스럽게 말해서 탈이라니까, 라고 더듬거리며 말하다, 자신의 목소리가 커졌다는 사실을 깨닫고는 입을 손으로 막았다. 아버지의 병이 오래 되었냐고 에이지가 묻자, 부지런히 바늘을 놀리며 아가씨가 이야기를 들려주었다. ―아버지는 나가누마 도가시(長沼十樫)라는 사람으로 나이는 쉰일곱 살이다. 할아버지 대까지는 녹봉이 얼마 되지 않는 쇼군의 직속무사로 혼조의 작은 저택에서 살았던 모양이다. 아버지가 집안을 물려받고 할아버지가 돌아가신 지 얼마 되지 않아 하급관리 가운데 10년 이상 관직이 없던 자를 내보내게 되었다. 주군의 재정사정에 의한 일로 50냥이라는 돈을 받고 작은 저택에서 나오지 않으면 안 되었다. 일자리를 잃은 도가시는 요릿집에서 일하던 여자와 결혼해 서당과 같은 것을 운영하며 소박하게 살았다. 그러는 사이에 몇 번인가 주거를 옮겼으며 아내가 세 아이를 낳았으나 위의 둘은 태어난 지 얼마 되지 않아 세상을 떠났고, 셋째인 오세이만이 튼튼하게 자랐다. 태어난 곳은 후카가와의 어딘가였고 이후 간다(神田)의 야나기하라(柳原), 한때는 니혼바시에서도 산 적이 있었다. 분명하게 기억하고 있는 것은 시타야 오나리미치(御成道)의 다스케다나라는 공동주택에서 살았던 때의 일로, 오세이는 5살이었는데 어머니가 남편과 딸을 버리고 집을 나갔다. 도가시는 일을 그만둘 때 받았던 50냥을 만일의 경우에 대비해서 숨겨두고 무슨 일이 있어도 필요에 쫓길 때만 조금씩 꺼내 썼었다. 생활은 매우 소박했기에 아직 30냥 이상이나 남아 있었다. 아내가 그것을 보고는 집에서 나갈 때 남김없이 가져가버렸다. ―얄궂게도 도가시가 만일의 경우에 대비해 소중히 간직하고 있던 돈을 아내가 가지고 간 이후 얼마 지나지 않아서 그 '만일의 경우'가 찾아왔다. 그해 겨울, 도가시는 갑자기 손발의 관절이 병들기 시작해서 서당에서 가르치는 일도 하지 못하고 자리에 누워 신음하게 되었다. 처음에는 제자들의 부모에게 부탁하기도 하고, 같은 공동주택에 살고 있는 사람들의 온정으로 입에 풀칠을 했으나, 그런 상태가 오래 지속될 리 없었으며, 채 1년도 되지 않아 그럴 듯한 말로 공동주택에서 쫓겨나고 말았다. 어쩔 수가 없었다. 도가시는 수치심을 참고 나가누마 본가로 울며 찾아가 거기서 3년 동안 생활했다. 본가인 나가누마는 200석 남짓을 녹봉으로 받는 하급 하타모토로 고지마치(麴町)에 저택이 있었다. 가족이 많아서 생활이 어려웠던 것이리라. 도가시 모녀는 창고 같은 곳에서 생활하며 거지와 다를 바 없는 취급을 받았다. ㅡ그래도 굶어 죽는 것보다는 낫다고 도가시는 말했으나, 3년째 되던 해에 "여기서 나가자."고 울며 오세이가 아버지를 설득했다. 본가의 막내로 열다섯 살 되는 남자아이가 오세이에게 장난을 걸어온 것이었다. 아버지에게 알리면 어떤 소동이 벌어질지 알 수 없다고 아홉 살의 머리로 그렇게 판단했기에 이유는 말하지 않고 계속 졸라댔다. 그렇게 해서 고지마치의 집을 나와 혼조의 나리히라라는 곳에서 아사쿠사의 산야(山谷), 신도리고에, 다시 혼조로 돌아와 시미즈초로 옮겨다녔다. 그러는 동안 도가시의 병이 한때 좋아져 시미즈초에서 살았던 2년 정도는 작지만 서당을 열 수 있었다.

"전 아버지보다 어머니를 닮았나봐요."라고 말하며 아가씨는 미소 지었다. "ㅡ아버지는 점잖기만 하시잖아요. 어머니에 대해서는 거의 기억이 없지만, 아버지의 말씀 등을 종합해서 생각해보면 기가 세고 시원시원하고, 굳이 말하자면 화려한 것을 좋아하는 성격이었던 듯해요."

혼고 시미즈초에서 서당을 시작한 것도 오세이가 아버지에게
권한 것이었으며, 2년 남짓 지나서 병이 재발했을 때도 그만두라고
는 말하지 않았다. 오세이는 고지마치에서 나온 이후 여기저기 옮
겨다니는 동안 남의 집 아이를 봐주기도 하고 심부름을 해주기도
하고, 때로는 공동주택의 좁다란 토방에 막과자 상자를 늘어놓기도
했다. 그러면서 한편으로는 바느질을 잘하는 사람이 있으면 억지로
부탁해서 일을 배웠다. 어느 거리에나 그런 사람은 있는 법이어서
열다섯 살이 되었을 때는 이미 비단을 다룰 수 있게 되었다.

"죄송해요, 이런 쓸데없는 얘기 장황하게 해서."라고 말하며 아
가씨는 두 사람에게 미소 지었다. "—아버지가 다시 쓰러진 뒤 얼마
지나지 않아서 여기로 이사 왔어요. 여기는 아는 사람이 없어서
나이를 숨겨도 모르잖아요. 작년 3월에 왔을 때 저 18살이라고
말했어요. 그러는 편이 좋은 일도 받을 수 있고, 품삯도 그렇고."

그리고 장난스럽게 고개를 움츠려보였다. 에이지가 다시 한 번,
아버님의 병은, 이라고 물어보았다. 아가씨는 담박한 어조로 통증
이 찾아오면 따뜻하게 하는 것 외에 치료법은 없대요, 라고 대답했
다. 아버지에 대한 애정이 없는 것이 아니라, 병이 그렇다니 어쩔
수 없다는 듯한, 깨끗하게 받아들인 듯한 태도였다.

마침내 비가 그쳐 두 사람은 고맙다는 인사를 하고 밖으로 나왔
다. 조금 전에 내린 소나기의 여파로 길 위에는 웅덩이가 생겼으며,
길 양쪽 끝에 있는 도랑에서는 물이 넘쳐날 듯 흐르고 있었다.

"피곤하지 않아?"라고 사부가 에이지에게 물었다.

"야무진 아가씨야." 에이지가 거의 눈에 띄지 않을 정도로 한쪽
다리를 절며 말했다. "조금 전의 집안에 관한 이야기도 군더더기가

315

없고 조리가 있었어. 머리가 좋은 거야."

"내가 이 공동주택에 들어온 게 10월이었고, 12월에 사카모토의 집을 빌렸으니 실제로 알고 지낸 건 85, 6일이지만,"하고 사부가 언제나처럼 느린 말투로 얘기했다. "―그 동안에 조금 전의 얘기를 열 번 정도는 들었을 거야."

"너, 뭘 해준 거지?"

"세가 밀려서 쫓겨날 뻔했어." 사부가 부끄럽다는 듯 머리로 손을 가져갔다. "―내가 아주 사람 좋게 여겨졌나봐. 배짱이 좋은 건지, 관리인을 내게로 데려왔어. 이 사람이 내줄 거예요, 이 사람은 저희 사촌이에요, 라며."

에이지는 입을 벌린 채 사부를 보았다.

"그랬다니까, 이 사람은 저희 사촌이에요, 라고." 사부는 여기서 느슨하게 웃었다. "난 말문이 막혀버렸어."

에이지는 그때의 모습이 눈에 보이는 듯 여겨졌다. 야무진, 그리고 머리가 좋은 아가씨다. 하지만 그것만이 아니야. 이사 온 사부를 본 순간 이 사람이라면 의지할 수 있어, 라고 생각한 것임에 틀림없어. 그건 머리가 좋은 것과는 또 다른, 여자의 본능적인 직감이겠지. 5살 때부터 10년 이상이나 가난과 매정한 세상에 시달려오다 처음으로 의지해도 좋으리라 여겨지는 사람을 만나게 된 거야. ―사부를 본 순간 놀란 듯 휘둥그렇게 뜬 눈과 그 후의 말투 등에 그 사실이 드러나 있었어, 그 아가씨는 집세를 대신 내주게 만들겠다는 영악함만이 아니라 자신의 일생을 맡겨도 좋을 사람이라고 본능적으로 느꼈던 것임에 틀림없어, 그렇지 않고서는 고지마치의 본가에서 남자의 무서움을 한껏 경험했는데 사부에게만 그렇게 앞뒤 가리지 않고 행동했을 리가 없어, 라고 에이지는 생각했다.

"몇 번을 들어도,"라고 사부는 말했다. "그 집안 이야기는 재미있어. 얘기가 재미있다기보다 얘기하는 모습이 재미있는 걸까? 응, 조금 전에 본 대로 아직 어린애잖아, 에이 짱. 아직 꼬맹이 주제에 어른처럼 얘기를 한다니까. 그게 말로 표현할 수 없을 만큼 재미있는 거야. 정말이야."

"좋은 아내가 될 거야."라고 말한 뒤, 에이지는 갑자기 말을 돌렸다. "ㅡ열여섯이라고 했지만, 나이보다 훨씬 더 어른처럼 보여."

"고생을 해왔으니까."

가나스기에서 사카모토초까지는 짧은 거리였다. 소나기가 내린 뒤였기에 거리는 오가는 사람들과 짐마차, 가마 등으로 혼잡했다. 그 가운데 엿장수 부부가 있었는데, 여자가 징과 북을 쳤으며 남자가 음란한 노래를 부르며 복잡한 거리를 갈지자 모양으로 춤추며 돌아다녔다. 남자는 마른 몸에 마흔대여섯 살쯤, 여자는 남자의 2배는 되지 않을까 여겨질 정도로 뚱뚱했으며 나이도 남자보다 대여섯 살은 많은 듯했다. 이마가 벗겨진 얼굴을 새하얗게 발랐으며, 양쪽 뺨에 크고 붉은 원이 그려져 있었다.

ㅡ마쓰조 아니야?

머리끈을 만드는 마쓰조야. 에이지는 이렇게 생각하여 곁눈질로 남자의 얼굴을 자세히 보았다. 물론 마쓰조는 아니었으나, 쌍둥이 형제라고 해도 좋을 정도로 꼭 닮았다.

"저런 삶도 있구나."라고 사부가 슬프다는 듯 말했다. "어떤 심정일까?"

"수레가 와."라고 에이지가 말했다.

사카모토초의 집으로 돌아오자 옆집 부부가 싸움을 하고 있었다. 남편인 조로쿠는 어딘가 포목점에 지배인으로 다니고 있으며 아내는 원래 그 가게의 여종업원 가운데 우두머리였다고 하는데, 사부가 이사 온 날부터 매일처럼 싸움을 했다고 한다. 소란을 피우는 것도 아니고 고함을 지르거나 큰소리를 내는 것도 아니었다. 그러나 가시 돋친 낮은 목소리로 서로 독설을 퍼붓는 것을 들으면 힘으로 하는 싸움보다 더 섬뜩한 것이 느껴졌다.

"저런 부부도 있어."라고 에이지가 사부에게 말했다. "어떤 심정이라고 생각해?"


## 14-5

4월 21일에 에이지와 오스에는 혼례를 치렀다. 수용소의 휴일을 골랐기에 이시카와지마에서 조장인 덴시치와 요헤이, 만키치, 적귀 마쓰다 곤조 4사람이 왔다. 그들은 숯을 담는 그릇이네 부삽이네, 젓가락, 밥상, 1필의 무명에 깨끗하게 빤 홑옷 3벌 등과 같은 축하 선물을 늘어놓았다.

"이 낡은 홑옷은 나의 마음이야."라고 마쓰다가 화난 사람처럼 말했다. "이런 물건 아무짝에도 쓸모없을 거라 생각할지도 모르겠지만, 만약 그렇게 생각한다면 바보 얼간이의 텅 빈 머리라고 할 수 있어."

여전하구나, 라고 생각하며 에이지는 미소 지었으나, 오스에는 겁먹은 듯한 눈을 하고 있었다. 마쓰다가 그런 오스에를 보고 이리 잠깐 오라고 손짓을 했다.

"그쪽은 모르겠지만,"하고 마쓰다가 자세를 바로 하고 앉으며 짐짓 점잖게 말했다. "갓난아기의 속옷이나 기저귀로는 새 옷감을 써서는 안 돼. 몇 십 번이고 빨아서 부드러워진 면을 써야 돼. 갓난

아기의 살갗이라는 건 말이지, 그야말로 막 찧어낸 떡과 같은 거니까. 조금이라도 거칠게 다루면 바로 터져버리는 법이야. 만키치, 뭐가 우습다는 거야?"

"아니, 우습지는 않지만,"하고 만키치가 웃음을 참으며 말했다. "아직 혼례도 치르기 전부터 갓난아기 강습은 좀 이르지 않은가? 모두들 좀 봐. 오스에 씨, 부끄러워서 몸이 움츠러들었어."

"아직 이를 게 뭐 있어, 한심한 놈. 오늘 밤부터 같이 잘 거잖아."라고 말했다가, 마쓰다는 황급히 말을 돌렸다. "그러니까, 그, 그거야. 우리는 언제 또 올 수 있을지 알 수 없잖아. 그래서 지금 얘기해야겠다고 생각한 거야. 듣기 거북했다면 사과할게."

"고마워, 마쓰다 씨."라고 에이지가 머리를 숙이며 말했다. "무엇보다 소중한 축하선물이야. 다른 사람한테도 일일이 감사의 말은 하지 않겠습니다. 감사히 받겠습니다."

만키치가 당황한 듯 "천만에."라고 대답했기에 모두가 웃음을 터뜨렸다.

옆집 조로쿠의 아내와 관리인의 아내가 도와주러 와서 음식 장만과 술상 차림을 맡아주었다. 가나스기의 헤이조는, 이런 일은 질색이라며 3집 정도 있는 친척도 부르지 않고 저물녘이 되어서야 혼자서 왔다. 사부가 에이지에게 하다못해 사형들 두엇 정도라도 부르자고 말했으나, 에이지는 단호하게 거절하며 요헤이 씨가 아버지 대신이고 네가 친척 대신이라고 주장했고, 형식적으로라도 주례를 두자고 했으나 그것도 거절했다.

"중매를 선 사람이 있었다면 모르겠지만,"하고 에이지가 말했다. "우리는 서로를 알고 있었고 둘이서 하나가 되기로 정한 거야. 식에서만 주례를 서주는, 그런 형식적인 것은 필요 없어."

"그야 그렇지만, 사람들의 눈도 있고,"라고 사부가 한숨을 쉬며 말했다. "앞으로 무슨 일이 생겼을 경우에도 중재를 해줄 사람이 있는 편이 좋을 거라 생각하는데."

"네가 있잖아." 에이지가 사부를 가리키며 말했다. "나도 그렇고, 오스에도 그렇고, 상의할 사람으로는 사부가 있어주는 것만으로도 충분해."

사부가 겸연쩍다는 듯, 그러나 커다란 감동을 눈에 가득 담은 채, "에이 짱."하고 입 안에서 불렀다. ―그것은 어제의 일이었으며, 오늘은 아침부터 사부 혼자 집 안팎을 분주히 뛰어다녔고 수용소에서 4사람이 오자 바로 상을 늘어놓고 술을 내왔다. 오늘은 네가 주인이니 잡일은 다른 사람에게 맡기고 앉아 있으라고 몇 번이고 에이지가 말했으나, 그렇게 남 앞에 나서는 일은 쑥스럽다는 둥, 긴장해서 안 되겠다는 둥 말하며 조금도 차분하지 못했다.

헤이조는 그래도 가문이 들어간 예장을 갖추고, 손잡이 달린 한 되들이 술통 2개를 술집 사내에게 들려 모습을 드러냈다. 오스에는 줄무늬가 들어간 명주옷에 두툼한 허리띠, 버선도 신지 않은 평소의 차림이었으며, 에이지도 줄무늬 무명옷에 짧은 허리띠를 맨 차림이었다. 에이지가 헤이조에게 수용소 사람들 하나하나를 자신의 은인이라며 소개하자, 헤이조는 그럴 때마다 감사의 말을 건네며 정중하게 인사했다. 수용소 사람들이라는 말을 듣고도 싫은 표정은 결코 보이지 않았으며, 말수는 적었으나 인사하는 모습도 극히 심상한 것이었다.

혼례식도 간략한 것이었다. 둘이 나란히 앉아 이날 막 받은 상자 모양의 밥상을 제단 대신 삼아, 삼세번 술잔을 교환했을 뿐이었다. 술잔은 요헤이가 가져온 토기였고 술은 술 데우는 병에 담아 썼다.

술잔 교환이 끝나자 오스에는 손님 시중을 들었으며 에이지는 아랫자리로 가서 앉았다.

"덕분에 맹세의 술잔을 무사히 교환했습니다. 감사합니다." 에이지가 두 손을 방바닥에 대고 말했다. "—보시는 바와 같이 저희는 맨몸입니다. 축하를 해주셨으나 보답할 것이 아무것도 없습니다. 사부와 오스에와 저 세 사람은 맨몸으로 일을 시작하게 되었습니다. 만만치 않으리라는 건 오스에도 알고 있을 테지만, 저는 수용소에서 인내라는 걸 배웠습니다. 5년이나 10년은 식은 밥을 먹더라도 인내하며 반드시 남들만큼의 가게로 만들 생각입니다."

모쪼록 지켜봐달라며, 평소와 달리 힘이 들어간 어조로 말을 마쳤다.

"내가 축가를 할게."라고 만키치가 취기 도는 빨간 얼굴로 말했다. "그래도 되겠어, 마쓰다 씨? 다카사고야47)야."

마쓰다 곤조가 눈을 부릅떴다. "뭐라고? 너 그런 재주도 부릴 줄 알아?"

"재주를 부리다니, 상처받겠네."

"불러봐."라고 요헤이가 말했다. "그 노래로 오늘 밤의 경사가 더욱 흥겨워질 거야."

만키치가 노래를 시작했다.


## 14—6

만키치의 목청은 좋았으나 어디까지나 노동자의 목소리였으며,

---

47) たかさごや. 혼례의 피로연 석상에서 부르는 요곡의 첫머리.

가락도 노동요 그대로였다. 원래가 소방대원이었기에 저절로 그렇게 되는 모양이었다. 달과 함께 나서서 배의, 라는 곳까지 와서는 갑자기 혼자 웃기 시작하더니 이마를 두어 번 두드리고 몸을 흔들며 깔깔 웃었다.

"네놈이 웃으면 어쩌자는 거야? 이 멍청한 녀석."하고 마쓰다가 호통을 쳤다. "기껏 무사히 끝나려 했는데, 네놈 때문에 엉망이 되어버렸잖아."

"그럴 리가, 마쓰다 씨."라고 에이지가 말했다. "형식을 갖춰서 하는 것보다 설령 서툴다 해도 축하해주려는 친구의 마음이 훨씬 고마운걸. 만키치 고마워."

"자, 마쓰다 씨."라며 요헤이가 술병을 들어 내밀었다. "오늘밤은 각별하니 가끔은 격식을 버리고 마시세요."

"격식이라고?" 마쓰다가 다시 눈을 부릅떴다.

"그게 마쓰다 씨의 격식이라는 거요."라고 덴시치가 무엇인가를 먹으며 말했다. "당신은 자기 성격이 다정한 것을 숨기기 위해서 일부러 거칠게 말씀하셔. 저희는 벌써부터 알고 있었으니 그렇게 용을 쓰실 필요는 없어요."

"사람을 뭐로 보고." 마쓰다가 외쳤다. "너희 배라먹을 놈들 때문에 내가 어떤 심정인지 알기나 해?"

그의 얼굴이 새빨갛게 변했다. 그것은 그의 욕설이 시작될 전조였으나, 이때만은 반대로 시선을 내리깔고 입을 다문 채 참으로 자기 자신을 주체할 길이 없다는 듯 성급하게 술을 연달아 마셨다. ─수용소에는 통금시간이 있었다. 오늘은 특별히 허락을 받아 나오기는 했으나 7시가 되었다는 말을 듣자 요헤이가 "그만 일어납시다."하며 술잔을 엎었다. 에이지는 요헤이에게 할 말이 있었다. 수

322

용소에서 나와 이곳으로 와줘, 부자가 되어 함께 살자, 고. —그러나 말을 꺼내지는 않았다. 그 말은 자신이 수용소로 가서 둘이서만 이야기해야 할 것이라고 생각했기 때문이었다. 마침내 4사람이 자리에서 일어났고, 헤이조도 자리에서 일어났다. 헤이조가 일어서자 모두 깜짝 놀란 듯 그를 보았다. 그때까지 헤이조가 거기에 있었다는 사실을 모두가 까맣게 잊었을 만큼 그는 말도 하지 않았고 웃지도 않았던 것이다.

에이지와 오스에와 사부가 모두를 큰길까지 배웅했다.

"행복하게 살아야 돼, 알았지?" 헤어질 때 마쓰다가 말했다. "안사람은 오스에라고 했었지? 혹시 이 녀석이 망나니짓이라도 하면 상관없으니 당장 내게 달려와, 알았지? 그럼 내 당장 이 녀석에게 본때를 보여줄 테니."

부디 행복하게 살라고 되풀이하며 마쓰다 곤조는 꼴사납게도 눈물을 흘렸다.

"아이고, 놀래라." 만키치가 말했다. "귀신 눈에도 눈물[48]이라는 건 거짓말이 아니었군."

"뭐라고 지껄이는 거야, 배라먹을 놈. 귀신은 귀신이지만 그냥 귀신이 아니야. 적귀님이라고." 마쓰다가 눈물과 콧물을 옆으로 훔치며 만키치의 어깨에 몸을 기댔다. "아아, 취한다. 어깨를 빌려줘, 이 호박 같은 자식."

그때 헤이조와 요헤이의 모습은 벌써 보이지 않았다.

3사람이 집으로 돌아와 오스에가 옆집 아주머니와 관리인의 아내와 함께 뒷정리를 시작하자 에이지는 사부와 마주앉아 남은 술병

---

48) 매정한 사람도 때로는 눈물을 흘린다는 속담으로, 여기서는 적귀(赤鬼)라는 별명에 빗대어 한 말.

을 모아다 술을 마시기 시작했다. 둘 모두 술이 센 편은 아니었다. 사부는 양만은 는 듯했으나 변함없이 취할 정도로는 마시지 못했다.

"딱 한 번만 고맙다는 말을 하게 해줘." 에이지가 두 손을 무릎에 대고 머리를 숙였다. "ㅡ고마워, 사부. 정말 고마워."

사부는 한 손을 이마 부근에서 흔들었으나 입으로는 아무런 말도 하지 않았다.

"우리 두 사람, 하나가 되어,"라고 말하며 에이지는 고개를 숙였다. "ㅡ있는 힘껏 해보자."

사부는 무슨 말인가 하고 싶으나 말이 잘 나오지 않아 답답하다는 듯 머리를 흔들기도 하고 입을 우물거리기도 했다.

"난, 그,"하고 사부가 말했다. "나도 그만 돌아갈까 싶어."

"무슨 소리 하는 거야? 너는 당연히 자고 가야지. 마셔."

"으으."하고 사부가 말했다. "그럼 이거 한 병만."

일을 도와주러 왔던 두 아낙을 보내고 오스에가 손을 닦으며 에이지 옆에 앉았다.

"오스에 씨, 미안해."라고 사부가 잘 돌지 않는 혀로 머리를 숙이며 말했다. "좀 더 일찍 돌아가려 했는데 그만 이렇게 눌러앉고 말았어. 이래서는, 난 역시 두 사람의 짐이 될 거 같아."

"난 밤새 술을 마실 생각이야."라고 에이지가 오스에에게 말했다. "너 피곤하지? 괜찮으니 먼저 자도록 해."

"하지만 에이 씨."

"둘이 있는 게 좋아."라고 말하며 에이지는 눈짓을 했다. "네게는 내일이 있잖아. 자라면 자."

오스에는 에이지의 말을 눈으로 확인한 뒤, 사부에게 인사하고 자리를 떴다.

밤새 마실 거라고 했지만 에이지는 벌써 술의 냄새조차 맡기 싫었으며, 취하도록 마시지 않던 사부는 완전히 취해서 몸이 불안정하게 흔들리고 혀가 잘 돌지 않게 되어버렸다.

"그만 잘까, 사부."라고 마침내 에이지가 말했다. "너 앉아 있는 게 힘들어 보여."

이렇게 말하며 돌아보니 반쯤 열려 있는 장지문 틈으로 옆의 6첩 방에서 오스에가 옷 갈아입는 모습이 보였다. 입고 있던 옷을 벗고 잠옷을 걸치려던 중으로 매끈하고 야무진 작은 어깨와 잘록한 알몸의 옆구리가 놀라울 정도로 신선하고 요염하게 느껴졌다.

"난 글러먹었어." 사부가 이렇게 말하며 옆으로 누웠다. "난 평생 반쪽이야."

## 15-1

에이지는 사부의 일을 돕는 것부터 시작했다. 기껏해야 유곽의 맹장지, 대부분은 공동주택의 벽지였으며, 때로 큰길가의 상점이나 첩살림을 차린 집의 장지문을 새로 바르는 일도 했다. 그럭저럭 3년이나 쉬어 녹슨 실력을 그런 허드렛일부터 시작하여 되찾으려 했던 것이다.

"이런 일은 하지 않아도 돼."라고 사부가 판에 박은 듯 같은 말을 되풀이했다. "에이 짱에게는 어울리지 않는 일이야. 나 혼자서 할게."

"괜찮다니까." 에이지는 언제나 귀찮다는 듯 대답했다. "걱정하지 마."

사부는 가나스기의 집으로 옮겼고 아침 8시에 와서 늦게까지 해야 할 일이 없으면 저녁을 먹고 돌아갔다. 늦게까지 해야 할 만큼 일은 많지 않았으며, 오카치마치의 표구사에서도 일은 그다지 오지 않았다. 처음에 통속적인 커다란 폭의 표구를 부탁받았을 때 녹슨 실력이 아직 올라오지 않아서 표구는 어렵겠다고 거절한 것이 좋지 않았던 모양이었다. 호코도에 있었다는 사실을 자랑으로 여기고 있는 것이라 생각한 것인지, 그때까지 사부에게 주던 일까지 줄어버리고 말았다.

"괜찮아, 걱정할 것 없어."라고 사부는 되풀이했다. "고부나초에 있을 때도 여름에는 한가했어. 매해 이런 식이었잖아. 시원한 바람이 불기 시작하면 바빠질 거야."

"난 걱정 같은 거 하고 있지 않아." 이렇게 말하고 에이지는 웃었다. "무슨 일이든 처음부터 술술 풀리지는 않는 법이야. 괜한 걱정할 필요 없어."

이래서는 수용소에 있는 편이 좋았어, 훨씬 좋았다고 해도 될 정도야, 끼니 걱정도 없었고 일은 언제나 있었고 품삯도 받았고 병에 걸리면 공짜로 치료도 해줬어, 수용소에서 나오고 싶어 하지 않은 사람들이 많았던 것도 당연한 일이야, 라고 에이지는 남몰래 생각했다. —그들의 생활을 보고, 이건 쓸모없어진 사람들을 그냥 길러주는 것이라고 생각한 적도 있었으나, 지금 아내를 맞아들이고 작기는 하나 자신들의 가게를 차려 하루하루 생활해나가야 한다는 숨 막히는 어려움에 부딪치고보니 새삼스레 수용소에서 들었던 말들의 의미를 이해할 수 있을 것 같다는 느낌이 들었다.

—여기서는 일 하나를 놓고 몇 십 명이서 경쟁하지 않으면 안 돼, 라고 에이지는 생각했다. 어떤 직업이든 그 일을 자신의 것으로 삼기 위해서는 누구에게도 지지 않을 솜씨를 갖고 있어야 하고, 그렇다 해도 조금이라도 방심하면 다른 사람에게 빼앗기고 말아, 마치 한 마리의 먹잇감을 놓고 서로 탈취하려는 늑대의 무리 같아.

품삯이 헐해도 마다하지 않고 주문이 있으면 무슨 일이든 했으며, 주문이 없을 때는 공동주택용 벽지를 만들어 팔려고 내놔보기도 했으나, 그래도 8월에 들어서자 가지고 있던 얼마 되지 않는 저금마저 바닥을 드러내고 말았다.

"이런 말을 하면 몹쓸 사람이 되어버리지만,"하고 한번은 사부가 중얼거렸다. "커다란 화재라도 나주면 조금은 숨통이 트일 것 같은

데."

"커다란 화재가 나면,"하고 에이지가 말했다. "이런 집이 가장 먼저 불에 탈거야. 행불행이란 건 그런 거야. 이상한 생각 하지 말고 풀이나 잘 간수해줘."

오스에는 살림을 잘 꾸려나가고 있었다. 애초부터 신혼의 설렘이나 화사한 기분 같은 것은 전혀 없었다. 집안일을 하다 시간이 나면 바로 작업장으로 가서 바지런히 에이지를 도왔다. 와타분 다음으로 일을 하러 간 곳도 니혼바시 2번가의 커다란 상점으로 역시 집안 살림을 맡아 하고 있었기에 손가락도 깨끗하고 갸름했었으나, 그 손도 금방 거칠어지고 마디도 굵어져갈 뿐이었다. 50일 정도는 새댁답게 틀고 있던 머리도, 머리 트는 데 드는 돈과 시간이 아까웠기에 언제부턴가 묶음머리로 바뀌게 되었으며, 물론 분단장을 하는 일도 없어지고 말았다.

—너무 일찍부터 살림살이에 찌들지는 마.

에이지는 몇 번이고 이렇게 말하려 했으나 아내로서 하루를 바쁘게 보내는 모습을 보고 있으면 차마 입 밖으로 말을 꺼낼 수가 없었다.

밥은 아침 9시와 저녁 6시, 양쪽 모두 셋이서 함께 먹었으나, 8월 중순 무렵부터 오스에가 빠졌고 곧 사부도 저녁을 먹지 않게 되었다. 가나스기의 집에서 오세이가 준비를 해놓고 기다리고 있기 때문이라고 했다. 오스에는 나중에 혼자서 먹겠다며 좁은 부엌에서 대충 때우는 모양이었다. 에이지는 거기에 의심조차 품지 않았으나 사부는 가나스기 부근의 노점에서 싸구려 국밥을 먹었으며, 오스에는 남은 밥을 죽으로 만들거나 야채를 넣어 끓이고 반찬도 된장이나 소금으로 때우고 있었다. 한마디로 말하자면 그렇게 해서 먹을 것을 아끼지 않으면 안 될 정도로 살림살이가 어려워진 것이었다.

에이지는 표구 만드는 솜씨를 되찾기 위해서 매일 밤 늦게까지 작업장에 붙어 있었다. 오스에도 항상 옆에서 모깃불을 태우기도 하고 땀에 젖은 에이지를 부채로 부쳐주기도 하고 수건을 물에 적셔 가져오기도 했다.

"사부가 사는 공동주택에 오세이라는 아가씨가 있어."라고 에이지가 어느 날 밤 오스에에게 말했다. "아직 열여섯이라고 하는데 아무래도 사부에게 빠진 모양이야."

"그럼 그 사람이로군요. 저녁을 지어놓고 기다린다는 건."

에이지는 고개를 끄덕였다. "사부는 상대를 어린아이라고만 생각해서 조금도 눈치 채지 못한 모양이지만, 그 아가씨는 벌써 어엿한 어른이야. 5살 때부터 고생만 해왔고, 지금도 앓아누운 아버지를 부양하고 있으니까. 언젠가 당신이 가서 한번 봐줘."

"제가요?"

"응, 당신이."라며 에이지는 미소 지었다. "-난 사부의 아내로 안성맞춤이라고 생각해."


15-2

9월이 되어 겹옷으로 갈아입은 지도 꽤 지났는데 오스에는 홑옷을 그대로 입고 있다는 사실을 에이지는 깨달았다. 자잘한 줄무늬의 면직물로 유카타는 아니었으나 여름 동안에 늘 입던 것이었다.

"홑옷이 아니에요. 겹옷이에요." 보세요, 라며 오스에가 옷자락을 뒤집어 보였다. "자, 분명히 안감이 있죠? 저, 이 무늬가 마음에 들어서 새로 고친 거예요."

"삼각형 무늬의 겹옷이 있었잖아. 난 그게 더 마음에 드는데."

"그건 이웃집의 오분(おぶん) 씨에게 주었어요."

"이웃집의 오분 씨라니?"

"아주머니 말이에요."라고 오스에가 낮은 목소리로 말했다. "남편인 조로쿠 씨가 지배인으로 있던 가게가 문을 닫아서 그 뒤부터는 계속 떠돌이 포목상을 하고 있대요."

그러나 장사가 잘 되지 않아 요즘에는 오분의 삯일로 간신히 하루하루를 버티고 있으며, 부부의 물건은 전부 팔아치웠거나 전당을 잡혀 겹옷 하나 만들 수도 없다는 말을 들었기에 삼각형 무늬의 옷을 오분에게 준 것이라고 오스에는 말했다.

"그래서 부탁받은 일이 있는데, 당신 화를 낼지도 모르겠네요."

"그 끝을 잠깐 눌러줘." 에이지가 붓으로 풀을 펴서 바르며 말했다. "꽉 눌러야 돼, 그래."

오스에가 그의 말대로 종이 한쪽 끝을 두 손으로 누른 채, 눈을 치켜떠 에이지를 보았다. "당신 화를 낼 건가요?"

"무슨 부탁을 받았는데?"

"바느질을 도와달래요."라고 오스에가 별것 아니라는 듯한 투로 말했다. "지금 주문이 많아서 오분 씨 혼자서는 날짜를 맞출 수가 없대요. 거절을 하면 다음부터는 일을 받을 수 없으니 주문받은 일만이라도 마무리를 짓고 싶다며."

"그러니까 그 일을 도와달라는 건가?"

"안 될까요?"

"매정하게 들릴지 모르겠지만, 그만두는 편이 좋을 거야."라고 붓을 놀리며 에이지가 말했다. "─당신은 우리 집 일만으로도 벅차잖아. 아침부터 밤까지 쉴 새 없이 일하느라 잠깐 눈 붙일 시간도 없잖아. 다 알고 있어."

"어머, 세상에. 그렇게 일만하고 있지는 않아요. 너무 편할 정도에요." 그리고 처음으로 아양을 부리는 듯한 콧소리로 말했다. "네? 해도 되죠? 집안일도 빈틈없이 할게요."

"지금한 말이 사실이고, 당신이 그렇게 하고 싶다면,"하고 에이지가 자신의 손끝을 바라보며 말했다. "몸에 무리가 가지 않을 정도로는 해도 괜찮겠지. —등불의 기름이 거의 떨어진 것 같아."

"네."라고 말하며 오스에가 자리에서 일어났다. "내일 바로 그렇게 말할게요. 오분 씨도 틀림없이 기뻐할 거예요."

옆집 사정에 대해서는 아무것도 알지 못했다. 조로쿠가 어느 가게에서 일하고 있었는지도, 그 가게가 문을 닫았는지 어땠는지도, 그리고 그 후에 정말로 떠돌이 포목상을 하고 있는지 어떤지도. 그날 밤 오스에에게서 처음으로 들은 얘기였다. 세상이 일반적으로 불경기에 빠져서 니혼바시의 커다란 도매상 거리에서도 도산한 가게가 적지 않다는 얘기였으며, 거리를 돌아다니다 보면 '폐업정리'라거나, 문이 닫힌 가게의 앞문에 '방매가'라고 붙여놓은 글자가 눈에 띄기는 했다. —이 골목에도 몇 줄기인가의 길이 있어서 낡은 공동주택이 빽빽하게 늘어서 있다. 그곳에 사는 사람들 대부분은 하루 벌어 하루 먹는 생활이었으며, 아이라도 일곱 살이나 여덟 살이 되면 무슨 일이든 해서 가계를 돕지 않으면 안 되는 모양이었다. 언젠가 뒤편의 우물가에서 오스에가 빨래를 하고 있자니 갓난아기를 업은 8살쯤의 여자아이가 와서 오스에가 빤 것의 물을 짜주었다. 여자아이라 다르구나 싶어 고맙다는 인사와 함께 과자를 싸주었더니, 과자는 필요 없고 품삯을 달라며 손을 내밀었다고 한다. 그리고 그 뒤에도 비슷한 일이 종종 있었기에, 세상에는 이런 삶도 있네, 라며 오스에는 한숨을 쉬곤 했었다.

이웃집 아주머니를 위해서 바느질을 돕고 싶다고 오스에가 말했을 때 에이지는 바로, '우리도 마침내 여기까지 왔구나.' 싶었다. 일의 주문이 적었을 뿐만 아니라 팔려고 만든 30장 정도의 창호지와 벽지는 작업장 구석에 세워진 채 먼지를 뒤집어쓰고 있었다. 시원한 바람이 불기 시작하면 하고 걸었던 희망도, 이미 그 계절이 찾아온 지금에 와서는 어두운 것이 되어버렸다고밖에 말할 길이 없었다.

—아무리 어려워도 아내에게 돈을 벌게 해서는 남자도 끝이야.

호코도에 있을 무렵 어르신인 요시베에는 곧잘 이렇게 말하곤 했었다. 맞는 말이라고 에이지도 생각했다. 실제로 고부나초 부근에도 아내가 돈을 잘 벌어 남편은 건들건들하고 있는 집이 몇 군데인가 있었는데, 그런 상태가 한동안은 잘 이어지는 듯 싶다가도 어느 틈엔가 가정이 깨지거나 야반도주를 하는 것이 일반적이었다. 지금 오스에에게 삯일을 시켜서는 안 돼, 나의 이 손으로 헤쳐나가지 않으면 일다운 일은 결코 할 수 없게 돼. 에이지는 이렇게 생각했으나 내일 필요한 쌀을 살 돈조차 없다는 사실을 알고 있었기에 이를 악무는 심정으로 '그만둬.'라는 말을 참았다.

그보다 조금 앞서 사부는 어딘가로 일을 도와주러 나가고 있었다. 꼭 좀 와달라고 부탁을 해서, 라고 변명하듯 말했을 뿐, 어디로 무슨 일을 하러 가는지는 말을 흐려 이야기하지 않았으나, 이삼일 지나면 찾아와서는 오스에에게 얼마간의 돈을 가만히 건네주곤 했다. 돈인지 물건인지는 분명하지 않았으나 에이지는 아마도 돈일 것이라고 생각했지만, 그것을 보지도 않았으며 확인하려 들지도 않았다.

"사면초가로군."하고 에이지는 중얼거렸다. "협공을 당해서는 당해낼 재간이 없지. 이래서는 숨이 막힐 것 같아."

두 사람은 에이지가 눈치 채지 못하도록 이 고비를 넘기고 싶은 것이었다. 하지만 눈치 채지 못하게 하겠다는 그들의 마음씀씀이가, 실제로 하고 있는 행동보다 더 에이지에게는 커다란 부담으로 느껴졌다.

10월로 들어선 어느 날, 목욕탕에 갔던 에이지는 거기서 나와 집으로는 돌아가지 않고 젖은 수건을 접어 든 채 걷기 시작했다. 어디로 가겠다는 생각도 없었다. 2번가 거리를 뒤편으로 빠져나가 구불구불 걸어가니 이리야(入谷)의 논길이 나왔다. 대부분은 벌써 벼를 베어 검은 흙에 그 밑동만이 늘어선 풍경이 좁은 길의 오른쪽으로도 왼쪽으로도 펼쳐져 있었고, 까마귀라 여겨지는 검은 새가 내려앉기도 하고 갑자기 날아오르기도 했다.

"아저씨를 부르겠다니, 웃기지도 않는 일이었어."라고 그는 걸으며 중얼거렸다. "─아버지 대신이라며 만약 모시고 왔다면, 요헤이 씨에게까지 고생을 시킬 뻔했어."

겨울로 접어든 하늘은 한없이 맑았다. 절이 많은 아사쿠사 지대로 들어서자 절들의 흙담과 하얀 벽이 햇빛을 가득 받아 눈부실 정도로 밝았는데, 그 밝음이 에이지의 기댈 곳 없는 마음을 한층 더 어둡게 해줄 뿐이었다.

"그만 돌아가지 않으면 안 돼."라고 그는 중얼거렸다. "오스에가 걱정하고 있을 거야. ─하지만 돌아가는 싫어."

뒤에서 이야기하며 다가오는 두 사내의 목소리가 들려왔다.

"신기한 사내입니다, 그 겐소라는 사람은."하고 한 사람이 말했다. "─무슨 일인가 해야겠다고 생각하면 반드시 그보다 앞서 해야만 할 일이 떠오른다고 합니다."

"거 참 바쁜 사람이로군."

"방 한가운데 벼루가 놓여 있습니다."라고 앞서 말을 꺼냈던 사내가 계속했다. "그 사람이 벼루를 씻어야겠다며 자리에서 일어섰는데, 그때 문득 장작을 패야 한다는 사실이 떠올랐습니다. 그랬기에 벼루는 거기에 그냥 놓아둔 채 장작을 패러 갔습니다. 장작 패기가 끝나자 또 다른 일이 떠올랐습니다. 독경이라거나, 공양이라거나, 뭐 여러 가지가 있지 않습니까? 단가(檀家)에서 손님이 온다거나 본당에서 부른다거나, 말입니다. ―그러는 동안에도 몇 번이고 벼루를 씻으려 했으나 그때마다 다른 급한 일이 있다는 사실이 떠오르는 겁니다."

함께 길을 가던 사내가 말했다. "그렇게 바쁜 사람은 본 적도 없어."

"그러다 말입니다, 방 한가운데 벼루가 놓여 있는 것이 아주 자연스럽게 보이기 시작했다는 겁니다."라고 앞서의 사내가 말했다. "―그러면 더는 치울 수 없게 되어 벼루는 다른 것을 쓰고, 그것은 그대로 놓아둘 수밖에 없어진다고 합니다."

두 사람이 뒤에서부터 다가와 앞질러 가는 것을 보니 모두 중년의 스님이었다. 한가롭기도 하군, 삶의 고충이라고는 손톱만큼도 모르는 거겠지, 라고 에이지는 마음속에서 중얼거렸다. 어렸을 때 들은 말인데, 개미 한 마리를 죽이는 것은 스님 천 명을 죽이는 것과 같다는 속담이 있었다. 다시 말해서 스님은 생산자가 아닌 '식충이'라는 의미이리라. 가난한 사람들의 분노가 담긴 말인 듯했는데 에이지는 이때 참으로 옳은 말이라고 생각했다.

"이대로 어딘가로 가버릴까?"라고 그는 중얼거렸다. "누구의 눈에도 띄지 않는 산 속에라도 들어가서 객사라도 해버릴까?"

"위험해."라고 누군가가 소리를 질렀다. "말이야."

에이지는 펄쩍 옆으로 비켜서며 바라보았다. 짐을 실은 말과 하마터면 부딪칠 뻔한 것이었다. 말의 숨결과 그 강렬한 짐승의 냄새에 얼굴을 감싸인 듯한 느낌이 들어 에이지는 들고 있던 수건으로 얼굴과 목을 벅벅 문질렀다. 화가 치밀어올랐다. 마부에게 호통을 맞았다는 사실보다 걸으면서 말에 부딪칠 뻔할 정도로 끙끙 앓고 있는 자신에게 화가 난 것이었다.

"이러려던 게 아니었잖아."라고 에이지가 자신도 모르게 소리를 내어 말했다. "이봐, 에이지. 너 이러려던 게 아니었잖아. 풀이 죽은 계집처럼 우물쭈물하며 한숨만 쉬다니, 대체 어떻게 된 거야? 예전의 에이지는 어디로 가버린 거야?"

그때 뒤에서 말을 건 사람이 있었다.

"에이 씨잖아요. 어디에 가세요?"

그가 돌아보니 스물네다섯 살쯤 된 여자가 무엇인가 보따리를 끌어안은 채 미소 지으며 다가오고 있었다. 어디선가 본 얼굴이기는 했으나 생각이 나지 않았다.

"오랜만이네요." 여자가 인사를 한 뒤 말했다. "요즘에도 잘 지내고 계시나요?"

"죄송하지만 누구신지?"

"어머, 세상에. 잊으셨어요?"라며 여자가 애교를 부리듯 노려보았다. "스미요시에 있던 오카메, 오카메에요."

에이지는 '스미요시'에서 술을 마시고 있었다. 늘 마시던 작은 방에서가 아니라 토방의 의자에서. 앞에는 구운 건어물과 조림이 놓여 있고, 맞은편에 오노부가 앉아 술을 따라주고 있었다.

"그래서 오카메 쨩, 지금은 어떻게 지내고 있어?"

"물어보지는 않았지만,"이라고 말하고 에이지는 눈을 가느다랗게 떴다. "보기에는 잘 살고 있는 것 같았어. 야무진 살림꾼 같은 모습이었어."

만약 그게 사실이고 그대로 안정되게 산다면 전혀 뜻밖의 일이라며, 오노부는 오카메가 이 가게를 그만두었을 때의 사정과 상대 남자에 대해서 이야기했다. 에이지는 듣고 있지 않았다. 한동안 술을 마시지 않았기에 2병째 술에서 벌써 취하기 시작한 모양이었다. 납덩이라도 막혀 있는 것 같았던 가슴의 응어리가 바람에 불려 간 것처럼 시원하게 풀려, 스스로도 까맣게 잊고 있던 의욕과도 같은 것이 가슴에서 넘쳐나는 것이 느껴졌다.

"미리 말해두겠는데."라고 그는 말했다. "오늘은 돈을 가지고 있지 않아."

"그건 벌써 들었어."

"한 푼도 가지고 있지 않아."

"어째서 그런 일에 연연하는 거야?" 오노부가 술을 따른 뒤, 장난스럽게 에이지를 보았다. "―설마 부부싸움을 하다 뛰쳐나온 건 아니겠지?"

"목이라도 매달고 싶은 심정인데 부부싸움이 가능하기나 하겠어."

"무슨 소리야, 그건."

"일거리가 없어." 망설임 없이 얘기했다는 데 에이지는 스스로도 깜짝 놀랐다. "가게를 시작한 뒤 지금까지 일다운 일이라고는 한 번도 없었어. 세상이 불경기라는 사실은 알고 있지만, 이래서는 우리도 어떻게 해볼 수가 없어. 정말 목이라도 매달고 싶을 정도야."

"어머, 과장스럽기는." 오노부는 에이지의 얼굴을 응시했다. "ㅡ 가게를 시작한 지 아직 반년밖에 안 됐잖아. 뭘 그렇게 서두르는 거야?"

"오스에는 삯일을 시작했고, 사부는 어딘가로 날품팔이를 다니고 있어." 에이지가 술을 마신 뒤 말했다. 악에 받친 듯한 투도 아니고 절망적인 것도 아니었으며, 오히려 도전하는 듯한 말투였다. "ㅡ어디로 무슨 일을 하러가는지는 모르겠지만, 어쨌든 어딘가에서 날품팔이를 해서 오스에에게 품삯을 가만히 건네주고 있어. 오스에는 또 이웃집 사람을 돕는 거라며 아침부터 밤까지 틈만 나면 바느질을 하고 있고."

"그래서 자랑하고 있는 거야?"라고 말한 뒤 오노부는 술을 따랐다. "남편의 일이 어려울 때 아내가 삯일을 하는 정도는 당연한 일이잖아. 세상을 돌아봐. 그런 얘기는 쓸어다 버릴 정도로 넘쳐나고 있어."

"내 말도 좀 들어봐." 에이지는 술을 마시고, 생각을 정리하듯 잠깐 입을 다물었다. "ㅡ나는 내 실력을 되찾는 일에만 매달려왔어. 사부가 가져오는 자잘한 일도 했지만 그 외에는 내 감을 되찾는 일에만 몰두해 있었어."

"처음부터 그럴 생각이었잖아."

"실력은 그럭저럭 예전처럼 되돌아왔어. 지금이라면 대부분의 일은 할 수 있을 거라 생각해."

"그런데 일이 없다는 얘기야?"

"그뿐만이 아니야." 에이지가 한쪽 눈썹을 휙 치켜올리며 말했다. "―아내에게 돈을 벌어오게 하면 남자는 그것으로 끝이라고들해. 남들에게서 들은 것뿐만 아니라, 실제로 내 눈으로도 몇 번이고본 적이 있어. 아내가 돈을 벌게 되어서는 정말로 남자도 끝장이야."

"꽤나 잘난 척이군."

에이지가 놀란 듯 오노부를 보았다. 오노부의 목소리가 갑자기싸늘하게 비꼬는 듯한 투로 변했기 때문이었다.

"에이 씨의 강한 자부심은 좋지만, 그렇게 잘난 척하는 건 정말싫어."라고 말하며 오노부는 에이지를 노려보았다. "부부가 되면일심동체라고까지 말하잖아. 아내가 돈을 벌면 남자가 망가진다니,그건 남자가 벌어서 여자를 부양해준다는 자만심에서 오는 생각이야. 남편에게 일이 없을 때 아내가 돈을 버는 게 뭐가 나쁘다는거지? 남자든 여자든 같은 사람이잖아. 이 세상에서 남자만 잘난게 아니야."

"노부 공은 조금 다른 얘기를 하고 있어."

"나도 마실래." 오노부는 자리에서 일어났다.

그때 손님이 들어와 아직 나이 어린 오마쓰가 "다녀오셨어요."라고 말하고 의자 가운데 하나로 안내했다. 자신의 잔과 데운 술을들고 나오던 오노부도 그 손님을 보더니 밝게 미소 지으며, "어머,다녀오셨어요."라고 말하고, 에이지에게 눈짓을 보내며 그쪽으로갔다.

"화가 난 모양이군."하고 에이지가 자작으로 한 모금 마시며 혼잣말을 했다. "—남자가 일해서 여자를 부양한다고? 그런 얘기가 아니라는 걸 알고 있으면서 저러네."

하지만 자만심이라는 건 맞는 말일지도 몰라, 오스에와 사부가 돈을 버는 건 우리 세 사람이 맞이한 당장의 고비를 넘기기 위한 거잖아, 그걸 아내에게 돈을 벌게 한다고 생각하는 건 쓸데없는 자존심일지도 몰라, 라고 그는 생각했다.

"그게 우습다는 거야." 에이지는 취해 흐릿해진 머리를 일깨우려는 듯 세게 흔들었다. "내게 자만심 같은 건 조금도 없어. 말도 안 돼. 난 사부에게도 오스에에게도 미안하다고 생각하고 있는 거야."

실례해요, 라는 말이 들려와 얼굴을 들어보니, 오노부가 조금 전의 손님과 함께 옆에 와 있었다. 손님은 쉰대여섯쯤 되었으리라. 자잘한 무늬의 명주로 지은 겹옷에 하오리, 솟을무늬를 새긴 하카타(博多)의 감색 허리띠를 두르고, 하얗게 무두질한 가죽 끈을 끼운 짚신을 신고 있었다.

"우리 집 손님인 사누키야(さぬき屋)의 주인."이라며 오노부가 인사를 시켰다. "여기서 같이 드시고 싶으시다는데, 그리고 잠깐 하고 싶은 얘기도 있고."

그냥 밀어붙이겠다는 듯한 말투였다. 에이지는 그런 분위기에 휩쓸려버린 듯 손짓을 하며 앉으세요, 라고 대답했다.

"무례한 듯하지만 실례하겠습니다."라고 손님이 사투리 섞인 억양으로 말하고 에이지 앞에 앉았다. "저는 사누키야의 이헤이(伊平)라는 사람입니다. 잘 부탁드리겠습니다."

종이에 얹혀진 작은 금화 다섯 닢을 멍하니 바라보며 에이지는 물잔의 물을 마셨다.

"사누키야의 이헤이, 생시인 걸까?"

"소슈[49]의 에노시마(江ノ島)."라고 오노부가 말했다. "그리 가깝지는 않아."

"100리 넘어서라도 놀랄 건 없지만, 얘기가 너무 갑작스러워서 아직 현실에서의 일이라고는 여겨지지 않아."

"에이지에게는 갑작스러운 얘길지 몰라도 사누키야의 주인은 벌써 닷새나 찾아다니고 있었어."

이런 얘기였다. 사누키야는 소슈 에노시마에 있는 요리점으로 손님을 맞는 방이 열둘. 그 맹장지를 전부 갈기 위해서 에도까지 장인을 찾으러 나왔다. 방 가운데 3개는 특히 그림이 들어간 맹장지이기에 표구까지 가능한 장인이 아니면 안 된다. 다른 방도 테두리에서부터 바탕의 종이까지 상당히 고급스러운 것을 주문했다. 실력을 한껏 뽐낼 수 있는 본격적인 일인 듯했기에 오랜만에 에이지는 흥분해서 주문에 대한 자신의 의견을 자세하게 들려주었다. 이헤이도 에이지의 주장이 마음에 들었는지 일단 사전 점검을 위해 와달라고 말하고, 착수금이라며 다섯 냥이나 되는 돈을 놓고 갔다. ─이헤이는 표구사와 창호 바르는 곳을 일고여덟 군데나 돌아다녔다고 했다. 호코도에도 갔다고 했는데 가격 면에서 모두 합의를 보지 못했다. 어디에서나 일하는 사람을 5명 이상으로 잡았으며, 게다가 일의 내용으로 봐서 솜씨 좋은 사람이 아니면 안 된다, 그런데 그들

---

49) 相州. 현재 가나가와 현의 일부.

만 해도 이 계절에 에노시마 같은 데까지 일을 보낼 수는 없다, 만약 하게 된다면 재료는 따로 계산하고 인부들의 인건비만 해도 이 정도라며 이헤이가 생각했던 예산보다 3배나 많은 금액을 요구 했다는 것이었다. 기한은 새해가 시작되기 전까지 마치면 된다고 들었기에 에이지는 사부와 둘이서 할 수 있으리라 생각했다. 돈이 야 어찌 됐든 무엇보다 일을 해보고 싶었다. 그것도 본격적인 일이 었기에 자신이 먼저 부탁을 해서라도 하고 싶은 일이었다.

"술에 취해 있었어."라고 에이지는 말했다. "취해 있었기에 그렇 게 막힘없이 얘기할 수 있었던 거겠지만, 지금 생각해보면 정말 꿈같아."

"실제로 돈이 거기에 있잖아."라고 오노부가 말했다. "에이 씨, 설마 이제 와서 못 하겠다고 말하려는 건 아니겠지?"

"내 말이 그런 식으로 들렸어?"

"어머, 잊고 있었네."라고 말한 뒤 오노부는 자리에서 일어나 자신의 잔을 들고 오면서 오마쓰에게 술을 가져다달라고 부탁하고 다시 에이지의 맞은편에 앉았다. "조금 전에는 잔소리를 할 생각으 로 마시려 했었지만, 이번에는 축하를 위해서 나도 마셔야겠어."

"주인아주머니가 오면 어쩌려고?"

"어젯밤부터 안 돌아오셔. 그 얘기는 나중에 할게."라며 오노부 는 스스로 술을 따라 한 모금 마셨다. "─사누키야의 주인은 닷새 전부터 와 있었어. 해자 건너편의 요시다야라는 여관에서 묵고 있 대. 처음부터 일에 대한 얘기를 해주었다면 내가 에이 씨와 연결을 시켜줬을 텐데 아무 말도 하지 않았기에 오늘까지 몰랐던 거야. 그래도 에이 씨가 일이 없다고 얘기하지 않았다면 연결시켜주지 않았을지도 몰라. 워낙 에노시마는 하코네(箱根) 산의 건너편이잖아50)."

"그래? 하코네 산 너머였어?"

"술을 따라줘."라며 술잔을 내밀었다가 오노부는 바로 혀를 내밀었다. "아, 아니지. 술잔 주고받기 없기, 술 따라주기 없기였지."

"술을 따라줄게. 덕분에 일을 하게 되었으니."

"그러니까 생각났는데."

오마쓰가 데운 술을 가져왔으며, 출퇴근을 하는 여종업원 둘이 모습을 드러냈다. 두 사람이 "안녕하세요."라고 인사했으나 오노부는 그것을 건성으로 받고 연달아 술을 마신 뒤 정색을 하고 에이지에게 대들었다.

"에이 씨는 조금 전에 사부 짱이 날품팔이를 하고, 아내에게 돈을 벌게 하는 것이 어쨌다고 말을 했었지?"

"그만둬, 꼬투리를 잡기에는 아직 일러."

"이걸로 세 잔째잖아. 취해서 하는 말이 아니야, 진심이야."라고 오노부는 말했다. "들어봐, 에이 씨는 호코도에서도 손에 꼽힐 정도의 실력을 갖고 있잖아. 이번 일이 아니라도 언젠가는 틀림없이 이름이 알려진 장인이 될 거야. ―아내에게 돈을 벌게 하면 남자는 그걸로 끝이라고 세상에서 말하는 건 너와는 상관없는 얘기야. 그건 원래부터 게을러서 아내가 벌어오는 돈으로 건들건들 놀고 있는 사람을 말하는 거야. 에이 씨는 그렇지 않아. 하고 싶어도 일이 없기 때문이잖아. 일이 없을 때는 히다리 진고로51)도 구걸 비슷한 걸 했잖아."

---

50) 예로부터 하코네 건너편은 에도(도쿄)에서 아주 먼 곳이라는 인식이 있었다. 에노시마는 에도에서 하코네보다 가까운 곳에 있다.
51) 左甚五郎. 에도 초기의 건축, 조각사.

"히다리 진고로가? 그건 처음 듣는데."

"얼렁뚱땅 넘어가려 하지 마. 지금부터 본론이니까." 오노부는 스스로 술을 따라 연달아 마셨다. "—에이 씨는 조금 전, 오스에 씨에게 돈을 벌게 하고 있다고 말했었지? 그리고 난 커다란 자만심이라고 말했고. 그 이유를 알겠어, 에이 씨?"

에이지는 어정쩡하게 머리를 흔들었다.

"화내지는 마, 이건 진심이니까."라고 오노부가 말했다. "오스에 씨에게 돈을 벌게 하고 있다는 생각은, 에이 씨의 일이 번창하면 이번에는 에이 씨가 일을 해서 모두를 먹여 살린다는 생각이 되는 거야."

"남자가 벌어서 처자를 먹여 살리는 건 당연한 일이잖아."

오노부는 조용히 머리를 흔들었다. "말도 안 돼. 농담이겠지? 사람이 사람을 먹여 살린다는 건 터무니없는 자만심이야. 에이 씨가 장인으로서 살아갈 수 있는 건 몇 사람, 혹은 몇 십 명의 사람들이 뒤에서 힘을 보태고 있기 때문이야. —사부 짱은 곧잘 말했었지. 자신은 재주도 없는 굼벵이라고. 하지만 사부 짱이 쑨 풀이 없으면 에이 씨의 일도 생각처럼은 되지 않잖아."

"사부가 쑨 풀은 결코 누가 쑨 풀에도 뒤지지 않아. 호코도에서도 그보다 잘 만드는 사람은 없었을 거야."

"전에부터 에이 씨는 그렇게 말하곤 했어."

동네에 사는 단골손님인 듯한 사내 둘이 들어오자, 어서 오세요, 라고 말하고 오노부는 여종업원들을 불렀다. 그런 다음 에이지에게 눈짓을 하고 앞에 있는 술병과 접시를 쟁반에 담아 자리에서 일어났다. 저쪽으로 가자고 명령하듯 속삭였으며, 에이지도 일어나 안쪽의 작은 방으로 자리를 옮겼다. 벌써 땅거미가 질 무렵으로 작은 방 안도 어두웠기에 오노부가 등불을 가져오라고 오마쓰에게 말했다.

"이제 얼마 안 남았으니 진지하게 들어." 오노부가 상에 대충 음식을 올려놓고 자리에 앉자마자 바로 말했다. "에이 씨가 그렇게 말하니 사부 쌍이 누구에게도 지지 않는 풀을 쑨다는 건 거짓말이 아니겠지. 에이 씨는 그 풀을 써서 일을 해. 족자가 됐든 병풍이 됐든 일을 잘 마치고 나면 에이 씨는 칭찬을 받아. 일을 잘 했다, 훌륭한 솜씨다, 라고. ─그때 풀을 칭찬하는 사람이 있을까? 이 족자에 쓴 풀은 정말 좋은 풀이라고 지나가는 말로라도 칭찬하는 사람이 있을 거라 생각해, 에이 씨?"

"오스에 씨도 마찬가지야."라고 오노부가 말투를 바꾸어 계속했다. "머지않아 에이 씨의 가게가 번창해서 삯일 같은 거 할 필요 없어진다 할지라도, 그것으로 오스에 씨가 지금보다 편해지는 건 아니야. 집안 살림을 꾸려나가야 하고, 남편이 일을 잘 할 수 있도록 하기 위해서는 삯일을 할 때보다 훨씬 더 커다란 고생이 끊이지 않을 거야. 그렇게 생각하지 않아, 에이 씨?"

에이지는 아무런 말도 하지 않고 물잔을 집어 물을 마셨다. 오노부는 다시 스스로 술을 따라 2잔을 마셨다.

"나, 이렇게 오랜 시간 손님을 상대해보고 진심으로 그렇게 생각하게 됐어." 오노부가 굵은 한숨을 내쉬고 말했다. "─세상에서 형님이라거나 어르신이라거나 사람들로부터 인정받는 사람에게는 모두 사부 쌍 같은 사람이 몇 명인가 붙어 있어. 정말이야, 에이 씨."

"알았어. 무슨 말인지 알았어."

수용소에 있을 때도 요헤이에게 비슷한 말을 들었다. 너는 외톨이가 아니다, 아무리 적게 꼽아보아도 사부 짱과 오스에 씨와, 오노부 씨 등이 있지 않은가, 어떤 경우에도 사람은 외톨이가 아니다, 라는 의미의 말이었다. 그야 어쨌든 세상에서 인정을 받고 존경받는 사람에게는, 그 그늘에 모두 사부와 같은 사람이 붙어 있다는 오노부의 말은 아픈 것이었다.

오마쓰가 불을 넣은 등롱을 가지고 왔고, 데운 술을 2병 들고 왔다.

"무슨 말인지 알았지?" 오노부가 새로 온 술병에서 술을 따라 한 모금 마셨다. "―알아들은 듯한 눈이 됐어."

오노부는 이렇게 말하고 에이지의 얼굴을 바라보다 갑자기 그 눈에서 눈물을 흘렸다.

"어째서 나를 아내로 맞아주지 않은 거야?" 오노부가 눈물이 넘쳐흐르는 눈 그대로 에이지를 바라보며 말했다. "난 너를 이렇게 좋아하는데. 나라면 틀림없이 좋은 아내가 됐을 텐데. 삯일만이 아니라 너를 위해서라면 난 기꺼이 몸이라도 팔았을 텐데."

"연극의 시작을 알리는 인사가 끝나고 단번에 무대 배경이 펼쳐져 서민의 고달픈 삶이 펼쳐진 꼴이로군." 에이지가 아무것도 듣지 못했다는 듯한 투로 말했다. "―집에서 걱정해서는 안 되니 이만 돌아가야겠어. 고마워."

"아직 돌아가지 마, 싫어."라고 말하며 오노부가 에이지의 손을 재빠르게 잡았다. "평생의 부탁이야, 조금만 더 여기에 있어줘."

에이지가 품속에 넣어두었던 돈 꾸러미를 꺼내 보였다. "이걸 잊은 건 아니겠지?"

오노부는 그 꾸러미를 보자마자 절벽에서 떨어지기라도 한 것처럼 흥분에서 깨어나 헝클어진 귀밑머리를 힘없이 쓸어 올리며 가만히 수줍은 미소를 지었다.

"나 취했나봐. 미안해." 오노부는 혀를 살짝 내밀고 고개를 움츠렸다. "오스에 씨가 애를 태우고 있을 거야. 얼른 집에 가봐."

"노부 공, 괜찮아?"

"왜 안 괜찮겠어?" 오노부가 앞으로 맨 허리띠의 매듭을 두드렸다. "그리고 말이지, 이건 말할 필요도 없다고 생각하지만, 우리 가게 안주인한테 이게 생겼어."

오노부가 오른손 엄지손가락을 세워 보였다.

"그 상대가 누군지 알아?"

에이지가 오노부의 표정을 읽어냈다. "─전에 말했던 요리사인 도쿠 씨야?"

"나 이제 면도칼을 가지고 다니지 않아도 돼. 하지만 이상한 일이야." 오노부는 어깨를 들썩였다. "그 사람이 안주인하고 그렇게 되고 나니 이번에는 나의 남자를 빼앗긴 듯한 기분이 들더라고. 여자란 이상한 존재라고 생각해."


## 15─5

사카모토 2번가로 돌아온 에이지는 오스에에게 무슨 말인가 할 틈도 주지 않고 다짜고짜 스미요시에서 있었던 일을 이야기했다. 마치 죄인이 변명을 하는 것 같다고, 이야기를 하면서 스스로도 씁쓸한 기분이 들었으나 오스에의 얼굴은 단번에 밝아졌으며 생기가 돌기 시작했다.

"잘됐네요, 정말 잘됐어요." 오스에가 들뜬 목소리로 말했다. "오노부 씨의 친절, 전 평생 못 잊을 거예요."

"그런 말을 한마디라도 해봐, 노부 공 불같이 화를 낼 거야."

맞아요, 그 사람은 당신을 좋아하니까요. 오스에는 마음속으로 이렇게 말했으나, 물론 입 밖으로는 한마디도 하지 않았다.

"그래서 사전 점검은 언제 갈 거예요?"

"내일, 내일 날이 밝기 전에 출발할 거야."

"에노시마는 먼 곳이죠?"

"처음이라 잘은 모르겠지만, 하코네보다 가까운 건 틀림없어."

저녁상을 차릴게요, 라고 말하며 들뜬 모습으로 일어서는 오스에에게, 사부는 오늘 소식 없었어? 라고 에이지가 물었다.

"그러고 보니 생각났어요."라고 오스에가 돌아보며 말했다. "저 오세이 짱이라는 사람을 만났어요. 당신 말대로 곱고 야무진, 좋은 사람이었어요."

"여기에 왔었어?"

"제가 갔었어요. 목욕탕에 간 당신이 한참 지나도 돌아오지 않기에 사부 짱네라도 간 걸까 싶어서 가나스기에 가봤어요."

에이지가 눈부신 사람처럼 "미안해."라고 말하며 시선을 돌렸다.

"당신이 말한 대로였어요." 오스에가 부엌으로 가며 말했다. "그 사람, 사부 짱의 아내로 아주 잘 어울려요."

잠깐 서서 이야기를 나눈 정도였지만 오세이라는 아가씨가 사부를 좋아한다는 사실은 말이나 눈에 잘 드러나 있었다, 사부는 누긋한 성격이니 오세이의 야무지고 눈치 빠른 성격이 도움이 될 거다, 좋은 기회를 봐서 두 사람을 엮어주자고 오스에가 부엌에서 들뜬 투로 말했다. 그래서 사부는 있었어? 라고 에이지가 물었다. 아니요, 일을 하러 갔대요, 오늘밤 오지 않으면 내일은 틀림없이 들를 거예요, 라고 오스에가 대답했다.

"에노시마에는 사부 짱도 같이 가나요?"

"이번에는 나만 가면 충분하지만, 내가 없는 동안 재료를 사주었으면 해."라고 에이지가 말했다. "지금까지 사놓은 물건으로는 안돼. 초배지만 해도 새로 사지 않으면 안 돼. 그것도 바로 주문하지 않으면 늦을지도 몰라."

"바빠지셨네요." 오스에가 방으로 와서 상을 차리며 말했다. "특별한 밤인데 아무것도 없어요. 오랜만에 한 병 준비할까요?"

"술은 이제 됐어."라고 에이지가 손을 흔들며 말했다. "그냥 있는 거로 먹자. 그리고 내일 준비를 해야지."

식사를 하는 동안 오스에는 상기된 얼굴에 미소를 지으며 두서없는 이야기를 쉬지 않고 계속 했다. 그렇게 기뻐하기는 아직 일러, 일을 다 마치고 난 다음에 기뻐하자고, 이렇게 말할까 생각했으나 저렇게 기뻐할 정도로 마음고생을 했었던 걸까 싶자 그 기쁨에 찬물을 끼얹을 마음이 들지 않았다. ─식사를 마치자마자 에이지는 주문장을 썼다. 그림이 들어간 맹장지문에는 배접용 종이가 몇 종류나 필요했다. 그림을 그린 바탕이 종이인지 깁인지에 따라서 우스미노네, 간피52)네, 직접 붙이는 초배지와 재배지, 삼배지 등도 각각 겉의 재질에 맞는 성질의 종이를 사용해야 하며, 물론 손으로 뜬 종이이기 때문에 같은 지방에서 생산된 것이라 할지라도 고운 정도와 두께가 일정하고 종이에 얼룩이 없어야 한다는 것도 중요한 조건이었다.

─이러한 것들을 선택할 때는 오랜 경험과 직감에 의존하는 수밖에 없어. 사부로는 조금 불안했지만 주문해도 바로 손에 들어온다

---

52) 우스미노(薄美濃)와 간피(雁皮)는 모두 일본 종이의 종류.

고는 장담할 수 없었기에 당장은 그에게 부탁할 수밖에 없었다.

"내일 사부가 오면,"이라고 에이지가 쓰기를 마친 주문장을 오스에에게 보여주며 말했다. "이걸 혼고쿠초(本石町)에 있는 야마토야(大和屋)로 가지고 가서 열흘 안에 이 물건들을 마련해달라고 주문하라고 말해줘."

"혼고쿠초의 야마토야라고 하셨죠?"

"혼고쿠초 4번가의 야마토야 사부로베에(三郎兵衛)라는 지업사야."라고 거듭 말한 뒤 에이지는 말을 이었다. "사부는 하이바라라고 말할지도 몰라. 호코도에서는 늘 하이바라였으니. 하지만 나는 야마토야에 주문할 거라고 해줘. 잊어서는 안 돼."

"알겠습니다."라며 오스에는 고개를 끄덕였다.

"이 다섯 냥 말인데."라며 에이지는 꾸러미를 펼쳐 돈을 꺼냈다. "에노시마까지 오가는 데 가마를 이용할 생각이니 2개는 내가 가지고 갈게. 1냥으로도 남을 거라 생각하지만 급히 다녀와야 하기에 혹시 모르니까. 나머지 3개는 사부에게 주어 야마토야에 계약금으로 걸라고 해줘. ―그러니까 결국, 미안하지만 네게는 이 돈을 한 푼도 줄 수가 없어."

"보여드릴까요?" 생긋 웃으며 자리에서 일어난 오스에가 장롱의 잡동사니를 넣어두는 곳에서 지갑을 꺼내 그 안의 내용물을 무릎 위에 쏟았다. "―세어보세요, 2냥 1전하고 조금 더 있어요. 전 괜찮아요."

에이지는 오스에의 무릎 위를 가만히 바라보다, 어깨의 짐이라도 내려놓은 것처럼 몸의 힘을 빼며 긴 한숨을 내쉬었다.

"아직 자기에는 이른데." 에이지가 목에 무엇인가 걸린 듯한 목소리로 말했다. "―붓이라도 살펴보고 올까."

## 16-1

길을 떠났던 에이지는 3일째 저녁에 돌아왔다. 참으로 급하게 길을 서두른 모양으로 금방 알아볼 수 있을 만큼 피곤해 보였으나, 마음은 의욕으로 넘쳐나는 듯 여장을 풀면서도 쉬지 않고 활발하게 이야기를 했다.

"오스에, 너도 같이 가자."라고 에이지가 제일 먼저 말했다. "— 바라보고 있으면 바보라도 될 것처럼 좋은 경치야. 이쪽으로 이렇게 후지산이 보이고 까무러칠 정도로 넓은 바다가 이렇게 빙 둘려 있고, 해변에는 새하얀 물결이 쏴아, 끊임없이 밀려오고, 바람은 말이지 육수라도 풀어놓은 것 아닐까 여겨질 정도로 맛있어."

"목욕탕에 다녀오세요." 오스에가 웃으며 말했다. "먼지투성이 에요."

"이런 시간의 목욕탕 물은 때투성이야. 집에서 물을 끓여 닦기만 하겠어."라고 에이지가 허리띠를 묶으며 말했다. "그보다 처음부터 말했던 것처럼 이번 일에는 오스에도 같이 가는 거야."

"에노시마라니, 그렇게 멀리까지 가는 거 무서워요, 전." 오스에 는 에이지가 벗은 옷을 한쪽으로 치우고 일어났다. "지금 바로 물을 끓일게요."

피곤하시죠, 좀 누워 계세요, 라고 부엌에서 오스에가 말했다. 생각했던 대로 일은 일류의 본격적인 거야, 라고 에이지가 오스에의 말을 흘려들으며 말했다. 이게 에도에서의 일이었다면 단번에 이름이 알려질 테지만, 이름 같은 건 아직 아무래도 상관없어, 독립해서 처음으로 하는 일로 이렇게 본격적인 것이 들어오다니, 그것만으로도 운이 좋았던 거야, 거기다 재미있는 건 내가 전체의 견적을 내밀었더니 사누키야의 나리께서 거기에 5할을 더 붙여주셨어, 자네의 견적이 마음에 들었네, 비용이 견적보다 더 들 것 같으면 어려워말고 이야기하게, 라며 말이야, 요즘 같은 때 이런 손님은 없을 거야, 라고 에이지는 말했다.

그리고 자신이 너무 많은 말을 하고 있다는 사실을 문득 깨닫고는 갑자기 입을 닫았다가, 사부는 어떻게 됐어? 라고 물으려 한 순간, 바깥의 격자문이 열리며 사부의 목소리가 들려왔다. 들어와, 라고 에이지가 말했는데 들어온 사부를 보니 감색 면포로 지은 기모노에 가는 세로줄무늬 무명으로 지은 하오리를 겹쳐 입었으며 머리도 새로 묶었다.

"앉아." 에이지가 아무것도 눈에 들어오지 않는다는 듯 말했다. "에노시마의 일이 정해졌어."

그리고 장롱에서 전대를 꺼내와서는 앉아 있는 사부 앞에 밀어놓았다.

"삯의 절반인 35냥이야."라고 에이지가 말했다. "물론 착수금으로 5냥을 받았기에 나머지는 30냥이 되지만."

"그럼." 사부가 입술을 핥았다. "그럼, 70냥짜리 일이야?"

"일을 잘 마치면 5할을 더 얹어줄 거야. 하지만 일단 그건 생각하지 말기로 하자."

"굉장한데. 역시 에이 짱이야."라고 사부가 더듬더듬 말했다. "나 같은 사람은 언제나 기성품을 바르는 하찮은 일밖에 들어오지 않는데, 역시 솜씨가 있고 없고에 따라서 사람의 격이 달라져."

"네 덕분이야." 에이지가 흔쾌히 말했다. "너와 오스에 덕분이야. 지금은 아무 말 않겠지만 일이 끝나고 나면 다시 보답을 할 생각이야."

그 말로부터 몸을 피하기라도 하려는 사람처럼 황급히 손을 흔들며 사부가 무슨 소리야, 말도 안 돼, 라고 가로막았다. 거기에는 신경 쓰지 않고 에이지가 다른 말을 꺼냈다.

"종이의 주문은 해두었지?"

"응." 사부는 다시 입술을 핥았다. "야마토야에 그 주문서와 계약금을 건네줬어."

"전부 바로 마련해준대?"

"마련해준다고 했어." 그리고 사부는 머뭇머뭇 에이지를 보았다. "그ㅡ, 그 일, 급하게 해야 하나?"

뭔가 겁을 먹은 듯한 말투였기에 에이지는 이제야 깨달았다는 듯 사부의 얼굴을 바라보았다.

"내년 설 전까지는 마치기로 약속했는데, 무슨 일 있어?"

"이렇다 할 건 없지만, 그," 사부가 소심한 듯 시선을 떨구었다. "ㅡ가사이의 집에서 어머니가 병으로 오늘내일 한다는 전갈이 왔어."

에이지가 불끈 화가 난 사람처럼 "그래서?"라고 뒤를 재촉했다.

"그래서 워낙, 어머니의 일이고, 가사이는 그렇게 멀지도 않으니."

"너도 참 답답하다." 에이지의 말투가 자신도 모르게 거칠어져 있었다. "가사이가 대체 뭐라는 거야? 너, 가사이에서 무슨 일을 당했는지 잊은 거야?"

"그렇게 말하면 할 말이 없지만."

"다른 말은 하지 않겠어. 네가 병에 걸려서 요양을 위해 돌아갔을 때의 일만 해도 충분해. 바싹 말라서 발만 2배로 부어오른 환자를 헛간에 내팽개친 데다 밭일까지 시켰다고 했잖아. 남이라면 모르겠지만 그게 피와 살을 나눈 부모형제가 할 일이야? 그 사람들 속에는 어머니도 있었겠지? 그런 어머니가 병에 걸렸다고? 그래, 이제 와서 어머니라는 거야? 그런 말 할 자격도 없어."

"어머, 오셨어요."라고 말하며 오스에가 부엌에서 들어왔다. "─저기, 물이 다 끓었어요."


## 16-2

오늘은 술이라도 받아다가 뭔가 맛있는 것이라도 먹자고 말한 뒤 에이지는 부엌으로 갔다. 혼자 씻을 테니 됐다고 하기에 오스에는 뒤에 남아 사부에게 차를 내주었다.

"무슨 일이야?"라고 오스에가 속삭이는 목소리로 물었다. "조금 전에 큰소리가 들렸는데."

사부는 이유를 들려주고 지금부터 밤길을 달려 가사이에 가고 싶다고 말했다.

"그거 큰일이네."

"에이 짱은 나를 위해서 화를 낸 거야."라고 사부가 조용히 말했다. "내가 혹독한 취급을 받은 일 때문에 에이 짱은 옛날부터 가사이를 싫어했어. 그런 사람들은 부모도 아니고 형제도 아니라고. ─분명히 우리 부모형제는 모두 모진 사람들이야."

오스에가 부엌 쪽에 신경을 써가며 고개를 끄덕였다.

"하지만 나는 생각하는데,"하고 사부가 조그만 목소리로 말을 이었다. "내게 모질게 대한 건 부모형제들이지, 나는 특별히 허물이 될 만한 행동은 하지 않았어."

"우리 그이는 너한테 화를 낸 게 아니야."라고 말했다가 오스에는 얼굴이 빨개졌다. 자신도 모르게 처음으로 우리 그이라고 말한 것이 부끄러운 모양이었다. "—너한테 허물이 있다고 생각할 사람은 아무도 없어."

"그게 아니야. 그렇지 않아." 사부가 답답하다는 듯 머리를 흔들었다. "—뭐라고 해야 좋을지 나는 말재주가 없어서 생각한 대로 잘 말할 수는 없지만, 그러니까 아무리 모질게 대했어도 내게 어머니는 역시 어머니야. 만약 내가 허물이 될 만한 일을 했다면 얘기가 다르겠지만, 그게 아니라면 어머니의 임종을 지키러 가는 것도 나쁘지는 않다고 생각해."

"그야 나쁠 리가 없지." 오스에가 들은 말의 의미는 잘 이해하지 못한 채로 힘을 북돋우려는 듯 말했다. "저이도 그 정도의 사실은 알고 있어."

에이지가 젖은 수건으로 귀 뒤편을 닦으며 들어와 술상을 봐달라고 말했다. 네, 기다리세요, 라고 말하며 사부에게 눈짓을 주고 오스에는 자리에서 일어났으며, 에이지는 기다란 화로 옆에 앉았다.

"언제 출발할 거야?"라고 에이지가 물었다.

사부가 의미도 없이 앉음새를 바로 했다.

"가사이에 갈 거잖아."

"보내줄 거야?"

"슬픈 사람이야, 너라는 사내는."하고 에이지가 말했다. "—하지만 미리 말해두겠는데, 재료가 준비되면 바로 에도를 출발할 거야.

어딘가에 도움이 될 테니 오스에도 데려갈 생각이야. 너무 늘어져
서는 곤란해."

"고마워. 은혜로 생각할게, 에이 짱." 사부가 머리를 숙였다. "그
냥 갔다오기만 할 거야. 전해온 소식의 분위기로 봐서는 돌아가실
지 어떨지도 잘 모르겠다는 투였어. 혹시 그렇지 않다 할지라도
바로 돌아올게."

"혹시 모르니 풀에 대해서 설명을 해줘."

지금? 하고 사부가 되물었으며, 에이지는 고개를 끄덕였다. 둘은
자리에서 일어나 작업장으로 갔다. 사부가 초에 불을 붙이고 작업
장 마룻바닥 한쪽 구석에 있는 널빤지 뚜껑을 열어 그 아래에 있는
5개의 단지를 가리켰다. 물단지보다 조금 작은 것으로 그 아래쪽
절반은 흙에 묻혀 있었다. 5개 가운데 3개는 이음매를 종이로 봉한
뚜껑에 만든 연월일이 적혀 있었다. 사부는 그것들을 끝 쪽에서부
터 가리키며 설명했고, 에이지는 고개를 끄덕인 뒤 알았다고 말했
다. 마룻바닥의 뚜껑을 원래대로 해놓은 뒤 돌아가서, 사부는 촛불
을 끄고 불안하다는 듯 에이지를 보았다.

"저기."하고 사부가 풀이 죽어서 물었다. "설마 나를 두고 가는
건 아니겠지?"

"너한테 달렸어." 에이지가 들고 있던 젖은 수건을 부엌에 널러
갔다가 돌아와서 앉으며 말했다. "—이번 일은 우리의 일생을 결정
할 일이 될지도 몰라. 정말로 일을 늦출 수가 없어."

"알고 있어. 문제없어."라고 사부가 사과하듯 말했다. "그래서
그, 사실은 지금 출발을 했으면 하는데."

"간단히 축하 자리를 마련할 거야. 같이 밥을 먹고 나서 가마로
가면 되겠지?"

"가마라니." 사부가 눈을 동그랗게 떴다.

"빨리 매듭짓기 위한 거니 그것도 일 가운데 하나야."라고 말하며 에이지는 전대를 당겨, 그 안에서 작은 금화 하나를 꺼냈다. "네 몫에서 미리 떼어주는 거야. 다른 소리 말고 받아줘."

사부가 무슨 말인가 하려 했다.

"됐으니 그냥 받아줘." 에이지가 아무 말도 하지 못하게 하며 전대의 끈을 묶었다. "네 성격이 그러니 말해도 소용없을 테지만, 이 돈은 네 것이야. 매정하게 들릴지도 모르겠지만, 가사이 사람들에게 주어서는 안 돼. 넌 말이지 사부, 일의 형편에 따라서 오세이 짱하고 하나가 될 거야. 돈 잘 쓰는 모습을 가사이 사람들에게 보였다가는 살림을 꾸린 뒤 오세이 짱의 눈에 눈물이 맺히게 할 뿐이야."

"잠깐만." 사부가 말을 더듬었다. "그렇게 한꺼번에 전부 말해버리면 난 당황스러울 뿐이야. 내가 오세이 짱하고 어떻게 된다고, 에이 짱?"

에이지가 무엇인가를 떨쳐내는 듯한 손짓을 했다. "됐어, 그 얘기는 돌아와서 하자."

"그래도 말이지, 혹시 에이 짱이 나하고 오세이 짱을 맺어줄 생각이라면 그건 잘못 생각한 거야."

"그 아이는 아직 어린애라고 말하려는 거지? 됐어, 이 얘기는 나중에 하기로 하자."


## 16-3

이튿날은 강한 삭풍이 휘몰아쳐 추위도 혹독했으나 아침을 먹고 얼마 지나지 않아서 에이지는 주문한 종이를 확인하기 위해 혼고쿠초 4번가에 있는 야마토야로 갔다. 요청한 대로 물건을 닷새 안에 마련하겠다고 했으며, 앞으로도 계속 거래를 해준다면 대금은 나중에 줘도 상관없다고 야마토야의 주인은 말했다. 지업사는 거만한 것이 일반적인 듯했다. 생산지의 거리와 상관없이 품질 좋은 종이를 다수 확보하려면 거액의 자금과 특별한 안목이 없어서는 안 될 요건이었으며, 무엇보다 종이가 귀중한 물건이라는 사실이 그 외의 장사치와는 다른 기질을 낳은 것인 듯했다. 그러나 야마토야는 그렇지 않았다. 주문한 물건의 조화가 잘 이루어져 있고 전부 최고급이었다는 이유도 있었으리라. 그리고 또 그들을 주문한 방식과 직접 만나본 에이지의 인품이 마음에 들었던 것일지도 모르겠다. 어쨌든 주인인 사부로베에는 친절했으며, 결제 건은 걱정하지 말고 앞으로도 주문을 넣어달라고 말했다.

"응?"하고 에이지가 일어서는 것을 보고 사부로베에가 물었다. "다리가 어떻게 되신 건가?"

"네, 작년 여름에 파도가 거칠어졌을 때,"라고 에이지가 다리의 그 부분을 쓰다듬으며 대답했다. "한심한 짓을 해서 부러졌습니다만, 지금은 아무 문제도 없습니다. 눈에 거슬리셨습니까?"

사부로베에는 머리를 흔들었다. "우리 둘째 놈이 말이지, 역시 다리가 불편해서. ―어쨌든 몸 조심하시게."

에이지는 말없이 머리를 숙였다.

그 가게에서 나와 강한 바람 때문에 먼지가 이는 길에 선 순간, 에이지는 갑자기 이시카와지마에 들렀다 가자는 생각이 들었다. 다리에 대한 질문을 받았기 때문인지는 모르겠으나, 이번 일을 맡게 된 행운을 오카야스 기헤에와 요헤이에게 이야기하고 싶었다.

야마토야의 주인과 인연을 맺게 된 일은, 그 행운을 증명해주는 일이 아닐까 하는 기분까지 들었다. 수용소에 들어간 뒤로는 좋지 않은 일들이 연달아 일어났어, 불행은 혼자서 오지 않는다, 때로 그것은 중복해서 들이닥친다는 사실을 현실에서 경험한 듯하지만, 행운 역시 마찬가지인 걸지도 몰라, 만약 그렇다면 이걸 확실하게 붙들어 우리들의 것으로 만들어야해, 라고 에이지는 생각했다.

길 모퉁이에서 영업용 가마를 타고 후나마쓰초의 강변에서 섬으로 가는 나룻배에 올랐다. 섬에서 내려, 문지기의 초소로 가서 오카야스 기헤에와의 면회를 요청했다.

"부슈잖아?" 문지기 초소의 나이 든 당번이 깜짝 놀란 듯 말했다. "이거 놀랐는데. 잘 왔어. 요즘은 어떻게 지내고 있지? 다리는 어때? 자, 여기에 잠깐 앉아 있어."

그 사이에 중년의 당번이 말을 전하러 갔고 오카야스가 바로 만나겠다는 대답을 가지고 돌아왔다. 나이 든 당번은 폭풍우 때의 이야기를 하고 싶은 모양인지, 담배를 피우며 돌아갈 때 들르라고 미련이 남는다는 듯 되풀이했다.

관리소로 가자 하급 관리가 에이지를 접대실로 데려갔다. 오카야스 기헤에가 곧 모습을 드러냈는데 검은 하카마는 주름투성이였고, 가슴팍으로는 속옷의 목깃이 나와 있었다. 마치 싸움이라도 하고 있었던 듯한, 예전에 본 적이 없었을 정도로 흐트러진 모습에 에이지는 무슨 일인가 싶어 눈을 둥그렇게 떴다. 오카야스도 그 눈빛을 깨달은 것이리라. 옷자락을 털고 목깃을 바로 하며 앉아 새로 온 수용자 가운데 손을 쓸 수 없을 정도로 난폭한 자가 있어서, 라는 내용의 말을 변명처럼 중얼거리고, 그러다 문득 불안하다는 듯 에이지의 얼굴을 바라보았다.

"자네."라고 오카야스가 속삭이는 목소리로 탐색하듯 말했다. "뭔가 난처한 일이라도 생긴 겐가?"

에이지는 가슴이 찡했다. 얼굴을 보자마자 그렇게 물은 것은 진심으로 나의 일을 걱정하고 있기 때문이리라. 에이지는 눈시울이 뜨거워지는 것을 느끼며 그게 아니라고 고개를 흔들고 두 손을 방바닥에 대어 머리를 숙였다.

"사실은 마침내 일을 맡게 되었기에 기뻐해주셨으면 하고 찾아뵀습니다." 에이지가 머리를 들고 말했다. "에도가 아니라, —시골에서 의뢰를 해온 일입니다만, 이번 일을 잘 마치면 가게를 운영해나갈 실마리가 되지 않을까 싶습니다."

"잘됐군, 그거 정말 잘 됐어." 오카야스가 안심한 듯 긴장했던 표정을 풀었다. "그건 무엇보다 반가운 소식이야. 그래 맞아, 혼례식의 모습은 마쓰다로부터 들었네. 훌륭한 아내를 맞아들였다고."

오카야스 기헤에의 태도는 거기서 갑자기 차분함을 잃어 에이지의 말을 진지하게 들을 마음이 없어진 듯 보였다. 깊이 생각해볼 필요도 없이 그의 관심은 새로 들어온 수용자 쪽으로 쏠려 있는 것이리라. 만약 에이지에게 어려운 일이 생겨서 찾아온 것이라면 그는 무슨 일이 있든 이야기를 들어주었을 것이다. 하지만 에이지는 수용소에서 나간 자이며 일도 맡게 되었다고 했다. 그 사실을 알았으니 이제 된 것이다. 에이지는 이미 손에서 떠난 사람이었다. 지금 오카야스 기헤에의 머릿속을 차지하고 있는 것은 손을 쓸 수 없을 정도로 난폭한 사람이라는, 그 새로 들어온 수용자뿐임에 틀림없으리라. 에이지는 그렇게 생각하며 요헤이에 대해서 묻고 혹 세이시치에 대해서 물었다. 삼태기 방 사람들 모두 섬 밖으로 일을 나갔기에 요헤이도 물론 함께 나갔으며, 알고 있는 사람들은 모두 이곳에 없다고 했다. 세이시치는 그 후에 소식이 완전히 끊겨 어디에 있는지조차 알 수 없다는 것이었다.

"오토요라고 했었지, 그 여자."라고 말한 오카야스의 눈가가 흐려졌다. "—그 여자하고 함께 세 번 이사를 했어. 세 번째에는 고비키초 1번가로 이사를 했었는데 세이시치는 거기서부터 모습을 감췄다고 하더군."

"그걸 어떻게 아셨습니까?"

"여기서 나간 사람은 관아의 도신이 1년 동안 감시를 해. 물론 본인도, 동네 사람들도 눈치 채지 못하도록."

"그렇다면," 에이지가 목소리를 낮췄다. "저도 감시를 하는 사람이 있나요?"

오카야스는 미소를 지었다. "눈치 채지 못한 모양이지만, 물론 자네도 감시받고 있었네. 만에 하나라도 실수를 범하지 않도록 하기 위해서야."

에이지는 조용히, 깊숙이 머리를 숙였다.

"오토요라는 여자는 아직 고비키초 1번가의 뒷골목에 있는 집에서 살고 있어."라고 오카야스가 말했다. "이번 남자는 마부인데 오토요보다 5살이나 아래라고 하더군."

어쩌면 세이시치는 고향으로 돌아간 걸지도 몰라, 라고 오카야스 기헤에는 말했다.


## 16-4

고향으로 돌아갔을 리 없다고 에이지는 생각했다. 오토요에게 그렇게도 푹 빠져 있던 그가 스스로 헤어졌다는 것도 생각할 수 없는 일이었다. 고비키초로 옮긴 이후 모습을 감췄다고 했다. 감시가 붙어 있는데 '모습을 감췄다'니 뭔가 심상치 않은 일이 있었던 것 아닐까? 세이시치 다음으로 오토요와 하나가 되었다는, 5살이나 나이 어린 마부가 어둡고 불길한 그림자처럼 에이지의 가슴을 틀어막았다.

"어떻게 된 거야, 세이 씨." 에이지가 사카모토초로 돌아가는 가마 안에서 조용히 말했다. "대체 어디에 있는 거야?"

만약 어딘가에 무사히 살아 있다면 차라리 수용소로 돌아가는 편이 좋아, 섬에 있기만 하면 사람들에게 상처받지 않고 살아갈 수 있으니, 라고 에이지는 기도하듯 중얼거렸다.

사부는 돌아올 기미가 보이지 않았다. 야마토야에서 종이가 도착해 에이지는 적어온 치수에 맞춰 그것들을 자르는 일에 몰두했다. 사부에 대해서 생각하면 화가 났기에 종이를 치수대로 자르는 일 외에는 아무것도 생각하지 않았다. 그리고 저녁을 먹고 난 뒤에는 술을 마셔 마음을 달래었다. 오스에도 사부의 이름은 결코 입에 담지 않았으며, 초조한 에이지의 마음을 알고 있었던 것이리라, 가시나무의 가시 끝이라도 만지듯 언제나 조심조심 신경을 곤두세우고 있었다.

사부가 떠난 지 8일째 되던 날 밤, 저녁을 먹은 뒤 술을 마시던 에이지가 갑자기 커다란 소리를 내며 잔을 내려놓았다.

"오스에."라고 그가 말했다. "너는 준비가 다 됐어?"

오스에가 불안하다는 듯 고개를 끄덕이며 "네, 다 됐어요."라고 대답했다.

"좋아, 그럼 내일 떠나기로 하자."라고 말하며 에이지는 자리에서 일어났다. "풀을 봐야겠으니 불을 들고 따라와줘."

인내심에 한계가 왔다는 사실이 노골적으로 드러났기에 오스에는 아무런 말도 할 수가 없었다.

작업장으로 들어선 에이지는 마룻바닥의 차가움도 느끼지 못하는 듯했으며, 오스에가 등불을 들고 다가오자 한쪽 구석에 있는 바닥의 뚜껑을 열고 "풀통을 줘."라고 말했다. 작업장의 한쪽에 달아놓은 선반에서 뚜껑이 있는 납작한 통을 내린 오스에는 마른 헝겊으로 안을 정성껏 닦았다. ─에이지는 첫 번째 단지의 봉인을 뜯고 꼭 닫아놓은 나무 뚜껑을 열었다. 마루 아래서 차가운 흙냄새와 익은 풀의 냄새가 올라와 에이지의 얼굴을 감쌌다. 연 단지의 뚜껑을 엎어 마룻바닥 위에 놓았을 때 그 뚜껑 안쪽에 무엇인가 적혀 있는 것이 눈에 들어왔다.

풀을 쑨 날짜는 바깥쪽에 적혀 있었다. 이런 안쪽에 무엇을 적어놓은 걸까 싶어 에이지는 등불을 가까이로 가져갔다. 틀림없는 사부의 글씨였는데, 읽어나가는 동안 에이지의 얼굴이 굳기 시작했으며 순식간에 취기가 가셔버린 듯 보였다.

"오스에."라고 그가 갈라지는 목소리로 말했다. "차가운 것이라도 상관없으니 술을 가져다줘."

"여기로요?"

"여기로."라고 그가 힘없는 목소리로 말했다. "두어 병 부탁해, 물잔하고."

오스에는 무슨 말인가 하려다 에이지의 모습이 너무나도 이상했기에 거스르지 않고 술을 가지러 갔다. 에이지는 등불 옆에서 마룻바닥에 그대로 책상다리를 하고 앉아 풀 단지의 엎어놓은 뚜껑을 노려보며 물잔으로 차가운 술을 마시기 시작했다. 안주를 얹어 상을 들고 온 오스에가 여기는 추우니, 라고 말했으나 그에게는 아무것도 들리지 않는 듯, 대답도 하지 않고 젓가락도 집지 않은 채 뚜껑 뒤의 글자를 잡아먹을 것처럼 바라보며 술병의 술을 순식간에 2병 모두 비워버렸다.

"만약 내일 출발할 거라면,"하고 오스에가 타이르는 듯한 투로 말했다. "그렇게 드셔서는 안 되지 않나요."

"녀석이었어."라고 에이지가 말했다. "사부 녀석이었어."

"뭐가요?"

"와타분의 비단 조각."하고 에이지가 얼굴을 찌푸리며 말했다. "이걸 읽어봐."

에이지가 풀 단지 뚜껑의 안쪽을 가리켰다. 거기에 적혀 있는 글을 들여다보아 읽고 난 오스에가 겁을 먹은 듯한 눈으로 에이지를 보았다.

"알겠지?"라고 에이지가 말했다.

오스에는 머리를 흔들었다.

"이렇게 적혀 있잖아." 에이지가 글자를 손가락 끝으로 짚어가며 읽었다. "－내가 잘못했다. 에이 짱이 그 비단 조각 때문에 섬에 갇힌 것은 나의 잘못이다. 평생에 걸쳐서라도 나는 이 죄를 갚지 않으면 안 된다."


16－5

에이지는 단정하게 자세를 바로 하고 오스에의 얼굴을 바라보았다. 그리고 3번째 술병을 집어 물잔에 붓더니 그것을 단숨에 들이켰다.

"나는 전에부터 이해할 수가 없었어." 에이지가 번뜩이는 눈을

363

천장으로 향하며 말을 이었다. "틀림없이 사부와 나는 어렸을 때부터 한 가게에서 지내며 사귀었어. 하지만 내가 섬에 갇혀 있던 약 3년 동안, 녀석이 나를 위해서 해준 일은 보통이 아니었어. 아무리 생각해봐도 도를 넘어선 것이었어. 일을 해가며 짬짬이 나의 행방을 찾는 것만 해도 그렇게 쉬운 일은 아니었을 거야. 나는 내 이름도 말하지 않았고, 호코도의 호 자도 입에 담지 않았어. 완전히 부랑자로 섬에 들어갔었기에 —이 널따란 에도에서 그런 사람의 행방을 찾기란 사람이 할 수 있는 일이 아니라고 말해도 좋을 정도야. 또 그 뒤의 일도 있어. 나의 행방을 찾아낸 것만이 아니야. 사부 녀석은 호코도에서 쫓겨날 정도로 뻔질나게 섬으로 나를 찾아왔어."

"잠깐만 기다려보세요."

"너야말로 기다려봐."라고 말한 뒤, 에이지는 물잔에 술을 따라 그것을 한 모금 마셨다. "—일을 하다 틈이 날 때마다, 쉬는 날마다 방 안 사람들에게까지 선물을 들고 찾아왔어. 무엇 때문이었을까? 마침내 그 사실이 호코도 어르신의 귀에 들어가 녀석은 가게에서 쫓겨났어. 무엇 때문이었을까? 그저 어렸을 때부터 한 가게에서 지낸, 사이좋은 친구였기 때문이었을까?"

"네, 그랬을 거라 생각해요." 창백하게 굳어버린 듯한 얼굴로 오스에가 고개를 끄덕였다. "전, 와타분에 있을 때부터 들어왔어요. 사부 짱은 어렸을 때부터 사귄 사이일 뿐만 아니라, 평생을 당신에게 의지하고 있다고요. 내 일생은 에이 짱이 있어야 가능해. 에이 짱이 없었다면 나는 날품팔이 잡부나 떠돌이 생선장수가 됐을 거야, 라고 사부 짱에게서 직접 들은 적도 있어요."

"흥." 에이지가 술을 마시고 냉소하듯 천천히 머리를 흔들었다. "생각나? 라고 말하고 싶겠지."

"뭐가 생각나, 라는 거예요?"

에이지는 다시 머리를 가만히 들었다. 눈가에 떠오른, 비 내리던 날의 료고쿠바시의 정경을 지워버리겠다는 듯한 동작이었다.

"전 이렇게 생각해요."라고 오스에가 계속해서 말했다. "비단 조각 문제가 일어났을 때 사부 짱은 당신과 함께 있었어요. 당신과 함께 일을 하고 있었는데 그 조각이 당신의 도구자루 안에 들어가는 걸 보지 못했다, 옆에 있었으면서 그런 커다란 일을 눈치 채지 못했다, 일생을 의지하기로 한 사람의 재난을, 옆에 있었으면서도 막지 못했다, —이건 나의 잘못이다, 무슨 짓을 해서라도 이 죄는 갚지 않으면 안 된다. —사부 짱이라면 그렇게 생각하는 게 당연하잖아요. 다른 사람이라면 몰라도 사부 짱이라면 틀림없이 그렇게 생각했을 거예요."

에이지는 오스에의 얼굴을 가만히 바라보았다. "—너, 떨고 있잖아."

"사부 짱이 당신을 위해서 보통 이상의 일을 했다고, 그랬다고 해서 그 사람을 의심하다니, 당신답지 않아요."

"그럼 여기에 적혀 있는 이, 이 글은 어떻게 받아들이면 되는 거지?"

오스에가 굳은 얼굴을 숙이더니 "물 좀 마시고 올게요."라고 말하며 자리에서 일어났다. 에이지는 물잔에 술을 따라 그것을 입까지 가져갔다가, 눈썹을 찌푸리며 마시기를 그만두고 물잔을 든 손을 무릎 위에 내려놓았다. 그때 오스에가 돌아와 자리에 앉았다.

"저, 사과할 일이 있어요." 오스에가 자신의 무릎을 바라보며 속삭이는 듯한 목소리로 말했다. "—이건 평생, 무슨 일이 있어도 말하지 않을 생각이었지만, 당신이 사부 짱을 의심해서 그것 때문

365

에 두 사람의 사이가 깨져버린다면 그야말로 돌이킬 수 없는 일이 되어버릴 테니 말하기로 하겠어요."

에이지는 말없이 오스에를 지켜보았다.

"죄송해요, 용서해주세요." 오스에가 마룻바닥에 두 손을 댔다. "ㅡ비단 조각을 당신의 도구자루에 넣은 것은, 저예요."

"이봐, 이봐."라고 에이지가 말을 가로막았다. "사부 녀석을 감싸기 위해서라면 그런 서툰 거짓말은 하지 않는 게 좋아."

"거짓말이 아니에요. 정말이에요." 오스에가 두 손을 무릎 위로 되돌리고 커다랗게 부릅뜬 눈으로 에이지를 보았다. "ㅡ전 당신의 아내가 되고 싶었어요. 에이 씨의 아내가 되기 위해서라면 무슨 짓이든 할 생각이었어요."

에이지는 머리를 좌우로 흔들고 눈동자를 고정시켜 오스에의 표정을 보았다. 그런 다음 벌떡 일어나 작업장에서 바깥의 문을 잠갔다. 그것은 오스에가 한 말의 의미를 받아들이려 자신의 머리에 여유를 주기 위한 동작인 듯했다.

"들어보기로 하지." 원래의 자리로 돌아와 앉으며 에이지가 말했다. "그건 또 무슨 말이지?"

"당신은 와타분에서 인기를 독차지하고 있었어요."라고 오스에가 말했다. "ㅡ그 댁의 아가씨인 오키미 씨, 오소노 씨 두 사람과도 가게의 아가씨와 드나드는 장색이라기보다는 마치 오누이처럼 사이가 좋았고, 언젠가는 두 사람 가운데 한 명과 에이 씨가 부부가 될 거라는 소문도 있었어요."

"에이 씨라고 부르는 건 그만둬."

"그런 소문을 듣고," 오스에가 계속해서 말했다. "그런 소문을 들을 때마다 가슴이 막혀서 전 밥도 먹을 수 없을 정도였어요."

366

"내 마음은 알고 있었을 텐데?"

오스에는 고개를 끄덕였다. "알고 있었어요. 알고 있었지만 여자란 속이 좁은 걸까요? 귀에 들어오는 소문이 더 사실인 것 같다는 생각이 들었어요. 이대로는 안 되겠다, 나는 하녀, 상대방은 와타분의 아가씨, 이대로는 도저히 당해낼 수가 없다, 언젠가는 당신을 빼앗겨버리고 말거야, 어쩌지, 어떻게 하면 좋을까. ─고민에 고민을 거듭하고, 생각에 생각을 거듭하느라 전 밤에도 잠 못 드는 날이 계속되었어요."

"알았어."라고 에이지가 말했다. "그게 사실이라면 이제 그만해."

"아니요. 들어주세요. 이제 한마디면 되니."라고 오스에가 손가락으로 눈시울을 닦으며 말했다. "─당신을 아가씨에게 빼앗기지 않으려면, 당신을 와타분에 드나들지 못하게 하는 수밖에 없다, 저는 늘 그 생각만 하게 되었어요. 그리고 ─나중에 생각해보면 어떻게 그럴 수 있었는지 저 스스로도 모르겠지만, 와타분의 나리께서 그 조각을 소중히 여기신다는 사실을 알고 있었기에, 그랬기에 조마조마,"

"이젠 됐어."라고 에이지가 말했다. "나머지는 듣지 않아도 알고 있어."

"죄송해요."

울지 마, 라고 말하며 에이지는 무릎으로 다가가 오스에의 몸을 두 손으로 안았다.

"죄송해요, 용서해주세요." 오스에가 에이지의 가슴에 매달려 흐느껴 울었다. "전, 당신의 아내가 되고 싶었어요. 그 생각만으로 머리가 가득했었어요. 다른 생각은 아무것도 할 수 없었어요."

"그거면 됐어, 그거면 됐어."라고 에이지가 안은 팔에 힘을 주며 말했다. "그 좋은 증거로, 봐, 우리는 이렇게 부부가 됐잖아."

"용서해주실 건가요, 당신?" 흐느낌으로 목이 멘 오스에가 에이지의 가슴에 얼굴을 비볐다. "─절 내쫓지 말아주세요. 부탁이니 내쫓지 말아주세요."

그리고 흐느낌이 높아지더니, 오스에는 소리 내어 울기 시작했다. 에이지가 왼손으로 오스에를 안은 채 오른손으로 등을 쓰다듬으며 뺨과 뺨을 맞대고 문질렀다.

"넌 나의 아내야."라고 그가 속삭였다. "처음부터 말했잖아, 나의 아내는 이 세상에서 너 한 사람밖에 없다고. 잊었어?"

오스에의 울음소리가 더욱 커졌고, 그는 다시 두 손으로 오스에를 꼭 끌어안았다.

"엉뚱한 얘기를 하는 것 같지만, 웃지 말고 들어줘."라고 에이지가 조용히 말했다. "─난 섬에 들어간 것을 다행이라고 생각하고 있어. 수용소에서 햇수로 3년, 난 여러 가지 일들을 배웠어. 평범한 세상에서는 경험할 수 없는 사람과 사람 사이의 유대, 마음의 모순, 삶의 괴로움과 고단함, 그러한 것들을 실제로 절실하게 배웠어. 책도 아니고 이야기도 아니야. 살아 있는 나의 이 몸으로 그런 일들을 직접 배웠어."

오스에는 울음을 그쳤으나, 훌쩍임은 아직 멈추지 않았다.

"수용소에서 보낸 3년은 바깥세상에서 보낸 10년보다 더 도움이 됐어."라고 에이지는 말을 이었다. "─이게 나의 진짜 마음이야. 거짓말이라고 생각하지 마. 나는 지금 네게 감사의 인사를 하고 싶을 정도니까."

오스에가 갑자기 두 손으로 에이지의 목을 끌어안으며 "여보."하고 외쳤다. 에이지는 오스에의 입술을 빨고, 뺨을 빨고, 귀를 빨고, 그런 다음 있는 힘껏 끌어안으며 부드러운 목덜미를 빨았다.

그때 바깥의 덧문을 두드리는 소리가 들려왔다.

"에이 짱."하고 밖에서 사람의 목소리가 들려왔다. "있어? 에이 짱, 지금 돌아왔어."

"사부다."라고 에이지가 말했다.

"미안해, 에이 짱."하고 덧문 밖에서 말하는 소리가 들려왔다. "어머니가 금방 돌아가실 듯, 금방 돌아가실 듯해서 결국은 오늘까지 늘어지게 됐어. 미안해, 에이 짱. 용서해줘. 나야, 문 좀 열어줘, 사부야."

## 옮긴이의 말

야마모토 슈고로의 대표작 가운데 대표작이라 할 수 있는 장편소설 『사부』는 1963년 1월부터 7월까지 『주간 아사히』에 연재되었으며, 같은 해 8월에 신초샤에서 단행본으로 간행되었다. 야마모토 슈고로의 만년이자 작가로서 최고 원숙기라 할 수 있는 시기에 발표된 『사부』는 발표 당시부터 작품을 접한 독자들에게 커다란 감동을 주었으며 지금도 여전히 스테디셀러로 자리매김하고 있다.

두 청년과 그들 곁의 두 여인을 주인공으로 참된 우정과 사랑, 그리고 우리 삶은 혼자가 아니라 함께 어울려 살아가는 것이라는 사실을 묘사한 이 작품의 평가는 나의 몫이 아닌 듯하다. 야마모토 슈고로의 작품 대부분이 그런 것처럼 『사부』 역시 작품을 대하는 독자에게 작가가 전하고 싶은 생각이 매우 자연스럽게 스며들기 때문이다. 이는 야마모토 슈고로의 작품이 오래도록 사랑받는 이유 중 하나라고 생각하는데, 작가가 하고 싶은 말을 이야기 속에 잘 버무려놓았기에 독자가 받는 감동도 자연스럽고 그 자연스러운 감동이 작가 야마모토 슈고로를 지금의 지위에 올려놓은 것이리라. 그 자연스러운 감동을 내가 방해할 이유는 없다. 그러니 여기서는 번역상의 문제만 이야기하기로 하겠다.

이는 비단 『사부』를 번역할 때만의 문제가 아니라 다른 작품을 번역할 때도 나를 늘 괴롭히는 부분 가운데 하나인데, 작품 속의 호칭과 우리와는 다른 존댓말의 쓰임을 어떻게 정리해서 번역할까 여전히 명확한 해답을 내리지 못했다. 물론 우리 독자에게 작품을 소개하는 것이니 우리 정서에 맞게 고쳐서 번역하면 문제는 아주 쉽고 단순해진다. 번역을 하면서 크게 고민할 필요도 없으리라. 그러나 그렇게 번역하고 말기에는 뭔가 좀 아쉬운 부분이 남는다. 우리 독자에게 작품의 내용만이 아니라 바다 건너 사는 이들의 문화나 생활습관, 삶의 모습까지도 고스란히 전달할 수 있다면 더 좋지 않을까 하는 생각에서 오는 아쉬움이라 할 수 있는데, 예를 들어서 우리는 대부분 나이에 따라서 존댓말의 사용 여부를 결정하지만 일본은 반드시 그렇지는 않다. 나이에 따라서 존댓말의 사용 여부를 결정하는 경우도 있지만, 그것뿐만 아니라 친밀감에 따라서 사용 여부를 결정하는 경우 역시 매우 일반적이다. 이 작품 속에서도 에이지는 언제부턴가 수용소의 요헤이에게 반말을 하고 있지 않은가? 우리의 정서로는 쉽게 이해할 수 없는 부분이다. 스무 살도 넘게 차이나는 사람에게 반말을 쓴다면 우리의 경우는 반드시 주위 사람들로부터 한마디 듣게 되리라. 그리고 우리의 문화가 그렇기에 이 작품의 번역본을 읽으면서 거부감을 느끼는 독자도 있으리라. 하지만 나는 그 거부감을 느끼게 하고 싶은 것이다. 그 거부감은 우리와 다르다는 점에서 오는 것으로 우리와 다른 문화를 느끼고 생각하는 작은 기회가 될 수도 있을 테니.

호칭에 관해서도 마찬가지인데 이 소설의 제목이자 주인공 가운데 한 명인 사부의 진짜 이름은 '사부로'이지만 작품 속에는 늘(3번을 제외하고) '사부 짱'이라고만 나온다. 사람을 약칭으로 부르는 것이야 그대로 번역해도 크게 상관없을 테지만 그 뒤에 붙는 '짱'은 어떻게 번역해야 하는 걸까? 에이지를 '에이 씨(=에이 상)'라고 부르고, 뒤이어 '너'라고 부르는 부분이 있는데 이는 어떻게 처리해야 하는가? '~씨, 네가 해.'라고 말한다면 우리 정서에는 안 맞으니 말이다. 하지만 이런 어색함도 조금은 의도한 번역이니 감안해서 읽어주시기 바란다.

또 하나의 문제는 이 작품에 등장하는 에도 시대(1603~1867)의 관직명이다. 이 작품에는 몇몇 관직명이 등장하는데 우리나라에도 그와 비슷한 관직이 있는 경우에는 독자의 쉬운 이해를 위해서 우리의 관직명을 썼지만, 관리의 역할이 우리와 다른 관직이나 우리에게서는 찾아볼 수 없는 관직인 경우에는 일본의 관직명을 그대로 가져오고 각주를 붙였다. 일본의 관직명을 그대로 가져온 경우에는, 우리에게도 그에 해당하는 관직명이 있는데 나의 공부가 부족하여 적절히 옮기지 못한 경우도 물론 있으리라 생각한다. 그런 곳이 있다면 말씀해주시기 바란다. 나는 이 작품의 번역을 완료된 것으로 생각지 않고 잘못된 곳이 있으면 언제든 고칠 생각이니.

마지막으로 야마모토 슈고로의 작품은 우리 삶에 도움이 되는 말들로 넘쳐난다. 처음에는 그런 부분을 본문의 다른 부분과 구분되게 표시하여 강조를 할까도 싶었으나, 그렇게 하는 것은 원작자의 의도도 아니고 또 독자의 감상을 방해하는 일이 되기도 하겠기에 그만두기로 했다. 그럼에도 야마모토 슈고로의 작품 곳곳에 그런 부분이 있다는 점은 숨길 수 없는 사실이다. 그런 부분을 충분히 맛보며 야마모토 슈고로의 작품세계에 빠져보시기 바란다.

# 일본 대문호의 계보를 잇는
# 야마모토 슈고로의 대표 연작소설

1. 광녀의 이야기
2. 직소
3. 오소리 공동주택
4. 삼세판
5. 헛수고에 기대하다
6. 휘파람새 바라기
7. 오쿠메 살해
8. 얼음 속의 싹

## 구로사와 아키라, 미야베 미유키에게
## 커다란 감동을 준 바로 그 책!

## 붉은 수염 진료담 (12,000원)

## 빈민 시료소를 배경으로 펼쳐지는 휴먼 의학드라마

"독초는 어떻게 길러도 독초라는 말인가? 흠."하고 교조가 말했다. "하지만 야스모토, 사람은 독초에서 효력이 높은 약을 만들어내고 있어. 저 오카네라는 여자는 악한 부모지만 호통을 치거나 멸시하면 더 나빠질 뿐이야. 독초에서 약을 만들어낸 것처럼 좋지 않은 인간 속에서도 선한 것을 이끌어내기 위한 노력을 해야 돼. 사람은 사람이야." ──「얼음 속의 싹」중에서.

# 지금도 우리 곁에서 살아 숨쉬는
# 서민들의 꾸밈없는 생활상

계절이 없는 거리

(1,2000원)

## 야마모토 슈고로의 인간에 대한 탐구
## 그의 따뜻한 시선을 느낄 수 있는 명작

내가 이런 사람들에게서 가장 인간다운 인간성을 느끼는 것은, 그날의 양식을 얻기 위해서 언제나 한계에 가까운 생활에 쫓기고 있기 때문에 허식으로 남의 눈을 어둡게 하거나 자신을 속일 여유도 돈도 없는, 있는 그대로의 자신을 드러낸다는 점에 있는 듯 여겨진다.

−「후기」중에서

# 나쓰메 소세키의 정신을 읽는다!
## 인간 나쓰메 소세키의 맨얼굴을 엿볼 수 있는 책

1. 영일소품

2. 생각나는 것들

3. 유리문 안

　나쓰메 소세키 연보

## 나쓰메 소세키 수상집 소품집+수필집
### (13,000원)

## 나쓰메 소세키에 의한
## 나쓰메 소세키 입문서

어차피 우리는 꿈결 속에서 스스로 제조한 폭탄을 각자 품은 채,
한 사람도 남김없이 죽음이라는 먼 곳으로 담소를 나누며
걸어가고 있는 것 아닐까? 단, 어떤 것을 품고 있는지 남들도
모르고 자신도 모르기 때문에 행복한 것이리라.
　　　　　　　　　　　　　　　　　　　－「유리문 안」 중에서

옮긴이 박현석

대학 졸업 후 일본으로 건너가 유학 및 직장 생활을 하다 지금은 전문번역가로 활동 중이며 우리나라에 아직 소개되지 않은 유명 작가들의 작품을 소개하기 위해서 출판을 시작했다. 번역서로는 『붉은 수염 진료담』, 『계절이 없는 거리』, 『불령선인 / 너희들의 등 뒤에서』, 『운명의 승리자 박열』, 『그럼, 이만…… 다자이 오사무였습니다』, 『그럼, 안녕히…… 야마자키 도미에였습니다』, 『나쓰메 소세키 단편소설 전집』, 『나쓰메 소세키 수상집』 외 다수가 있다.

사 부(さぶ)

**1판 1쇄 인쇄** 2020년 10월  5일
**1판 1쇄 발행** 2020년 10월 15일

**지은이** 야마모토 슈고로
**옮긴이** 박현석
**펴낸이** 박현석
**펴낸곳** 玄 人

**등 록** 제 2010-12호
**주 소** 서울시 도봉구 덕릉로 62길 13, 103-608호
**전 화** 010-2012-3751
**팩 스** 0505-977-3750
**이메일** gensang@naver.com

ISBN 979-11-90156-15-8